LORI FOSTER

ROMPIENDO CON EL PASADO

Editado por Harlequin Ibérica.
Una división de HarperCollins Ibérica, S.A.
Núñez de Balboa, 56
28001 Madrid

© 2013 Lori Foster
© 2017 Harlequin Ibérica, una división de HarperCollins Ibérica, S.A.

Rompiendo con el pasado, n.º 232
Título original: Getting Rowdy
Publicada originalmente por HQN™ Books
Traducido por Fernando Hernández Holgado

Todos los derechos están reservados incluidos los de reproducción, total o parcial.
Esta edición ha sido publicada con autorización de Harlequin Books S.A.
Esta es una obra de ficción. Nombres, caracteres, lugares, y situaciones son producto
de la imaginación del autor o son utilizados ficticiamente, y cualquier parecido con
personas, vivas o muertas, establecimientos de negocios (comerciales), hechos o
situaciones son pura coincidencia.
® Harlequin, TOP NOVEL y logotipo Harlequin son marcas registradas por Harlequin Enterprises Limited.
® y ™ son marcas registradas por Harlequin Enterprises Limited y sus filiales, utilizadas con licencia. Las marcas que lleven ® están registradas en la Oficina Española
de Patentes y Marcas y en otros países.
Imagen de cubierta utilizada con permiso de Harlequin Enterprises Limited. Todos
los derechos están reservados.

I.S.B.N.: 978-84-687-8780-0
Depósito legal: M-11374-2017

Cuando escribo, a menudo solicito información rápida a través de Facebook y Twitter. A todas mis amigas lectoras, que con tanta generosidad comparten su experiencia en diferentes campos, GRACIAS.
¡Sois mi fuente de investigación favorita!

Dedicada a todas mis amigas lectoras superespeciales que tanto se esfuerzan a la hora de hacerme llegar sus opiniones.

Para Jena Scott,
Gracias por trasmitirle todas mis preguntas sobre los cuerpos policiales a tu padre y, por favor, dale las gracias por el tiempo que se ha tomado en contestarlas. Mi respuesta favorita cuando le pregunté por la situación de alguno de mis delincuentes de ficción fue la muy escueta frase de «esos tipos están jodidos».

Para Rhonda Copley,
Una de las claves de esta novela era comprender qué le sucede a un niño que se ve atrapado en la insostenible situación de tener unos padres delincuentes. Te dije lo que yo necesitaba que ocurriera y tú me explicaste cómo podía conseguirlo. No tengo manera de agradecerte lo suficiente tu paciencia a la hora de ayudarme con los detalles.

Y, por último, para Amy Miles—Bowman.
Si no hubiera sido por tu ayuda, habría tenido que ir de bar en bar en busca de información. Como abstemia que soy, eso habría sido bastante incómodo para mí (sonrisa de oreja a oreja). Tu conocimiento como propietaria y gerente de bar ha guiado a mi musa en algunas de las encrucijadas de la trama y, por ello, siempre te estaré agradecida.

CAPÍTULO 1

Avery Mullins titubeaba en la puerta del bar recientemente reformado. A esa hora tan temprana del día, apenas se distinguía el sombrío interior a través de las puertas dobles de cristal y madera de roble de la entrada, las nuevas que habían instalado dos semanas atrás.

Unas puertas que ella misma había ayudado a elegir.

Letreros recién pintados llenaban el enorme ventanal de la fachada principal, publicitando comida, dos mesas de billar, baile y bebida. En la parte superior de la fachada, unas luces de neón anunciaban el nombre del bar: Getting Rowdy. Se sonrió al recordar cómo había sugerido aquel nombre y cómo Rowdy había seguido su consejo.

¡Cuántas cosas habían cambiado en tan poco tiempo! El establecimiento había pasado de ser un mísero y ruinoso garito conocido por sus copas baratas y la disponibilidad de drogas ilegales a convertirse en un bar nuevo y prometedor, con una clientela que estaba creciendo a gran velocidad. Y más notable incluso había sido el cambio de su propia situación. Había pasado de ser una ajetreada camarera a convertirse en encargada de la barra.

Una sensación de satisfacción la tenía sonriendo la mayor parte de los días. Gracias a las propinas y al aumento de sueldo que había conseguido, ya no tenía que trabajar en dos sitios diferentes para llegar a fin de mes.

Seguía viviendo en un apartamento que solamente siendo generosa podría describir como modesto. Y, para seguir manteniendo el anonimato, continuaba yendo al trabajo en autobús en vez de en coche. Pero...

Había cambiado.

Antes de conocer a Rowdy Yates, propietario de bar, jefe y abrasadora tentación, antes de dejarse arrastrar por su entusiasmo por sacar adelante un bar hundido, Avery se había limitado a... sobrevivir. Ni más ni menos. En realidad, no se había sentido desgraciada. O, más bien, simplemente no había tenido tiempo de ahondar en conceptos tales como la felicidad.

Pero tampoco había disfrutado de la vida. No como lo estaba haciendo en aquel momento.

Le encantaba que Rowdy la incluyera en las decisiones que había que tomar sobre el bar. Lo hacía casi como si fuera su socia, en vez de una simple empleada. Al final él siempre tenía la última palabra, pero agradecía sus aportaciones. Era un hombre orgulloso, aunque no tan terco como para no ser capaz de escuchar. Fuerte, pero jamás intimidante. La había hecho sentirse importante otra vez.

Y, por supuesto, toda mujer que ponía sus ojos en él reconocía su atractivo. Ella incluida.

Se llevaban de maravilla y trabajaban juntos para conseguir que el bar tuviera el mayor éxito posible. Como socios y también como amigos, según a Avery le gustaba pensar.

Rowdy quería más. El cielo sabía que no se había mostrado nada tímido a la hora de evidenciar su interés por ella.

Y, aunque él no lo supiera, Avery correspondía a aquellos sentimientos. Pero... ¿se atrevería a mantener una relación íntima con un rompecorazones como Rowdy? Él había sido sincero, ella no tenía que preocuparse por lo que quisiera o dejara de querer, porque se lo había expresado con total claridad. A veces su sinceridad podía llegar a ser tan brutal que quitaba el aliento.

Él quería sexo.

Preferiblemente con ella, pero, cada vez que ella se negaba, y se negaba cada vez... a él no le costaba nada encontrar «compañía» en cualquier otra parte. Teniendo en cuenta cómo se le insinuaban las clientas, dudaba de que pasara alguna noche solo.

Y sin embargo siempre se lo proponía a ella antes de buscar «una segunda opción». En palabras de Rowdy, que no suyas.

¿Por qué hacía eso?

Si ella le importaba realmente, ¿por qué no esperaba hasta conseguir su aceptación?

De todas formas, si era sincera consigo misma, Avery tenía que admitir que aquello podía aplicarse en los dos sentidos. Si Rowdy le gustaba, ¿por qué lo hacía esperar? Después del año que había pasado, se merecía un poco de diversión.

Y con Rowdy Yates, ese chico malo y descarado con un cuerpo exquisito y una libido hiperactiva, la diversión sería mayúscula.

El frío viento de octubre atravesó la cazadora de Avery, provocándole un escalofrío que la obligó a regresar al presente. Soñar despierta con Rowdy había llegado a convertirse en su principal ocupación. Rara vez pasaba un solo minuto sin que él invadiera su mente.

Quizá aquella noche, antes de que él se liara con alguna otra, ella le diera alguna pista sobre sus sentimientos.

Una vez tomada la decisión, Avery abrió la puerta. Solo Rowdy y ella tenían las llaves. Que confiara tanto en ella era algo que no dejaba de sorprenderla y de complacerla. Jamás haría nada que le hiciera arrepentirse de ello.

Atravesó el oscuro interior del bar sin encender las luces. El sol de primera hora de la mañana apenas penetraba las sombras. Normalmente llegaba a eso de las dos de la tarde, una hora antes de comenzar su turno, para poder prepararse bien. Pero aquel día tenía que hacer unos recados, además de una importante llamada de teléfono, y se había dejado el móvil al lado de la caja registradora.

Después de localizar el teléfono detrás de la barra, justo donde lo había dejado, se dispuso a marcharse. Apenas había dado unos cuantos pasos cuando oyó el primer ruido.

Alarmada y con el corazón enloquecido, se detuvo a escuchar.

¡Sí! Había vuelto a oírlo. Un ligero susurro, un suave... ¿gemido?

Tragó saliva. ¿Habría entrado alguien por la puerta de atrás? ¿Un borracho? ¿Un vagabundo?

¿Un ladrón?

¿O algo peor?

No. Sacudió la cabeza, negando aquella posibilidad. A ninguna persona de su pasado se le ocurriría ir a buscarla allí. Había veces en que ni ella misma podía dar crédito a los cambios que se habían producido en su vida. Cambios de los que, desde que conoció a Rowdy, ya no se arrepentía.

Además, las reformas del local habían empezado por la actualización de todos los sistemas de seguridad, con la instalación de cerraduras nuevas tanto en la puerta delantera como la trasera, así como en todas las ventanas. No era nada fácil forzar la entrada.

Antes de su propia transformación, Avery había sido una completa cobarde. Por supuesto, algunos podrían haberlo definido como discreción, pero ella sabía bien la verdad. Durante demasiado tiempo había confiado por completo en los demás... para todo.

Un año atrás, si hubiera tenido que enfrentarse a un ruido extraño, habría salido corriendo por la puerta y llamado sin más a la policía. Y aunque al final hubiera resultado ser una falsa alarma, no le habrían importado nada los posibles inconvenientes que pudiera haber causado a los demás.

Pero el año entero que había pasado escondida le había enseñado a tener más confianza en sí misma, a resolver sus propios problemas. La independencia la había liberado, así que esa vez no pensaba escabullirse.

Intentando no hacer el menor ruido, avanzó muy despacio siguiendo la dirección del sonido, aguzando bien el oído. Escuchó otro ruido que parecía proceder del despacho de Rowdy. ¿La radio, quizá? ¿El aullido del viento?

La puerta de Rowdy estaba entornada, cuando él solía mantenerla cerrada. Podía ser lo suficientemente valiente para haber llegado hasta allí, pero que perdiera su sentido común era algo bien distinto. Solo en caso de que alguien hubiera conseguido forzar la entrada, Avery buscó el número de la policía y acercó el pulgar a la tecla de llamada. Avanzando pegada a la pared, contuvo la respiración hasta que estuvo justo al lado de la puerta.

—Sí, así, así...

Al reconocer la voz áspera y susurrante de Rowdy, Avery se relajó. Imaginando que estaría hablando por teléfono con alguna de sus amigas, puso los ojos en blanco, entró....

Y su estómago dio un salto mortal.

Repantigado en el butacón de su escritorio y agarrado con fuerza a los apoyabrazos, con su rubia cabeza echada hacia atrás, Rowdy soltó un nuevo gemido, esa vez más grave y más profundo. Avery podía verlo de perfil. El enorme escritorio ocultaba la mayor parte de su cuerpo, pero no la cabeza de la mujer que se movía sobre él, sobre su regazo para ser más precisos.

Santo Dios. Sabía lo que estaba haciendo, ni siquiera un idiota podría haberlo malinterpretado. Los celos, el dolor y el resentimiento crecieron hasta atragantarla. Quería moverse, de verdad quería moverse, pero sus pies permanecían pegados al suelo.

También quería desviar la mirada, pero no lo hizo.

Rowdy se puso entonces rígido, en tensión, con su expresión reflejando un intenso placer. Y, entonces, con un gruñido final de satisfacción, volvió a suspirar y a relajarse, aflojando todos sus músculos. Suspirando profundamente, acarició el pelo de la mujer y le dijo:

—Levántate, cariño. Ya estoy seco.

«¡Ay, Dios santo!», exclamó Avery para sus adentros.

Intentó tragar saliva, pero no tenía. Se esforzó por cerrar los ojos, pero ni siquiera era capaz de pestañear.

De rodillas ante él, la pelirroja emitió su propio suspiro de satisfacción y fue levantándose muy despacio sobre los muslos de Rowdy.

—Ahora me toca a mí...

¡Vaya! Bajo ningún concepto iba a quedarse para ser testigo de algo así. Horrorizada, Avery dio media vuelta dispuesta a escapar y de repente el suelo crujió.

Rowdy desvió la mirada y la descubrió en el marco de la puerta. Sus ojos de color castaño claro pasaron de la dulce satisfacción a una concentración extrema. No se irguió, ni apartó su manaza del cabello de la mujer.

Quizá ni siquiera respiró.

Sus miradas se encontraron durante dos intensos segundos antes de que Avery fuera capaz de rehacerse y marcharse. El calor le abrasaba el rostro. El corazón le atronaba contra las costillas. «Por favor, que no me siga. Por favor».

A su espalda, oyó la ronca maldición de Rowdy y después la risa aguda de la mujer.

No, no y no. La humillación no dejó de perseguir a Avery hasta la puerta. Una vez allí, sin aliento y en medio de una confusa mezcla de sentimientos, se detuvo para lanzar una mirada por encima del hombro.

Nadie la seguía. De hecho, podía oír la queda conversación entre Rowdy y la mujer.

La furia le oprimía el pecho. Le escocían los ojos. «¡Maldito seas, Rowdy Yates!».

Obligándose a alzar la barbilla, Avery empujó la puerta del bar y se alejó del primer hombre que había despertado su interés durante cerca de un año entero.

Rowdy tuvo que reprimir las ganas de gritarle a Avery que volviera, de salir corriendo tras ella y decirle… ¿qué? «¿Siento que me hayas descubierto en medio de una felación?». Imposible. Lo mataría si lo intentaba siquiera.

Podía decirle la verdad. «Me habría gustado que hubieras sido tú la que estuviera de rodillas». Soltó un resoplido burlón ante lo absurdo de aquella idea.

Avery ya sabía que él la deseaba. ¡Diablos! Había sido tan abierto y tan directo que su insistencia parecía casi una obsesión, por absurdo que pudiera parecer.

Un creciente desasosiego le hizo olvidar el placer del orgasmo. ¡Maldita sea! No le debía ninguna explicación a Avery. Era su empleada. Y punto.

Aquello era lo que Avery quería.

¿Pero y si no volvía?

No, no podía pensar una cosa así. Durante el poco tiempo que llevaba conociéndola, Avery había demostrado tener una fortaleza de hierro, una gran dosis de orgullo y, posiblemente, un resentimiento aún mayor que el suyo.

Volvería, aunque solo fuera para hacerle sufrir su desaprobación.

Además, le encantaba su trabajo y se le daba muy bien. Miró el reloj. ¿Por qué habría ido tan pronto al bar?

Fuera cual fuera la razón, no importaba. Lo había visto y eso le había hecho retroceder todo el terreno que había ganado con ella hasta entonces. Porque, últimamente, se había estado ablandando un poco. O algo así.

Quizá no.

Con Avery Mullins era difícil decirlo.

La había deseado desde la primera vez que la vio en el bar. Tenía un pelo rojo increíble, una actitud matadora y toneladas de energía contenidas en un cuerpo tan pequeño como tentador. Era una mujer inteligente, perspicaz y observadora.

Y sexy como un demonio, aunque ella lo negara, al igual que negaba que lo deseaba.

El contraste entre su orgullo personal y su ética en el trabajo, por un lado, y el lugar donde había elegido trabajar, por otro, le intrigaban. La había conocido antes de comprar el bar, cuando aquel local había sido poco menos que un basurero repleto de indeseables y delincuentes. Todavía no estaba seguro de que ella no hubiera influido en sus ganas de quedarse con el bar.

A la larga, conseguiría seducirla. Se negaba a aceptar que las cosas pudieran resultar de otra manera. Pero, incluso a él, lo que acababa de ocurrir le parecía mal.

En esos momentos no tenía ningún motivo para continuar la velada con... Diablos. ¿Cómo se llamaba?

Sintiendo el latigazo de la censura de Avery, aunque ella no se hubiera quedado para compartirla con él, Rowdy agarró del brazo a la mujer y tiró de ella para que se levantara.

—Vamos, cariño. La diversión ha terminado.

—Para ti —se quejó, e intentó acurrucarse en su regazo.
—Si no recuerdo mal, a ti ya te ha tocado divertirte dos veces.
—Por lo menos.
Le dirigió una tórrida y satisfecha sonrisa y se restregó contra él.
Su melena, también de color rojo, pero no del intenso rojo natural de Avery, se derramó sobre su brazo. También ella era pequeña, pero no tenía el mismo orgullo que Avery.
Y, por lo que se refería a su actitud vital, las dos mujeres eran como dos mundos aparte.
¿De verdad había imaginado algún tipo de parecido entre ellas? Qué idiota. Quizá había estado demasiado desesperado, pero la idea no le gustaba nada, así que se la quitó de la cabeza.
Manteniendo a la mujer a distancia, se levantó y se giró para abrocharse los tejanos.
—Es más tarde de lo que pensaba. Ya es hora de que te marches.
—¿Es por ella?
«Justamente», respondió para sí.
—No.
La mujer se abrazó a su espalda y restregó sus senos contra él.
—Ha sido una noche increíble.
En aquel momento, después de haber visto a Avery, el tono de ronroneo y las caricias de aquella mujer lo dejaron frío.
—Me alegro.
Aunque se sentía como un canalla, rodeó el escritorio y se dirigió hacia la puerta para esperarla allí, evidenciando su impaciencia.
La mujer hizo un puchero antes de aceptar lo inevitable. Humedeciéndose los labios, se inclinó hacia Rowdy e intentó darle un beso, que él esquivó, para luego dirigirse hacia el bar.
Rowdy la agarró del brazo y la hizo cambiar de dirección.
—La puerta trasera está más cerca.
Si había alguna posibilidad de que Avery siguiera en el bar, era preferible no tentar a la suerte.
—¿Tú te lo has pasado bien?
—Sí, claro.

Había intentado seducir a Avery la noche anterior, pero, como era habitual, ella lo había rechazado sin miramientos.

No había querido hacerlo, pero al final había terminado por aceptar una alternativa.

—Necesito dinero para un taxi.

—Sin problema.

Aquella dama no era de la ciudad y se alojaba con su familia, de modo que acompañarla a su casa no había sido una opción. Y Rowdy tampoco había querido llevarla a su apartamento, de manera que... al final se la había llevado a su despacho.

No había sido una buena idea. Debería haber alquilado una habitación para pasar la noche. La próxima vez lo haría.

Porque, como las pesadillas jamás lo abandonaban durante demasiado tiempo, sabía que habría una próxima vez. Y otra más después.

Tenía veintinueve años y había vivido solo durante la mayor parte de su vida. En ocasiones, el dolor del pasado lejano se cerraba a su alrededor provocándole el sofocante desasosiego de un niño desesperado.

Maldijo para sus adentros. Odiaba su propia debilidad.

Disgustado, sacó su cartera y le entregó un billete de veinte dólares. En aquel momento, con todo un nuevo día por delante, se moría por unas cuantas horas de sueño.

—¿Con esto tendrás suficiente?

—Gracias —la mujer cerró sus dedos de uñas perfectas alrededor del billete y dijo con voz seductora—: Vengo aquí cada dos semanas.

Rowdy abrió la puerta trasera del bar mientras contestaba:

—Lo siento, cariño, pero ya te dije ayer que el trato era para una sola noche.

—No tiene por qué serlo.

—Sí —mientras le mantenía abierta la puerta, estaba pensando ya en todo lo que tenía que hacer antes de abrir para la jornada—. Tiene que serlo.

—Si cambias de opinión...

Rowdy la empujó con toda la delicadeza de la que fue capaz.

—No cambiaré de opinión.

Había sido una distracción agradable, pero nada más. En aquel momento, quería concentrarse en el bar... y en Avery.

La mujer se marchó con desgana, pero se fue.

Como se iban todas.

Y así era como él quería que fuera. Normalmente. Pero, por extraño que pudiera parecer y aunque todavía no se hubieran acostado, disfrutaba de la compañía de Avery.

Diablos, disfrutaba tanto que la había convertido en barman en cuanto compró el local. Y si quería que continuara a su lado, cosa que estaba clara, el sexo en el despacho tendría que acabarse.

A menos que fuera con ella.

¿Y no era aquella una idea endiabladamente agradable?

Durante el año anterior, Avery había aprendido todo tipo de cosas sobre sí misma. Era más fuerte de lo que jamás habría pensado. Más decidida. Más resistente.

Pero para volver al bar aquella noche antes de que empezara su turno, necesitó hasta la última gota de esa confianza en sí misma. No podía apartar de su cerebro la sensual imagen de Rowdy inmerso en un acto tan íntimo. Su aspecto, los sonidos que había proferido. Había sido un momento tan tórrido...

Si era sincera consigo misma, tenía que reconocer que sentía unos celos que rayaban con la curiosidad. Entre ellos no había ningún tipo de compromiso, de modo que Rowdy no la había traicionado en ningún sentido. Pero seguía sintiéndose traicionada... y mucho.

Rowdy vivía la vida de acuerdo con sus propias normas. ¿Hasta qué punto era eso algo liberador?

Atendía su negocio y asumía responsabilidades, pero, en lo referente a las relaciones personales, evitaba los compromisos y, en cambio, satisfacía a placer su saludable apetito sexual. Avery no era ya la patética ingenua de un año atrás, pero sabía que un chico malo como Rowdy estaba tan alejado de su campo de experiencia que hasta sentía vértigo.

Sabía que no podría jugar con Rowdy sin terminar quemándose. No podía permitirse el lujo de tener una aventura sin arriesgarse a que le rompiera el corazón.

Por triste que fuera, no podía hacer nada con él, salvo trabajar, de modo que haría bien en apartar cualquier otro pensamiento más íntimo de su mente.

Pero después de haberle visto durante un orgasmo...

«¡No!», se ordenó a sí misma, «¡Deja de pensar en eso!».

Rowdy ni siquiera estaba en el bar cuando ella regresó y comenzó a organizarlo todo a toda velocidad. Durante un buen rato tuvo suficiente trabajo como para no ponerse nerviosa.

A las tres, solo media hora antes de que abriera el bar, entró Rowdy. Llevaba unos tejanos gastados y una camiseta negra. Iba recién afeitado, con el pelo húmedo, y lucía un aspecto tan suculento como siempre.

Se preparó para la inevitable incomodidad del primer encuentro, para lo que diría Rowdy y para lo que diría ella.

Pero no ocurrió nada.

Rowdy se puso directamente a trabajar. Jones, el cocinero recién contratado, y Ella, una de las tres camareras, también estaban en pleno ajetreo. El trabajo los mantuvo a todos demasiado ocupados como para dedicarse a cotorrear.

Avery desvió la mirada mientras Rowdy llenaba la caja registradora de monedas y billetes pequeños. Se ocupó de otras cosas cuando él colocó la pizarra blanca con las especialidades del día. Y charló con Ella aprovechando que Rowdy echaba un vistazo general al bar.

Pero, en todo momento, fue consciente de su presencia.

Rowdy, el muy maldito, se comportaba como si no hubiera pasado nada.

Quizá para él lo ocurrido no había tenido ninguna importancia. A lo mejor sabía tomarse con toda calma que lo hubieran sorprendido en la intimidad del acto sexual.

Él miraba repetidamente en su dirección. Avery lo sabía porque sentía su mirada cada vez. Aquel hombre tenía una manera de mirar que era casi como un contacto físico y ardiente.

A medida que la noche fue avanzando y el bar empezó a llenarse de clientes, la tensión de Avery aumentó. Había imaginado que Rowdy la abordaría, aunque solo fuera para preguntarle por qué se había presentado tan pronto en el bar.

Pero no lo había hecho.

¿La estaría evitando? Al final tendría que hablar con ella, pero Avery prefería retrasar todo lo posible ese momento. Todavía tenía que pensar en lo que iba a decirle.

En el mejor de los escenarios, intentaría seguirle el juego y comportarse como si lo ocurrido no hubiera tenido el menor impacto en ella.

A la hora de la cena, cuando la mayoría de la clientela empezó a pedir platos de la reducida carta, Avery se dedicó a ordenar su zona de trabajo. No tenía a nadie que la ayudara, de modo que mantener la barra preparada era una de sus principales responsabilidades. Cada vez que podía, reorganizaba sus cosas.

Moviéndose a toda prisa a lo largo de la barra, se dedicó a recoger servilletas sucias y sobres vacíos de pajitas y a secar el líquido derramado en su superficie. Cuando se volvía hacia el fregadero, a punto estuvo de chocar con Rowdy. Desprevenida, retrocedió tambaleante y lo miró frunciendo el ceño.

—¿Qué pasa?

A él no pareció importarle la aspereza de su tono.

—¿Es que piensas ignorarme durante toda la noche?

Avery respiró hondo, pero no le sirvió de nada. Contestó sin pensar:

—Eres tú quien me está ignorando.

—No —se volvió y la hizo volverse para evitar que los vieran los clientes—. Pero cada vez que te miraba, tenías la cara tan roja que pensaba que estabas a punto de desmayarte.

Sí, ya que lo decía, era cierto que el calor le abrasaba las mejillas. Esperando transmitir desinterés, Avery intentó darle un codazo para apartarlo de su camino. Pero era sólido como una roca y no fue capaz de desplazarlo un solo centímetro, así que lo rodeó precipitadamente.

—No sé de qué estás hablando.

—Tonterías —se cruzó de brazos y se apoyó contra la barra—. Tenemos que hablar de lo que ha pasado.

A punto de estallar, Avery abrió la boca dispuesta a soltarle una buena bronca, pero de repente quedó fascinada ante el espectáculo de sus abultados bíceps, de la camiseta ceñida contra su pecho y de los tejanos desteñidos a la altura de su... braqueta.

Ahogando un gemido, se dedicó a colocar más servilletas y vasos limpios para hacer algo con las manos que no fuera alargarlas hacia él.

—¿Sobre qué?

—Avery —la regañó—, sabes a qué me refiero.

Una chispa de furia se abrió paso a través de su vergüenza. Avery miró a su alrededor, pero no había nadie cerca que pudiera oírlos.

—¿Te refieres a tu inadecuada conducta en tu despacho?

—Sí —elevó la comisura de los labios en una sonrisa—. A eso.

Si él era capaz de mostrarse tan indiferente, ella también.

—Siento haberos interrumpido. Espero que no tuvieras que... —estuvo a punto de atragantarse— detenerte por mi culpa.

—En realidad, acababa de terminar, pero eso ya lo sabes, ¿no?

Avery se quedó sin aliento.

Él bajó la voz hasta convertirla en un ronco susurro:

—Lo que quiero decir es que lo viste tú misma.

Alzándose de puntillas, Avery gruñó:

—¡Estaba en estado de shock! Y, de hecho, pensé que los dos seguiríais durante unas cuantas horas después de que yo desapareciera de escena.

—No —Rowdy cambió de humor, hasta ponerse excesivamente serio—. Lamento que tuvieras que ver una cosa así.

Antes de que pudiera autocensurarse, Avery se descubrió replicando:

—Pero no lamentas haberlo hecho, ¿verdad?

Rowdy la observó sin responder, como si estuviera analizándola.

«¡Dios santo!», exclamó Avery para sus adentros, y se afanó en sacar a toda velocidad las bolsas de los cacahuetes y las galletitas saladas para rellenar los cuencos.

—Olvida lo que he dicho. No es asunto mío.

—Yo ya te pedí que...

—Sí, ya lo sé —lo cortó a demasiada velocidad y en voz demasiado alta. Su risa forzada no habría podido convencer a nadie—. Si no soy yo, te vale con cualquier otra, ¿verdad?

Con cualquier otra, sí. Menuda forma de hacerla sentirse especial.

—Avery...

Avery depositó el cuenco sobre la barra con tanta fuerza que los cacahuetes salieron disparados.

—Créeme, Rowdy, lo comprendo.

—Me temo que no.

Por algún motivo, aquello la enfureció de verdad. Con los brazos en jarras y las mejillas ardiendo, se enfrentó a él.

—Quieres sexo. Constantemente.

Rowdy miró a su alrededor y, agarrándola de un brazo, se la llevó a un aparte.

—Tranquilízate, ¿quieres?

Una vez que ya se había lanzado, Avery continuó:

—Con cualquier mujer que esté disponible. Y como yo no estoy preparada, entonces...

—No es así.

—¿Ah, no?

«Cierra la boca, Avery», se ordenó. Pero no podía. Cuando Rowdy andaba cerca, perdía toda capacidad de autocontrol.

—¿Entonces cómo es? —le preguntó.

Rowdy ignoró aquella pregunta sacudiendo la cabeza y formuló otra.

—¿Qué quieres decir con que no estás preparada?

«¡Oh, mierda!», exclamó Avery para sus adentros.

Rowdy se le acercó y pareció atravesarla con la mirada.

—No me has pedido que espere, Avery. Ni una sola vez. Lo único que he oído de ti ha sido un no rotundo.

Avery se lo quedó mirando fijamente, ansiando desesperadamente decirle: «espera».

Como si le hubiera leído el pensamiento, Rowdy susurró:

—Avery...

El teléfono del bar empezó a sonar justo en aquel momento, interrumpiendo lo que quiera que Rowdy planeara decir.

Avery alargó la mano hacia el aparato, pero él se le adelantó.

Sin dejar de observarla, respondió:

—Bar y parrilla Rowdy —podría haber contestado con el nombre que ella le había sugerido para el bar, el Getting Rowdy, pero rara vez se refería al local de esa manera—, ¿en qué puedo ayudarlo? —entrecerró los ojos—. Sí, está aquí. Un momento —le tendió el teléfono a Avery.

Avery arqueó las cejas.

—¿Es para mí?

—Tú eres Avery Mullins, ¿no?

Avery retrocedió a tal velocidad que chocó contra la barra ¿Alguien había preguntado por ella, llamándola por su nombre? Un puño invisible le oprimió los pulmones.

—¿Quién es?

Rowdy volvió a estrechar los ojos, entre preocupado y receloso.

—No lo ha dicho. Es un hombre.

Un hombre. Con todo tipo de pensamientos agitando su mente, presa de una creciente y abrumadora preocupación, Avery intentó decidir qué hacer, cómo reaccionar.

Rowdy tapó entonces el auricular del teléfono.

—¿Cuál es el problema?

Avery se mordió el labio. Sería algún cliente, se dijo, alguien que necesitaba información sobre el bar. La persona que llamaba no tenía por qué saber que había sido el propietario quien había contestado el teléfono y que por tanto podría proporcionarle cualquier información que necesitara.

Rowdy se acercó a ella, hasta tocarla casi.

—¿Quieres que atienda la llamada por ti?

Era tan grande y tan tremendamente masculino que, sin querer, la hacía sentirse aún más pequeña de lo que era y mucho más vulnerable.

Sentimientos que había intentado enterrar en lo más profundo.

—No —era una mujer independiente y adulta. Ya era hora de que se comportara como tal—. No, claro que no.

Intentó sonreír, pero no lo consiguió del todo. Agarró el teléfono y contestó con moderado recelo:

—¿Diga?

El frío silencio que siguió a su pregunta fue más estruendoso que un disparo.

El corazón comenzó a latirle a un ritmo salvaje. Y la manera de mirarla de Rowdy no ayudaba. Volvió a preguntar con voz algo más alta:

—¿Diga?

Oyó una leve risa y de repente la línea se cortó.

Su preocupación se trocó en verdadera alarma.

—¿Avery?

A partir de aquel momento, tendría que tener más cuidado. Se acabaron los paseos hasta la parada de autobús. O volver a su apartamento sin estar preparada para lo peor.

—Ya está bien, Avery —Rowdy la agarró por los hombros—, cuéntame lo que te pasa.

Pero no había ningún motivo para compartir su absurdo pasado con Rowdy.

—No me pasa nada.

Nada que él pudiera solucionar, por lo menos. Pero no iba a decírselo.

Se las había arreglado bastante bien antes de conocer a Rowdy. Y, puesto que él no quería ataduras de ningún tipo, continuaría arreglándoselas igual de bien sola.

—Nada, ¿eh? ¿Es por eso por lo que estás estrangulando el teléfono? —le quitó el aparato de las manos y se lo llevó a la oreja.

—Ha colgado —Avery se volvió para continuar rellenando los cuencos de la barra. Pero, cuando terminó, Rowdy seguía de pie a su espalda. Esperando. A lo mejor ella había interpretado mal la llamada—. ¿Qué te dijo exactamente?

—Me preguntó si Avery Mullins trabajaba aquí.

Bueno, aquello sonaba fatal. No había muchas maneras de interpretar lo ocurrido. Solo podía asumir lo peor.

Alguien la había localizado.

Rowdy la agarró del brazo y tiró de ella con suavidad.

—Trabajas para mí.

—¿En serio? ¿Cómo es posible que no me haya dado cuenta?

Rowdy cerró los ojos ante aquella pésima disposición a colaborar.

—No te hagas la listilla.

—Lo siento. Tienes razón, trabajo para ti —adoraba su trabajo, lo que significaba que en aquel momento debería estar atendiendo a sus clientes, en vez de ponerse enferma de los nervios—. Y, si te apartaras de mi camino, podría seguir haciéndolo.

Rowdy escrutó su rostro, consciente de que no iba a dejarse persuadir, y soltó un gruñido de exasperación.

—Esta noche, cuando cerremos, no te vayas. Quiero hablar contigo.

Ella abrió la boca para negarse, pero Rowdy la cortó antes de que hubiera podido decir una sola palabra:

—Es por algo relacionado con el trabajo. Ella, la camarera, también tendrá que quedarse.

Ah, bueno, en ese caso...

—Solo podré quedarme hasta las dos y media.

Si salía más tarde perdería el autobús y no quería tener que pagar un taxi.

Rowdy asintió, aceptando su condición.

—No tardaremos mucho.

—En ese caso, de acuerdo.

Sin soltarle el brazo, Rowdy le acarició la piel con el pulgar.

—¿Seguro que estás bien?

¡Ah!. Rowdy tenía sus defectos, pero también era un hombre tierno y protector.

Y tenía un crudo atractivo viril que debería estar prohibido.

—Completamente.

Había trabajado duro para poder recomponer su vida. No iba a dar marcha atrás en un momento como aquel.

—¡Rowdy! —lo llamó de repente alguien, con excesiva familiaridad.

Se giraron ambos a la vez, buscando la procedencia de aquella voz.

Dos rubias y una morena lo saludaron con la mano, pero Avery no vio a ninguna pelirroja. Se cruzó de brazos y esbozó una leve sonrisa.

—Si piensas volver a utilizar el despacho, te sugiero que esta vez cierres la puerta con llave.

Rowdy la tomó suavemente de la barbilla. Alzándole el rostro.

—Hablaremos después.

—Sobre el trabajo —aclaró ella, pero él ya se había marchado, saliendo de detrás de la barra para dirigirse a saludar al trío de mujeres.

La luna y el parpadeante resplandor de una farola iluminaban la noche oscura. Un viento helado traspasaba su abrigo. Se levantó el cuello y, con la grava del aparcamiento crujiendo bajo sus zapatos, se alejó de la cabina de teléfonos. Una eufórica sensación de satisfacción estuvo a punto de arrancarle una carcajada.

Ya estaba. Ya la tenía.

Avery Mullins podía haber llegado a pensar que se había escondido bien pero, con dinero, era posible descubrir a cualquiera... u ocultar el más oscuro secreto. Le había llevado un año, pero pronto todo habría terminado.

Estaba loco por verla otra vez. Todo el mundo sería más feliz cuando Avery regresara al lugar al que pertenecía. Nunca más volvería a ser tan descuidado. Los dos habían errado en sus cálculos: él había subestimado sus capacidades y ella su determinación.

Estaba dispuesto a hacer cualquier cosa para obligarla a pagar su osadía.

No tardaría en enmendar sus errores. Avery no volvería a tomarlo por un estúpido. nunca más

CAPÍTULO 2

Avery apretó los dientes mientras se esforzaba por ignorarlas. Imposible. Las mujeres que rodeaban a Rowdy eran atractivas, sexys y estaban dispuestas a todo. Si Rowdy se metía con ellas en su despacho, ¿qué haría ella? ¿Renunciar a su trabajo? Probablemente no.

Podría arrojarles agua fría. Desvió la mirada hacia las botellas de agua con gas que guardaba debajo de la barra. Era una posibilidad.

Pero mientras ella seguía atendiendo a sus clientes, Rowdy se deshizo de aquellas tres mujeres y tuvo después que esquivar a otras que intentaron colgarse de su brazo. Fue educado con todas ellas, pero nada más.

En realidad, tampoco importaba. A ella por lo menos.

Rowdy alzó la mirada y sorprendió su ceño fruncido. Le guiñó un ojo, esbozó una leve sonrisa y continuó saludando a la clientela.

Desde que unas cuantas semanas atrás abrieron el bar, Rowdy había puesto un especial empeño en participar en todas las tareas, en supervisar todos los aspectos de su funcionamiento y en mezclarse con la clientela. Los hombres disfrutaban del ambiente informal del bar, pero Avery sospechaba que las mujeres estaban más interesadas en Rowdy que en cualquier otra cosa que pudiera ofrecerles el establecimiento.

Les había llevado tiempo volver a amueblar el interior. Había reparado muchas cosas y lo que no había podido arreglarse Rowdy lo había sustituido con materiales de segunda mano. Para reducir gastos, él mismo había hecho gran parte del trabajo, como pintar las paredes, limpiar a fondo suelos y ventanas y asegurarse de que todo estuviera limpio y reluciente.

Siempre que le había sido posible, Avery había colaborado, trabajando codo a codo a su lado.... y enamorándose de él a casa segundo.

No podía decir qué era lo que tenía Rowdy, pero, desde el mismo día en que lo conoció, había sucumbido a su rudo encanto. Y si a su maravilloso rostro se añadía un cuerpo tan fuerte y tan bien trabajado, el resultado era un espectacular bombón para la vista.

Pero había mucho más que su atractivo físico. Rowdy sonreía como si conociera todos sus secretos, la miraba como si ya hubieran tenido una relación íntima. Aquel hombre hacía de la seguridad en sí mismo un auténtico arte y afrontaba cada día con una despreocupada actitud desafiante.

Avery sabía que Rowdy hacía lo imposible por ocultarlo, pero había algo extremadamente sensible y considerado en la manera que tenía de tratar la vida: la suya propia y la de los demás.

Cuando su hermana se casó con el inspector Logan Riske, Rowdy se había encontrado de la noche a la mañana con un cuñado policía. Avery se sonrió al imaginar cómo habría reaccionado Rowdy ante la noticia. Por principio, no confiaba en la policía. Pero, por lo que ella había visto, se llevaba bien con Logan, y también con el detective Reese Bareden, su compañero en el cuerpo.

La mayor parte del pasado de Rowdy continuaba siendo un misterio para Avery, pero no le hacía falta ser psicóloga para saber que había tenido una vida dura, que había aprendido en la escuela de la calle y que era todo un superviviente. Había muchas posibilidades de que hubiera pasado algún tiempo fuera de la ley; de ahí sus recelos hacia la policía.

Ocupada en lavar vasos, Avery no vio a Rowdy cuando se metió con ella detrás de la barra. Al volverse, tropezó con él.

Demonio de hombre...

—¿Por qué tienes que aparecer siempre así, tan de repente?

Lanzándole una mirada cargada de insinuaciones, pasó por detrás de ella.

—Vengo a rellenar unas copas.

—¡Ah, gracias! —sirviéndose de aquella conversación intrascendente como disculpa, Avery intentó no pensar en que horas antes lo había visto sorprendido en una situación de lo más comprometida—. Esta noche ha venido mucha gente.

—Pero nos las estamos arreglando bastante bien —la miró de reojo—. ¿Qué tal vas tú?

Avery se quedó sorprendida.

—¿Qué quieres decir?

—Como tú misma has dicho, hay mucha gente. ¿Necesitas ayuda?

Oh. «Tranquilízate, Avery», se dijo. A Rowdy no le importaba que ella lo hubiera visto en una situación tan íntima, lo cual resultaba bastante significativo.

—Me las puedo arreglar bien. No hay ningún problema.

—Avísame si la cosa se vuelve agobiante —recogió la bandeja y se dispuso a salir de la barra—. Vendré dentro de un momento para que puedas descansar un poco.

—De acuerdo.

Al ver el movimiento de sus músculos mientras se alejaba, Avery sintió que los dedos de los pies se le curvaban dentro de los zapatos. Una reacción habitual cuando lo miraba.

Pero el flujo de clientes la mantuvo demasiado ocupada como para que pudiera seguir soñando despierta. Le gustó que se le acumulara el trabajo porque aquello la tuvo entretenida. Encontró el ritmo y se sumergió en el trabajo. Se sentía... zen.

Cuando las cosas volvieron a tranquilizarse, vio a Rowdy al final de la barra, intentando intervenir en una discusión que iba subiendo de tono entre dos hombres y una mujer. Una silla cayó al suelo. Se elevaron las voces.

Antes de que la situación se le fuera de las manos, Rowdy consiguió controlarla. Los hombres cedieron. Rowdy ejercía aquel tipo de influencia. La mujer se marchó enfadada y ninguno de los dos hombres intentó retenerla.

Con una media sonrisa, Avery observó cómo Rowdy levantaba la silla, lo cual le recordó el aspecto que había lucido mientras estuvo reformando el bar. La forma en que se habían hinchado sus bíceps cuando cargaba equipo pesado. La flexión de muslos cuando se agachaba. El dibujo de aquellos marcados abdominales cada vez que se había levantado la camiseta para enjugarse el sudor de la frente.

Y el puro placer de su rostro cada vez que terminaba una tarea.

Aunque no se había sentido del todo cómodo con la situación, Rowdy había terminado aceptando la ayuda de su nueva familia y amigos. A Avery le había costado un poco acostumbrarse a verlos trabajar juntos.

Con su casi un metro noventa de estatura, para ella Rowdy era una especie de gigante. Su cuñado, Logan, medía pocos centímetros menos que él; su amigo Reese era todavía más alto y el hermano de Logan, Dash, venía a medir más o menos lo mismo que Rowdy. Pero dejando de lado el aspecto físico, los cuatro no podían ser más distintos.

Como policías que eran, Logan y Reese eran tipos que siempre estaban concentrados, atentos. Pero Rowdy tenía una naturaleza especialmente vigilante. Los dos inspectores se relajaban de cuando en cuando, mientras que Rowdy nunca parecía bajar la guardia.

El hermano de Logan, Dash, era propietario de una constructora. Por lo que Avery había visto, estaba orgulloso de su trabajo, pero, una vez terminada la jornada, para él todo era placer. Y seducía a las mujeres con facilidad.

Pero también en aquel aspecto le ganaba Rowdy. Un aire de peligrosidad parecía intensificarlo todo en él: su atractivo, su aspecto, su actitud y su capacidad.

Su éxito con las mujeres...

Avery tenía la sensación de que Rowdy solo pasaba el tiempo de dos maneras: o trabajando o disfrutando de compañía femenina. En resumen, parecía incansable; y más que decidido a convertir aquel bar en un éxito. Se quedaba después de que ella se hubiera ido y casi siempre lo encontraba allí cuando llegaba.

Aquel día… Bueno, aquel día también lo había encontrado allí. Y a una hora más que temprana. ¿Se quedaría a menudo a pasar la noche en el bar? ¿Se habría permitido otras aventuras en su despacho?

Ella se acercó para pedir una copa.

—Crisis superada —bromeó la camarera, refiriéndose a cómo había apaciguado Rowdy la discusión—. Lo tiene todo, ¿eh?

—Ha hecho un gran trabajo —se mostró de acuerdo Avery.

Con treinta y cuatro años, Ella le sacaba ocho. A diferencia de Avery, la camarera llevaba siempre tacones, escote y no paraba nunca de sonreír. Se pasaba la vida coqueteando, llamaba «cielo» o «cariño» a todo el mundo y le gustaba el contacto físico. Nada demasiado íntimo, por lo menos cuando estaba trabajando, pero le gustaba acercarse a la gente.

En algunas mujeres, aquella personalidad tan habitual en los bares podía parecer un estereotipo, pero no en el caso de Ella. Era demasiado sincera y cariñosa como para poder ser otra cosa que auténtica.

Enredándose un mechón de su melena castaña en el dedo, Ella se inclinó hacia la barra mientras Avery servía tres chupitos de whisky.

—¿Sobre qué crees que querrá hablarnos esta noche?

Avery se encogió de hombros.

—Rowdy no ha dicho nada, así que ¿quién sabe?

—Jones espera que por fin se haya decidido a contratar a alguien que lo ayude en la cocina. La pobre criatura no para por las noches.

Aunque Avery jamás se habría referido a aquel cocinero fibroso y eficiente que debía de tener más de sesenta años como «pobre criatura», estuvo de acuerdo en que trabajaba mucho. Jones, al igual que Ella, era un hombre feliz. Llevaba su larga melena canosa recogida en una cola de caballo, tenía más tatuajes de los que Avery podía contar y maldecía constantemente mientras cocinaba, sobre todo las noches que había más trabajo.

Cuando la situación lo permitía, alguna de las camareras le echaba una mano, pero aquellas ocasiones eran poco habituales. Rowdy había esperado poder contar con tres camareras a jornada completa, pero Ella había sido la única que había aceptado. A las otras dos, que antes ganaban mucho dinero bailando en la barra de striptease, no les había gustado que la quitara. Se habían quedado trabajando a tiempo parcial y rotando turnos para así poder trabajar también en un club.

—Dudo que tenga que ver con la cocina, puesto que la reunión va a ser tarde.

Como todavía había tantas remodelaciones en marcha, era habitual que Rowdy convocara reuniones. Pero, cuando tenían que ver con la cocina, lo hacía antes de que empezara la jornada de trabajo, porque la cocina cerraba a las once.

—Bueno, qué más da. Siempre nos paga bien cuando nos tenemos que quedar, así que no importa —Ella recogió la bandeja—. Ese hombre es increíble.

Sí que lo era. Increíblemente grande. Viril.

Y con una energía sexual fuera de lo común.

Ella se alejó despacio, contoneándose con cada paso.

Sin necesidad de la barra de striptease, la camarera conseguía generosas propinas. Y aquella noche había tanta gente en el bar que tampoco a Avery le estaba yendo nada mal.

A la una en punto, cuando Rowdy dio el aviso de la última ronda, Avery estaba más que dispuesta a poner fin a la noche. Rowdy le había dejado tomarse dos descansos, pero continuaban teniendo mucho trabajo.

Al final, cuando el último cliente salió por la puerta y Rowdy pudo cerrar por fin, se reunieron en la sala de descanso. En cuanto Avery y Ella se sentaron alrededor de la mesa, Rowdy anunció:

—Lo siento, Ella, pero vamos a llevar uniforme.

—¿Y por qué lo sientes, cariño? —Ella cruzó sus largas piernas—. Ya he llevado uniforme otras veces. Algunos son muy monos.

—Estos no —Rowdy les enseñó una camiseta unisex de color negro con el nombre del bar en amarillo neón—. No es nada sexy, Ella. Quiero que todo el mundo lleve la camiseta con unos tejanos —sacó un delantal de una bolsa—. Y esto.

Avery miró aquel delantal tan funcional, de color negro y con el mismo logo que la camiseta.

—Me gusta —dijo.

Pero Ella estaba horrorizada.

—Tenéis tres para cada una. Si pudiera, os daría uno para cada día de la semana, pero por el momento os las tendréis que arreglar con esto.

—Estarás guapísima, Ella —le aseguró Avery—. Será muy provocador. Todos los hombres se preguntarán por lo que no están viendo.

—No es lo mismo —la camarera localizó su talla, vaciló un instante, volvió a guardar la camiseta y sacó otra más pequeña—. Espero no perder propinas por culpa de esto.

—Lo dudo —contestó Rowdy—, porque los clientes te adoran. Pero, en cualquier caso, te subiré el sueldo. Un dólar más a la hora.

Aquello hizo que volviera a sonreír.

—¿De veras?

—Nos está yendo mejor de lo que esperaba y vosotras estáis trabajando al cien por cien.

—Eres el hombre más bueno del mundo.

Ella dejó caer las camisetas y se levantó para darle a Rowdy un entusiasta abrazo.

Agradecido por aquella reacción, Rowdy la levantó en vilo y le dio un beso en la frente.

Parecía tan aliviado que Avery supuso que debía de haber estado esperando una mayor oposición.

Sus miradas se encontraron por encima de la cabeza de Ella y Rowdy bajó lentamente a la camarera.

¿Pensaría que estaba celosa? No. Avery sabía que Rowdy valoraba a Ella como empleada, nada más.

Ella le lanzó una radiante sonrisa.

—¿Hay algo más, encanto?

—No. Eso es todo —guardó en una bolsa sus camisetas y sus delantales— Aquí tienes.

—Gracias.

La camarera le dio un sonoro beso en la mejilla, le acarició el pecho con gesto cariñoso y se dirigió hacia la puerta de atrás con sus nuevas prendas.

Desde donde estaba sentada, Avery podía ver la cocina y la puerta trasera. Vio que Rowdy la cerraba con llave y volvía a su lado. Se dejó caer en la silla.

—Un problema menos —musitó.

Sonriendo de oreja a oreja, Avery le preguntó:

—¿Estabas preocupado?

—Un poco —movió los hombros y se frotó el cuello—. Ella me cae muy bien. Es una gran trabajadora y tiene una imagen espectacular. Nunca se queja. Sonríe a todos los clientes. Pero, desde luego, le encanta exhibirse.

—Y yo que pensaba que te gustaban ese tipo de cosas...

—En cualquier otro lugar, desde luego que sí. Pero estoy intentando que este sea un local diferente, no lo olvides.

Avery comprendió entonces cuál era su intención.

—Así que lo de los uniformes ha sido una manera de ocultar los encantos de Ella sin herir sus sentimientos.

Rowdy se encogió de hombros.

—Me pareció mejor eso que decirle que enseñaba demasiado el pecho.

Avery soltó una carcajada.

—Una estrategia ingeniosa —tomó una camiseta para examinar el logo—. Y me gusta. Informal, pero clásica.

—Quedará bien con tus tejanos.

Como era lo que ella siempre se ponía para ir al trabajo, Avery agradeció el esfuerzo.

—Muchas gracias. Y, solo para que lo sepas: si hubieras propuesto algo que me pareciera cursi, ridículo o fetichista, me habría negado.

—Me lo imaginaba —Rowdy la observó mientras ella recogía las camisetas y los delantales—. Tengo la sensación de que tú estás haciendo justo lo contrario que Ella.

—¿A qué te refieres?

—Mientras que Ella se ha llevado una talla más pequeña de la que necesita, tú te llevas una más grande. Escondes tu figura. Ella presume de la suya. Pero supongo que así está equilibrada la cosa.

—Yo no escondo nada —replicó, aunque hacía tiempo que había dejado de vestirse de manera que pudiera llamar la atención—. Tengo que moverme rápido detrás de la barra. Necesito libertad de movimientos. Para mí la comodidad es más importante que cualquier otra cosa.

—¿Avery?

Seguía ocupada doblando las camisetas.

—¿Sí?

Rowdy no se movió de su asiento, ni cambió de tono, así que la pilló de sorpresa cuando le preguntó:

—¿Por qué has venido tan pronto esta mañana?

Avery se detuvo de golpe mientras sentía fluir los recuerdos.

El gemido ronco y profundo de Rowdy.

Su expresión tensa mientras alcanzaba el orgasmo.

Azorada, evitó su mirada mientras se concentraba en las prendas con movimientos torpes.

—Ayer me dejé el móvil en el bar.

Rowdy se inclinó despacio hacia ella y cruzó los brazos sobre la mesa.

—Podrías haberlo recogido al volver al trabajo.

Y no lo habría sorprendido divirtiéndose en su despacho, pensó ella.

—Tenía que hacer una llamada.

—¿Ah, sí? ¿Y a quién tenías que llamar?

Bajo ningún concepto iba a decirle que pensaba pedirle una cita al médico para comenzar a tomar la píldora... porque había querido que él se divirtiera con ella.

Pero, definitivamente, no en su despacho.

—Eso ahora no importa.

—¿A un novio? —preguntó Rowdy ante su falta de colaboración.

Avery lo miró perpleja.

—¿Y por qué demonios sales ahora con eso?

—Has recibido una llamada de un hombre. ¿Estás saliendo con alguien?

—Yo… no. Debió de ser alguien que se había equivocado —eso esperaba. Hizo un gesto con la mano, contestando negativamente a su pregunta—. No estoy saliendo con nadie.

Se produjo un pesado silencio antes de que Rowdy inquiriera con suavidad:

—¿No?

Negándose a admitirlo otra vez, Avery miró el reloj de la pared.

—Tengo que irme si no quiero perder el autobús.

Rowdy escrutó su rostro, pero se levantó con ella.

—¿El autobús?

—¿Creías que venía andando?

—No, pero había dado por sentado… —sacudió la cabeza—. Te llevaré a casa.

—¡No, no, no! No me vas a llevar —ya era bastante difícil estar con él en la sala de descanso. Estar con él dentro de un coche sería una tentación excesiva—. Gracias de todas formas.

—¡Maldita sea, Avery! Esta es una situación complicada para mí —la irritación afilaba su tono de voz.

¿Para él?

—Estás de broma, ¿verdad?

Rowdy apretó la mandíbula.

—Preferiría que no me hubieras visto hoy.

—¡Ya somos dos!

—Pero me has visto —sentenció— y creo que deberíamos hablar sobre ello.

¡Oh, no! No iba a dejarse ganar por aquel tono íntimo y decidido.

—No soy tu niñera, Rowdy. Y, créeme, incluso antes de haber visto el espectáculo erótico de hoy, estaba al tanto de tu hiperactiva vida sexual. Pero no esperaba tropezarme con ella en el trabajo.

—Era antes del trabajo y ha sido un incidente aislado.

«¡Qué valor!», exclamó para sus adentros.

—¿Me estás diciendo que no lo habías hecho antes?

—Claro que lo he hecho.

A Avery se le hizo un nudo en el estómago. Hasta que él continuó:

—Pero no aquí.

—¡A eso me refería! —farfulló Avery.

—¿Ah, sí?

La dejó tan desconcertada que apenas fue capaz de encontrar las palabras.

—No estaba sugiriendo que nunca... Que no hubieras —no, no podía darle el gusto de decirlo en voz alta para que se riera de ella. Cuadró los hombros—. Jamás había conocido a una persona tan desinhibida.

Una sonrisa arrogante se dibujó en los labios de Rowdy.

—¿Entonces lo que te ha molestado ha sido el lugar elegido?

—¡No me ha molestado nada!

Rowdy arqueó las cejas al oírla elevar la voz.

Tras tomar aire para recuperar el control, Avery dijo con calma:

—Lo que hagas durante tu tiempo libre es cosa tuya.

—Estaba en mi tiempo libre y en realidad quería pasarlo contigo, pero tú no estabas interesada.

Avery dejó caer las camisetas y puso los brazos en jarras.

—¿Y eso es una excusa?

Rowdy se acercó a ella.

—Lo siento, cariño, pero no necesito una excusa —y, con una delicadeza irritante, le apartó el rizo que se le había escapado de la coleta—. Soy un hombre adulto, estaba en mi bar y no esperaba que nadie apareciera tan pronto, y menos tú.

—¡Perfecto! —recogió de nuevo las camisetas, deseosa de marcharse—. En ese caso, supongo que ya está todo aclarado.

Rowdy la agarró del brazo.

—Espera —Avery comenzó a intentar desasirse, hasta que él dijo—: Vamos, dame una oportunidad de explicarme...

No fue un movimiento muy inteligente, porque cada segundo que pasaba junto a él minaba su capacidad de resistencia, pero de todas formas Avery se detuvo.

—De acuerdo, estoy dispuesta a oírte —pensó que eso sería lo mejor.

Pero, una vez más, quizá no lo fuera.

En un intento por ganar tiempo para pensar, Rowdy agarró las camisetas y los delantales de Avery y los dejó de nuevo sobre la mesa. Al verla con aquella expresión tan obstinada, y endiabladamente encantadora, habría preferido apoyarla contra la pared y obedecer a sus instintos en vez de hablar. Pero no podía imaginar cómo reaccionaría ella.

Se frotó la nuca mientras se esforzaba por pensar en lo que iba a decirle. Y cómo.

Rezumando beligerancia, Avery se cruzó de brazos.

—Estoy esperando.

—Dame un segundo, ¿quieres? —apoyó la cadera en la mesa y la escrutó con la mirada—. Es posible que no lo sepas, pero nunca he tenido que darle explicaciones a ninguna mujer. Excepto a mi hermana, claro. Pero, en el caso de Pepper, siempre han sido generalidades. Nunca he tenido que entrar en detalles sobre cuándo, cómo o con quién me he acostado.

Avery estalló.

—A mí tampoco tienes que darme ninguna explicación.

—Yo creo que sí, pero es complicado porque trabajas para mí.

Al ver que no decía nada más, Avery alzó la barbilla.

—¿Y?

Rowdy jamás había tenido problemas para hablar con franqueza y no vio ningún motivo para comenzar a complicar las cosas en aquel momento.

—Me pones mucho, Avery. Y lo sabes.

Avery se quedó boquiabierta.

—Dios mío, eres tan...

—Pero, como soy tu jefe —la interrumpió—, si no llevo cuidado, podría llegar a sobrepasar ciertos límites.

Avery estuvo a punto de atragantarse.

—¿Estás hablando en serio, Rowdy? ¿De verdad crees que estás teniendo cuidado?

¡Al diablo con todo! Rowdy le acarició la mejilla con los nudillos, descendió por su cuello y le dijo:

—Te deseo. Todo el maldito tiempo —incluso cuando estaba con otras mujeres. Cerró la mano sobre su hombro y la urgió a acercarse—. Y no creo que se me vaya a pasar pronto.

Avery se relajó de forma casi imperceptible, pero aun así dijo:

—Esta mañana parecía que se te había pasado.

Al reconocer el dolor que Avery estaba intentando esconder detrás de su sarcasmo, Rowdy negó con la cabeza.

—No, cariño, ni de lejos.

Avery apretó los labios.

—Así que tu cita era solo…

—Estás confundiendo las cosas. No era ninguna cita. Lo que has visto esta mañana solo era sexo, puro y simple.

—¡Oh, Dios mío! —Avery posó las manos sobre su pecho y lo empujó sin demasiada convicción—. No quiero seguir oyendo nada de esto.

—La chica con la que estaba lo sabía —Rowdy la retuvo sin dificultad—. Yo no había endulzado las cosas y ella se mostró de acuerdo en un cien por cien.

El enfado oscureció los ojos azules de Avery y terminó por enronquecer su voz.

—No consigo entender por qué me estás contando todo esto.

«Porque me importa lo que pienses», pensó Rowdy. Posando la mano en su nuca, la acercó hacia sí.

—Tengo la sensación de que te has tomado como algo personal el habermate visto con ella.

—Tienes un ego descomunal.

Sabiendo que había puesto el dedo en la llaga, Rowdy inclinó la cabeza y le acarició el pelo con la nariz.

—Crees que ha sido una forma de rechazarte o algo así.

Aspiró su esencia y se tensó de pies a cabeza. ¡Dios! Cómo lo excitaba aquella mujer…

—Sinceramente —susurró Avery—, no sé qué pensar.

—Piensa en decir sí, en vez de no.

Avery cerró entonces el puño y le dio un golpe en las costillas. Pero Rowdy la abrazó, sonriendo de oreja a oreja. Después de un largo día de trabajo, era una verdadera delicia poder abrazarla.

—¿No debería bromear con esto?

—Definitivamente, no.

—De acuerdo —le dio un beso en la sien y se echó hacia atrás para poder verle la cara— . Entonces, ahora en serio, si te he hecho daño en cualquier sentido, lo siento. No era mi intención, créeme.

Avery alzó la mirada hacia él con aquellos ojos azules dulces y enormes y las manos aferradas a su camisa, agarrándose a él.

—¿Entonces por qué lo has hecho?

Por lo menos no se había marchado enfadada, pensó Rowdy. Estaba siendo mucho más razonable de lo que podría haber esperado.

—No quería llevarla a mi casa y ella no tenía intimidad en la suya.

Con los ojos centelleantes, finalmente Avery le dio un empujón.

—¡Idiota!

Como medida de seguridad, Rowdy se apoyó contra la puerta, pero ella no intentó marcharse.

Se limitó a dirigirse al otro lado de la mesa, poniéndose fuera de su alcance.

—No era a eso a lo que me refería. Sí, me sorprende que hagas ese tipo de cosas aquí, en el trabajo. Pero lo que te estaba preguntando… —sacudió la cabeza—. Qué más da.

No, Rowdy no iba a dejar las cosas así.

—¿Quieres saber por qué estaba con ella?

Tras una larga vacilación, Avery asintió con un gesto seco.

Rowdy no quería darle una extensa explicación sobre todos sus defectos, pero tampoco quería que Avery acabara la noche enfadada. Consideró la posibilidad de inventar una historia creíble, pero sabía que no sería capaz de mentirle.

Lo que había visto en aquellos hermosos ojos azules había llegado a conmoverlo.

Avery quería que le diera una buena excusa porque quería tener una buena razón para creerle.

Rowdy había pasado la noche en aquel maratón sexual para huir de sus demonios personales. Debería haberse sentido más que saciado, y eso era al menos lo que había sentido en un principio.

Hasta la aparición de Avery.

Porque en aquel momento, teniéndola tan cerca, estando a solas con ella y viendo aquella expresión en particular en sus ojos, se sentía como si hubiera pasado un mes de celibato.

Le diría lo básico. Con eso tendría que bastar.

—Las mujeres suelen venir a mí.

—Noticia fresca.

Desde el día que se conocieron, antes de que Rowdy hubiera comprado el bar, Avery le había visto ligando con mujeres. No era algo de lo que Rowdy se sintiera orgulloso, pero tampoco algo que hubiera intentado esconder nunca. Era un hombre adulto y le gustaba el sexo.

Decidido a no desviarse del tema, Rowdy ignoró aquella pulla.

—Cuando me rechazan, tampoco me importa.

—¿Por qué iba a importarte? —y, como si fuera una acusación, añadió—: Siempre tienes a otra esperándote.

Rowdy se encogió de hombros, aunque sabía que eso no era del todo cierto.

—Esa no es la cuestión.

Volvió a acercarse a ella. Parecía incapaz de evitarlo. Desde el primer día, Avery lo había atraído, no solo físicamente, sino en otros sentidos mucho más inquietantes. Sentidos que no quería analizar muy de cerca.

—Si me dejas, intentaré explicarme.

Avery se cruzó de brazos.

—Soy toda oídos.

No, era toda agallas y orgullo y, aunque estuviera intentando disimularlo, ardiente sensualidad.

—Cuando alguien me rechaza y, créeme, a veces me pasa, me

da igual, porque no hay nadie a quien aprecie lo suficiente como para que me importe.

Avery se volvió.

—Supongo que eso es algo que debería recordar, ¿no?

Rowdy la hizo darse la vuelta y, aunque le irritaba, admitió la verdad:

—Contigo me importa.

Avery escrutó su rostro, pero no parecía muy convencida.

—Me resultaría más fácil creerlo si no te hubiera pillado esta mañana.

Rowdy necesitaba que se olvidara de lo que había visto.

—Necesitaba una distracción, eso es todo.

—¿El sexo? —preguntó ella dubitativa.

—Es la mejor distracción que he encontrado nunca.

No había pasado de la primera adolescencia cuando descubrió que las chicas podían llevar la luz a las más oscuras sombras. Siempre había sido alto para su edad, siempre había parecido mayor, y las chicas habían interpretado su naturaleza reservada y cautelosa como un signo de madurez.

Mientras los otros chicos se dedicaban a jugar al béisbol o a lo que fuera, él había estado demasiado ocupado intentando proteger a su hermana. La había defendido verbalmente y, cuando eso no había bastado, físicamente. Desde que tenía memoria, había hecho todo lo posible para proteger a Pepper de la realidad de sus vidas, lo que a menudo había significado llevarse la mayor parte de los golpes. Como resultado, a veces explotaba un torbellino en su interior.

Gracias a una de las animadoras del instituto, había perdido la virginidad a los quince años. Aquello le había abierto los ojos. Había aprendido que un buen revolcón era una buena manera de liberar su mente y su cuerpo de tensiones. Utilizando el sexo para canalizar el estrés, podía enfrentarse a cualquier obstáculo que se le presentara en la vida.

Pero nada de aquello tenía que ver con Avery.

—¿Rowdy?

La delicadeza de su tono le puso nervioso. Avery le había visto perdido en sus pensamientos y, maldita fuera, él nunca hacía eso. Desde luego, no con las mujeres.

—¿Qué?

—¿Hay algún problema en el bar? —la preocupación pareció suavizar su expresión—. ¿Tienes algún problema? —le tocó el brazo.

—No.

¿De verdad pensaba que se iba a poner a lloriquearle a una mujer si tuviera algún problema?

—¿Entonces por qué necesitabas distraerte?

Maldijo para sus adentros. Ya había hablado de más.

—Se está haciendo tarde —miró el reloj—. Como no nos pongamos en movimiento, vas a perder el autobús.

—¡Ay, no!

Avery se apartó de un salto, se puso la cazadora y recogió las camisetas y los delantales. Después de colgarse el bolso al hombro, corrió hacia la puerta de la sala de descanso y... vaciló por un instante.

—Tú también te vas ahora, ¿verdad?

Rowdy, que estaba justo a su espalda, le quitó las camisetas.

—Te acompaño.

Avery aflojó la tensión de los hombros.

—Genial. Gracias.

Rowdy, que esperaba una protesta más que una inmediata aceptación, le preguntó con recelo:

—¿Sueles tomar muy a menudo el autobús?

—Siempre.

¿Así que, noche tras noche, volvía sola a su casa en autobús? ¿A las dos de la madrugada? Y él que siempre la había considerado una persona sensata... Si lo hubiera sabido, la habría acompañado al autobús todas las noches.

No estaban en la mejor zona de la ciudad y, aunque nunca estaba del todo solitaria, era una calle peligrosa para una mujer sola. Había montones de callejones, coches aparcados y edificios abandonados en los que una mujer podía desaparecer.

Como ya había cerrado antes el bar, Rowdy solo tuvo que

apagar las luces que se habían quedado encendidas antes de salir con ella por la puerta de atrás. No pudo evitar un deje de irritación en su voz cuando le preguntó:

—¿Hay alguna razón por la que tengas que tomar el autobús?
—Sí.

Mientras esperaba una explicación, Rowdy abrió la puerta, salió con Avery y volvió a cerrarla. Al ver que no decía nada, la urgió:

—¿Y te importaría compartirla conmigo?
—Claro que no —Avery, que ya se le había adelantado, lo miró por encima del hombro—. Siempre y cuando tú me digas por qué necesitabas distraerte.

Así que no había conseguido desviarla del tema, ¿eh? Avery no era como otras mujeres. No solía cejar en su empeño cuando quería algo y, desde luego, no se plegaría a sus deseos.

Rowdy la alcanzó en un par de zancadas cuando ella ya se dirigía a la parada del autobús que había delante del bar. Desgraciadamente, al menos para ella, el autobús acababa de doblar la esquina y estaba desapareciendo de su vista.

—Genial.

Miró a su alrededor con lo que a Rowdy le pareció una expresión de preocupación, se dejó caer en un banco, abrió el bolso y comenzó a rebuscar en su interior.

Rowdy se quedó de pie a su lado.

—¿Qué haces?
—Buscar el móvil para llamar a un taxi.

«De ninguna manera», pensó Rowdy.

—¿Por qué no te comportas de forma razonable y me dejas que te lleve a tu casa?

Avery encontró el móvil y lo sacó.

—Avery...

Se agachó delante de ella y tomó sus pequeñas manos entre las suyas. Era tan menuda, tan delicada y tan femenina...

—¿Qué pasa?

Algo brillaba en sus ojos, ansiedad, quizá. Posiblemente incluso miedo.

El instinto protector se puso a la vanguardia de su cerebro.
—¿No confías en mí?
—No es eso.
—¿Entonces qué es?
Avery se dejó caer contra el respaldo del banco y lo miró con ojos entrecerrados.
—Si quieres saber la verdad, no estoy segura de confiar mucho en mí misma.
Las cosas comenzaban a ponerse interesantes.
—¿Te refieres a cuando estás conmigo?
—Eres toda una tentación —musitó Avery a regañadientes.
¿Todavía lo seguía siendo? ¿Incluso después de que ella lo hubiera sorprendido en medio de una felación, disfrutando de una aventura de una sola noche? Aquello lo sorprendió y desató un torrente de deseo por sus venas.
—Entonces...
—Sé realista, Rowdy —replicó ella, enfurruñada—. Todas las mujeres te desean.
Tenía una imagen de él un tanto sesgada, pero... ¿por qué desilusionarla?
—No todas.
Avery alzó la barbilla y afirmó:
—No pienso ser simplemente una más en una larga lista de aventuras de una noche.
Como si con una noche a su lado pudiera él siquiera llegar a aplacarse. Y, sí, aquello era una novedad. Normalmente, con otras mujeres, con una noche tenía más que suficiente.
Pero, por lo visto, no con Avery.
Por muy independiente que fuera, su pequeña barman tenía una forma muy anticuada de ver las cosas.
—¿Por qué no considerarlo como una diversión mutua? —esbozó la más lobuna de sus sonrisas—. Los dos sabemos que al final terminarás en mi cama.
—¿De verdad? —siempre dispuesta a decepcionarlo, Avery contestó—: ¿Por qué no aguantas la respiración y esperas sentado?

Rowdy se echó a reír, le besó los nudillos y replicó:

—Solo por eso, voy a conseguir que termines pidiéndomelo tú.

—Eso no va a ocurrir nunca —le aseguró ella—. Y, sobre lo otro... Bueno, tengo suficiente sentido común como para saber que no quiero llegar allí —bajó la mirada hacia su boca y suspiró—. Todavía.

¿Todavía? ¿Eso significaba...?

—¿Quizá pronto?

Avery se encogió de hombros.

Bueno, aquello hizo que el miembro de Rowdy despertara. En algunas ocasiones, un encogimiento de hombros podía ser tan válido como una afirmación rotunda. Tenía los hombros rígidos por la contención, pero fue capaz de decir, sin proyectar demasiada satisfacción:

—De acuerdo entonces.

Lo aclararía todo, averiguaría las razones de aquella espera y encontraría la manera de sortearlas. Pero, hasta entonces, no quería asustarla.

—Creo que los dos estamos de acuerdo en que no hay ninguna razón para que malgastes tu dinero en un taxi. Has perdido el autobús por mi culpa, así que te llevaré yo a casa.

Avery estudió las sombras que acechaban entre los edificios y miró con el ceño fruncido los coches aparcados en la acera. Un hombre caminaba al final de la calle con la cabeza gacha y las manos en los bolsillos.

Respiró hondo, miró el reloj y se mordió el labio.

Interpretando aquel gesto como otra señal de aceptación, Rowdy se irguió.

—Es tarde. No voy a permitir que te quedes aquí fuera sola, así que sube un momento conmigo a mi apartamento, ¿quieres? Tengo que ir a buscar las llaves del coche.

Se había acercado al borde de la acera, dispuesto a cruzar, cuando advirtió que Avery no se había movido. Se volvió hacia ella.

—¿Vienes?

Aferrando a su bolso, Avery lo miró con expresión confusa.
—No lo entiendo.
Se la quedó mirando de frente, con la anticipación creciendo en su interior.
—¿Qué es lo que no entiendes?
—Muchas cosas...
Avery miró de nuevo hacia la calle, hacia un pequeño grupo de gente situado en una esquina, y después al bar. Tras una vacilación casi palpable, se levantó del banco y se acercó a él.
—¿Como cuáles? —Rowdy la miró a los ojos y la vio debatirse entre docenas de preguntas antes de decidirse por una.
—¿Dónde está exactamente tu apartamento?
—Justo ahí —Rowdy señaló un edificio de ladrillo situado enfrente del bar—. Hace una semana que me he mudado.

CAPÍTULO 3

Había sido un día muy largo, pero Avery no estaba cansada. Ya no. Al ver que el autobús se había marchado sin ella, había experimentado un extraño desasosiego.

No por culpa de Rowdy. Incluso cuando intentaba ser intimidante, su presencia solo le proporcionaba seguridad. Sabía que no le haría el menor daño y que jamás permitiría que nadie se lo hiciera.

Pero había alguien cerca, observándola, esperando. El miedo la hizo estremecerse. Quería culpar de su miedo a los recuerdos, al temor que había despertado en ella aquella misteriosa llamada telefónica, pero sabía que no era cierto. Había aprendido a confiar en su intuición.

Y su intuición le decía que aquella noche no estaba a salvo.

En aquel momento, mientras seguía a Rowdy de la mano, temió que pudiera terminar complicándolo con sus propios problemas. Sabía que él podría soportarlo, de eso no tenía la menor duda.

Pero sus problemas eran suyos y no quería que Rowdy tuviera que cargar con ellos.

Miró una vez más hacia atrás, pero continuaba sin ver nada.

—¿Te preocupa que alguien pueda verte conmigo? —Rowdy posó la mano en su espalda y la urgió a entrar en su edificio.

Sí, le preocupaba, pero no por las razones que él imaginaba.

—He oído algo —mintió.

Solo había oído sus propios y turbulentos pensamientos.

Tomándosela en serio, Rowdy volvió la cabeza y escrutó los alrededores con la mirada. Varios portales más abajo, una pareja se metió en un coche y se alejó. Enfrente de su calle, tres borrachos reían a carcajadas mientras avanzaban por la acera. A lo lejos, se oyó el aullido de una sirena y el ladrido de un perro.

Aparentemente distraído, Rowdy musitó:

—Los ecos de la noche hacen que todo parezca estar más cerca —después de escrutar nuevamente toda la zona, se volvió hacia ella—. Conmigo no tienes por qué tener miedo.

—Si tú lo dices....

El edificio en el que entraron había sido un almacén, pero lo habían dividido en cuatro apartamentos para alquilar. Tenía un cierto encanto industrial, con las paredes de cemento, las escaleras de hierro y los techos abiertos. Todo ello encajaba con Rowdy, era un espacio fuerte y recio como él, pero también de una agradable pulcritud.

—Vivo en el segundo piso.

Avery alzó la mirada y vio una enorme claraboya situada al final del altísimo techo.

—¡Vaya!

Agarrándose a la barandilla de hierro, continuó subiendo delante de Rowdy por aquellos escalones de chapa. A donde quiera que mirara, veía algún elemento que le daba al edificio un aire moderno, como los conductos de la calefacción o las tuberías expuestas.

—Por aquí.

Rowdy la guio hacia una gruesa puerta de acero, abrió varias cerraduras, empujó la pesada puerta y encendió unas luces de fluorescente.

Entraron en un pequeño descansillo desde el que se veía toda la zona del cuarto de estar. Siguiendo a Rowdy, bajó los cuatro escalones de resonante metal y se encontró en un austero cuarto de estar amueblado con un sofá, una silla, una mesa, una lámpara y una pantalla plana de televisión de tamaño discreto.

La televisión era lo único que parecía nuevo.

Detrás, en la habitación más alejada, unas estanterías en forma de ele formaban una pared que dejaba la cocina y la zona de la lavadora a la izquierda, con la cama, la cómoda y la mesilla de noche a la derecha. Avery supuso que la única puerta cerrada sería la del cuarto de baño.

Reparó en la pared de enormes ventanas en forma de arco con vistas al bar, así como en los suelos de madera pulida.

—Estaba cerca del bar —dijo Rowdy, como disculpándose por su opción.

—La verdad es que es impresionante.

Sobre todo comparado con el lugar en el que ella vivía. Tocó una gruesa columna de metal que había en medio de la habitación.

—¿La utilizas como barra de striptease?

Rowdy se cruzó de brazos.

—No, pero si te apetece probarla, adelante. Te esperaré.

Avery reprimió una sonrisa.

—No, gracias.

—Aguafiestas —contestó Rowdy y se dirigió hacia la cocina.

Mientras continuaba contemplando aquel apartamento tan particular, Avery preguntó:

—¿Sabes lo que no entiendo?

—Puedo imaginármelo —sus botas apenas resonaban en el mullido suelo—. Te estás preguntando por qué no la traje aquí en vez de llevarla a mi despacho.

Aquello despertó aún más su curiosidad.

—¿No habría sido mucho más... adecuado?

Habría tenido una cama a su disposición, en vez de la silla del escritorio. Aunque, por lo que Avery había visto, no podía decirse que eso le hubiera supuesto ningún obstáculo.

—Es posible —se mostró de acuerdo con ella—. Pero no quería traerla a mi casa.

Presionó un interruptor y se encendieron las luces de la cocina.

Avery advirtió entonces que desde allí no solo podía ver Rowdy el bar, sino que, en aquel momento, con las luces encendidas, cualquiera podría verlo desde la calle. Se aseguró de evitar que la vieran a ella.

—¿Por qué no?

Rowdy recogió las llaves del mostrador.

—Porque soy un hombre reservado, esa es la razón.

Aquello era increíble.

—¡Podrías haber tenido mucha más intimidad aquí que en tu despacho!

Aunque Avery encontraba aquel espacio muy atractivo, era de lo más austero, desnudo de cualquier objeto personal. Ni una sola foto, ni siquiera de su hermana. Lo cual supuso una decepción. Nunca había visto a Pepper y sentía mucha curiosidad.

Rowdy tenía una buena colección de libros en las estanterías.

—Ya te he dicho que no esperaba que apareciera nadie —se volvió hacia ella haciendo tintinear las llaves—. Este es mi primer domicilio permanente. Hasta ahora, he vivido siempre de motel en motel. Cuando llevaba a alguna mujer al lugar donde me alojaba, eso no tenía ninguna importancia, porque al día siguiente yo ya me habría marchado.

¿Y así ninguna de ellas podría seguirle el rastro? Aquella actitud le preocupó, pero se impuso la curiosidad.

—¿Te habrías marchado adónde?

—Es una larga historia —intentó guiarla de nuevo hacia las escaleras.

Pero Avery se aferró a la columna, resistiendo aquel intento.

Rowdy la miró, se frotó la mandíbula y dijo:

—No vas a dejarlo pasar, ¿verdad?

Aquella podría ser su única oportunidad de adentrarse en su pasado. ¿Cómo iba a dejarla pasar?

—¿Es un secreto importante? —bromeó—. ¿Estabas huyendo de la policía? ¿Habías dejado de pagar la pensión alimenticia de tu hijo? ¿Eras un vagabundo?

Rowdy la miró con los ojos entrecerrados y se inclinó hacia ella.

—Estaba huyendo, sí, pero no de la policía.

—¿En serio?

Aquella respuesta la sorprendió tanto que tardó algunos en advertir aquella expresión tan particular de sus ojos. Solo la había visto unas cuantas veces, y justo antes de que la hubiera besado. Una de aquellas ocasiones había tenido lugar cuando tuvo que esconderlo en el almacén del bar porque una banda de delincuentes quería hacerle pedazos.

Desde entonces, él solo había podido robarle un beso o dos, y ella siempre había acabado por querer más. Lo cual era algo más que peligroso.

Pero quizá aquel incidente fuera una buena muestra de cómo era su vida.

—¿Siempre hay gente persiguiéndote?

—Bastante a menudo.

Lo dijo sin ningún asomo de broma. Precipitadamente, Avery retrocedió hasta colocarse detrás de la columna y consideró la posibilidad de alejarse todavía más, pero... ¿a dónde podía ir? El sofá estaba apoyado contra la pared y la silla demasiado lejos...

Rowdy la agarró entonces por la muñeca, la atrajo hacia sí y le dijo con tono suave:

—No huyas de mí.

—No estaba huyendo —pero el corazón le palpitaba como si acabara de hacer una carrera contra reloj.

Rowdy posó el dorso de un dedo en su cuello, allí donde latía su pulso.

—Mentirosilla.

—No te tengo miedo.

Fueran cuales fueran los secretos de la vida de Rowdy, sabía que no significaba una amenaza para ella. Había conocido a hombres deshonestos y sabía que Rowdy era diferente.

—A lo mejor eres tú quien debería dejar de huir.

—¿De ti?

¿Estaría persiguiéndolo ella a él?, se preguntó Avery. La verdad era que sí... Pero, hasta entonces, no se había dado cuenta.

—Sí.

La mirada de Rowdy se hizo más cálida.

—Yo no huyo de nadie.

Consciente de que aquello iba a espolearlo, ella contestó:
—Mejor.
Pero, cuando Rowdy se dispuso a acercarla de nuevo hacia sí, Avery apoyó ambas manos sobre su pecho.
Rowdy soltó un profundo suspiro.
—¿No?
—Esta mañana estabas con otra mujer —le recordó ella, decepcionada.
Rowdy pareció sorprenderse casi como si se hubiera olvidado del episodio.
—Sí, lo siento —soltándola, retrocedió—. Supongo que para una mujer como tú eso lo fastidia todo.
¿Para otras mujeres no era así?, se preguntó Avery. Esbozó una sonrisa.
—Sí, eso me temo —aunque le habría gustado que fuera de otra manera—. ¿Por qué tenías que huir?
Resignado, Rowdy contestó:
—No tenía nada que ver con que estuviera huyendo de mis obligaciones.
—¿No había por ahí pequeños Rowdys de los que estuvieras escapando?
—Diablos, no. Siempre tengo mucho cuidado, pero, si alguna vez hubiera pasado algo, te aseguro que no habría dejado tirado a un hijo mío y a su madre.
Le creía. Por lo que había visto hasta entonces, Rowdy jamás eludía sus responsabilidades, cualesquiera que fueran las que decidiera asumir.
—De acuerdo.
Pensando quizá que se estaba burlando de él, Rowdy la estudió por un momento antes de aceptar su sinceridad.
—Jamás le haría eso a un niño.
Con las manos a la espalda, Avery se recostó contra la columna.
—Entonces... ¿por qué te desplazabas constantemente de un sitio a otro?
—Principalmente, porque la idea de quedarme en un solo lugar nunca me ha resultado atractiva.

—¿Eres un espíritu viajero?

Antes de que su vida hubiera dado un giro tan drástico, también ella había disfrutando viajando por los Estados Unidos y, a menudo, por el resto del mundo. Antes de cumplir los veinte años, ya había estado en más de veinte lugares de relevante atractivo turístico.

—En absoluto. Siempre he andando por la misma zona.

—¿Te refieres a Ohio?

Rowdy se encogió de hombros.

—Era donde vivía mi hermana. Y donde sigue viviendo. Pero ahora está con Logan y no necesita... —se interrumpió, maldijo por lo bajo y soltó un largo suspiro. Señalando el sofá, dijo—: Si vamos a seguir con esto, ¿no prefieres que nos sentemos?

—¿Cuando dices «esto», te refieres a hablar?

Rowdy curvó los labios.

—A no ser que tú tengas alguna otra cosa en mente.

Avery tenía muchas cosas en mente, pero ninguna de ellas era apropiada.

—No, hablemos.

—Entonces te haré un sucinto resumen de mi vida.

Agarrando al vuelo aquella promesa, Avery se dirigió hacia el sofá.

—¿Por qué solo un sucinto resumen?

Rowdy se sentó a su lado y estiró el brazo a lo largo del respaldo del sofá.

—Es una historia larga, pronto será de día y no tengo ganas de hurgar demasiado en el pasado.

—Supongo que estás cansado.

Por lo que ella sabía, había pasado la noche en vela. Si había dormido algo, solo podía haberlo hecho durante las pocas horas transcurridas antes de que regresara al trabajo. Debería haberse sentido culpable por obligarlo a seguir despierto, pero el recuerdo de la razón por la que se había pasado la noche en vela le irritaba.

Rowdy sonrió como si le hubiera leído el pensamiento.

—Podemos hablar hasta que salga el sol, si eso es lo que quieres.

Avery pensó que esa no sería la peor forma de pasar la noche.

—¿No necesitas dormir?

Rowdy deslizó la mirada por su rostro, su cuello, sus hombros.

—Nunca he necesitado dormir mucho.

Avery se sintió desnuda ante la intensidad de sus ojos.

—¿Estás seguro?

Rowdy empezó a acariciarle la cola de caballo, lentamente.

—Dispara, cariño, antes de que me olvide de mi promesa.

Avery intentó relajarse. No era fácil, sintiendo sus muslos tocando los suyos y su calor rodeándola. Su presencia era tan... abrumadora como siempre.

Para empezar, decidió retroceder un poco en el tiempo.

—Aquella vez que te escondiste en el almacén del bar, te pregunté si tenías problemas y tú me contestaste que más o menos como siempre.

—No tengo ningún problema para inventar mentiras cuando es necesario, pero, por alguna razón, no quise mentirte.

¿Nunca había llevado una vida tranquila? ¿Qué clase de infancia habría tenido para aceptar las dificultades con aquella naturalidad?

—Había cinco hombres buscándote en el bar, ¿por qué?

Rowdy detuvo la mano con la que la estaba acariciando.

—Porque había hecho demasiadas preguntas y me estaba acercando.

—¿Te estabas acercando a qué?

—A una operación de tráfico.

Avery se dispuso a preguntarle al respecto, pero él negó con la cabeza.

—No, de drogas no. De mujeres.

Se le cerró la garganta al oír aquello.

—Pero eso es...

Rowdy asintió con la cabeza.

—Totalmente vergonzoso, lo sé. Me escondí porque eran demasiados para mí. Con tres o cuatro puedo manejarme —alzó una mano para que la viera—. Soy un hombre grande, de puños fuertes. Cuando le pego a alguien, te aseguro que se entera —

dejó caer la mano y la apoyó sobre el muslo de Avery—. Sé pelear sucio y sé ganar. ¿Pero cinco? Eso habría sido tentar a la suerte.

Por supuesto. Avery recordó otra ocasión en que Rowdy se había llevado a un aparte a unos matones que habían intentado forzar a unas mujeres a hacer un transporte de droga. Aquel había sido el ambiente del bar justo antes de que Rowdy lo comprara. Había plantado cara a aquellos hombres con una facilidad pasmosa, como si no valieran nada.

—Te he visto pelear. Eres peligroso.

—Hay que aprender a serlo cuando es necesario.

Ligeramente acurrucada a su lado, Avery podía aspirar el cálido aroma a almizcle de su piel a cada aliento. Aquello, combinado con la imagen de Rowdy como defensor de tantas mujeres, la estaba haciendo derretirse de deseo. Rowdy utilizaba su tamaño y su fuerza para proteger a los demás.

Un rasgo bien admirable. Y tan diferente de lo que había sido su experiencia personal...

Sin intentarlo siquiera, siendo solamente él mismo, Rowdy la estaba sacando de su exilio autoimpuesto.

—Eres como un caballero andante, ¿verdad?

Rowdy se acercó un poco más.

—¿Quieres ver mi espada?

«Un héroe y un comediante», añadió Avery para sus adentros.

—Eres insoportable —le acarició los hombros, disfrutando de la sensación de contraste de la suavidad de su camiseta con la dureza de su sólido cuerpo—. ¿Por qué tuviste que aprender?

—¿A qué? —inquirió tras un silencio, repentinamente tenso.

—A pelear.

Conocía a muy poca gente que se hubiera visto envuelta en enfrentamientos físicos. A lo largo de su infancia y adolescencia, las únicas peleas que había visto habían sido las de las competiciones deportivas. En el mundo al que pertenecía, los hombres se abrían paso a base de dinero y de prestigio, no de fuerza bruta.

Su primera y única experiencia con la fuerza física la había obligado a huir y a esconderse.

—Se te da muy bien. Parece que lo hagas... sin esfuerzo.

Rowdy la estudió en silencio, con una atención demasiado penetrante.

—Ya sabes que tengo una hermana pequeña.

¿Y aquello explicaba su necesidad de luchar? Pensó que le encantaría conocer algún día a Pepper.

—¿Estáis muy unidos?

Rowdy deslizó la mirada por su boca para descender luego por su cuello y su pelo.

—Nuestros padres murieron en un accidente de coche hace muchos años, así que estamos los dos solos.

«¡Oh, Dios santo, qué tragedia!», exclamó Avery para sus adentros. En un impulso, le tomó la mano.

—Lo siento.

—No lo sientas —con perfecta naturalidad, él entrelazó los dedos con los suyos y añadió—: No se lo merecen.

La dureza de sus palabras la dejó sin habla y mirándolo con unos ojos como platos. Ella todavía no había dejado de llorar la pérdida de su padre, que había fallecido muchos años atrás.

Lloraba por lo que nunca podría volver a ser, y por todo lo que había cambiado de manera irrevocable... y no precisamente para mejor.

Rowdy le giró la mano para acariciarle la palma con el pulgar.

—Mis padres eran unos borrachos miserables —exploró el pulso palpitante de su muñeca—. Por eso me llamo como me llamo.

A Avery le dio un vuelco el estómago cuando Rowdy le dio de pronto un beso húmedo y cálido en la muñeca, seguido de la suave caricia de su lengua.

Tenía que conseguir que retomara la conversación, y rápido... antes de que ella se olvidara del motivo por el cual estaba allí.

—Creo que en una ocasión me dijiste que tu madre era una fan de Clint Eastwood. Supongo que por eso te puso el nombre de uno de sus personajes.

Una sonrisa sardónica se dibujó en los labios de Rowdy.

—Ella contaba que se puso de parto después de una borrachera de tres días y que no podía acordarse de ningún otro nombre.

Mi padre y ella se reían hablando de los viejos tiempos, algo que solía terminar con otra borrachera escandalosa y renegando porque el nacimiento de sus hijos había terminado con su diversión.

La falta de sensibilidad de aquellos padres la enfureció y entristeció al mismo tiempo.

—¿De verdad te decían eso?

La mirada de Rowdy mostraba una total indiferencia ante aquella crueldad.

—La noche que se mataron, chocaron contra otros seis coches. Afortunadamente, no murió nadie más, pero mucha gente resultó herida.

La emoción le robó el aire de los pulmones, haciendo que le doliera el pecho.

—¿Tú no ibas con ellos?

Rowdy negó con la cabeza.

—Aprendí a reconocer las señales siendo muy pequeño. A mi madre le entraba la risa, o mi padre sonreía de una cierta manera, y entonces sabía que estaban pensando en agarrar una borrachera. Yo me escondía con Pepper para que no pudieran llevarnos consigo —mirando detrás de ella, aspiró profundamente un par de veces—. Cuando ya tuve edad suficiente, unos doce años, me negaba simplemente a acompañarlos. Supongo que pensaban que era más fácil dejarme en casa que tener que pelear y llevarnos a los dos.

¡A tan corta edad! A Avery le ardían los ojos solo de pensar en cómo había sido su infancia.

—Pepper...

—Ella se quedaba conmigo.

Avery se alegró de oírlo, pero, ¿cuánta fortaleza había tenido que tener un niño de tan corta edad para desafiar a unos padres alcohólicos?

Rowdy delineó con un dedo el dibujo de la palma de la mano de Avery.

—Estaba en casa con Pepper cuando nos dijeron que habían muerto —su mano se tensó sobre la de Avery—. Mi hermana se pasó llorando dos días seguidos.

Pobre chica.

—¿Cuántos años tenía ella?

—Quince. Los suficientes como para comprender que llevábamos años bajo la vigilancia de los servicios sociales. Suponía que, habiendo muerto nuestros padres, terminaría en un hogar de acogida.

Una marea de tristeza oprimió el corazón de Avery. En aquel momento comprendió por qué Rowdy se había convertido en un hombre tan duro. Había sido una cuestión de pura supervivencia.

—¿Cuántos años tenías tú?

—Acababa de cumplir los dieciocho.

Y fue entonces cuando se escapó. Avery ya lo sabía, pero lo preguntó de todas maneras.

—Te escapaste con tu hermana, ¿verdad?

—Me pareció eso mejor que estar separado de ella. Y, durante algunos años, nos fue muy bien. A veces era hasta divertido.

¿Porque ya no tenían que soportar que nadie los maltratara? Avery tuvo que resistir la insoportable necesidad de abrazarlo con fuerza, consciente de que él no aceptaría bien el gesto de compasión.

Sin que ella apenas se diera cuenta, Rowdy tiró en aquel momento de la goma que le sujetaba la melena, liberándola.

—Rowdy...

Se llevó la mano a la cabeza para sujetarse la masa de rizos, pero Rowdy ya había enredado sus dedos en ella, haciendo que se derramara sobre sus hombros.

Contemplaba su propia mano, en vez de mirarla a los ojos, como si estuviera fascinado por su pelo.

—Pepper había crecido con muy poco, así que yo no tenía la sensación de que nos estuviéramos perdiendo nada. Siempre y cuando tuviéramos un techo sobre nuestras cabezas y suficiente comida, ella era feliz.

Avery dijo entonces con delicadeza:

—Supongo que su felicidad tenía más que ver con el hecho de poder estar con su hermano.

—Quizá —Rowdy soltó una hosca risa de desdén—. La fastidié en muchas otras cosas, sobre todo cuando conseguí un trabajo para los dos en un club de lujo. El sueldo era muy bueno Pude ahorrar dinero y mantener a Pepper a mi lado.

¿Habría protegido a Pepper durante toda su vida?, se preguntó Avery. ¿Primero de sus padres y después de los bienintencionados servicios sociales?

Y si así había sido, ¿qué le había quedado a él? ¿Quién había cuidado de Rowdy?

Avery intentó imaginárselo de niño, encerrado en un bar mientras sus padres se emborrachaban hasta perder el sentido. A los trece años, escondiendo a su hermana. A los dieciocho, huyendo de las instituciones.

—Lo hiciste lo mejor que pudiste.

De repente algo cambió en la actitud de Rowdy. Su tristeza fue reemplazada por una determinación de hierro. Pero su caricia continuó siendo igual de delicada cuando se puso a juguetear con un largo tirabuzón de su rojiza melena.

—Para cuando quise darme cuenta de que el propietario del club era un asesino, ya era demasiado tarde.

¡Oh, no! Por la mente de Avery desfilaron todo tipo de escenarios terribles.

—¿Te hirieron?

—Eso habría sido lo más fácil.

¿Significaría eso que lo habían herido? Aquel pensamiento la dejó consternada, haciendo que le resultara cada vez más imposible resistirse.

La preocupación restó fuerza a su voz.

—¿Y a tu hermana?

Rowdy asintió.

—Es una historia complicada, pero el resumen es que Pepper vio cómo le pegaban un tiro a un concejal en la cabeza.

Avery estaba tan estupefacta que se olvidó de su melena y apenas se fijó en que Rowdy se estaba acercando un mechón a la cara.

—Estaba oculta entre las sombras, así que, al principio, no supieron que lo había visto. Yo estaba trabajando en la planta baja de portero y Pepper no quiso arriesgarse a decírmelo. Antes de que yo me enterara de lo que había pasado, ella ya le había contado todos los detalles a un periodista.

Avery tardó unos segundos en encontrar la voz.

—¿Por qué no llamó a la policía?

Como si fuera lo más lógico del mundo, lo más esperable, Rowdy respondió:

—Los hombres poderosos tienen contactos poderosos.

Por desgracia, ella también sabía algo sobre hombres poderosos.

—¿Te refieres a la policía?

—Sí. Más de uno se pasaba de vez en cuando por el club. Y muchos aceptaban sobornos. Pepper no sabía cuál de ellos, si es que había alguno, podía ser un policía honesto.

Aquello explicaba la desconfianza de Rowdy hacia la policía.

—Una situación terrible.

Rowdy le acarició la mejilla con los nudillos y descendió por su cuello.

—Desgraciadamente, el jefe del club también tenía a algunos de los periodistas de aquel periódico trabajando para él. Cuando el periodista publicó su «reportaje estrella sobre Yates», le rebanaron la garganta. Lo único bueno fue que todo el mundo pensó que yo era el soplón.

Avery se llevó las manos a la boca y esperó a oír el resto de la historia. Sabía que no iba a ser nada agradable.

Él deslizó la mano por su mandíbula y le alzó el rostro.

—Teníamos pocas opciones y nadie en quien confiar.

Porque estaban solos en el mundo. Era desgarrador.

—¿Te convertiste en un objetivo?

Rowdy se encogió de hombros como si no le importara.

—Por una vez en mi vida, ser una rata callejera me sirvió de algo. Tenía mis contactos, así que conseguí una nueva identidad para Pepper y la escondí en un edificio de apartamentos que había ganado jugando a las cartas. Yo me estuve moviendo sin cesar, yendo de un sitio a otro para que nadie pudiera localizarme. Era el único del que se acordaban, el único al que querían. Pensaba que si me quitaba de en medio, no la buscarían a ella.

¿Eso significaba que, al final, habían tenido que acabar separados? A esas alturas, Avery tenía el corazón hecho pedazos.

—Lo siento muchísimo.

—Ocultaba nuestro rastro lo mejor que podía —apretó la mandíbula y desvió la mirada—. Pero no lo hice tan bien como debía, porque Logan Riske nos encontró de todas formas.

Logan, el inspector de policía del que su hermana se había enamorado, y viceversa.

—Yo pensaba que eso había sido algo bueno...

—Están enamorados. Pero todo podría haber salido mucho peor y no habría habido ningún final feliz.

Avery intentó asimilarlo, pero no era fácil.

—¿Has dicho que ganaste un edificio de apartamentos jugando a las cartas?

—Tengo toda clase de talentos —deslizó un dedo a lo largo de su escote, seduciéndola casi como si fuera una costumbre—. ¿Quieres que te enseñe alguno?

Tanto su ingenio como su dedicación a su hermana la tenían asombrada. Inclinó la cabeza.

—¿Alguna vez has estado detenido?

Rowdy soltó un suspiro y, por unos segundos al menos, interrumpió su proceso de seducción.

—Varias veces, cuando era menor. Por pequeños hurtos y cosas de ese tipo.

Avery quiso preguntarle qué era lo que había robado, pero no importaba. Había sido una cuestión de supervivencia. De alguna manera sabía que, fuera lo que fuera que se había llevado, lo había hecho empujado por la necesidad, no por la codicia.

—¿Y después?

Su sonrisa se endureció.

—He mejorado... en todo lo que hago.

Consciente de que aquel provocador comentario tenía como objetivo distraerla, Avery soltó un bufido burlón. Tenía la sensación de que Rowdy era un hombre más honrado que la mayoría.

—¿Qué clase de cosas ilegales haces ahora?

Deslizó los dedos sobre su cuello, abarcándolo con la mano, y se inclinó para besarla.

—Todas las que tenga que hacer.

—¿Para proteger a la gente a la que quieres?

—¿Qué demonios estás diciendo, Avery? —se apartó de ella—. No me tomes por un santo, ¿de acuerdo?

—Jamás cometería ese error.

Rowdy era mucho mejor que un santo. Era más sólido y real. Un tipo duro y honesto, y lo tenía delante en carne y hueso. Lo preferiría mil veces a un santo etéreo.

Sin importarle ya lo que pudiera pensar de ella, Avery le rodeó el cuello con los brazos y se acurrucó contra él.

—Maldita sea... —Rowdy se tensó sin devolverle el abrazo—. Aquí estoy yo, más excitado a cada segundo, y tú pretendes colocarme un halo en la cabeza.

Con la nariz presionada contra la piel de su cuello, Avery aspiró profundo, llenándose los pulmones de su potente esencia. Rowdy olía muy bien, y su contacto era incluso mejor... además de que lo admiraba mucho.

—Un halo de santo jamás podría abarcar un ego tan grande.

Le resultaría de lo más fácil enamorarse de él, y aquel era el problema. Rowdy no era un hombre sentimental que estuviera buscando un compromiso. Era un solitario con una vida sexual extremadamente activa y una absoluta falta de respeto por cualquier clase de ataduras.

—En serio, no te comportes como si yo fuera una persona noble o algo parecido... —la agarró por los hombros e intentó apartarla.

Pero Avery se resistió hasta que, finalmente, Rowdy se rindió. Hundiendo la mano en su pelo, le echó delicadamente la cabeza hacia atrás con delicadeza.

—La fastidié, ¿sabes? Pepper y yo terminamos viviendo en la clandestinidad durante más de dos años. Para ella fue difícil...

Avery le puso una mano en la boca mientras replicaba:

—Pero está viva.

A Rowdy se le aceleró la respiración.

—Gracias a Dios.

—Gracias a Rowdy.

Sonriendo, le acarició los labios con los suyos. Las yemas de sus dedos recorrieron su mandíbula ya áspera por la barba, descendieron por la cálida piel de su cuello y continuaron bajo el cuello de su camiseta, hasta llegar a su sólido hombro. La necesidad se estaba desperezando en su interior, pero se contuvo antes de dejarse arrastrar por ella.

Rowdy parecía asombrado.

E interesado.

Avery quería más. Mucho más.

¿Se atrevería a explorar el lado más salvaje de la vida?

Tenía la sensación de que, con Rowdy, merecería la pena correr ese riesgo. Siempre y cuando fuera capaz de mantener su corazón a salvo, ¿qué era lo peor que podía ocurrirle?

No, no quería pensar en lo peor. Al menos no en aquel momento.

Al ver que Rowdy la estaba mirando con recelo, se obligó a retomar la conversación.

—Y ahora que tu hermana está felizmente instalada aquí, ¿también tú vas a establecerte?

Aparentemente incómodo ante la idea, Rowdy movió los hombros y miró a su alrededor.

—Por ahora, sí.

No parecía enteramente convencido. Pero había comprado el bar y Avery sabía que le encantaba trabajar en él. No podría marcharse y desaparecer sin que ella lo supiera.

—¿Puedo hacerte otra pregunta antes de que nos vayamos?

—¿Tengo alguna elección?

Avery advirtió el nerviosismo que escondía bajo su tono de broma. Tenía miedo de que indagara demasiado, de que algo de lo que dijera pudiera llegar a ahuyentarla.

No podía saber hasta qué punto lo deseaba, porque demasiadas molestias se había tomado ella misma para ocultárselo. Quizá había llegado ya el momento de dejar de hacerlo.

—Quiero saberlo todo sobre ti —pensó que, durante la mayor parte de su vida, a Rowdy se le había negado la posibilidad de elegir. Ella nunca le haría algo así—. Pero, si te molesta, no seguiré curioseando en tu vida.

Aquello también pareció sorprenderlo. La miró ceñudo.

—Adelante, pregunta.

Disfrutando de Rowdy en su actual estado de ánimo, con aquella actitud suya tan humilde, Avery volvió a apoyarse en su pecho.

—Antes dijiste que no querías traer mujeres a tu casa.

—Ya tengo bastante con las que viven en el edificio. Algunas no saben aceptar un no por respuesta.

Pocos hombres se quejarían de una situación como aquella.

—Entonces... ¿por qué no te importa que yo esté aquí?

Avery advirtió su repentina inmovilidad y escuchó el fuerte latido de su corazón, acompañado de un juramento mascullado por lo bajo.

Permaneció cerca de él, a la espera.

Rowdy dejó escapar la respiración que había estado conteniendo.

—Avery, contigo nunca sé qué demonios estoy haciendo...

El frío de la noche comenzaba a calarle los huesos. A su alrededor oía todo tipo de ruidos inquietantes que lo tenían en vilo. No le sorprendería que los crímenes y las peleas fueran algo habitual en una zona tan deteriorada. Ya era hora de volver a casa. Ya había conseguido lo que necesitaba.

Sabía dónde trabajaba y sabía con quién se acostaba.

Urdir un plan iba a ser coser y cantar.

«Pronto, Avery», se prometió en silencio. «Muy, muy pronto».

CAPÍTULO 4

La luna, combinada con las luces del panel de mandos del coche, proyectaba un suave resplandor sobre el perfil de Avery mientras se dirigían hacia su casa. El deseo que sentía por aquella mujer le atronaba en las venas, empujándolo al borde del abismo. Le bastaba una simple mirada de simpatía de Avery para excitarse.

Otra vez.

El maldito episodio de tortura que había tenido lugar en su sofá había estado a punto de destruirlo. No podía evitar tocarla, aunque él fuera el único que entraba en combustión.

Nadie lo había tocado nunca con tanta... delicadeza hasta entonces. El beso de Avery no había tenido ninguna connotación sexual. No era un beso que dijera «fóllame, Rowdy». En realidad, no sabía qué demonios había significado aquel beso y tampoco estaba muy seguro de que le gustara.

Pero la inseguridad no le había impedido excitarse.

«¿Por qué no te importa que yo esté aquí?», le había preguntado Avery. Por muchas razones...

En vez de reaccionar como lo habrían hecho la mayoría de las mujeres, Avery lo había mirado con empatía, con tristeza, quizá también con comprensión. Porque se había desahogado con ella. Apretó las manos sobre el volante e intentó sacudirse aquella incómoda sensación de vulnerabilidad.

Le fastidiaba haber hablado tanto. Diablos, él nunca entraba en confidencias con nadie. Ni siquiera con su hermana. Y mucho menos con una mujer con la que pensaba acostarse tan pronto como le resultara humanamente posible.

«¿Por qué no te importa que yo esté aquí?».

Una vez más, se recordó que Avery era distinta a cualquier otra mujer. La deseaba, de eso no cabía la menor duda, pero, aunque sabía que no podría tenerla, disfrutaba hablando con ella y... estando con ella. Le hacía sentir cosas extrañas, cosas a las que nunca se había enfrentado antes.

Y aquello quería decir algo, dado que él había tenido que enfrentarse a todo tipo de situaciones.

—Estás muy callado —apuntó Avery con una perturbadora perspicacia—. ¿Estás bien?

—¿Por qué no iba estarlo? —solo porque ella le había hecho preguntas que no podía contestar.

—No lo sé. Pareces molesto.

—Estoy pensando, eso es todo.

Él no sabía nada del pasado de Avery. Y había aprendido a desconfiar de las falsas impresiones, al menos lo suficiente para negarse a sacar conclusiones del hecho de que trabajara en un triste bar y se desplazara en autobús en vez de en coche.

—Si estás pensando en mi pregunta, relájate, Rowdy —le dijo, poniéndose a la defensiva—. No voy a apresurarme a sacar conclusiones por el hecho de que me hayas permitido entrar en tus dominios privados.

A la defensiva y dramática. ¿De verdad que no era consciente de lo muy diferente que se sentía él en su compañía?

—Una persona inteligente nunca se apresura a sacar conclusiones.

Avery se cruzó de brazos y se acurrucó en el asiento, alejándose de él.

—Si eso te supone un problema, olvídate de que te lo he preguntado.

Rowdy la miró, pero ella había vuelto la cara y estaba contemplando el paisaje que desfilaba tras la ventanilla. Su hermosa melena, liberada en aquel momento de la goma gracias a él, flotaba sobre sus hombros y la ayudaba a ocultar su rostro.

—En ningún momento he dicho que hubiera problema alguno.
Sencillamente, no tenía una respuesta fácil para su pregunta.
—Pero diez minutos después sigues enfadado.

Aquella actitud puntillosa le resultó divertida, y quizá fuera eso lo que más le gustara de ella. Fuera cual fuera su humor, Avery conseguía animarlo por el mero hecho de estar cerca, de ser ella misma: una persona honesta, poco convencional y condenadamente única.

—Yo también tenía que averiguarlo.

Aquello consiguió llamar su atención. La mirada de Avery se derramó sobre él como una cálida caricia.

—¿Y lo has conseguido?

—Creo que sí —siguiendo las indicaciones que ella le iba dando, giró hacia la derecha, hacia una tranquila calle lateral—. No me gusta que las mujeres me persigan.

Avery soltó un resoplido burlón.

—Ya. ¿Y por eso te esfuerzas tanto en desanimarlas?

—Me refiero a después de haberme acostado con ellas —precisó—. Por muy claro que se lo deje antes de empezar, casi siempre quieren repetir.

Avery esbozó una sonrisa irónica.

—Una noche y no más, ¿eh?

Sintiendo su agudo escrutinio, Rowdy se encogió de hombros con un gesto de indiferencia. Sospechaba que, con Avery, una docena de noches le parecerían pocas.

—Utilizar el coche o moteles para estar con alguien...

—O para tener sexo.

Rowdy asintió con la cabeza.

—Esos no son los lugares que uno elige cuando de verdad pretende estar a gusto con alguien. Yo no quiero saber nada de citas, ni de asuntos sentimentales. Simplemente conecto con mujeres el tiempo suficiente para...

—¿Para acostarte con ellas?

Aquellas interrupciones suyas estaban empezando a irritarle.

—¿Vas a parafrasear todo lo que diga? Porque si es eso lo que quieres, puedo ser mucho más directo.

Avery se echó la melena hacia atrás y alzó la barbilla.

—Te escucho.

—Muy bien. Me gusta hacer las cosas a mi manera. Me gusta acostarme con quien sea y luego continuar con mi vida. Y no tengo ningún motivo para pretender nada más.

El silencio entre ellos se hizo tan denso que Rowdy se sintió como un imbécil. ¿Por qué había tenido que confesarle aquello? Avery era única, así que lo que con otras personas era normal no se le podía aplicar a ella.

Todavía no había contestado a su pregunta, pero ella lo dejó pasar. Se aclaró la garganta.

—Supongo que es una manera de pasar el tiempo.

Rowdy soltó una carcajada. La miró y volvió a reírse.

—Es una manera de verlo.

Se recordó que ya había hablado demasiado. Bajo ningún concepto iba a confesarle que, a veces, el sexo sin ataduras era la única manera que tenía de sobrevivir a la noche.

—¿Y tú?

—¿Y yo qué?

—¿Alguna vez has tenido una aventura de una noche?

Avery arrugó la nariz.

—Eso no es para mí.

—Así que solo relaciones monógamas y serias, ¿eh?

Rowdy pensó que aquello podría representar un gran problema para él, pero encontraría la manera de arreglarlo.

—Alguna vez he tenido citas irrelevantes, solo por diversión.

—¿Terminando la noche con un apretón de manos?

Avery le dio una fuerte palmada en el hombro.

—No soy tan mala —desvió la mirada y, como si estuviera autoanalizándose, añadió—: Pero tenía que conocer al tipo y tenía que gustarme mucho para que quisiera tener algún tipo de relación con él.

La idea de Avery «teniendo algún tipo de relación» con otros hombres le irritó más de lo que debería.

—¿Alguna vez has estado comprometida? ¿Casada?

Rowdy notó que se retraía. Diablos, el silencio era tal que la oía respirar y casi podía contar los latidos de su corazón.

—¿Avery?

¿Qué demonios? ¿Seguiría enamorada de alguien? ¿Estaría intentando curar un corazón roto?

—Mi vida ha sido muy diferente de la tuya.

—Me alegra oírlo —¿pero qué demonios tenía que ver eso con nada?, se preguntó.

—Ahora casi me siento culpable. Mientras tú te estabas enfrentando con cosas tan duras, yo vivía como una niña mimada.

—Bien —el reflejo de unos faros en el espejo retrovisor lo distrajo—. No le deseo nada parecido ni a mi familia ni a nadie, y mucho menos a ningún otro niño —desde luego, jamás a Avery.

Avery tomó aire lentamente, lo soltó y volvió a aspirar.

—Mis padres eran ricos. De niña, no recuerdo haber deseado nada que no pudiera tener.

—¿Eran ricos? ¿Y ahora no lo son?

El coche que llevaban detrás se estaba acercando demasiado, hasta un punto casi peligroso.

Lo suficientemente cerca como que Rowdy pudiera leer la matrícula y memorizarla.

Ajena al coche que los seguía, Avery juntó las manos con gesto nervioso por un motivo diferente. Cuando se dio cuenta de lo que estaba haciendo, las dejó sobre los muslos.

—En realidad, creo que mi madre ahora tiene más dinero todavía. Cuando mi padre murió unos años atrás, se casó con uno de los socios de su empresa.

¿Había perdido a su padre? Qué lástima. De alguna manera, imaginaba que aquella pérdida había sido muy distinta a la que para él había representado la de sus padres.

—Lo siento.

—Yo también. Mi padre era lo contrario que el tuyo. Le vi beber vino en alguna otra ocasión, pero no recuerdo haberlo visto nunca borracho. A mi madre tampoco. Sencillamente era algo que jamás hacían. Aunque mi padre tenía que viajar varias veces al mes, pasábamos mucho tiempo juntos. Todas las vacaciones y las fiestas. Organizaba sus horarios alrededor de mi vida para poder estar conmigo en todas las ocasiones importantes.

Todavía consciente del coche que los seguía, Rowdy volvió a girar y, en aquella ocasión, no en dirección a casa de Avery. Ella no se dio cuenta.

—Así es como tienen que ser las cosas, ¿verdad? En una verdadera familia, quiero decir —¿pero qué demonios sabía él de una verdadera familia? Maldijo para sus adentros.

—Supongo —la melancolía teñía su voz—. ¿Sabes? Yo nunca he estado enamorada.

—¿Y eso para ti es un problema? —le preguntó. Porque no estaba seguro de que lo fuera para él. De hecho, incluso le gustaba que ella nunca se hubiera enamorado de nadie.

Avery negó con la cabeza.

—Mi padre quería que yo sentara la cabeza. Pero no tuvo oportunidad. Cuando salí de la universidad, viajé mucho. Quería ver mundo y mis padres me lo permitieron. Lo de conseguir un trabajo, casarme y todo eso... no me parecía tan importante.

¿Sería entonces por eso por lo que estaba trabajando para él en aquel momento? ¿Quería continuar viendo mundo? ¿Experimentar quizá con el lado salvaje de la vida?

Había conocido a muchas mujeres deseosas de conocer la vida de las clases bajas. A él eso no le importaba. En la cama, ricas y pobres gritaban igual de alto cuando tenían un buen orgasmo.

Si Avery quería conocer el lado más salvaje de la vida, él le enseñaría lo muy tórrido y emocionante que podía llegar a ser...

Sentía curiosidad por saber cuáles eran los motivos de Avery, pero tendría que esperar para ahondar en su personalidad.

—Nos están siguiendo.

Avery lo miró perpleja.

—¿Qué?

—Que nos están siguiendo.

—¡Dios mío! —Avery clavó la mirada en el espejo retrovisor—. ¿Quién es?

—Ni idea.

La reacción de Avery lo dejó estupefacto. Medio esperaba que soltara una carcajada, o que le dijera que estaba paranoico. En cambio, parecía haber entrado en pánico.

—Agárrate, pequeña. Voy a despistarlo.
—¿Qué...?
Pero justo en aquel momento Rowdy aceleró y la pregunta terminó en una exclamación ahogada. Avery se agarró la puerta mientras él volvía a girar a la derecha y después a la izquierda. Los neumáticos chirriaban horriblemente en el silencio de la noche.

Rowdy pisó el acelerador, pasó el semáforo en ámbar en la calle desierta y volvió a girar para meterse por un callejón estrecho. Apagó los faros del coche, entró en un aparcamiento y se detuvo con el motor en marcha, por si tenían que salir disparados.

Con el brazo en el respaldo del asiento, Rowdy miraba por encima del hombro, vigilante.

—¿A qué estamos esperando? —preguntó Avery con voz temblorosa.

Rowdy estaba tan concentrado que no contestó. Medio minuto después, el coche pasó de largo a toda velocidad delante de ellos, por la carretera. Era un elegante híbrido plateado con cuatro puertas. Con las luces todavía apagadas, Rowdy puso el coche en movimiento y dio la vuelta.

¿Quién demonios los estaba siguiendo y por qué? Ya era suficientemente malo que lo siguieran, pero... ¿estando con Avery? Iban a rodar cabezas.

—¿Estás bien? —le preguntó, deseoso de matar a alguien.

Avery se lo quedó mirando durante un buen rato antes de responder:

—Sí, ¿y tú?
—Sí.

¿Por qué no habría de estarlo? Por calles secundarias, retomó la ruta que habían estado siguiendo. Avery todavía parecía asustada, tenía los ojos muy abiertos y los hombros tensos. Rowdy recordó entonces la expresión nerviosa que le había visto antes, en la puerta del bar, escrutando la oscuridad como si temiese que el hombre del saco pudiera surgir de las sombras.

No tenía a Avery por una mujer miedosa a la que fuera fácil asustar. Allí estaba pasando algo.

Cuando alargó la mano y la posó sobre su rodilla, ella no se apartó.

—Lo siento.

Avery se abrazó a sí misma.

—¿Estás seguro de que ese coche nos estaba siguiendo?

—Eso me temo —era capaz de detectar esas cosas al instante. Como si sus sentidos se activaran de golpe, poniéndolo en alerta—. El peligro forma parte de mi vida. Uno no puede vivir como yo he vivido sin hacer enemigos a lo largo del camino. Por supuesto, puede que simplemente fuera alguien que reconoció el coche. Este vehículo tiene una historia muy particular.

Avery miró el Ford último modelo. Parecía funcionar bien, pero el interior había conocido mejores días.

—¿Qué quieres decir? ¿También lo ganaste jugando a las cartas?

—No, pero se lo compré por poco dinero a un tipo que había perdido una partida y necesitaba dinero en efectivo antes de que le dieran una paliza con una barra de hierro.

—No estás bromeando— murmuró Avery, horrorizada.

—No —un millón de estrellas brillaban en el cielo, dándole un tono gris ahumado. Se habían sumado más coches a la carretera, pero nadie los seguía—. ¿Quién sabe en qué otros líos podía estar metido?

Tampoco importaba. Quienquiera que los hubiera seguido, no era consciente de dónde se había metido. Encontraría a aquel canalla y pondría punto final a aquel juego del gato y del ratón antes de que Avery pudiera preocuparse más.

—Fascinante.

—No pareces asustada.

Ya no. Rowdy le apretó la rodilla y volvió a agarrar el volante. Avery no era la típica mujercita frágil que se desmayaba a la primera señal de peligro. Pero tampoco era una mujer dura, insensible a los problemas de los demás.

En muchos sentidos, y en todo tipo de situaciones, lo sorprendía una y otra vez.

—Pero he pasado miedo.

—Lo sé.

Y, aun así, había manejado la situación bastante bien. Sin histerismos. No le había distraído con un ataque de pánico. Ni siquiera se había quejado de su conducción temeraria.

—Tampoco tanto —dijo ella, un poco picada—. Sobre todo, sentía cierta curiosidad.

—¿Por qué será que eso no me sorprende?

Hasta entonces, había querido saberlo todo sobre él. Y aquello sí que era toda una novedad. Normalmente, las mujeres solo querían saber una cosa: la manera de llevárselo a la cama y, de tanto en tanto, de retenerlo después. No les importaba ni su pasado, ni sus aspiraciones, ni sus motivaciones. Al menos, no más que a él las suyas.

Con dedos todavía temblorosos, Avery se recogió la melena detrás de las orejas.

—Ya sé que te dije que no te interrogaría, pero…

—Llegaremos a tu casa dentro de cinco minutos —podría hacer aquel trayecto en dos, pero bajo ningún concepto iba a arriesgarse a que su pasado siguiera a Avery hasta allí. Seguiría una ruta más enrevesada, por si acaso—. Entonces podrás preguntarme lo que quieras.

—¿Estás seguro?

—Si no quiero contestar a algo, no lo haré —respondió Rowdy, siendo franco con ella.

Su sinceridad le hizo fruncir el ceño.

—¿No me mentirás?

—No.

Por lo menos, no aquella vez. Si en alguna otra ocasión llegara a resultar necesario…

—¿Y el bar? —Avery subió una rodilla al asiento y se volvió hacia él—. ¿Cómo lo conseguiste? Accedieron a vendértelo muy rápido.

Eso era cierto, pero a Rowdy se le había hecho interminable tener que esperar a ver si le concedían la licencia para vender alcohol, o si pasaba la revisión de sus antecedentes. Sabía que había tenido suerte y que tener un cuñado policía había ayudado a acelerar el proceso.

—Hice una oferta en efectivo al propietario que no pudo rechazar.

Avery inclinó la cabeza.

—¿Lo pagaste en efectivo?

—No se puede decir que haya tenido mucho donde gastar todo lo que he ganado —en el pasado, había utilizado su dinero para poder proporcionarle a Pepper todas las comodidades a su alcance, cubrir las necesidades más básicas y pagar sus gastos allí a donde iba—. Cuando tienes poco, aprendes a gastar poco para mantenerte.

De repente tanto el tono como la expresión de Avery empezaron a rezumar ternura.

—Ahora que ya has echado raíces, tienes que pagar sueldos, facturas, el salario de los empleados, a los proveedores...

—¿Echar raíces? —¡Dios! Aquella idea le puso nervioso—. No me lo recuerdes.

—¿Por qué no? Estás haciendo una labor increíble. Has transformado totalmente el bar. Todo el mundo ama tu bar, trabajan encantados para ti....

Tenía la sensación de que estaba utilizando cada vez más el verbo «amar». ¿Amaba Avery trabajar para él?

—Ella, por ejemplo. Se ha puesto muy contenta con lo del aumento de sueldo.

—Se lo merecía.

Lo cierto era que disfrutaba manejando las cuentas, organizando el presupuesto. Y había tenido suerte con los empleados. Avery era una barman magnífica, aunque lo sacara de quicio ver que otros tipos le tiraban los tejos. Lo único que necesitaba era alguien que ayudara a Jones en la cocina.

—En cierto modo, esto se parece mucho a una partida de cartas. Siempre he sido un jugador prudente, pero me gusta jugar para ganar.

—¿Prudente? —Avery soltó una carcajada cargada de incredulidad—. ¿Has olvidado que sé la cantidad de problemas que tenía el bar cuando lo compraste?

Rowdy sonrió de oreja a oreja.

—Sí, pero conseguí que me lo vendieran muy barato —algunos podrían pensar que casi había sido un robo—. Como negocio legal, el antiguo local era una ruina. El tráfico de drogas era lo único que hacía entrar dinero, e incluso el idiota que lo dirigía sabía que aquello se iba a terminar.

—¿Le dijiste que la policía andaba detrás de él?

Rowdy negó con la cabeza.

—Dejé que pensara que alguien de la competencia estaba interviniendo.

—¿Tú?

—Conozco a muchos matones y sé cómo trabajan. Lo suficiente al menos como para resultar creíble.

Al fin y al cabo, había respirado aquel ambiente desde que era niño.

Más que disgustada con aquellas relaciones tan sórdidas, Avery parecía asombrada.

—Muy ingenioso por tu parte.

Hasta el momento, lo único que parecía haberla molestado era felación de la que había sido testigo. Sería preferible que no abordara ese tema con ella.

—El muy idiota decidió cortar por lo sano y largarse. ¡Y adiós muy buenas!

—Teniendo en cuenta la manera que tenía de permitir que se maltratara a las mujeres, yo diría que dejaste que se fuera de rositas.

Cuando Avery lo miraba así, como si quizá él fuera algo más que un problema, algo más que un obstáculo con el que uno tropezaba en la vida… diablos, eso le inquietaba a la vez que le hacía sentirse treinta centímetros más alto.

¡Y decía que él era peligroso!

—Lo utilicé, Avery —se merecía saber la cruda verdad—. Utilicé aquella endiablada situación para conseguir lo que quería.

Avery asintió como si aquello no importara nada en absoluto.

—Y también le echaste una mano a la policía.

—Sí, ¿eh?

En realidad, ayudar a la policía había sido un simple efecto colateral de la consecución de su propósito.

—Y ahora que tu hermana se ha casado, tienes a la policía en tu familia.

¿Tanta necesidad tenía de revolverle las entrañas recordándole aquel cambio de estatus? Crispó el gesto, todavía incómodo ante la idea.

—Logan me cae bien. No es como la mayoría de los policías.

Avery posó su mano pequeña y caliente sobre su antebrazo.

—O quizá sí, y lo que pasa es que tú no habías conocido hasta ahora a los policías normales.

No había ningún motivo para discutir eso.

—Tal vez.

Aparcó en la calle de Avery y encontró otro motivo de disgusto. Las farolas estaban rotas y podían verse algunos edificios vacíos con las ventanas selladas. Había grafitis por todas partes. Tensando los músculos del cuello, murmuró con sarcasmo:

—Hogar dulce hogar.

—No lo juzgues por las apariencias.

¡Oh, claro que lo juzgaba! Allí había algo que no encajaba. Él lo sabía todo sobre la pobreza y la desesperación. Si Avery quería pagar un alquiler barato, había lugares mucho más seguros.

Pero era obvio que su pequeña barman quería esconderse, probablemente en un sitio donde a nadie se le ocurriría buscarla.

Rowdy había pulido su intuición en un ambiente feroz que devoraba a los débiles. Y reconocía las señales en sus entrañas.

En aquel momento tenía que decidir un rumbo de acción al respecto.

Ajena a su sombrío humor, Avery le indicó:

—Es el último apartamento de la izquierda —recogió el bolso del suelo y comenzó a rebuscar en su interior para encontrar las llaves—. Puedes meterte por la segunda calle y dar allí la vuelta.

La cosa iba de mal en peor. La parte trasera de aquel edificio de dos plantas daba a un aparcamiento y a una tienda. Había tres hombres de aspecto desaliñado merodeando por allí, bebiendo, fumando y hablando a voz en grito. En un escenario como aquel nunca pasaba nada bueno. En el momento en el que Rowdy estaba aparcando, oyó el ruido de una botella al romperse seguido de unas sonoras risotadas y algunos juramentos.

La tensión que atenazaba su cuello fue descendiendo hasta llegar a los dedos de sus pies. Apretó la mandíbula.

—Te acompaño a tu casa —fue una afirmación, no una propuesta.

Avery no discutió.

—Te lo agradezco —agarró las llaves con fuerza.

Rowdy se fijó entonces en que llevaba una latita de gas pimienta colgando del llavero. ¿De verdad pensaba que eso iba a servirle de algo?

Rodeó el coche y alcanzó a Avery justo cuando ella estaba saliendo. Se hizo cargo de la bolsa en la que llevaba las camisetas y el delantal.

—Normalmente —le explicó ella—, los restaurantes de comida rápida y las licorerías todavía están abiertas cuando llego a casa, con lo que el aparcamiento está más iluminado. Nunca había llegado tan tarde.

Y nunca volvería a hacerlo si él podía evitarlo, pensó Rowdy.

—¿Dónde te deja el autobús? —Rowdy miró a su alrededor y no vio nada, salvo la posibilidad de problemas.

—Una manzana más abajo. No muy lejos. Solo resulta algo incómodo cuando llueve.

Por el amor de... Había tenido que enfrentarse a muchas situaciones desagradables a lo largo de su vida, pero el hecho de ver cómo vivía Avery le disgustó hasta lo más hondo.

—Vamos.

Avery se colgó el bolso del hombro y miró a su alrededor con aprensión, pero no hacia aquellos hombres que parecían representar la amenaza más obvia, sino de nuevo hacia las sombras.

—Supongo que no me vendría mal una linterna, ¿eh?

O una pistola. Y quizá un guardaespaldas o dos, pensó Rowdy. Pero estando él cerca, no necesitaba ni nada ni a nadie. La protegería.

—No importa.

Con mucha frecuencia, la oscuridad había sido una aliada para Rowdy. Y, en cierto modo, todavía se sentía más cómodo a oscuras que a plena luz. Mientras la acompañaba hacia el portal del edificio de ladrillo, observó al trío que merodeaba por el aparcamiento. Teniendo en cuenta cómo miraban a Avery, se preguntó si no debería hablar con ellos, asegurarse de que comprendieran que...

—Pórtate bien, Rowdy.

Sí, Avery captaba sus señales con la misma facilidad con la que él captaba las suyas.

—Me estoy portando bien —«y sopesando mis opciones», añadió para sus adentros.

—No quiero tener problemas, así que ignóralos, por favor.

Rowdy tenía la sensación de que iban a tener problemas al margen de lo que ella quisiera o dejara de querer.

—¿Siempre están ahí?

Avery continuaba con la mirada fija en el edificio de apartamentos.

—Ellos o algunos como ellos. No puedo decir que nos hayan presentado, así que no estoy segura de que sean siempre los mismos —seleccionó la llave—. Hasta ahora no ha pasado nunca nada. No han causado grandes problemas.

Pero Rowdy sabía que los problemas pequeños podían llegar a convertirse en un tsunami. Mientras él esperaba con impaciencia, Avery consiguió hacer funcionar la llave en la vieja y oxidada cerradura.

Uno de los hombres debió de envalentonarse, porque se acercó unos pasos y gritó, arrastrando las palabras:

—¡Hace tiempo que no me divierto! A lo mejor puedo subir yo después...

Los otros dos rieron, ofreciendo su apoyo y animando con gritos al vagabundo borracho. Los comentarios continuaron, pasando de la melena de Avery hasta su trasero, y su crudeza fue aumentando por segundos.

Cuando se rompió otra botella, y demasiado cerca de ellos como para que pudiera tratarse de un accidente, a Avery estuvieron a punto de caérsele las llaves.

—Déjame a mí.

Rowdy le quitó las llaves, abrió las dos cerraduras y empujó la puerta combada.

Los tipos se acercaron. Debían de estar a menos de cuatro metros.

—¿Qué me haces por cinco dólares?

Se oyeron nuevas risas y algunos gritos.

—A lo mejor te hace una paja.

—O por lo menos me deja echar un vistazo a ese cuerpazo.

—Sí —exigió el que estaba más cerca—. Cinco dólares por un peep show. Demuestra que eres una verdadera pelirroja.

Así estuvieron hasta que Rowdy les soltó, alzando la voz:

—¡Idos al diablo!

A menudo era preferible enfrentarse directamente a los problemas en vez de intentar evitarlos. Aquella era una de esas ocasiones.

Cuando le estaba devolviendo la bolsa de las camisetas a Avery, esta gritó:

—¡Ni se te ocurra!

Pero él la miró con firmeza.

—Métete dentro y cierra la puerta.

—Maldita sea, Rowdy Yates...

Rowdy le apartó las manos y se alejó de ella mientras se dedicaba a estudiar al grupo.

Lo que estaba viendo no representaba ningún desafío en absoluto, siempre y cuando Avery se metiera dentro y cerrara la puerta para que él pudiera estar seguro de que estaba a salvo.

Aquellos tipos parecían bien entrados en los treinta años, quizá tuvieran ya cuarenta.

Estaban borrachos y eran unos imbéciles. Ambas cosas eran obvias.

Lanzó al líder del grupo una mirada asesina y avanzó hacia él.

—¿Tienes algo que decir?

Demasiado borracho como para comprender lo precario de su posición, el muy estúpido soltó una carcajada.

—Si esa preciosidad acepta clientes, tengo algo de suelto que podría gastar.

Con los ojos entrecerrados, Rowdy continuó avanzando sin prisas y con firmeza. Cuando lo vio acercarse, el tipo retrocedió, retiró las manos de sus caderas y miró hacia sus compañeros. Como si fueran uno, los otros dos se agruparon en silencioso apoyo, con las barbillas en alto, los hombros erguidos, las bocas torcidas en una mueca de desdén.

Rowdy esbozó una provocadora sonrisa.

—Sé que os sentís armados de valor, pero, sea lo que sea lo que tengáis pensado hacer, yo ya he estado ahí y sé hacerlo mejor.

—Yo lo que estoy pensando es que somos tres contra uno.

—Tenéis muy pocas posibilidades —Rowdy se detuvo a solo unos pasos del otro hombre—. Ya te has divertido y has demostrado lo idiota que eres, pero aquí no va a pasar nada más. Hoy no. Y menos con ella.

Uno de los hombres, con una barba propia del yeti, intentó aproximarse a Rowdy. Este le detuvo con una simple mirada.

—Yo no lo haría si fuera tú.

El más desvergonzado se echó a reír.

—¿De verdad quieres pelear contra todos nosotros?

—No habría ninguna pelea —sentía crecer dentro de sí la ardiente necesidad de la violencia—. Puedo demostrártelo si tienes necesidad de ello, pero sería más fácil para todos que os largarais.

Desde luego, más fácil para Avery. Sabía que cuando aquello terminara, lo mandaría al diablo.

Una vaharada de aliento a cerveza asaltó a Rowdy cuando el tipo terminó plantándose ante él.

—Tenemos derecho a estar aquí.

Rowdy no se movió. A veces un hombre necesitaba liberar energías. Eso lo comprendía bien.

Él mismo lo estaba necesitando en aquel momento.

—Claro que tenéis derecho a estar en el aparcamiento —se inclinó hacia el hombre, que era más bajo, obligándolo a retroceder—. Pero no a faltarle al respeto ni a molestarla. Ni tampoco a acercaros a ella.

En un tardío intento de dominar la situación, el tipo alzó los puños para empujar a Rowdy.

Un mal movimiento.

Aprovechando la oportunidad, Rowdy tiró de él hacia delante, haciéndole perder el equilibrio, y le dio un golpe con el codo. El borracho cayó al suelo y aterrizó sobre la dura grava con una quejosa maldición.

El yeti intentó atacar, pero Rowdy esquivó el golpe y le dio un puñetazo en su abultada barriga cervecera. Con una sonora exhalación, el gigante cayó encima de su amigo.

—Maldito imbécil... —dijo el tercer hombre, lanzándose hacia delante.

Rowdy se inclinó hacia la izquierda y alzó la rodilla, alcanzando a su atacante en la barbilla. El tipo se tambaleó hacia atrás, quedó paralizado durante un segundo y cayó después al suelo.

El primer borracho comenzó a dar señales de vida desde debajo del otro primate. Rowdy permaneció donde estaba con los puños apretados, deseando que se levantara. Todavía sentía crepitar la tensión en su interior.

Quería, necesitaba, una verdadera pelea.

Lo que ocurrió en cambio lo dejó más que insatisfecho.

El tercer tipo fue deslizándose en la grava hasta encontrar un punto de apoyo y se alejó tambaleante con una mano en la nariz para contener la hemorragia. Salió huyendo sin mirar atrás ni una sola vez.

Diablos.

El segundo tipo se sentó gruñendo y sujetándose la enorme barriga. Dedicó a Rowdy todo tipo de insultos en voz baja y se levantó. Abrazando su vientre con sus brazos carnosos, se alejó balanceándose detrás de su amigo.

El primer hombre continuaba tumbado de espaldas. Rowdy se agachó a su lado.

—Me has decepcionado, tío. Quería destrozarte, pero estás más borracho de lo que pensaba.

—Que te den —gruñó, arrastrando las palabras.

Y, sorprendentemente, se acurrucó hacia un lado y dejó de moverse.

Rowdy esperó con los ojos entrecerrados y puso oír como se iba apaciguando su respiración de borracho.

—Increíble.

Lo empujó, pero el tipo soltó un gemido que terminó convirtiéndose casi en un ronquido. Rowdy se levantó.

—Maldita sea.

—Veo que tienes más ganas de hacer deporte.

Rowdy se volvió bruscamente y se encontró frente a otros tres tipos. Aquellos eran más jóvenes que los primeros, estaban en buena forma y, al menos en apariencia, tenían la cabeza despejada.

A los labios de Rowdy asomó una lenta sonrisa.

Parecía que iba a conseguir la pelea que buscaba.

CAPÍTULO 5

El joven que acababa de hablar le devolvió la sonrisa. Mientras observaba a los borrachos que se retiraban, dijo:

—Relájate. En realidad, solo estábamos disfrutando del espectáculo —se encogió de hombros con una postura relajada—. Tampoco es que hubiera mucho más que ver.

—Por desgracia.

Rowdy hizo un rápido análisis de la situación. Aquel tipo debía de tener poco más de veinte años. Mediría más de un metro ochenta. Iba vestido con tejanos, zapatillas deportivas, camisa de franela y una gorra en la cabeza.

Su ropa gastada no conseguía ocultar un cuerpo bien musculado.

Tenía una sonrisa que expresaba confianza, diversión quizá, lo cual significaba que no temía manejarse en una situación como aquella.

Los hombres que estaban detrás presentaban un aspecto algo más desarrapado y, aunque también parecían estar en forma, eran de estatura media. Uno de ellos llevaba una lata de refresco en la mano y una expresión de aburrimiento en el rostro. El otro mantenía cruzados los brazos sobre el pecho con un gesto de hostilidad.

No estaban intimidados por la patética pelea de la que acababan de ser testigos, aunque… ¿por qué habrían de estarlo?

Rowdy deseó con todas sus fuerzas que Avery continuara dentro del edificio.

—Así que estabais dando un paseo nocturno, ¿eh?

La arrogancia ensanchó la sonrisa del joven todavía más.

—Algo así —hundió las manos en los bolsillos de los tejanos y dio una patada a una botella rota—. Son unos bocazas y unos asquerosos. Lo que hay que aguantar...

La pobreza solía imprimir una falsa apariencia de valentía en muchos rostros, quizá incluso en el suyo. Rowdy podría desengañar a aquellos jóvenes en cualquier momento.

—Por mí pueden gritar todo lo que quieran y tirar la basura que les apetezca. Pero como se les ocurra...

—¿Acercarse a esa mujer? Sí, ya lo hemos entendido —el joven miró a sus colegas por encima del hombro—. Hey, ¿no os importa ir recogiendo esas botellas? Mañana podría cortarse algún niño.

Para sorpresa de Rowdy, sus amigos retrocedieron y comenzaron a retirar los cristales rotos.

—Me llamo Cannon Colter —el joven le tendió la mano y señaló con el hombro el edificio de apartamentos—. ¿Vives por aquí?

La puerta del edificio chirrió como en una película de miedo cuando Avery intentó abrirla. Rowdy maldijo para sus adentros. ¿Debería mentir? ¿Decirles a esos muchachos que acompañaba a Avery cada noche para evitar cualquier posibilidad de molestarla?

Cannon se inclinó hacia delante.

—Nosotros no hacemos esas cosas, así que relájate.

Sintiéndose como un improvisado extra en una mala película, Rowdy preguntó:

—¿Qué cosas?

—Molestar a las mujeres —Cannon sacudió la cabeza—. No es lo nuestro.

—¿Y qué es lo vuestro?

Cannon se retiró un tanto y contempló el cielo que ya estaba empezando a aclararse, y luego el supermercado, antes de mirar a Rowdy directamente a los ojos.

—Hemos crecido aquí y odiamos ver a esos asquerosos ensuciándolo todo más de lo que está.

—¿Ah, sí?
—Tengo una hermana pequeña —arqueó las cejas, como si aquello lo explicara todo.

Siendo también él el hermano mayor, Rowdy suponía que, efectivamente, así era: aquel detalle lo explicaba todo. Cannon... y él que pensaba que «Rowdy» era un nombre raro... no quería que aquellos tipos molestaran a su hermana. lanzó una mirada fugaz al edificio, pero, afortunadamente, aunque había asomado la cabeza por la puerta, Avery permanecía en el interior, tal y como él le había pedido. Bueno, sí, más bien se lo había ordenado. Se disculparía por ello en cuanto hubiera resuelto aquel asunto.

Cannon también miró hacia Avery.
—Lo siento, tío, pero es que aquí ella da la nota.
—Sí, lo sé.
—Atrae a los borrachos como la mierda a las moscas.

Alegrándose de que Avery no hubiera escuchado aquel comentario, Rowdy reprimió una sonrisa. Podía imaginar cómo reaccionaría al oír aquella comparación tan particular.
—Sí.
—Eres el primer tipo que la acompaña a casa.

Una información muy valiosa, aunque aquello no fuera asunto suyo.
—¿Has estado pendiente de ella?
—Presto atención —arqueó las cejas—. Y es demasiado guapa como para no fijarse.

Rowdy no pudo reprimir su curiosidad.
—¿Cuánto tiempo lleva ella viviendo aquí?
—Cerca de un año o así.
—Nunca se despista —apuntó otro.
—Sí, eso es cierto —dijo el más pequeño de los tres, lo que no significaba que fuera un tipo pequeño—. Es muy cauta.
—¿Habéis visto a alguien molestándola?
—No, pero, si quieres, podemos echar un ojo.

Cannon sonrió.
—Siempre lleva una lata de espray en la mano y mata con los ojos a cualquiera que la mira.

—¿Tú también la miras?

Cannon alzó las manos.

—Yo no. Eso ya ha quedado claro, ¿vale? Pero he visto a otros tíos mirándola.

Rowdy frunció el ceño. Tardó menos de tres segundos en tomar una decisión. Buscó la cartera y sacó tres billetes de veinte dólares, uno para cada uno, y el mismo número de tarjetas del bar. Debajo del número de teléfono del bar aparecía el de su móvil.

Sosteniendo los billetes y las tarjetas en la mano, dijo:

—Consideradlo como un primer pago. Si veis a cualquiera molestándola, llamad a uno de estos dos números. Preguntad por Rowdy. Os pagaré por las molestias.

La expresión de Cannon se enfrío varios grados.

—Guárdate tu dinero —se quedó con las tres tarjetas—. No necesito que me paguen para no comportarme como un cerdo.

Rowdy guardó lentamente los billetes.

—De acuerdo —preferiría destrozarse las manos peleando contra un toro a herir el orgullo de un hombre honesto—. Me disculpo por el malentendido.

—Olvídalo —leyó la tarjeta—. ¿Eres Rowdy? ¿El dueño del bar?

—¿Lo conoces?

—Sé que echaste a patadas a un puñado de camellos cuando lo compraste —lo miró a los ojos—. Eso me gusta.

—Fue todo un placer.

Rowdy tuvo la sensación de que Cannon se había tomado la limpieza que había hecho del bar como un favor personal. Para ser tan joven, andaba pendiente de muchos asuntos. Interesante.

—Si alguna vez andas por esa zona, pásate a tomar algo.

—Te tomo la palabra —se guardó una tarjeta en el bolsillo trasero de los tejanos y repartió las demás entre sus amigos—. Nos vemos, Rowdy.

Mientras los veía atravesar el aparcamiento y desaparecer en un callejón, Rowdy decidió investigar a Cannon, y también el coche que los había seguido.

Le resultaba extraño que los pocos progresos que había hecho con Avery hubieran dado lugar a más preguntas que respuestas.

Mientras caminaba hacia el edificio, se preguntó si Avery habría cerrado la puerta con llave o si todavía podría darle las buenas noches. Ella lo sorprendió abriéndole la puerta antes de que hubiera llegado.

Lo recibió con el ceño fruncido.

—¿Es que te has vuelto loco?

Era muy posible. Ella ejercía ese efecto sobre él.

—Tranquilízate, cariño. Todo va bien.

—¿Bien? ¡Podrían haberte matado!

Rowdy soltó un resoplido burlón, enfureciéndola todavía más.

—Esos tipos apenas se tenían de pie.

Rowdy entró, cerró la puerta a su espalda y volvió a fijarse en el miserable estado de la cerradura.

—¿Y si alguno de ellos hubiera estado armado?

Por lo visto, un encogimiento de hombros no fue la respuesta adecuada.

—¡Ay, Dios mío! —exclamó Avery con aire dramático—. ¡Estás loco! Los del segundo grupo no estaban borrachos.

—No se han metido conmigo.

—Pero hasta el último momento no sabías lo que iba a pasar —alzó la barbilla—. ¿De qué habéis estado hablando tú y ese chico tan sexy durante tanto tiempo?

Rowdy maldijo para sus adentros y desvió lentamente la mirada de la cerradura hasta su rostro.

—¿Sexy? —susurró. Le lanzó una mirada fulminante que no tuvo ningún efecto sobre ella.

—Ya sabes a quién me refiero. A ese crío tan guapo. Al que tenía un cuerpo de atleta.

Los celos lo devoraban, añadiendo puro granito a su tono.

—Solo tiene unos años menos que tú, no creo que sea ningún crío.

En esa ocasión, fue Avery la que se encogió de hombros. Lo cual a Rowdy no le hizo mucha más gracia de la que le había hecho a ella. Pero, cuando le palmeó el pecho, presumiblemente para tranquilizarlo, se sintió obligado a dejarlo pasar.

—Le he dado una tarjeta y le he dicho que se pase por el bar —antes de hacer el ridículo, le pasó el brazo por los hombros y la apartó de la puerta—. Si aparece por allí, avísame inmediatamente.

No tenía ningún motivo para desconfiar de Cannon, pero tampoco quería correr riesgos innecesarios.

Y, después de la descripción que Avery le había hecho del chico, le quedaban pocas ganas de dejarla a solas con él.

—De acuerdo.

—Por cierto —le dio un beso en la sien—, gracias por quedarte dentro.

—No soy ninguna idiota —alzó la mano en la que seguía empuñando el móvil—. Pero he estado a punto de llamar a la policía.

Desde luego, aquello era lo último que Rowdy habría necesitado.

—No se te ocurra hacerlo jamás.

La obstinación endureció la expresión de Avery, haciéndola ponerse de puntillas.

—¡Lo haré siempre que lo considere necesario!

Maldijo para sus adentros. Rowdy volvió a intentar sostenerle la mirada, pero aquello tampoco sirvió de nada. Con una fuerte exhalación, le quitó el móvil de la mano diciendo:

—Si alguna vez necesitas llamar a la policía, llama al 9-1-1. Pero si es solo por mí, llama a Logan o a Reese —presionó varias teclas—. Ahora ya tienes sus números en tu agenda de contactos —y le metió el móvil en el bolso.

—¿En serio?

—Claro, ¿por qué no?

Por algún motivo que Rowdy no podía comprender, Avery sonrió complacida.

—Gracias.

Aquella sonrisa era capaz de hacer milagros. Obligándose a desviar la mirada, Rowdy reparó en la primera planta del edificio. Y entendió entonces las razones por las que había decidido entrar por la puerta trasera en vez de por el portal más iluminado de la parte delantera. La casa estaba dividida en dos por una pared que separaba las dos mitades.

La puerta que tenía a su derecha conducía a un apartamento y a unas escaleras que subían al primer piso. Rowdy dedujo que la distribución sería idéntica en la fachada delantera.

—¿Conoces a tus vecinos?

«Por favor, que me diga que no», pensó Rowdy.

Ella negó con la cabeza.

—Soy bastante reservada.

Tal y como Cannon le había dado a entender.

—Me alegro de oírlo.

Ya en el vestíbulo, el edificio tenía un aspecto ruinoso con las paredes manchadas y desconchadas, y la moqueta tan sucia que daba asco hasta pisarla. Rezando para que le dijera que vivía en el primer piso, Rowdy preguntó:

—¿Planta baja o primera?

—Primera.

Comenzó a avanzar delante de él, con las llaves en la mano.

—La primera pelea la he entendido sin ninguna dificultad. Pero la segunda vez, has hecho algo más que intercambiar tarjetas con esos chicos, ¿verdad? ¿De qué habéis estado hablando?

Tergiversando la verdad, aunque solo un poco, Rowdy contestó:

—Les he dicho que no se acerquen a ti —una vez al final de las escaleras, la agarró del brazo—. Si cualquiera te molesta, quiero que me lo digas, ¿de acuerdo?

—Nadie me va a molestar, pero gracias de todas formas.

Aunque pronto amanecería y el cansancio se reflejaba en sus ojos, Avery continuaba teniendo un aspecto increíblemente sexy con aquella abundante melena cayendo sobre sus hombros y sus senos.

Rowdy se la echó con suavidad hacia atrás.

—Déjame las llaves.

Repentinamente avergonzada, Avery desvió la mirada.

—¿Qué vas a hacer?

—Echar un vistazo a tu casa. Asegurarme de que estás sola.

Aquello hizo que Avery volviera a mirarlo con sobresaltada inquietud.

—¿Crees que puede haber entrado alguien?

Rowdy le apretó los hombros.

—Probablemente no, pero será mejor que compruebe hasta qué punto es segura tu casa.

Avery sintió el latido acelerado del pulso en el cuello mientras clavaba la mirada en la boca de Rowdy.

—No estoy segura…

Rowdy maldijo para sus adentros. Aquella mujer sería capaz de tentar a un santo. ¿Qué posibilidades tenía entonces un pecador como él?

—Echaré un vistazo, me aseguraré de que todo está bien y me iré.

—Seguro que se te da bien identificar problemas de seguridad —miró la puerta otra vez y se decidió a aceptar—. De acuerdo, gracias.

Le tendió las llaves.

Rowdy estaba tan acostumbrado a que defendiera con tanta obstinación su independencia que, al verla adoptar aquella actitud, desconfió. Le estaba ocultando algo, ¿pero qué podía ser?

La disposición del edificio era pésima. Aquel descansillo era como una trampa. Sin ventanas ni ninguna otra puerta que la de su apartamento. Introdujo la llave, abrió la puerta y alargó la mano hacia el interior buscando un interruptor. A diferencia de su casa, la lámpara estaba al lado de un mullido sofá.

Rowdy entró con Avery, dejó la puerta abierta y le ordenó:

—Quédate aquí.

Antes de que ella pudiera protestar, se adentró en el apartamento, echó un vistazo a una pequeña cocina americana y vio una caja de cereal sobre el mostrador. ¿Cereales fríos y azucarados? De alguna manera, parecían encajar con ella.

La primera puerta conducía a un baño minúsculo con una repisa abarrotada con productos de maquillaje, un secador de pelo y un cesto con cintas y gomas para el pelo. Corrió la cortina de la ducha y descubrió todo un surtido de tarros alrededor de la estrecha bañera: champú, acondicionador, gel, lociones, sales de baño, cremas...

Aquella mujer se tomaba muy en serio el asunto del baño.

Salió de allí y miró en el armario del pasillo donde guardaba las toallas, las sábanas, una almohada y más artículos de tocador. Avery no dijo una sola palabra cuando le vio entrar en el dormitorio.

Lo primero que hizo Rowdy fue revisar el armario, apartando la ropa para poder ver tras ella. Tenía todo un guardarropa de camisetas, sudaderas, suéteres y tejanos, y muy pocas faldas y vestidos. El suelo del armario estaba abarrotado de zapatos y botas. Jamás habría imaginado que Avery fuera tan desordenada, pero eso le gustó.

No se veía nada que estuviera sucio, pero sí que había un notable desorden.

La ventana del dormitorio daba al supermercado y al aparcamiento, en aquel momento vacío. Tras revisar el pestillo de la ventana, cerró las cortinas y se agachó para mirar debajo de la cama sin hacer. No había nada, salvo pelusas, un calcetín abandonado y una maleta. Demasiado curioso como para dejarlo pasar, Rowdy tiró del asa de la maleta.

No estaba vacía.

Así que Avery guardaba una maleta hecha debajo de la cama. ¿Por si tenía que salir urgentemente?

Se incorporó y dedicó unos minutos más a revisar el dormitorio. No era tan funcional como el suyo. Tenía adornos por todas partes. La cómoda estaba cubierta de monedas sueltas y bisutería. Sobre la mesilla de noche había una vela aromática. Rowdy tocó el esponjoso edredón y las sábanas, de una suavidad extraordinaria. Y tenía tres almohadones.

—¿Rowdy?

—Ahora mismo voy.

Intentando apartar la imagen de Avery acurrucada y durmiendo en aquella cama, salió del dormitorio sintiéndose curiosamente... aliviado.

Su barman no vivía como una mujer que hubiera crecido rodeada de lujos. De hecho, aquel apartamento tan desordenado no era muy distinto de aquel en el que se había escondido su hermana.

Secretos. Avery los tenía a espuertas. ¿Cuánto le iba a costar descubrirlos?

Avery observaba a Rowdy recorriendo el apartamento con una extraña sensación de anticipación zumbando en sus venas. No debería haberlo dejado tan desordenado, pero el día no parecía tener suficientes horas para tantas cosas como tenía que hacer.

El domingo era su día libre, pero solía dormir hasta tarde y se pasaba el resto del día haciendo recados y ocupándose de la colada. ¿Cómo iba a quedarle tiempo para limpiar?

Cuando Rowdy salió del dormitorio, el corazón comenzó a latirle con más fuerza.

—¿Has terminado de fisgonear?

—Casi.

Revisó la ventana de la sala de estar y después una ventana más pequeña que había detrás del fregadero.

Mientras tanto, ella observaba la flexión de los músculos de sus hombros y la forma en la que aquellos deshilachados tejanos se adherían a su trasero. Tenía unos muslos poderosos y un trasero muy bien musculado.

Rowdy la miró a los ojos.

—Están cerradas con llave.

Avery ya lo sabía. Había sido ella la que las había cerrado. En verano, cuando hacía un calor infernal, conectaba un aparato portátil de aire acondicionado. No servía para eliminar la humedad, pero al menos le proporcionaba un cierto alivio.

—¿Está todo bien?

—Todo lo bien que se puede estar aquí, pero, si no te importa, me gustaría hablar con tu casero para que cambie la cerradura de la puerta principal.

—Ya hablé yo.

Se sentía un poco fuera de control. Pero ella no era una de aquellas mujeres que se excitaban con las demostraciones de violencia masculina. Aunque la verdad era que no había habido un gran despliegue de violencia, teniendo en cuenta cómo había manejado a Rowdy a aquellos tres matones.

—Me dijo que se ocuparía de ello.

Desde el otro extremo de la habitación, Rowdy miró su boca, descendió hasta su cuello y finalmente llegó hasta sus senos. Contestó entonces con aire distraído:

—La cambiaré yo antes de ir a trabajar.

Avery tomó aire y contuvo la respiración.

—No tienes por qué hacerlo.

Alzando las manos para asegurarle que cumpliría con su promesa, Rowdy avanzó hacia ella.

—Pero quiero hacerlo.

Lo dijo de tal forma que Avery conjuró en su mente todo tipo de imágenes que no tenían nada que ver con cambiar una cerradura vieja.

—En ese caso, de acuerdo.

Con aparente indiferencia, Rowdy apoyó el hombro en la puerta junto a la que permanecía ella, ya que no se había movido de allí.

—Muy bien.

Avery quiso darle las gracias otra vez, pero él la interrumpió:

—No te gustó verme con otra mujer.

Avery se alejó de la puerta abierta, y también de la tentación.

—En serio, Rowdy, lo veo todas las noches —y, mintiendo entre dientes, añadió—: No fue para tanto.

Rowdy pareció reflexionar sobre ello y asintió.

—Pero no te gustó nada ver cómo otra mujer me la...

—¡No!

Avery se volvió con brusquedad y, rompiendo sus propias normas, alargó la mano para posarla sobre su boca.

—No te atrevas a decirlo.

Muy lentamente, Rowdy rodeó su muñeca con sus largos dedos y le hizo apoyar la mano sobre su pecho. Y, Dios, aquello no fue mucho mejor que el tacto de su boca bajo sus dedos. Estaba tan caliente...

—Te prometo que no volverá a pasar —le aseguró él, acariciándole el dorso de la mano con el pulgar.

Avery cerró la mano contra su pecho, un poco avergonzada por tener las uñas tan cortas y la piel tan seca por las muchas horas que pasaba lavando copas. Además, estaba convencida de que llevaban impregnado el olor del bar.

Pero se recordó entonces que eso no importaba. Nunca volvería a ser una mujer con una manicura perfecta.

—¿En el trabajo, quieres decir? —le preguntó.

Rowdy apretó los labios.

—No voy a mentirte, Avery. No pienso convertirme en un monje.

Gracias a Dios. Aquello sería una triste pérdida de sensualidad. Sin estar muy segura de lo que aquello podría implicar, contestó:

—Tampoco espero que lo hagas.

—Me alegro, porque ahora tengo una pregunta que hacerte —soltándola, retrocedió hasta la puerta y le espetó—. ¿Cuánto tiempo voy a tener que esperar, cariño?

A Avery le dio un vuelco el corazón. Podía fingir que no entendía a qué se refería, pero sabía exactamente lo que le estaba diciendo.

Rowdy no la estaba presionando, y tampoco estaba de broma. Aquello le indicó que estaba hablando en serio, así que le contestó con la verdad.

—No quiero estar disponible solo cuando a ti te apetezca. No quiero ser intercambiable.

La mirada de Rowdy se oscureció, volviéndose más intensa.

—Así que —hizo acopio de valor—. Supongo que tendrás que esperar hasta que esté segura de que me quieres a mí en concreto, y no simplemente una aventura de sexo fácil.

Rowdy le acarició la mandíbula y el cuello para luego tomarla suavemente de la nuca.

—Creo que seré capaz de hacerlo.

¿Lo creía? ¿Aquello era lo máximo que podía asegurarle?

Avery se dispuso a protestar, pero Rowdy posó la boca sobre la suya en un beso dulce, profundo y ardiente. Su cálida lengua la tentó ligeramente y su duro cuerpo le robó el aliento.

Cuando cesó el beso, Avery permaneció abrazada a él casi sin fuerzas, todavía en el descansillo.

—Maldita seas, mujer. Desde luego, sabes cómo alargar el suspense —volvió a besarla, con más firmeza y rapidez en esa ocasión. Levantándola en vilo, le hizo trasponer el umbral para dejarla de nuevo dentro del apartamento—. Cierra en cuanto me vaya. Mañana nos vemos. Y recuerda que, si te ocurre algo, quiero saberlo inmediatamente. Llámame a la hora que sea.

Avery asintió. ¿Qué demonios pensaba que podía sucederle?

—Gracias por... por todo.

Tenía una sonrisa tan maravillosa...

—Ha sido un placer, Avery, como siempre.

Como siempre... Hasta que consiguiera lo que quería y, después, se olvidara de ella.

Cerró la puerta con llave y comenzó a sonreír. ¡Dios santo! Rowdy Yates había conseguido impactarla de verdad con aquel beso.

Al margen de lo que pudiera durar aquello, Avery sabía que su mundo nunca volvería a ser el mismo de antes.

Supuso que debería ir al médico porque, al final, iba a tener que volver a tomar la píldora.

Por primera vez desde que compró el bar, Rowdy no era capaz de concentrarse en el negocio. Había besado a Avery en la puerta de su casa tres días atrás. Al día siguiente, cuando fue a cambiar la cerradura, ella le había dado una llave e insistido en pagarle lo que se había gastado en la ferretería. Ante tanta insistencia no le había quedado más remedio que aceptar su dinero.

Desde entonces, Avery también había estado trabajando todavía más, como si quisiera asegurarse de que no recibía ningún trato favorable por el hecho de haberle confesado su interés por él.

No podía decirse que Rowdy estuviera mostrando favoritismo alguno. Ella era la única responsable de la barra, una situación a la que pensaba poner remedio, aunque solo fuera para poder pasar más tiempo con ella. Cuando Avery necesitaba un descanso, él era el único que podía sustituirla. Y cuando ella tenía un día libre, él tenía que trabajar en el bar. Los domingos estaba cerrado, pero solía utilizar la jornada para seguir arreglando los espacios que todavía no se usaban. Y no quedaría satisfecho hasta que no pudiera aprovechar hasta el último centímetro cuadrado del local.

Intentaba acompañarla todas las noches a su casa, pero ella siempre se negaba. De modo que hasta el momento había tenido que quedarse allí y ver cómo se montaba en el autobús.

Lo que no sabía era que había adquirido la costumbre de seguirla en su coche para asegurarse de que llegara a casa sin que nadie la molestara. En una ocasión había visto a Cannon y a sus amigos merodeando por allí, pero el joven, aunque había estado pendiente de Avery mientras esta entraba en el edificio, en ningún momento se había acercado a ella.

Sus respectivos horarios hacían que a Rowdy le resultara difícil intentar seducirla. Y a cada hora que pasaba, la deseaba más.

Estaba despejando una mesa para ayudar a Ella con los últimos clientes que quedaban cuando se presentó ante él una voluptuosa rubia.

—Hola, Rowdy.

Su escote llamó al instante su atención.

—Eh... —se devanó los sesos, intentando recordar un nombre que empezaba por ese—. Sheila, ¿verdad?

—¿Te acuerdas?

La verdad era que había acertado por casualidad. Sheila acudía al bar varias veces a la semana y en todas las ocasiones se le insinuaba. Él había pensado en aceptar su poco o nada sutil invitación, hasta que Avery le dejó claras sus condiciones. Y, sabiendo que con el tiempo podría estar con Avery, Sheila había dejado de interesarle.

—Claro que sí. Te has convertido en una cliente habitual —continuó limpiando la mesa.

—¿Sabes? —preguntó ella con voz sugerente—. Vivo cerca de aquí.

Deslizó la mano por su brazo y su hombro mientras se inclinaba hacia él para susurrarle:

—Podríamos estar allí en veinte minutos.

Rowdy no pudo reprimir una sonrisa. Era agradable sentirse deseado, sobre todo cuando Avery hacía todo lo posible por evitarlo. Pero, al pensar en ella, volvió a erguirse y miró hacia la barra.

Incluso a aquella distancia, lo achicharró con el furibundo fuego de su mirada. Parecía estar esperando que arrastrara a Sheila a su despacho de un segundo a otro. Al parecer, su pequeña barman no entendía lo mucho que la deseaba específicamente a ella, y no simplemente un cuerpo dispuesto a proporcionarle placer.

Rowdy saludó a Avery con la mano antes de contestar a Sheila:

—Te agradezco el ofrecimiento, cariño, pero estoy agotado.

—Mañana, entonces —se llevó un dedo al cuello y fue descendiendo por su escote.

Con lo cual, por supuesto, se aseguró de que Rowdy siguiera el movimiento de su dedo con la mirada.

Unos pechos bonitos. Grandes y blancos. Seguro que sería una mujer muy traviesa.

Pero no lo tentó ni lo más mínimo.

—No puedo. Estoy comprometido hasta...

¿Hasta cuándo?, se preguntó, maldiciendo para sus adentros. ¿Cuánto tardaría Avery en darse cuenta de lo muy bien que estarían los dos juntos? Tanto si ella sentía la química como si no, Rowdy sabía que terminarían incendiando las sábanas.

Decidiendo que eso no importaba porque, al fin y al cabo, Sheila no le gustaba, contestó:

—Hasta nuevo aviso. El negocio está creciendo muy rápidamente y apenas puedo dormir unas cuantas horas al día.

—Podría merecerte la pena.

—No tengo ninguna duda —desvió la mirada hacia la mesa llena de jóvenes que había tras ellos—. Y creo que también ellos lo saben. No te han quitado los ojos de encima.

Sheila no era ninguna estúpida. Sabía reconocer un rechazo, por mucho que Rowdy hubiera intentado endulzarlo.

—Tú te lo pierdes —y, con una sonrisa, fue a buscar una presa más fácil.

Rowdy sacudió la cabeza. Siempre le habían divertido aquellas tácticas femeninas. Ojalá Avery fuera tan previsible.

Pero, una vez más, era su singularidad lo que él ama…

¡No! De ninguna manera. Expulsó aquel pensamiento de su cabeza a toda velocidad.

Intentó concentrarse en el bar, en las muchas tareas todavía pendientes. Pero, mientras se dirigía hacia la cocina con los platos sucios, volvió a ver a Avery. Estaba en pleno ajetreo ocupándose de la barra, sirviendo copas y sonriendo a los clientes… todos ellos hombres.

En muchos sentidos, se sentía como un primate posesivo cuando estaba cerca de ella, pero se lo tomó con calma. Conocía a Avery lo bastante como para saber que no coquetearía con ningún cliente, y, además, tampoco le interesaban los grandes bebedores.

Estaba a punto de entrar en la cocina cuando sonó el teléfono. Avery contestó. Era algo habitual. Como los únicos aparatos que había eran los del despacho y la barra, Avery contestaba muchas veces el teléfono.

Cruzó las puertas de la cocina y dejó los platos sucios en el fregadero. A pesar de que hacía tiempo que había terminado la hora de la cena, Jones todavía no había acabado. Rowdy sabía que pronto tendría que encontrar a alguien que lo ayudara, si no quería que Jones terminara despidiéndose.

—Deja eso si quieres —propuso Rowdy al cocinero.

—¿Vas a pagarme todas las horas que pase aquí?

—¿No lo hago siempre?

—Sí, y esto solo me llevará una hora, así que me quedaré —lo apuntó con un estropajo—. Pero no seas tan quisquilloso y contrata a alguien de una vez por todas, ¿quieres?

—Estoy en ello.

Diablos, había entrevistado a decenas de personas. Pero no era fácil, y menos en un bar con aquella reputación. Ya habían aparecido unos cuantos drogadictos, una prostituta, un borracho y un joven, apenas mayor de edad, que había puesto el grito en el cielo ante la idea de trabajar ocho horas.

De pronto, Ella asomó la cabeza en la cocina.

—¿Rowdy? —su sonrisa habitual había desaparecido y su tono era serio—. Avery tiene problemas.

Sin preguntar nada, Rowdy dejó el trapo de cocina, cruzó la puerta a grandes zancadas y entró en la zona principal del bar. Sintió a Jones y a Ella pisándole los talones.

Miró a Avery. Parecía más enfadada que asustada o dolida. Un tipo enorme la había aferrado de una muñeca y tiraba de ella, de manera que tenía casi medio cuerpo encima de la barra.

De lo siguiente que fue consciente Rowdy era de que lo tenía agarrado por la pechera de la camisa.

—Suéltala. ¡Ya!

El hombre soltó con un empujón a Avery, que retrocedió tambaleante hasta chocar con el congelador.

Rowdy lo vio todo rojo. En los viejos tiempos, antes de llegar a convertirse en el honesto propietario de un local, habría destrozado a aquel tipo y allí habría acabado todo. En aquel momento, bueno, tenía otras responsabilidades, de modo que intentaría hacer las cosas de la manera «adecuada»… pero con la esperanza de que aquel tipo le diera algún motivo para machacarlo.

—Sal de aquí y no vuelvas.

—¿Quién demonios eres tú? —preguntó el hombre.

Avery se enderezó y dijo:

—Rowdy, no.

Temblando de rabia, Rowdy continuó sujetando al hombre por la camisa con una mano y dejó caer la otra a un lado.

Cuando el hombre intentó liberarse, se le desgarró la camisa.

Rowdy quería desgarrarle también el corazón. No le resultó fácil, pero consiguió dominar su furia.

—Que no se te ocurra volver a ponerle la mano encima a ninguno de mis empleados.

Al darse cuenta de que estaba hablando con el dueño, el hombre acercó la cara a la suya.

—Llevaba una eternidad esperando mi copa. Me ha hecho perder la paciencia.

Rowdy no pestañeó; necesitó de toda su concentración para reprimir su natural instinto de defender lo que era suyo. Y no se refería al bar.

—Vuelve a tocarla y verás cómo terminas perdiendo mucho más. Y ahora lárgate.

Frustrado, el hombre se pasó las manos por su pelo oscuro y grasiento. Tomó aire.

—No tengo tiempo para estas tonterías.

Miró a su alrededor y se dio cuenta, cuando ya era demasiado tarde, de que estaba llamando la atención. Se inclinó entonces hacia Rowdy, buscando cierta intimidad,

La nauseabunda peste a sudor y desesperación estuvo a punto de hacer retroceder a Rowdy.

—Hice un trato —dijo el hombre—, y nunca me pagaron. El propietario de este bar me iba a entregar parte del equipo para que quedáramos en paz... y evitar que yo tomara represalias con él.

—El propietario ahora soy yo —disfrutó respondiendo Rowdy—. Y yo no hago tratos con traficantes.

—¡Me refiero al anterior propietario!

—Lo que pasaba antes no es asunto mío.

El hombre cerró los puños, del tamaño de una roca cada uno.

—Mira, tío, llevo un día de mierda, ¿sabes? Yo también tengo deudas que pagar, la chatarra de furgoneta que me han prestado apenas funciona y, para colmo, mi chica me ha colocado al niño.

Un escalofrío helado recorrió la espalda de Rowdy: «me ha colocado al niño». Sus pensamientos se atropellaban, tropezando con toda clase de probabilidades.

—Así que ahora quiero que hagamos las cosas bien —el hombre apretó los dientes y bajó la voz hasta convertirla casi en un gruñido—. O me das el equipo o me das el dinero.

Rowdy trago saliva, pero la bilis seguía subiéndole por la garganta. Era como si tuviera un camión aparcado sobre su pecho. Los malos recuerdos aguzaban sus sensaciones.

—¿Dónde has aparcado?

El matón se frotó las manos, pensando que había ganado.

—En la parte de atrás. Me llevaré la gramola y el...

—Eso lo hablaremos ahora —Rowdy posó una mano sobre su brazo y lo empujó hacia delante—. Vamos a algún lugar más reservado.

De repente oyó una suave voz femenina:

—¿Rowdy?

No miró a Avery. No se atrevió. Lo último que necesitaba era que ella se entrometiera.

—Ahora mismo vuelvo —les dijo a una pálida Ella y a un Jones que lo miraba con los ojos entrecerrados—. Volved al trabajo.

Avery no dijo nada y aquello debió hacerle sospechar, pero en aquel momento estaba concentrado en el hombre que tenía delante. Grande, sucio, un matón acostumbrado a salirse siempre con la suya. Escoria a la que no le importaba que los demás fueran más pequeños o más débiles que él. Acababa de coincidir con aquel canalla, pero lo conocía bien.

Demasiado bien.

Él no era pequeño, ni débil. Ya no, y no volvería a serlo nunca más. Con cada paso que dio de camino hacia la salida, fue focalizando su atención hasta convertirla en un solo rayo láser con un único propósito.

Los clientes se apartaban de su camino mientras ellos cruzaban el bar para llegar a la puerta de la calle. El aire helado de la noche inundó los pulmones de Rowdy, ayudándolo a despejar la niebla de aquella rabia feroz. Una brisa incesante acariciaba sus músculos febriles, recordándole que debía relajarse.

Se peleaba mejor con la cabeza fría y los músculos calientes.

—Me llevaré la gramola —volvió a decir el matón— y unas cuantas cajas de whisky. Para ti eso no es nada.

Manteniendo un rígido control sobre sus emociones, Rowdy se mantenía dos pasos tras él.

—Hablaremos sobre ello junto a tu furgoneta.

Y si encontraba lo que él imaginaba, que Dios ayudara a aquel tipo.

Giraron en el callejón que había junto al bar y se dirigieron al fondo. Las luces de seguridad que Rowdy había instalado ayudaban a iluminarlo, lo cual había evitado que prostitutas, camellos y delincuentes deambularan por allí.

Estaba comunicado con el aparcamiento. Un aparcamiento exclusivo para los empleados.

Rowdy salió del callejón y se enfrentó con una pesadilla. Sus peores sospechas se vieron confirmadas.

Aquel maldito matón había sellado su propio destino.

Se había traído a niño.

CAPÍTULO 6

Sentado en el suelo de la furgoneta abierta, con las rodillas encogidas contra su flacucho pecho y llevando solo una camiseta y unos pantalones demasiado cortos, el chiquillo se acurrucaba contra la rueda de repuesto. Rowdy imaginó que debía de tener unos ocho años, nueve quizá. Cuando los vio, se levantó de un salto respirando aceleradamente y con la mirada cargada de recelo.

—¿Quién es? —preguntó Rowdy.

—No es nadie. No te preocupes por eso.

Nadie. Rowdy se obligó a respirar con calma.

—¿Es tu hijo?

—Eso es lo que dice esa zorra —ajeno al peligro que corría, el matón se echó a reír—. Pero el enano no se parece mucho a mí, ¿verdad?

Una extraña paz de apoderó de Rowdy. Sabía lo que era porque lo había sentido antes. Era un mecanismo de defensa. Una manera de hacer a un lado sus emociones de manera que solo quedara una voluntad fría y letal. Así era como había salido adelante en el pasado y como lo haría en aquel momento.

—¿Dónde está su abrigo?

—¿Cómo demonios voy a saberlo?

El niño estaba temblando de frío. Y Rowdy temblaba con él.

—¿Cómo te llamas? —le preguntó.

El chiquillo alzó la barbilla y permaneció en silencio, abatido, como si temiera hablar.

El tipo gritó entonces con impaciencia:

—¡Métete bien dentro de la furgoneta, Marcus! —y se volvió hacia Rowdy—. Ya te he dicho que su madre tenía cosas que hacer y he tenido que traerlo. No supondrá ningún problema. Sabe mantenerse al margen. Ahora olvídate de él, ¿quieres?

—No, la verdad es que no quiero.

A pesar de la orden de su padre, Marcus no se movió. Rowdy maldijo para sus adentros, porque necesitaba que comprendiera la situación. Miró al chiquillo a los ojos.

—Lo siento, Marcus.

A lo mejor el niño lo entendió, porque abrió unos ojos como platos. Pero justo en aquel momento, Avery abrió la puerta trasera del bar, la que daba al callejón. Parecía... Rowdy no sabía cómo describirlo. Nunca la había visto así.

Esbozó una vacilante y muy falsa sonrisa.

—Siento entrometerme. Pero he pensado que ese muchachito debería venirse conmigo mientras vosotros... os ocupáis de vuestros negocios.

¿Era aquella una forma amable de decir «mientras matas a ese hijo de perra»?

La agresividad agrandó los ojos inyectados en sangre del matón.

—El niño se queda conmigo.

Antes de que Rowdy pudiera enterrar el puño en su rostro, Avery salió al callejón. No tanto como para que pudiera ponerse en peligro, pero sí lo suficiente como para entrometerse y hacer que el matón quisiera que se apartara.

—Oh, ya sabes lo que se suele decir. Los niños se enteran de todo. Estoy segura de que preferiréis mantener esta conversación en privado.

El hombre miró a Marcus con los ojos entrecerrados.

—Mi hijo sabe mantener la boca cerrada.

Un volcán estalló en el pecho de Rowdy. Pasando por delante del hombretón, apoyó una mano en el flacucho hombro del pequeño.

—Vamos dentro, ¿de acuerdo? Avery te dará un refresco.

Pero Marcus no se movió.

—No tengo sed.

Rowdy esperaba aquella respuesta porque, muchos años atrás, él mismo la había dado muchas veces. En un intento por acelerar las cosas antes de que estallara su frágil control, endureció el tono de voz.

—Entra.

—¡Haz lo que te dicen! —el matón alzó una mano, dispuesto a pegar al niño.

Rowdy posó la mano en el pecho de aquel canalla y lo empujó con fuerza. Su monosilábica orden cortó el aire de la noche.

—No.

Sorprendido, el tipo trastabilló.

—¿Qué demonios...?

—¡Ah, Rowdy! —Avery se apresuró a meter al niño en el bar y volvió a asomarse—. He llamado a Logan por si necesitas que te ayuden a mover la gramola.

Dicho eso, cerró la puerta.

Rowdy entrecerró los ojos. Cuando por fin había conseguido tener a ese matón solo para él, Avery le había arrebatado aquella oportunidad llamando a la policía.

¿Habría sido consciente en todo momento de lo que pensaba hacer? Era probable. Avery era una mujer desconfiada. Eran muy pocas las cosas que se le escapaban.

El hombre le espetó entonces:

—Me debes algo más que una gramola por todas las molestias que me he tomado. Como te dije, unas cuantas cajas de whisky ayudarían, pero...

La furia lo envolvía, nublándole la visión.

—Lo único que vas a llevarte es la paliza que te mereces.

—¿A qué te refieres?

Rowdy contestó, intentando provocarlo:

—Eres un cobarde, un sucio borracho, y voy a disfrutar machacándote.

Rara vez golpeaba él primero. Había aprendido que en el mundo de la legalidad de las leyes, se permitía decir cualquier cosa, pero el primer contacto, o el primer golpe, estaba mal visto.

Como era de prever, aquellas palabras enfurecieron lo suficiente al tipo como para provocar el primer puñetazo sustancioso. Rowdy lo esquivó, pero no a tiempo. El puñetazo hizo blanco en su hombro, haciéndole perder el equilibrio. Clavó una rodilla en el suelo y se preparó para recibir el impacto de un placaje.

Terminaron los dos sobre la grava, que se le clavó en la espalda y los hombros hasta que giró y empujó a su contrincante a un lado. Entonces, con la grava lacerando sus rodillas, propinó varios golpes a su contrincante en el estómago, el plexo solar y la barbilla.

El olor de la sangre lo cegaba. Golpeó con más fuerza y oyó el ruido que hizo la nariz del matón al romperse. Le dolían los nudillos, pero aquel era un pequeño precio a pagar al cambio del placer de la revancha.

Cuando Rowdy se levantó, el hombretón se volvió, intentando levantarse. Rowdy le soltó entonces una patada en los testículos.

Aquel fue el final de la pelea para él. Pero de repente se oyó una voz masculina entre las sombras.

—Diablos, Darrell, qué flojo eres. Si no eres capaz de arreglártelas solo, no deberías haber empezado esto.

Respirando aceleradamente, Rowdy se giró para descubrir a otro hombre. El tipo exhibía una sonrisa y un cuchillo con filo de sierra.

—Deberías haberme dado el dinero… —gruñó Darrell mientras se levantaba con dificultad.

—Vete al infierno.

Rowdy no conocía al segundo hombre, pero sí que conocía a Darrell, aquel imbécil abusón.

Le dio una patada final en la barbilla que lo tumbó de espaldas, dejándolo inconsciente. Solo entonces se volvió hacia el hombre que empuñaba el cuchillo, pero este se lanzó a gran velocidad sobre él.

Rowdy intentó esquivarlo y sintió el filo cortándole el hombro y descendiendo por su espalda. Un calor líquido corrió por sus terminales nerviosas. Pero no permitió que aquello lo detuviera. El odio de toda una vida mantuvo el dolor a raya. Cualquier hombre que maltratara a un niño se merecía una paliza, y algo más.

Fortalecido por aquella motivación, eludió la siguiente finta del cuchillo y propinó a su oponente un contundente puñetazo que lo hizo tambalearse. Pero no lo derribó. Solo sirvió para irritarlo y borrar la sonrisa de suficiencia de su rostro.

Sin dejar de blandir su arma, escupió sangre por una comisura de los labios.

—Eres hombre muerto.

Preparado y contenido, Rowdy sonrió mientras lo animaba a acercarse con un gesto.

—Adelante.

El aullido de las sirenas cortó el silencio de la noche. No era algo inusual, pero Rowdy imaginó que en aquella ocasión se trataría de Logan dispuesto a meter su nariz de policía allí donde no lo necesitaban.

Ya iba siendo hora de terminar.

El hombre empezó a rodearlo, pero Rowdy fue moviéndose a la vez que él, acercándose cada vez más.

—Tienes un cuchillo —lo provocó—. ¿A qué estás esperando?

El muy estúpido cargó justo en el instante en que Rowdy cambiaba de postura para soltarle una patada... que le rompió el codo. El cuchillo resbaló de su mano para caer en la dura grava. Rowdy avanzó entonces y le dio uno, dos, tres puñetazos en pleno rostro.

El tipo cayó de rodillas y se tambaleó.

Con una última patada en la barbilla, Rowdy lo empujó hacia atrás y el matón cayó como un fardo.

Detrás de Rowdy, alguien aplaudió.

Rowdy se volvió para descubrir a Cannon apoyado contra la pared de ladrillo del bar.

—Eso sí que ha estado bien.

—No te había oído —contestó Rowdy, sorprendido.

Lo que quería decir que aquel joven era bueno, porque a Rowdy no se le escapaba nada.

—Acabo de llegar —contestó Cannon—. Te habría ayudado, pero parece que te las has arreglado muy bien solo.

Rowdy abrió y cerró los puños, no del todo satisfecho con el daño infligido.

Porque dudaba que pudiera sentirse alguna vez satisfecho cuando estaba de por medio el maltrato de un niño.

Mientras se colocaba la camisa, se obligó a respirar hondo.

—¿Qué estás haciendo por aquí?

—Sentía curiosidad —mientras se acercaba hacia él, dio una patada, aparentemente accidental, a Darrell—. Y me dijiste que me invitarías a una copa.

Rowdy miró a Cannon y después a Darrell. El hombretón seguía tumbado en el suelo con la mano en la nariz, que le sangraba a borbotones mientras se le iban hinchando las heridas de la cara. El colega de Darrell soltó un débil gemido. Aunque todavía estaba inconsciente, comenzaba a despertar.

La oscura nube de destructiva ira continuaba flotando ante los ojos de Rowdy. Parpadeó varias veces en un intento por despejarse y giró luego la cabeza a un lado y a otro, esforzándose por desahogar la tensión contenida.

El aullido de las sirenas se hizo más fuerte antes de detenerse de pronto. Genial. Justo la clase de publicidad que necesitaba su bar. Volvió a apretar los puños.

—Esa copa tendrá que esperar.

—¿Ah, sí? —Cannon sacudió la cabeza al ver que Darrell empezaba a moverse—. ¿Y por qué?

Logan apareció en el callejón pistola en mano. Cuando vio a Rowdy allí de pie, haciendo ímprobos esfuerzos por parecer relajado, también él se relajó.

—¿Estás bien?

—Sí, claro —mintió. Sabía que no era cierto.

Desde el otro lado del bar, Reese soltó una maldición.

—Estúpido cabezota... ¿Cómo puedes estar bien cuando tienes la espalda empapada en sangre?

—Una herida de cuchillo —explicó Cannon, aparentemente indiferente no solo ante el espectáculo de la sangre, sino también ante la aparición de los policías. Señaló a Darrell—. Si Rowdy no se hubiera despistado, habría sido una actuación perfecta.

—¿Y tú eres...? —preguntó Reese mientras Logan le levantaba la camisa a Rowdy para examinar la herida.

Rowdy hizo las presentaciones.

—Cannon Colter, te presento a los detectives Logan Riske y Reese Bareden.

—Vaya —Cannon se movió para inspeccionar también él la espalda de Rowdy—. No me imaginaba que fueras un tipo que se relacionara con policías.

—Y no lo soy —Rowdy intentó apartar a Reese—. Pero mi hermana se ha casado con Logan —fulminó a Reese con la mirada—. Y este enorme zoquete entra en el lote o algo así.

—¿Es que no sientes el amor? —con sus casi dos metros de altura, Reese parecía cernerse sobre todos ellos como una torre. Miró a Cannon—. Deduzco que tú no eres parte del problema.

—No lo es —a Rowdy comenzaron a flaquearle las rodillas, lo que significaba que había perdido mucha sangre. Maldijo por lo bajo—. Me atacaron.

—Sí —dijo Logan—. Fue lo que dijo Avery cuando me llamó.

Dos policías uniformados se sumaron al grupo. Siguiendo las órdenes de Logan, esposaron a los matones y comenzaron a leerles sus derechos.

Logan miró a Rowdy, arqueando una ceja.

—¿Quieres explicarme por qué?

¿Por qué no? Tenía mucho que decir y quizá poco tiempo antes de desmayarse.

—Esos dos querían sacudirme. Tenía algo que ver con un trato relacionado con drogas que habían hecho con el propietario anterior.

—En algún momento tenía que suceder —Reese enfundó el arma y tomó a Rowdy del brazo—. Siéntate.

—Creo que te voy a hacer caso.

Se le doblaron las piernas. La dura grava se le clavaba en la piel a través de los tejanos, pero se negaba a quejarse.

—Llamaré a una ambulancia —dijo Logan y aunque lo hizo con su voz más profesional, Rowdy detectó su preocupación.

—Ni se te ocurra —señaló el bar con la cabeza—. Hay un niño dentro con Avery. Lo ha traído Darrell y creo que es su hijo.

Logan esperó, percibiendo que había algo más.

—No dejes que se lo lleven a ninguna parte. Lo digo en serio, Logan. Ese niño es…

Aquel niño era él cuando fue niño y Rowdy sabía lo muy duro que podía llegar a ser aquello. Tomó una bocanada de aire.

—Yo me ocuparé de todo —le aseguró—. De él, quiero decir —ya vería cómo.

—Tenemos a gente que se encarga de eso —respondió Reese antes de rasgar la camisa de Rowdy en dos.

Afortunadamente, tenía la espalda entumecida. Apenas sintió nada cuando Reese utilizó la camisa para limpiar la sangre y así poder examinar la herida.

—Diablos, ¿estuvo intentando hacer filetes contigo?

Sin el menor gesto de preocupación, Cannon estudió también sus heridas. Palpó, presionó y, satisfecho en cierto modo, sentenció:

—Puedes moverte, lo que indica que los cortes no son muy profundos, pero estás sangrando como un cerdo.

—Sobrevivirá —dijo Reese mientras lo ayudaba a levantarse.

—Escúchame, Logan, yo ayudaré al niño —insistió Rowdy. A esas alturas, solamente sabía una cosa: que no quería que Marcus entrara en una institución—. No tendrán más que darme unos cuantos puntos y en seguida estaré de vuelta…

—En urgencias tardan una eternidad —le informó Cannon—. Solo necesitas unos puntos de aproximación. Creo que evitaste que te tocara el músculo. Pero, aun así, tendrás suerte si puedes salir antes de cuatro o cinco horas.

Reese arqueó las cejas.

—No tienes pinta de médico.

—Soy luchador —Cannon se encogió de hombros—. Solemos ver bastantes heridas serias.

Los tres hombres quedaron sorprendidos. Rowdy fue el primero en hablar.

—¿Profesional?

—Estoy trabajando en ello —Cannon se quitó el gorro de lana, se pasó una mano por el pelo negro y volvió a calárselo—. Pero no gano lo suficiente como para mantenerme.

—¿Por eso estabas aquí? —incluso con la pérdida de sangre, aquella información reactivó a Rowdy—. ¿Andas buscando trabajo?

—Si quieres contratar a alguien...

Era el momento perfecto. Rowdy se volvió hacia Logan y lo detuvo antes de que hiciera una llamada.

—No llames, Logan.

—Lo siento, pero, en esta ocasión, tendrás que confiar en mí —Logan terminó de marcar el número—. Tú me conoces. ¿Me crees capaz de abandonar a un niño?

Rowdy se recordó que había muchas clases de abandono.

De repente se abrió la puerta del bar y salió Avery caminando a grandes zancadas. Su firme expresión reflejaba una enorme emoción y quizá una determinación todavía mayor. Como si comprendiera perfectamente cuál era la principal preocupación de Rowdy, le explicó:

—Ella se ha hecho cargo de Marcus. El niño está preocupado y muy callado, pero, en cuanto conseguimos que se sentara a la mesa, ya no ha dejado de comer.

Avery llevaba un par de trapos limpios en la mano y uno de los delantales nuevos.

Rowdy intentó mirarla a los ojos, pero ella estaba detrás. Se volvió para mirarla por encima del hombro.

—¿Lo viste?

—Vi la mayor parte por la ventana. Gracias a Dios, había llamado a Logan antes de que las cosas se te fueran de las manos —chasqueó la lengua a la vista de su espalda.

No fue exactamente la reacción histérica que había esperado.

—Yo llevaré a Rowdy al hospital —anunció.

—¿En autobús? —preguntó Rowdy, sarcástico.

Avery apartó a Reese con el hombro y, con delicadeza, le vendó la herida con los trapos limpios que había llevado.

—Tengo aquí mi coche —utilizando las largas tiras del delantal, ató bien los trapos para detener la hemorragia.

—¿Tienes coche? —inquirió Rowdy, y soltó un gruñido de dolor cuando Avery le apretó el improvisado vendaje.

—Lo siento.

—Pepper va a pedir mi cabeza —una vez terminó la llamada, Logan apagó el teléfono y lo guardó—. Reese se quedará aquí con el niño para esperar al trabajador social y asegurarse de que no surgen más problemas. Yo mismo te llevaré al hospital, y Avery podrá acompañarnos si quiere.

—Maldita sea, cuando estás de policía te pones muy mandón —comentó Rowdy, y se volvió para mirar a Avery con el ceño fruncido—. Y, por si lo has olvidado, tú tienes un trabajo que...

Avery lo interrumpió:

—Pienso ir contigo, Rowdy Yates, y no hay nada más que hablar.

Esa vez sí que detectó un principio de histeria en su voz. ¿Habría estado conteniéndolo hasta entonces por él? Qué considerada por su parte...

¿Qué otro remedio le quedaba? Miró a Cannon.

—¿Sabes algo de bares?

—Mi padre tenía uno.

Perfecto.

—¿Crees que podrás empezar a trabajar ahora mismo?

—Déjame revisar mi agenda... —extendió las manos vacías y sonrió de oreja a oreja—. Tienes suerte, estoy libre.

—Genial. Estás contratado —miró después a Reese, entrecerrando los ojos—. Lo siento, chico, pero tendrás que trabajar de barman para mí. No cierro hasta dentro de dos horas.

Reese, aquel gigante, pareció iluminarse por la emoción.

—Ve a que te pongan esos puntos o lo que tengan que hacerte —se quitó la cazadora y comenzó a remangarse la camisa—. Yo me encargo.

Avery estaba desesperada por consolar a Rowdy. Quería acariciarle la cabeza, abrazarlo y, de alguna manera, hacer que su vida fuera diferente.

Y, en cambio, permanecía sentada a su lado atrás, con Rowdy agarrándole la mano como si fuera ella la que necesitara consuelo mientras Logan conducía.

Qué hombre tan increíble.

Darrell se había tomado cuatro whiskys en el bar antes de comenzar a plantear sus exigencias. Al principio Avery no le había entendido y, cuando por fin comprendió lo que quería, había intentado disuadirle. Sabía que Rowdy no le daría nada y odiaba que pudiera producirse un enfrentamiento.

Pero cuanto más licor había ingerido Darrell, más desagradable había sido su actitud. Al final, justo después de que el hombre que se limitaba a respirar al otro lado de la línea la hubiera llamado una vez más, se había quedado tan absorta en sus pensamientos que Darrell había aprovechado para agarrarla de la muñeca.

Apretó los labios, recordando la inquietud, el miedo, los recuerdos...

—Eh —Rowdy se llevó su mano a los labios—, ¿estás bien?

Al volante, Logan soltó un resoplido burlón.

Y con razón. Rowdy tenía una herida de casi cincuenta centímetros que empezaba en el hombro derecho y terminaba en la parte inferior del omóplato izquierdo. Iba ligeramente inclinado hacia delante, con el antebrazo izquierdo apoyado en el muslo para evitar tocar el asiento con la espalda.

Pero, si no hubiera sido por eso, nadie habría sospechado que estaba herido.

Avery ni siquiera estaba segura de que el propio Rowdy lo supiera. Parecía inmune al dolor.

Sí, había observado histérica la pelea a través de la ventana de la cocina. Cuando apareció el tipo del cuchillo, le habían entrado unas desesperadas ganas de salir en defensa de Rowdy. Con una sartén de hierro en la mano, había vacilado, temerosa de entorpecerlo si intentaba ayudarlo... y fue entonces cuando aquel canalla lo hirió.

Soltó un suspiro tembloroso.

—¿Avery? Vamos, cariño, no le hagas caso a Logan y dime que estás bien.

—Estoy bien.

Liberó la mano y la alargó para colocarle a Rowdy la cazadora sobre los hombros. Como Reese le había rasgado la camisa, tenía el pecho desnudo. Lo único que llevaba encima eran los trapos que le cubrían la herida y la cazadora de Logan, que había intentado rechazar.

Su cuerpo... Bueno, estaba tan malherido que Avery se moría de ganas de fundirse con él. Su mano gravitaba de forma natural hacia su pecho, acariciando el aterciopelado vello rubio que lo cubría. Quería acurrucarse, apoyar la mejilla en su pecho, sentir su calor, respirar su vitalidad.

Deseaba asegurarse de que de verdad se encontraba bien.

Pero si mostraba una preocupación excesiva, si Rowdy se daba cuenta de cuánto lo quería, ¿la apartaría de su lado? Habían sido muchas las veces que lo había visto ligar con una mujer para, al día siguiente, lanzarle una amable pero distante sonrisa. La típica sonrisa que venía a decir: «hemos terminado».

No podía soportar la idea de convertirse en la destinataria de aquella sonrisa. Pero tampoco fue capaz de contener las palabras que había estado reprimiendo. Apoyándose en su hombro, susurró:

—Dios mío, Rowdy, me has dado un susto de muerte...

—Lo siento —miró por la ventanilla hacia la oscura noche—. No deberías haber estado mirando.

Pero si no hubiera estado mirando, si Cannon no hubiera aparecido o si aquel cuchillo se hubiera clavado profundamente en su cuerpo, podía haber muerto en la parte trasera de su bar sin que nadie se enterara. Aquellos salvajes podrían haber arrastrado su cuerpo y...

Conteniendo la respiración y aferrándose a sus fuertes bíceps, Avery se giró para mirarlo. Allí estaba, sano y salvo, aunque un poco ensangrentado. ¿De cuántas peleas más tendría que ser testigo?

¿Y por qué parecía tener siempre tantas ganas de pelea, por cierto?

Rowdy le pasó el brazo por los hombros.

—Tranquilízate, pequeña —y añadió con morboso humor—: No te vas a deshacer de mí tan fácilmente.

Logan los miró por el espejo retrovisor.

—En realidad está perfectamente. No me gusta alimentar su ya inflado ego, pero no pelea mal. Se sabe algunos trucos.

En aquella ocasión fue Rowdy el que soltó un resoplido burlón al ver cómo Logan minimizaba su habilidad.

—Lo sé —reconoció Avery. No podía evitar preguntarse qué clase de vida le habría empujado a adquirir aquellas destrezas. Recordó cómo había reaccionado al ver a Marcus y su maldito corazón se partió en dos. Hundió el rostro en su hombro, nada deseosa de que la viera en aquel momento.

Con una delicada caricia, Rowdy le apartó un mechón de pelo de la sien.

—Allí donde me crie, perdías mucho más que el dinero del almuerzo si no eras capaz de defenderte. Para mí una pelea no tiene ninguna importancia, así que no sufras más, ¿de acuerdo?

No tenía ninguna importancia, pero aun así había reaccionado de una manera muy distinta después de ver al niño. Se había quedado como... desolado.

Y ella ansiaba desesperadamente saber por qué.

Incluso sin la camisa, el cuerpo de Rowdy estaba asombrosamente caliente. Avery se apretó a él todo lo que pudo, para poder absorber parte de aquel calor.

—Cuando Darrell mencionó que había traído a su hijo consigo, lo comprendí.

—Lo sé, y te lo agradezco.

¿Se lo agradecía? Avery se irguió y frunció el ceño.

—¿Qué quieres decir?

—Que manejaste las cosas bien. Hiciste lo que tenías que hacer llamando a Logan y metiendo a Marcus en el bar.

Avery contestó dubitativa:

—Bueno, tampoco hacía falta ser un genio para comprender lo que estaba pasando.

—A eso se le llama conciencia exacta de la situación, y no todo el mundo la tiene.

Avery no se lo podía creer.

—Solo un monstruo sería capaz de ignorar algo tan evidente.

Rowdy rio con un sombrío sarcasmo.

—Si tú lo dices... —y se puso serio otra vez—. Llama a Ella para saber qué tal está el niño.

Logan contestó antes de que Avery pudiera hacer llamada:

—El trabajador social al que avisé me mantendrá informado. Lo conozco. Es un buen tipo y se toma muy en serio su trabajo.

Avery sabía que a Rowdy no le hacía ninguna gracia aquello, pero lo aceptaba porque escapaba a su control. El resto del trayecto transcurrió en medio de un doloroso silencio.

Justo cuando Logan estaba aparcando junto a las puertas de urgencias, sonó su móvil anunciando la entrada de un nuevo mensaje. Detuvo el coche y lo leyó:

Enviamos una unidad a casa de Darrell. No hay más niños.

Rowdy había sugerido que lo comprobaran y Logan le había contestado que aquello formaba parte del protocolo. El hecho de saber que tenía una hermana pequeña, la misma mujer con la que Logan se había casado, le permitía a Avery comprender mejor lo que pensaba Rowdy y el porqué.

—Han encontrado a la madre —añadió Logan—. Estaba hasta arriba de cocaína, inconsciente. Probablemente con sobredosis. Se la han llevado al hospital.

Rowdy abrió la puerta y bajó del coche. Avery se deslizó en el asiento y salió tras él. Estaba tan ensangrentado que llamó inmediatamente la atención de todo el mundo, pero eso no pareció importarle.

Consciente de que lo que más le dolía no era precisamente la herida, Avery anheló poder consolarlo.

—¿Rowdy?

Rowdy se detuvo de espaldas a ella.

—Espérame, por favor.

Lo alcanzó y se adelantó para colocarle de nuevo la cazadora sobre sus anchos hombros. Tuvo que estirarse para poder alcanzarlo y Rowdy la agarró por la cintura, aceptando con paciencia sus atenciones.

Logan dejó el vehículo en manos del aparcacoches y se reunió con ellos.

—Preguntarán por lo que ha pasado, así que intenta presentarte como una víctima más que como un matón mosqueado, ¿quieres?

Pero aquello lo único que consiguió fue ensombrecer aún más la expresión de Rowdy. Exudaba peligro, de manera que la gente se iba apartando de su paso nada más verle.

Entró en la sala de urgencias por su propio pie, pero Avery no estaba dispuesta a permitir que pasara él solo por todo aquello. Bajo ningún concepto.

Si quería que se marchara, tendría que decírselo abiertamente. Hasta entonces pensaba permanecer a su lado, tanto si apreciaba su preocupación como si no.

Por desgracia, Cannon demostró estar en lo cierto. Rowdy rellenó los formularios con los datos sobre su seguro. Logan explicó la situación para que hicieran un informe y, una hora después, tras una somera revisión, presumiblemente para asegurarse de que no corría peligro de muerte, aún seguían esperando.

Cuando Logan sacó su móvil, Rowdy lo miró.

—¿Vas a informarte de cómo está el niño?

—Voy a llamar a tu hermana.

Rowdy se quedó muy quieto.

—¿Sabe...?

Logan negó con la cabeza.

—Cuando recibí la llamada, ella estaba durmiendo. Se despertó el tiempo suficiente como para enterarse de que tenía que salir, pero no sabía que era por ti. Supuso que era un trabajo de rutina.

—Mejor —Rowdy se levantó, se quitó la cazadora y la dobló antes de tendérsela a Logan. Habría que llevarla a la tintorería, pero eso a su cuñado no parecía importarle—. No se lo cuentes.

Logan abrió unos ojos como platos.

—Si se lo ocultamos, es capaz de matarnos a los dos.

—Sí, es probable —Rowdy se pasó una mano por la cara, esbozó una mueca de dolor por el efecto que aquel gesto tuvo en su espalda y dejó caer el brazo con mucho cuidado—. ¿Qué te parece si te vas a casa y controlas la situación para que no se presente aquí? ¿Crees que serás capaz?

Tras escrutar a su cuñado con la mirada, Logan se levantó de la silla.

—Haré lo que pueda, pero no te prometo nada.

Y debió de hacerlo bastante bien porque, aunque Pepper llamó un par de veces para hablar con Rowdy, no se presentó en el hospital. Avery estaba un poco decepcionada. Quería conocer a la mujer capaz de hacer temblar tanto a Logan como a Rowdy.

Durante la conversación telefónica, estuvo escuchando y sintiéndose como una completa entrometida. El tono con que Rowdy hablaba a su hermana la hizo sentir cierta envidia.

Rowdy seguía siendo el mismo de siempre, pero en cierto modo era más delicado, su voz estaba cargada de un cariño inconfundible. Al final de la segunda conversación, volvió a insistir en que no necesitaba que fuera al hospital.

—Tienes que ocuparte de tu marido —fuera cual fuera la respuesta de Pepper, arrancó un gruñido a Rowdy—. Olvídalo, no necesito detalles.

Avery reprimió una sonrisa, imaginando lo que le habría dicho su hermana.

Tras unas cuantas palabras más, Rowdy puso fin a la llamada con un huraño:

—Yo también te quiero, peque.

La emoción atenazó la garganta de Avery. Se sintió más que

agradecida por el hecho de que Rowdy tuviera a alguien tan especial en su vida.

Se merecía eso y mucho más.

Una vez terminada la llamada, Rowdy se guardó el móvil en el bolsillo y comenzó a caminar una vez más por el limitado espacio de la sala de espera. Se movía como un león enjaulado, llamando la atención de los otros desgraciados pacientes que también estaban esperando a que los atendieran. Se acercó a la ventana y miró hacia el aparcamiento, iluminado por las luces de seguridad.

Debía de estar agotado por el dolor y Avery sabía también que estaba preocupado por Marcus. Tenía que hacer algo para ayudarlo.

Se colocó tras él y le examinó la espalda. Con el improvisado vendaje se había detenido la hemorragia, pero comenzaban a aparecer moratones a su alrededor.

Cuando le rozó apenas la herida con los dedos, se tensó.

Sin saber si había sido un gesto de dolor o una muestra de rechazo a ser acariciado, Avery se situó a su lado.

—¿Quieres beber algo? —al ver que no contestaba, sugirió—: O puedo ir a buscarte algo de comer a la máquina.

Rowdy la acalló con una mirada.

—Preferiría que no estuvieras aquí.

Avery se encogió por dentro. Aquello le dolió mucho más de lo que habría podido esperar. Sin saber qué decir, alzó la mirada hacia Rowdy, sintiéndose impotente y sufriendo por él.

—¡Maldita sea! —Rowdy alzó una mano y comenzó a acariciarle el pelo—. No me mires así. No pretendía... Odio que tengas que estar aquí encerrada conmigo. Te pediría que te fueras a casa, pero es tarde y no quiero que vayas sola a tu apartamento.

Rezando para que fuera capaz de comprenderla, ella respondió:

—A mí me pasa lo mismo contigo.

Rowdy esbozó una media sonrisa.

—Hay un mundo de diferencia, cariño.

—Estás herido, tanto si quieres admitirlo como si no —dispuesta a insistir todo lo que fuera necesario, añadió—: Vas a necesitar ayuda.

—¿Ah, sí? ¿Y de qué clase de ayuda estamos hablando?

Deslizó la mano desde su pelo hasta su rostro y le acarició los labios con el pulgar.

—¿Me vas a ayudar a desnudarme? ¿Vas a ducharte conmigo? ¿A arroparme en la cama?

Incluso en un momento como aquel, estaba intentando seducirla. Avery sacudió la cabeza, haciendo el mayor de los esfuerzos para no reaccionar.

—Escúchame, Rowdy: estás herido.

—No es gran cosa —concentró la mirada en sus senos—. Y te aseguro que la herida no va a frenarme....

Su mirada fue tan carnal que Avery tuvo que dominar las ganas de cubrirse.

—¡Pues a mí sí!

—Shh, relájate —su traviesa sonrisa se volvió conocedora a la vez que indulgente—. Estás llamando la atención.

Horrorizada por aquella posibilidad, Avery cerró los ojos y contó hasta diez.

Advirtió entonces el cálido aliento de Rowdy acariciándole la oreja.

—Di una sola palabra, Avery, e iremos tan despacio como tú quieras.

Parecía que estaba hablando en serio. ¿Acaso nada lo detenía?

Lo miró a los ojos y decidió que no, que no había muchas cosas que lo detuvieran. Estaba reprimiendo una respuesta cuando apareció una enfermera para llevarlo a otra sala.

Avery se sorprendió al ver que Rowdy la tomaba de la mano para que lo acompañara. Los minutos siguientes fueron insoportables, con dos enfermeras guiñándole a ella el ojo mientras soltaban todo tipo de exclamaciones delante de él.

¿Qué había sido de la profesionalidad?

—Parece que disfruta usted de una excelente forma física —musitó admirada una de las enfermeras.

Rowdy le lanzó la más encantadora y seductora de sus sonrisas.

—Gracias...

Por todos los... Avery entrelazó las manos.

—A lo mejor, si le mira la espalda en vez del pecho, puede verle la herida.

Rowdy sonrió de oreja a oreja y tomó la mano de Avery para acercarla hacia sí.

Las dos enfermeras quisieron saber lo que había ocurrido, algo que, según suponía Avery, tenía sentido. Pero mientras él contestaba, ambas se dedicaron a intercalar todo tipo de comentarios inapropiados.

—¿Y todo esto ocurrió en su bar? ¿Cómo se llama?

—¿Y dónde está?

«La muy calentona», pensó Avery.

—¿De verdad importa eso? —le preguntó a su vez.

La enfermera ignoró la indirecta y siguió bromeando con Rowdy.

—¿Y cómo era el otro tipo?

—¿Estaban peleando por una mujer? —preguntó la otra—. ¡Qué bonito!

«¿Bonito?», exclamó Avery para sus adentros.

—¡Las peleas no tienen nada de bonito!

Rowdy le palmeó la mano.

—Lo siento, ha tenido una noche muy dura.

En aquel punto culminante, Avery abrió la boca dispuesta a estallar contra todos los que estaban en aquella habitación, pero lo único que pudo decir fue:

—Yo... —antes de que Rowdy la besara.

Con las dos enfermeras delante.

No fue un simple beso. No. Fue un tórrido y húmedo beso con lengua y una provocativa demostración de posesión. ¡Uf! Se derritió por dentro y el enfado se desvaneció.

Rowdy la soltó por fin, permitiéndole tomar aire, pero todavía la besó en los labios una vez más, y después en la nariz y la frente.

Avery se tambaleó. De la forma más ridícula, y como si aquello explicara la conducta de Rowdy, dijo:

—Yo soy su barman.

Rowdy esbozó una sonrisa radiante. Y ella lo maldijo en silencio.

—Sí, eres mi barman.

Divertidas, las enfermeras terminaron de limpiar la herida y de hacer preguntas, para marcharse en cuanto entró la doctora.

Avery necesitaba sentarse, pero Rowdy continuaba agarrándole la mano. Por si quedaba alguna remota posibilidad de que la necesitara, apretó las rodillas, tomó aire para enviar oxígeno a su embarullado cerebro y se recordó a sí misma que, a pesar de su conducta, Rowdy estaba herido y necesitaba mantener el deseo bajo control. El suyo... y el de ella.

CAPÍTULO 7

A la doctora, una mujer de poco más de cuarenta años, delgada y muy atractiva, no pareció hacerle gracia que Rowdy mantuviera a Avery tan cerca. No para buscar su apoyo, según no tardó Avery en comprender, sino para poder besuquearla y comportarse de otros muchas formas intolerables.

¿Sería un mecanismo de defensa? ¿Estaría peor de lo que dejaba traslucir?

La doctora se puso unos guantes de goma y se sentó detrás de él. Permaneció en silencio durante largo rato hasta que, finalmente, murmuró:

—¿Ha estado envuelto en muchas peleas?

Rowdy estaba jugueteando con el pelo de Avery, enredando un largo tirabuzón en su dedo.

—Unas cuantas.

Por lo visto, el hecho de estar herido no le impedía seguir lanzándole miradas devastadoras, como tampoco menoscababa su capacidad de seducción. Su cuerpo... Bueno, Avery había visto a muchos hombres sin camisa, pero ninguno con aquel aspecto. Su pecho, sus hombros, aquellos abdominales increíbles...

Afortunadamente, la doctora no pareció fijarse en ello. Por lo menos ella sí que era toda eficiencia. Después de estudiar la herida, examinó la espalda con el ceño fruncido.

—Algunas de estas cicatrices son muy antiguas.

¿Cicatrices? Avery comenzó a rodearlo para verlas. Pero Rowdy la retuvo a su lado para impedírselo.

—Sí, y no tienen ninguna importancia —miró a la doctora—. ¿Cuándo voy a poder salir de aquí?

La doctora no se dejó presionar por la brusquedad de su pregunta.

—Hay que ponerle unos cuantos puntos. Con un poco de suerte, esta vez no le quedará cicatriz.

—A mí eso no me importa.

—A mí sí —respondió ella.

A toda velocidad, le puso la vacuna del tétanos y algo para adormecer la zona.

Mientras la doctora cosía los puntos, Avery estaba pendiente del rostro de Rowdy.

—Si estás temiendo que me desmaye —le dijo él—, puedes relajarte. No siento nada.

La acercó para darle otro beso. Avery intentó apartarse, pero él no se lo puso fácil.

Fulminando a Avery con la mirada, como si ella tuviera la culpa de lo que estaba pasando, la doctora dijo:

—Esto sería mucho más fácil si se estuviera quieto.

Tras conseguir liberarse, Avery le ordenó con su voz más firme:

—Compórtate.

Y, maravilla de las maravillas, Rowdy obedeció.

Cuando terminó de coser la herida, la doctora fue dándole instrucciones al tiempo que las ponía por escrito.

—No quiero que se duche hasta dentro de veinticuatro horas y, cuando lo haga, procure que sea una ducha rápida para que no se empapen los puntos. Entonces podrá quitarse la venda y hacer que alguien...—miró a Avery— le aplique el antibiótico en pomada.

Rowdy lanzó a Avery una sonrisa lobuna que la doctora fingió no ver.

—Mantenga la herida vendada durante tres días y después, si le resulta más cómodo, puede quitársela —alzó la mirada—. Supongo que no trabajará en una oficina.

—Es propietario de un bar —contestó Avery, más que dispuesta a presumir de él—. Hace todo tipo de trabajos en el local. Tiene mucha actividad física.

La doctora suspiró.

—Bueno, le diría que se tomara las cosas con calma por lo menos durante una semana, pero, no sé por qué, tengo la sensación de que no me haría caso —se puso de pie ante ellos, colocó los brazos en jarras y repitió con estricta insistencia—: Tres días.

—¿Tres días de qué? —quiso saber Rowdy.

—Tres días sin hacer esfuerzos. Nada de correr ni de levantar objetos pesados —inclinó la cabeza hacia delante con un gesto con el que parecía estar preguntándole si lo estaba oyendo—. Y nada que pueda suponer ninguna presión para la herida, ¿comprendido?

Rowdy no contestó, así que Avery lo hizo por él:

—Yo me encargaré de que tenga más cuidado.

—Sí, bueno, tengo la sensación de que intentará persuadirla —la doctora arqueó una ceja—. No se lo permita.

¡Por favor! ¿Se estaba refiriendo al sexo? Avery enrojeció.

—¡Yo no tengo nada que decir al respecto!

Con un resoplido, Rowdy la acercó hacia sí.

—Tú tienes mucho que decir.

«Al menos por ahora», pensó Avery.

La doctora le ahorró la necesidad de contestar:

—Se va a sentir incómodo. Voy a recetarle una medicación para el dolor, pero es posible que le deje somnoliento. Nada de conducir ni de manipular maquinaria pesada mientras la esté tomando.

—Ningún problema.

—Si puede pasar el día con aspirinas, será preferible que reserve la medicación más fuerte para cuando esté en la cama —se volvió hacia Avery—. ¿Va a ocuparse usted de cuidarlo?

Rowdy la observó sin decir nada, de modo que Avery asintió con rapidez.

—Sí —«y haré todo lo que esté en mi mano para no aprovecharme de su debilidad», añadió para sus adentros.

—Necesitará cambiar las vendas cada día hasta el viernes y aplicarle la pomada. Dentro de catorce días le quitaremos los puntos. Puede volver aquí o acudir a su médico de cabecera —miró a Rowdy con el ceño fruncido—. No intente quitárselos usted solo.

—Me costaría un poco llegar hasta ellos —contestó Rowdy con semblante inexpresivo.

La doctora se volvió nuevamente hacia Avery.

—Si ve que se inflama o enrojece la piel de alrededor de los puntos, avíseme.

—Gracias —Avery le tendió la mano en señal de sincero agradecimiento—. Lo haré.

—Buena suerte —después de lanzar una última mirada a Rowdy, la doctora sonrió—. Como le he dicho, pórtese bien.

Una de las enfermeras regresó a la habitación y le tendió una camiseta limpia.

—Me gustaría poder prestarle una cazadora, pero esto es lo único que he podido conseguir.

—Se lo agradezco.

La enfermera comenzó a ponérsela, pero Avery se interpuso entre ellos.

—Lo haré yo.

Rowdy sonrió y la enfermera se retiró contrariada. Cuando la mujer se hubo marchado, Avery le metió la camiseta por la cabeza con mucho cuidado. Él introdujo los brazos por las mangas sin necesidad de ayuda.

—Llamaré a un taxi —le ofreció, sabiendo lo ansioso que estaba Rowdy por tener noticias de Marcus.

Para cuando abandonaron el hospital, Rowdy estaba tan callado y se mostraba tan reservado, que Avery no sabía cómo manejarlo. La verdad era que nadie podía manejar a un hombre como Rowdy Yates, pero, por supuesto, ella quería intentarlo.

—¿Paramos de camino a comprar la medicación?

—Ya me encargaré de eso mañana.

Abrió la puerta del taxi, pero, para sorpresa de Avery, dio la dirección de su casa y no la de ella.

Había estado convencida de que insistiría en llevarla antes a su casa. El corazón comenzó a palpitarle con un lento y ansioso latido mientras lo veía sentarse a su lado, en aquella ocasión mucho más cómodamente después de haber sido atendido.

—No te importa, ¿verdad? —le pasó el brazo por los hombros.

Aquella pregunta la sorprendió.

—¿Que vayamos antes a tu casa? Claro que no. De hecho, si eso no hace que sufras un ataque de pánico, me gustaría quedarme para asegurarme de que estás bien.

—Genial —contestó Rowdy con la mirada fija en la ventanilla.

No hubo señales de pánico de ningún tipo. ¿Estaría demasiado preocupado? ¿Qué podría decirle para ayudarlo? ¿Que Marcus estaría bien? No estaba segura. No sabía nada del proceso de protección de un niño al que había que defender de sus propios padres.

Pero tenía la sensación de que Rowdy tenía demasiada información al respecto.

Había estado esperando durante una eternidad en medio de la fría noche, pero ni Avery ni aquel rubio sinvergüenza habían salido todavía del bar. ¿Dónde demonios estaban? Poco a poco había ido aprendiendo los horarios de Avery, pero aquello era algo inesperado.

Estaba a punto de renunciar cuando un taxi se detuvo delante de él. Los faros iluminaron su parabrisas, cegándolo durante unos instantes. Se hundió en el asiento con el corazón latiendo de emoción mientras esperaba. Por supuesto, fueron Avery y su pretendiente los que bajaron del taxi.

A pesar del frío mortal, aquel tipo no llevaba abrigo. ¿Se trataría de una demostración de virilidad para impresionar a Avery? Qué idiota. Si el dinero y la influencia social no habían servido con ella, nada lo haría. Aunque quizá en eso se equivocaba. A lo mejor le gustaban los hombres duros.

Pero, si eso era cierto, no habría salido huyendo, ¿no?

En cualquier caso, lo que Avery quisiera había dejado de importar. La decisión de volver o de continuar lejos ya no iba a tomarla ella. Se había acabado el juego limpio.

Acababan de entrar en el apartamento cuando sonó su teléfono. Rowdy imaginó que sería Pepper otra vez y estuvo a punto de comenzar a bromear a costa de su hermana, que parecía haberse convertido en una especie de mamá gallina. Pero al mirar el número, vio que era Logan y lo invadió el miedo.

—¿Dónde está? —preguntó nada más contestar la llamada.

—Si te refieres a Marcus, tengo buenas noticias.

Una náusea le subió por la garganta. A menudo, cuando las instituciones hablaban de buenas noticias, eso significaba que al menos le tocaba volver a sufrir.

—Dime.

Urgió a Avery a bajar los escalones y señaló el sofá, indicándole que se sentara.

—Bueno, después de haber movido algunos hilos, está con Reese y con Alice.

Fue una suerte que tuviera el sofá detrás, porque Rowdy se dejó caer en él.

—¿Con Reese? —no se lo esperaba. Sus pensamientos corrían a toda velocidad, pero la tensión fue amainando—. ¿Pero por qué? ¿Y cómo lo habéis conseguido?

—Incluso en el caso de que sobreviva, la madre tendrá que pasar una buena temporada en el hospital. El padre no solo está involucrado en la pelea, sino que en la furgoneta han encontrado una buena cantidad de drogas y un pequeño arsenal de armas sin registrar.

—¿En serio?

—La puerta de la furgoneta estaba abierta —dijo Logan, encogiéndose de hombros—. Una de las unidades descubrió un fusil de asalto a primera vista. Supongo que pensaban reventarte las tripas y salir disparados.

—Pero las cosas no salieron como habían planeado, ¿eh? —«chuparos esa, imbéciles», añadió para sus adentros—. ¿Y cómo es que Reese ha terminado con Marcus?

—En situaciones extremas, cuando se trata de una emergencia, la policía puede quedarse con la custodia de un menor para pasar una noche. Cuando os fuisteis al hospital, Reese llamó a Alice para contarle lo que estaba pasando. Fue al bar para echar una mano y...

Rowdy pudo imaginarse el resto.

—Marcus y ella congeniaron.

Que Dios bendijera a Alice; nadie podía resistirse a su bondadosa y curiosa personalidad.

A lo mejor las personas heridas eran capaces de reconocerse mutuamente. El cielo sabía que entre Alice y él se había creado un vínculo desde el primer momento.

—Conseguí que Marcus hablara con ella —explicó Logan—. No mucho, pero el caso es que ha conectado con ella mejor que con ningún otro. Cuando el trabajador social ha intentado llevárselo, Marcus...

Rowdy contuvo la respiración durante la pausa de cinco segundos que Logan se vio obligado a hacer por la emoción.

—Reese me ha dicho que ha sido terrible. En ese poco espacio de tiempo, Marcus ya había creado un vínculo con Alice. Se puso a dar patadas de tal manera que Alice tuvo que ponerse de rodillas para abrazarlo y pedir a todos los demás que se apartaran.

Muy propio de Alice. Con los ojos ardiendo y la garganta cerrada, Rowdy evitó la sagaz mirada de Avery.

—Supongo que, al final, Alice se ha salido con la suya.

—Como siempre, ¿verdad?

—Sí —Rowdy consiguió reír por fin y, entonces, la necesidad de tocar a Avery fue casi sobrecogedora. Le pasó el brazo por los hombros y la atrajo hacia sí—. ¿Algo más?

—Después de cerrar el bar, Reese y Alice se han llevado a Marcus a casa. Reese me ha pedido que te dijera que no te preocuparas demasiado. Pensaba dormir en el sofá para asegurarse de que el niño no intentara escapar y Cash no se ha apartado de su lado.

Cash, su perro, también había soportado su buena dosis de malos tratos antes de disfrutar de una cómoda vida junto a Alice y Reese.

De momento, aquello era lo mejor que Rowdy podía haber esperado.

—¿El niño está al corriente de lo que le ha pasado a su padre?

—¿Te refieres a si sabe que su padre y uno de sus matones te atacaron? ¿O a si sabe que lo arrestaron? No. No creo que sea raro que ese canalla desaparezca de su vida de tanto en tanto.

Pero tenía que haberle resultado extraño que apareciera un trabajador social para buscarlo. Probablemente Marcus se había olido algo, pero Rowdy agradecía que nadie se lo hubiera explicado con pelos y señales.

—Gracias.

—Cualquier día de estos —dijo Logan—, comenzarás a creer que los malos policías no representan a toda la profesión.

Rowdy ignoró aquel comentario para preguntarle:

—¿Y qué va a pasar ahora?

—El trabajador social va a llevar el caso al juzgado de familia. Si la cosa va bien, es posible que el juez permita que Marcus se quede con Reese hasta que todo se haya resuelto.

A Rowdy le estaba resultando cada vez más difícil respirar.

—¿Reese está dispuesto a quedarse con él?

—Sí, ya sabes cómo es. Duro músculo por fuera pero, en el fondo, no es más que un blando fortachón.

Sí, aquello era lo único de lo que Rowdy podía estar seguro. Hasta hacía muy poco, ni siquiera creía que existieran los policías buenos. Pero... la verdad era que Reese y Logan estaban demostrando ser muy buenas personas.

Como siguiera así, iba a terminar creyendo en Santa Claus.

Logan no parecía estar dando demasiada importancia al hecho de que Reese estuviera acogiendo a un niño de la calle.

—Se celebrará una vista de urgencia para decidir la custodia. Y, a menos que encontremos a algún miembro de su familia que pueda...

A Rowdy se le paralizó el corazón.

—No.

Cualquier otro miembro de la familia tenía que saber ya lo que había estado pasando. Y el hecho de que hubiera continuado sucediendo significaba que no se habían esforzado lo suficiente para acabar con aquella situación.

Por lo que a Rowdy se refería, aquello bastaba para saber que no eran las personas adecuadas para tutelar a un niño.

—Reese podría quedarse con la custodia temporal.

Rowdy no sabía cuánto tiempo duraría eso, pero no iba a revelar sus cartas haciendo demasiadas preguntas. Porque cuando todo estuviera resuelto, Marcus no iba a volver a su casa. Él no lo permitiría, dijeran lo que dijeran los tribunales.

Cuando el efecto de la anestesia empezó a remitir, la espalda comenzó a dolerle. Le palpitaban las sienes.

—¿Podré verlo mañana?

—Claro que sí. A Alice le encantará. Reese tiene el día libre, así que él también andará por allí.

Rowdy sabía que debía a Logan y a Reese mucho más de lo que nunca podría devolverles. Pero, de todas formas, lo intentaría.

Normalmente, una deuda de aquel tipo lo habría devorado por dentro, pero, en aquella ocasión, no fue así. Aquella vez, por extraño que pareciera, se sentía como... como si le hubieran quitado un enorme peso de encima.

Sonriendo como si hubiera percibido su alivio, Avery se inclinó hacia él. Su cabello sedoso le rozó la piel y sintió la presión de su seno contra las costillas.

Si hubiera sabido que una cuchillada iba a servir para recibir tantas caricias, habría encontrado la manera de que se la dieran antes. A lo mejor Avery creía que estaba demasiado herido como para aprovecharse de su afecto.

Pero, ni siquiera en los peores momentos, Rowdy era capaz de mantener las manos alejadas de aquel glorioso pelo. Hundió los dedos hasta su cuero cabelludo y le besó la sien.

—Bueno, Logan —¿qué podía decir? ¿Cómo agradecerle a un hombre que estuviera haciendo lo que él no podía hacer?—. Yo... Maldita sea, hombre...

—Duerme un poco —le aconsejó Logan—. Hablaremos mañana. De momento, esta noche ya sabes que el bar ha marchado bien y que Marcus está a salvo —y cortó la llamada.

Con mano trémula, Rowdy dejó el móvil sobre la mesita del café y se volvió lentamente hacia Avery.

—¿Marcus está bien? —le preguntó ella.

Rowdy tenía la sensación que aquellos hermosos ojos azules eran capaces de leerle el alma.

—Está con Reese.

Avery había conocido a Reese y a Logan porque habían colaborado en el proceso de reformas del bar. Pero no podía saber hasta dónde eran capaces de llegar para defender y proteger a alguien.

Maldijo en silencio. Hasta hacía muy poco, él tampoco había sido consciente de ello. Antes de lo de Marcus, incluso teniendo delante las pruebas, no había dejado de recordarse que la mayoría de la gente tenía motivos ocultos. Que eran egoístas. Que solo les preocupaba su propia comodidad.

En aquel momento, sin embargo, se veía obligado a creer en que había personas de una ética asombrosa y con un profundo sentido de la responsabilidad.

—¿Qué va a pasar ahora? —quiso saber Avery.

Rowdy sacudió la cabeza y respondió:

—Me aseguraré de que el niño esté a salvo.

Avery suavizó su expresión.

—Rowdy...

Llevado por el deseo y la desesperación, Rowdy la atrajo hacia sí para besarla.

Pero ella lo esquivó con una alegre carcajada.

—Otra vez no. Necesitas descansar...

«Te necesito a ti». No lo dijo en voz alta y tampoco la dejó apartarse.

—No estoy cansado.

—Bueno, pues yo sí —alzó la mano hasta su rostro—. ¿Qué te parece? Es muy tarde. ¿Te importa que pase el resto de la noche contigo?

Unas nítidas imágenes de contenido sexual hicieron contraerse los músculos de Rowdy. Y él que había pensado que iba a tener que persuadirla... Con cada respiración le dolía más la espalda y, aun así, las palabras de Avery habían conseguido renovar su deseo.

Avery se apresuró entonces a añadir:

—Para dormir, quiero decir.

Diablos. Rowdy la acercó todavía más y bajó la mirada a sus labios.

—Podemos dormir después.

—No me estaba refiriendo a eso —se sonrojó—. Quiero estar aquí por si necesitas cualquier cosa.

En aquella ocasión Rowdy no fue capaz de reprimirse.

—Te necesito a ti.

Ella continuó como si no hubiera dicho nada.

—Te prometo que no seré una pesada. No voy a pasarme por tu casa sin que me invites y no voy a dar nada por supuesto.

«Pues deberías», pensó Rowdy, porque Dios sabía que tendría razón. La besó en la frente, en el puente de la nariz y en aquella tierna y dulce boca.

—Puedes quedarte —susurró—, pero con una condición.

Avery entrecerró los ojos con una expresión de burlona amenaza.

—Lo digo en serio, Rowdy. Me voy a quedar a dormir y solo a dormir.

Él podría aceptar eso, siempre que recibiera a cambio una compensación justa.

—De acuerdo. Pero duerme conmigo, en mi cama.

Avery abrió unos ojos como platos.

—No estás en condiciones para esas cosas —le dijo con el tono de una maestra de escuela.

—En eso te equivocas.

Le bastaba que mencionara aquel tema para comenzar a excitarse.

Avery bajó la mirada hasta su regazo y de repente se levantó a tal velocidad que a Rowdy se le quedaron los dedos enganchados en su pelo.

—Rowdy Yates, eres... No podemos...

—Podríamos, aunque sí, sería un poco complicado.

Además, cuando por fin pudiera tenerla bajo él, no quería sentirse constreñido por una cremallera de puntos de sutura en la espalda... y sabiendo que Avery seguiría impresionada por todo lo que había pasado aquella noche.

Ella continuaba con la mirada fija en su regazo.

—Eso que estás haciendo no me ayuda, cariño —Rowdy se levantó y cambió de postura, intentando sentirse más cómodo—. No es una serpiente y tampoco muerde.

Avery se ruborizó tanto que casi parecía haberse quemado por el sol.

Disfrutando de aquella mezcla de inocencia y de atractivo sexual, Rowdy la tomó de la barbilla y la obligó a mirarlo a los ojos.

—¿Qué me dices, cielo? ¿Estás dispuesta a enfrentarte a la noche?

—Bueno —se mordió el labio e hizo un serio esfuerzo para desviar la atención de la sólida erección que se tensaba contra sus tejanos—. Podría dormir en el sofá...

—Me sentiré mejor si te tengo cerca.

Siempre le había gustado dormir acurrucado contra un cuerpo de mujer. Por supuesto, eso era algo que solo ocurría cuando iba acompañado de sexo, pero, aquella noche, con Avery, haría una excepción.

Avery torció la boca y le lanzó una mirada escéptica.

—¿Me prometes que solo vas a dormir?

—A no ser que tú te pongas juguetona y quieras algo más... —inclinó la cabeza y le acarició el oído—. Con lo débil que estoy, podrías aprovecharte de mí.

Avery se echó a reír y le dio un cachete en la boca.

—¿Qué es lo que te parece tan gracioso? —la agarró por los hombros para volver a atraerla hacia sí. Era una cosita muy pequeña pero, a pesar de ello, encajaban perfectamente—. Tengo la sensación de que me estoy perdiendo algo.

Suspirando, Avery se apoyó contra él y apoyó las manos en su pecho.

—Creo que no debería decírtelo.

—Dímelo de todas formas —diablos, tenía que saberlo.

Avery echó la cabeza hacia atrás y le regaló una enorme sonrisa.

—En el hospital, he pensado precisamente eso… —le acarició la clavícula con las yemas de los dedos—. Que podría aprovecharme de ti, estando tú tan débil.

Dios, cuánto le gustaría que lo intentara…

—A lo mejor puedes probar mañana —y la provocó, añadiendo—: ¿Quieres ayudarme a desvestirme?

Los ojos de Avery centellearon.

Manteniendo su diversión bajo control, Rowdy dijo:

—Tendrás que quitarme los zapatos, los calcetines —movió el hombro y puso un exagerado gesto de dolor—, bajarme los pantalones… No creo que yo pueda hacerlo solo.

—¡Ah!

Avery retrocedió y deslizó la mirada a lo largo de su cuerpo.

Sí, la erección continuaba allí. Seguía excitado. Pero cómo no iba a estarlo si era consciente con cada poro de su ser de que Avery Mullins estaba a solas con él en su apartamento… Aparte de que hablarle de quitarle los pantalones lo mantenía animado.

Ella tragó saliva.

—Por supuesto —y, después, alzó la mirada hacia él con sus enormes ojos—. ¿Vamos a la cama?

—Antes me gustaría lavarme.

—¿Y… necesitas ayuda?

¿Le estaba preguntando que si podía lavarse los dientes él solo? A Rowdy no le gustaba hacerse el débil, a pesar de que el dolor y los pinchazos estaban comenzando a molestarlo. Antes o después, Avery descubriría su fortaleza.

—Eso puedo hacerlo yo.

El alivio comenzó a liberar parte de la tensión de los hombros de Avery.

—¿Por qué no vas preparando la cama?

—De acuerdo —cruzó la habitación con él—. ¿Puedes prestarme algo para dormir?

«Mis brazos», pensó en responderle. Pero quizá fuera mejor no decírselo todavía.

—¿Qué tiene de malo dormir desnuda?

Él no pegaría ojo, pero estaba dispuesto a sacrificar el sueño a cambio de dormir con una mujer desnuda.

Avery pareció escandalizarse.

—¡No puedo dormir desnuda!

—¿Por qué no?

—Sencillamente, no podría —se detuvo al lado de una de las máquinas que tenía Rowdy para hacer ejercicio y la miró con curiosidad—. Nunca he dormido desnuda y no pienso empezar esta noche.

¿Nunca? ¿Así que su barman era así de pudorosa? Lo superaría, pero resultaba obvio que no aquella noche. Rowdy se acercó a la cómoda y le tendió una camiseta blanca. Si solo llevaba las bragas debajo, sería lo mejor, después de ir desnuda, que podría pasarle.

—¿Te vale esta?

—¿No tienes algo más oscuro?

—No piensas dejarme ninguna diversión —encontró una camiseta negra y se la tendió—. ¿Esta te parece mejor?

Avery desplegó la camiseta delante de ella y vio que le llegaba hasta las rodillas.

—Sí, gracias —se volvió hacia las pesas que había en el suelo y después señaló la barra y el saco de boxeo que colgaban de una de las vigas—. ¿Todo es tuyo?

—Sí —necesitaba una aspirina que le hiciera efecto cuanto antes—. Cuando no puedo dormir y no tengo una mujer a mi lado dispuesta a ayudarme a liberar mi energía, me pongo a entrenar.

Avery dejó la camiseta sobre la cama y se agachó para agarrar una pesa, pero solo consiguió levantarla unos centímetros del suelo.

—¿Y eso te ayuda?

«No tanto como el sexo», respondió en silencio.

—A veces.

Avery renunció a levantar la pesa y se acercó al saco de boxeo. Lo empujó ligeramente, dejándolo tambaleándose.

—¿Tienes problemas para dormir?

—¿No los tiene todo el mundo?

—A veces, supongo.

Él había tenido insomnio durante la mayor parte de su vida. De niño, se había pasado las noches despierto, pendiente de cualquier problema. De sus padres, de hecho. Después, cuando murieron, tampoco había podido dormir por estar pendiente de Pepper.

La idea de que Avery no pudiera dormir lo inquietó.

—¿Qué es lo que te impide dormir?

—Tomar demasiada cafeína, las películas de miedo, y preocuparme por todo tipo de cosas. Lo que a todo el mundo —se sentó en la cama, sonriendo—. Solo tienes una cama.

—¿Y? —si hubiera sabido que iba a quedarse, hubiera puesto dos camas gemelas.

—No quiero despertarte mientras duermes.

A él le encantaba que lo despertaran porque, normalmente, cuando conseguía tener un sueño profundo, lo acosaban las pesadillas.

En el caso de que los recuerdos pudieran ser considerados pesadillas.

—Como te he dicho, soy insomne, así que no te preocupes por eso —se dirigió al cuarto de baño—. Tienes dos minutos para cambiarte a solas si quieres.

Sentada en la cama, con las rodillas juntas y aquel pelo de fuego cayendo por sus hombros, Avery era una tentación viviente.

—De acuerdo, gracias.

Rowdy cerró la puerta del baño a su espalda y solo entonces se permitió fruncir el ceño ante su malestar. Cada vez que se movía, sentía la tirantez de los puntos, pero también otras molestias y dolores. Tenía los nudillos amoratados y una rodilla dolorida, quizá hinchada. Era muy probable, teniendo en cuenta cómo había aterrizado sobre la grava.

Se lavó los dientes y la cara y pensó en afeitarse. Si Avery hubiera dicho sí en vez de no, probablemente lo habría hecho. Pero, como ella había insistido en dormir solamente, decidió que no merecía la pena el esfuerzo.

Salió y la encontró junto a la cama abierta, con el pelo recién cepillado, la ropa quitada y la camiseta de algodón puesta. Rowdy había imaginado que la camiseta cubriría su desnudez, pero no había contado con la forma en la que se ceñiría a sus curvas. Ni con que su ancho cuello le dejaría todo un hombro al descubierto.

Ni con el sentimiento de posesión que lo asaltaría al verla con ella puesta.

Casi odiaba aquella camiseta por ser lo único que se interponía entre él y aquella mujer que estaba convirtiéndose a gran velocidad en una obsesión.

Estaba esperando nerviosa a que dijera algo, pero Rowdy sabía que cualquiera de los pensamientos que podría expresar la haría salir corriendo. Muy despacio, consciente de que podía leer los sentimientos en su rostro, se acercó a ella.

—¿Rowdy?

Tenía unas piernas preciosas, delgadas y bien torneadas, de aspecto suave y sedoso. Podía ver los dedos de sus pies cerrándose mientras continuaba con la mirada fija en ella. Avery cruzó entonces los brazos sobre su vientre y cambió de postura, consiguiendo, involuntariamente, que la tela destacara los bultos de sus senos,

Rowdy había estado en la cama con muchas mujeres, pero nunca se había sentido tan excitado como lo estaba en aquel momento viendo el cuerpo de Avery bajo aquella camiseta de algodón.

—Me estás haciendo sentirme desnuda.

Rowdy se acercó lo suficiente como para besarla, inclinó la cabeza y olfateó la fragante piel de su cuello y aquel pelo rojo tan sexy.

—Solo una caricia, ¿de acuerdo?

—Yo... ¿qué? —pero mientras expresaba su confusión, alzó la cabeza, permitiéndole continuar.

Él posó las manos sobre su cintura, deleitándose con la sensación de su piel bajo el algodón.

—Solo una caricia, cariño —musitó—. Dime si te parece bien.

Abrió los dedos y los cerró, disfrutando de su estrecha cintura. Le rozó la oreja con los labios.

—Solo una. Y después podremos irnos a la cama.

Avery soltó un tembloroso suspiro... y asintió.

Intentando aprovechar el momento al máximo, Rowdy deslizó las manos por sus caderas y las fue bajando hasta su trasero redondeado y suave. Un gemido se le atascó en la garganta. Se tomó unos segundos para disfrutar de la sensación de sus manos cubriendo sus nalgas y utilizó después la doble presión para levantarla sobre las puntas de los pies y acercarla hacia sí, pelvis contra pelvis.

Mientras el deseo bramaba en el interior de Rowdy, ella soltó una exclamación de alarma y se aferró a sus hombros.

—Rowdy, tu espalda...

Lo único que podía sentir en aquel momento era el palpitar de su miembro. Jamás había deseado tanto a una mujer. El sexo era algo magnífico, siempre, pero acariciar a Avery de aquella manera era mejor, era algo tan bueno como una droga.

La alzó un poco más para poder besar la tierna piel del hombro que el cuello de la camiseta dejaba al descubierto.

—Rowdy, por favor... —Avery enterró el rostro en su hombro con la voz ronca de temor—. Vas a hacerte daño.

No fue fácil, pero Rowdy consiguió controlarse. Quería que Avery lo deseara con tanta intensidad como él, no quería un deseo enturbiado por la preocupación.

Con mucho cuidado, volvió a dejarla en el suelo.

—Tienes un trasero increíble —comentó, sincero.

Avery apoyó la frente contra su pecho y soltó una risa ronca. Su larga melena le ocultaba su rostro. Rowdy se la echó por detrás de los hombros.

Maldijo para sus adentros. Le encantaba aquel pelo. Un día de aquellos lo vería extendido sobre la almohada mientras él se hundía en ella...

Se estremeció solo de pensarlo.

—¿Estás bien?

Avery se permitió posar los dedos en la cintura de su pantalón.

—Mejor que bien —le prometió, y le dio un beso en la coronilla.

Sin mirarlo, Avery susurró:

—¿Quieres que te ayude a desnudarte?

Rowdy contestó con un gemido medio ahogado.

—Creo que será mejor que me des un minuto.

—De acuerdo —se apartó—. De todas formas, necesito lavarme.

—Siéntete como en tu propia casa.

Se quedó helado al oír aquellas palabras saliendo de sus labios. ¡Dios santo! No se podía creer lo que acababa de decir, ni que de verdad quisiera que se encontrara tan cómoda.

Avery torció el gesto.

—Parece que eso te ha dolido más que la cuchillada.

Las heridas relacionadas con los sentimientos siempre dolían más, y Avery le hacía sentir demasiadas cosas.

Rowdy aceptó entonces que aquella iba a ser una noche tormentosa.

—Utiliza todo lo que necesites.

—¿Estás seguro? —demostrando que tenía una naturaleza bromista e ingeniosa, añadió—: Ya estás bastante mal, no quiero presionarte hasta el límite sintiéndome demasiado cómoda en tu casa.

—No estoy mal, sabelotodo. Ese canalla solo consiguió hacerme una herida superficial —la besó para demostrarle que estaba bien. Luego se volvió y le dio un pequeño cachete en aquel trasero tan espectacular—. Ahora deja de acosarme y prepárate para acostarte.

Ignorando su carcajada, Rowdy la observó marcharse, fascinado por la silueta de su cuerpo bajo aquella ropa. ¿Quién iba a pensar que una condenada camiseta que casi parecía una tienda de campaña pudiera ser tan erótica?

En el instante en el que Avery cerró la puerta del cuarto de baño, el instinto de supervivencia de Rowdy se reactivó. Revisó a toda velocidad la doble cerradura de la puerta antes de apagar las luces, todas excepto la de la mesilla de noche.

Se dejó caer al borde de la cama, más dolorido de lo que estaba dispuesto a admitir, y se quitó los zapatos y los calcetines. Incluso en el caso de que tener a Avery a su lado no lo mantuviera despierto y al límite del deseo durante toda la noche, le resultaría imposible dormir con un dolor tan intenso.

Cuando oyó que dejaba de sonar el agua en el cuarto de baño, se incorporó, se desabrochó el botón de los tejanos y bajó la cremallera por debajo de su erección.

Avery salió del baño. Mechones de pelo húmedo se pegaban a su frente y a sus mejillas sonrosadas.

Con un aspecto limpio, fresco y tan sexy que Rowdy ardió de deseo al verla, cruzó la habitación con los pies descalzos y se acercó a él.

—¿Qué haces? —el aliento le olía a menta y Rowdy detectó el aroma de su jabón en la piel—. Te vas a hacer daño.

—¿Por bajarme la bragueta de los tejanos? Por favor —algún día, que no tardaría mucho en llegar, se aseguraría de que Avery comprendiera lo fuerte que era—. ¿Has utilizado mi cepillo de dientes?

Avery le apartó las manos y dijo:

—Me he lavado con la esquina de la toalla.

Rowdy fijó la mirada en la raya torcida de su pelo.

—No me habría importado —se preguntó si le importaría a ella.

—Entonces a lo mejor lo utilizo mañana por la mañana.

Aparentemente, no. ¿Y por qué demonios aquello tenía que parecerle algo tan íntimo?

—Ahora —Avery fijó la mirada en la cintura de sus pantalones—, voy a desnudarte.

«¡Ah, diablos!», exclamó Rowdy para sus adentros. Ojalá el resto de su cuerpo tuviera la misma energía que su miembro...

—No creo que sea una buena idea.

Avery alzó la mirada hacia él, con el rostro libre de maquillaje.

Con aquellos ojos azules que parecían más profundos con aquella luz tenue, y las pestañas proyectando su sombra sobre sus sedosas mejillas.

—Tendré cuidado, Rowdy, te lo prometo.

—No es eso lo que me preocupa.

—Relájate.

Y, sin más, introdujo ambas manos en la cintura de sus tejanos y tiró de ellos hacia abajo a tiempo que se iba agachando... y acercando tanto su rostro a su cuerpo que Rowdy se imaginó sintiendo su respiración a través de los boxers.

Fingiendo no haber visto su erección, Avery continuó bajando el pantalón hasta las rodillas y terminó en los tobillos.

—Saca un pie.

Qué diablos. Si ella era capaz de soportarlo, él también. Apoyó una mano en su cabeza e hizo lo que le pedía.

Avery dobló los tejanos.

—Siéntate en la cama para que pueda liberarte de la camiseta.

Habría sido mucho mejor que le permitiera otro tipo de liberación. No le costaría mucho. Había estado a punto de conseguirlo cuando la vio de rodillas ante él.

Rowdy se sentó, vestido solo con sus ceñidos boxers y la camiseta que le habían entregado en el hospital.

Después de dejar los tejanos encima de la cómoda, Avery se sentó en la cama detrás de él. Rowdy podía sentirla muy cerca, completamente quieta.

Sin advertencia previa, hundió los dedos en su pelo.

—¿Tu hermana es tan rubia como tú?

Lo tocaba de una forma hipnótica, que apenas parecía carnal, y quizá fuera esa la razón por la que lo conmovía tanto. Lo sentía como algo parecido al... afecto.

Algo a lo que no estaba acostumbrado.

Se aferró a las sábanas con las dos manos.

—Pepper tiene el pelo más claro, y mucho más largo.

—¿Y tan tupido como el tuyo? ¿Ondulado?

Rowdy podía sentir su aliento en la nuca.

—Diablos, no lo sé —giró para mirarla por encima del hombro—. ¿Qué estás haciendo?

Avery se encogió de hombros y el cuello de la camiseta descendió. No tanto como para permitir que se le vieran los senos, pero sí lo suficiente como para hacer que el corazón se le saliera del pecho.

Maldijo para sus adentros. Él no reaccionaba de aquella forma a las mujeres...

Avery le acarició el pelo y dijo con un suspiro:

—Eres irresistible —inclinándose hacia delante, agarró el dobladillo de la camiseta—. Voy a tener mucho cuidado. Primero la levantaré poco a poco y después sacaremos los brazos, ¿de acuerdo?

Avery invirtió una cantidad de tiempo escandalosa en hacer algo que a él le habría llevado cinco segundos. Jamás en su vida había permitido que una mujer lo tratara de aquella forma, pero, tal y como Avery lo estaba haciendo, resultaba casi agradable. En cuanto le quitó la camiseta, Avery la lanzó hacia la cómoda, junto a los tejanos.

Unos segundos después, exclamó:

—¡Oh, Rowdy!

Rowdy imaginó los moratones que debían de habérsele formado alrededor de la herida.

—Estoy bien, cariño.

Avery recorrió su espalda con las yemas de los dedos.

—No, no estás bien.

Con la suavidad de las alas de una mariposa, fue posando los labios en diferentes puntos de su espalda.

Rowdy podía sentir cada uno de aquellos pequeños besos en su miembro. Con un ronco murmullo, le prometió:

—La herida no tardará en curarse. Terminaré olvidándome de ella.

El silencio se alargaba mientras Avery seguía acariciándole los hombros y descendiendo después por su espalda.

—¿Como todas las demás?

La tensión le recorrió la columna, haciéndolo tensarse de la cabeza a los pies.

Avery continuó en tono muy triste:

—Ahora entiendo lo que quería decir la doctora.

Maldijo para sus adentros. Las cicatrices. Rowdy se apartó de su contacto y de aquella condenada e irritante compasión. Levantándose, se volvió para que lo único que pudiera ver fuera su pecho.

Y la erección que presionaba bajo sus boxers. Eso podía soportarlo, pero otra cosa diferente era que Avery descubriera su vulnerabilidad.

—¿Ya estás lista para meterte en la cama?

Apartó las sábanas un poco más y fue tumbándose de lado poco a poco. Odiaba tener que moverse tan despacio, pero le dolía la espalda hasta cuando movía los dedos de los pies.

—Sí —todavía de rodillas, Avery tomó aire—. Estoy lista.

Con una singular pero inocente modalidad de tortura, se estiró para alargar el brazo por encima de Rowdy mientras apagaba la lámpara. Se tumbó luego de cara a él, apoyada sobre un codo.

La luz de la luna penetraba a través de las altas ventanas, subrayando su silueta con un leve resplandor y transformando su melena en un fuego tenue.

Era imposible que una mujer pudiera ser más atractiva.

—¿Cómo te sentirías más cómodo? —antes de que pudiera contestar, Avery se volvió, dándole la espalda, para después acercarse a él—. ¿Así te parece bien?

Sí, claro que sí. Eso le parecía estupendo. La rodeó con el brazo, acurrucándola contra él, y posó la mano sobre su vientre mientras apretaba las caderas contra su trasero.

—Perfecto.

—Rowdy —pero su voz delataba una sonrisa mientras lo regañaba—. Teniéndome tan cerca, no vas a poder dormir.

—Ya te he dicho que soy insomne, así que estoy acostumbrado a no dormir. Pero, por una vez, no me importa.

Avery vaciló por un instante.

—De acuerdo, entonces —y se movió para ponerse cómoda.

Era insoportable.

Posando una mano sobre la suya, Avery dejó escapar un largo bostezo y susurró:

—Buenas noches, Rowdy.

Iba a ser una larga noche, pero, de todas formas, prefería no dormir. No quería desperdiciar ni un solo segundo mientras la tuviera así, en su apartamento, en su cama y en sus brazos.

Quizá fuera por la agitación del día, por las antiguas heridas y los recuerdos que había removido, pero el caso fue que... Maldijo para sus adentros. Se descubrió considerando la posibilidad de que Avery formara parte de su vida durante más de una noche.

Cuando se apagó la luz, decidió renunciar a la vigilancia por aquella noche. Aquellas ventanas tan grandes podían haberle proporcionado una vista decente y, a pesar de sí mismo, se había imaginado haciendo de *voyeur*. Pero, tal y como estaba colocada la cama, solo podía ver a alguna persona al pasar por delante. No lo suficiente como para que mereciera la pena permanecer en la zona de peligro.

Se sentía engañado.

Quizá, cuando consiguiera que Avery regresara allí donde pertenecía, volvería a considerar la posibilidad de disfrutar de nuevo de su afición al voyerismo. Con todas las molestias que se estaba tomando, se merecía eso y más.

CAPÍTULO 8

Avery sentía que el sueño la arrastraba, pero no llegó a quedarse dormida del todo. Casi sin darse cuenta, comenzó a acariciar el dorso de la mano de Rowdy que reposaba sobre su estómago. Con los dedos abiertos, la mano la cubría de cadera a cadera.

Qué hombre tan grande, pensó, tan sólido y tan fuerte... Y tan asombroso.

Lo que había hecho aquel día, la compasión que había mostrado por Marcus, su indignación contra el maltrato...

Cerró los ojos y volvió a ver todas aquellas horribles cicatrices de su espalda. Una pequeña quemadura, como la de un cigarrillo. Una cicatriz cuadrada, con la forma de una hebilla.

La indignación le nubló la vista, los ojos le brillaban e intentó cerrar la garganta. Si pudiera, buscaría a los padres de Rowdy y los destrozaría. Desgraciadamente, habían escapado a cualquier posible venganza muriendo en un accidente de coche.

La angustia le atenazaba tanto el corazón que tuvo que reprimir las ganas de dar media vuelta, abrazar a Rowdy y llorar por él, pues sabía que él jamás lo haría por sí mismo.

Poco a poco, comenzaba a comprenderlo mejor y a entender cómo funcionaba. El sexo, le había dicho, era un consuelo fácil y rápido.

Pero ella quería mucho más. Quería encontrar la manera de ayudarlo a sentirse mejor. No era que Rowdy no pudiera arreglárselas solo. Sin ayuda de nadie, había protegido a su hermana y había forjado una nueva vida para ambos. Una vez asegurado su futuro, se había hecho cargo de un negocio ruinoso que no solo había convertido en respetable, sino que había hecho popular y próspero.

Pensó en la solución tan ingeniosa que se le había ocurrido para sustituir la ropa tan provocativa de Ella y en su manera de echarle siempre una mano a Jones, el cocinero.

Pensó también en la manera abierta en que le había confesado desde el principio su deseo, sin forzarla en ningún momento. Solo se había mostrado autoritario cuando había intentado protegerla. Precisamente en aquel momento, mientras su respiración se iba haciendo cada vez más profunda, continuaba manteniéndola cerca.

Muy despacio, se giró en sus brazos. La mano de Rowdy se deslizó de forma natural hasta su cadera. Emitió un leve gemido, cambió de postura y se hundió en el sueño.

Al parecer, había terminado venciéndolo el cansancio. Y Avery se alegró de ello. El calor de su aliento y el peso de su musculoso brazo cruzando su cuerpo la empujaban también a ella al sueño, pero su mente continuaba trabajando a pleno rendimiento. Después de todo lo que había pasado, casi se había olvidado de la llamada de teléfono.

Pero se enfrentó de pronto a todas sus posibles consecuencias. Tenía motivos para estar preocupada.

Sin embargo, no pensaba cargar a Rowdy con sus propios problemas, cuando él había tenido que pasar toda una vida ocupado con los suyos. Quizá pudiera hablar con Logan y con Reese sin que él se enterara.

Giró la cabeza para mirarlo. Era tan maravilloso que le robaba el aliento. Pero ni siquiera dormido, olvidado del mundo, parecía relajado del todo.

¿Andaría Fisher Holloway tras ella? ¿Otra vez?

No podía presumir otra cosa, no, después de cómo había terminado su último enfrentamiento. Una situación que la había obligado a hacer, literalmente, las maletas. Había permanecido bien lejos de su casa desde entonces. Al principio había echado de menos a su madre, su antigua vida, el confort de la seguridad económica...

En aquel momento... Bueno, a veces todavía echaba de menos a su madre, pero se había resignado a aceptar el cambio que había sufrido su relación. Se había acostumbrado a todo lo demás y ya no tenía ganas de volver. Nunca.

Una hora después, Rowdy emitió un gemido que parecía a medias de enfado y a medias de angustia. Alarmada, le tocó el hombro, esperando tranquilizarlo. Su respiración era cada vez más rápida. Volvió a cambiar de postura. ¿Sería la espalda? ¿Debería despertarlo para que se tomara otra aspirina?

Acababa de comenzar a sentarse cuando, de pronto, él la agarró y la estrechó contra su pecho en un desesperado abrazo.

Susurrándole para tranquilizarlo, Avery le besó el cuello, el pecho y el hombro.

Rowdy se serenó, relajó la fuerza de su abrazo y volvió a dormirse.

—Estoy aquí —susurró Avery.

E, incapaz de evitarlo, volvió a besarle el cuello. Su debilidad, un rasgo que escondía cuando estaba despierto, la atraía. Estaba sintiendo muchas cosas al mismo tiempo. Se sentía emocionalmente protectora hacia el niño que había sido; devastada por saber que todavía seguía teniendo pesadillas; admirada por su fortaleza de carácter y por el hombre en el que, contra todo pronóstico, se había convertido.

Y se sentía también un poco excitada.

¿Qué mujer no lo estaría? Rowdy ya no lo estaba, pero estaban los dos frente a frente en la cama, todo lo cerca que podían estar dos personas sin mantener una relación sexual. Su conciencia de él, de todo su ser, se disparó hasta el extremo. Rowdy la había abrazado, estrechándola contra el vello que cubría su pecho de tal manera que, con cada aliento, podía aspirar su deliciosa esencia. Uno de sus muslos descansaba en aquel momento entre los suyos, como si quisiera retenerla: un gesto que sin embargo la hacía sentirse cuidada, que no atrapada.

Fisher era el último hombre que la había tocado de aquella forma y su reacción no había sido la misma.

Pero aquello, el encuentro con Fisher, era algo que no había elegido ella.

Por lo que se refería al físico, Fisher Holloway era un hombre atractivo. Debía de medir un metro ochenta, tenía el pelo negro y poblado, unos ojos azules de inteligente mirada, complexión atlética... El recuerdo de su pesado cuerpo, de su fuerza inflexible, la hizo estremecerse.

Hundió el rostro en el pecho de Rowdy.

Para aquellos que conocían a Fisher, era un hombre de treinta y cuatro años, director ejecutivo de una empresa de éxito. Un filántropo que colaboraba en numerosas obras benéficas. Un gurú de las finanzas generoso con sus empleados. El padrastro de Avery lo respetaba; su madre lo adoraba. Se movían en los mismos círculos y coincidían a menudo en los mismos eventos.

Todos lo habían tenido por el marido ideal para ella.

Todos, menos la propia Avery. Cada vez que se habían quedado a solas, Fisher se había mostrado paternalista en exceso: pidiendo la comida por ella. criticando su ropa, despreciando a sus amistades.

Por entonces, su padrastro le había dicho que Fisher estaba invirtiendo en su bienestar. Y su madre que simplemente se desvivía por sus necesidades.

A Avery eso no le había gustado ni pizca. Durante una recogida de fondos, cuando Fisher insistió en seducirla, ella le había dejado bien clara su falta de interés.

Pero fue entonces cuando el muy astuto le tendió una trampa, provocándole la caída más grande de su vida...

Se sobresaltó cuando Rowdy posó de repente la mano en su trasero, apretándoselo por un momento antes de relajarse de nuevo. ¡Vaya! Incluso en sueños estaba en activo. ¿O estaría haciéndose el dormido?

Apenas había terminado de pensar en ello cuando Rowdy comenzó a roncar con suavidad. Avery sonrió, riéndose tanto de sí misma como del ruido que estaba haciendo él.

Al parecer, aquella noche iba a ser ella la que tuviera insomnio. Pero no importaba. Así tendría más tiempo de disfrutar de

Rowdy sin arriesgarse a que descubriera la verdad: que ya estaba locamente enamorada de él.

¿Qué haría si supiera que había empezado a enamorarse casi desde el primer momento?

Teniendo en cuenta su experiencia con las mujeres, quizá fuera preferible no averiguarlo.

Rowdy se despertó desorientado, con el cerebro entumecido y las piernas y los brazos relajados. El sol de la mañana entraba a través de los ventanales, obligándolo a entrecerrar los ojos. Tardó varios segundos en darse cuenta de que había dormido como un tronco.

¡Dios santo! Jamás había dormido así. Podrían haber pasado todo tipo de cosas y no se habría enterado. Algo alarmado, se incorporó apoyándose sobre un codo. El dolor de la herida habría prevalecido sobre todo lo demás si no hubiera descubierto a Avery a su lado, con la cabeza apoyada en la mano, el pelo revuelto y extendido sobre la almohada y sus ojos azules mirándolo con soñoliento interés.

—Buenos días —lo saludó ella con voz ronca y sensual. Y con una expresión muy particular, condenadamente dulce y, casi, soñadora.

—¿Por qué sonríes así?

Avery bajó la mirada hasta su boca y después lo miró a los ojos.

—Porque esta noche he descubierto que soy una pervertida.

¡Caramba! Rowdy levantó la sábana y se miró.

—¿Qué haces?

—Asegurarme de que mis boxers siguen en su sitio.

La risa provocadora de Avery se derramó sobre él como un lento lametón.

—¿Creías que me había aprovechado de ti sin que te dieras cuenta?

—Me habría gustado.

Algo había cambiado aquella mañana. Mientras él dormía ajeno al mundo, Avery había llegado a sus propias conclusiones. Ya solo faltaba que él fuera capaz de mantener aquellos progresos cuando estuvieran bien despiertos.

—Es evidente que no has hecho nada conmigo, así que, ¿a qué otras perversiones te has dedicado?

—He observado tu cuerpo.

—Eso ya lo habías hecho antes. Lo sé porque a veces te he sorprendido mirándome.

—Pero esta vez no lo he hecho a toda velocidad, ni intentando ser sutil. Esta vez me he deleitado contemplándote.

¿Se había deleitado contemplándolo? Rowdy intentó no sentirse cohibido con aquel desmesurado cumplido.

—Cuando quieras repetir, dímelo.

—También he disfrutado oyéndote roncar.

Rowdy soltó un resoplido burlón.

—Yo no ronco.

Avery se inclinó hacia él.

—Sí que roncas —le dio un beso en la barbilla—. Y me ha parecido muy sexy.

¿Se habría despertado en una nueva dimensión? ¿Estaría soñando todavía? Fuera lo que fuera, le gustaba.

—Eso sí que es un poco pervertido.

Ella le sonrió entonces como Rowdy nunca le había visto hacerlo.

—Me ha encantado verte dormir —le apartó el pelo de la cara con una caricia demasiado maternal para su gusto—. Me alegro de que hayas conseguido dormir.

Rowdy frunció el ceño.

—Nunca duermo bien.

—Pues esta noche sí lo has hecho.

¿Y pensaba atribuirse el mérito? A lo mejor tenía razón. Justo en aquel momento, se dio cuenta de que tenía una pierna entre los sedosos muslos de Avery y de que sus respectivas pelvis estaban alineadas.

Necesitaba aclararse la cabeza, y rápido.

Con una mano en la cintura de Avery, para no moverla de allí, la miró con recelo.

—¿Te has quedado aquí... —recordaba que se había puesto cómodo, se había excitado y después... nada— toda la noche?

—Sí —deslizó la mano por su cuello hasta posarla en su pecho—. Acurrucada contra ti.

Y él se lo había perdido. Maldijo para sus adentros.

—Pareces enfadado —Avery desvió la vista—. ¿No debería haberme quedado tanto tiempo?

—No es eso —«me alegro de que estés aquí», pensó. Miró más allá de Avery para ver el reloj. Todavía era temprano, afortunadamente—. Hoy tenemos muchas cosas de las que hablar.

—De Marcus.

Rowdy asintió, pero no quería abordar todavía aquel tema. Su cerebro estaba, para variar, maravillosamente relajado. Y quería conservarlo así durante un rato más.

—Y de Cannon, de tu coche y de esa llamada de teléfono.

Avery interceptó su mirada. Retiró la mano, limitándose a preguntarle:

—¿Qué pasa con Cannon?

¿Era una evasiva? ¿Qué estaba sucediendo allí? De momento, decidió seguirle la corriente.

—Dependiendo de cómo fueran ayer las cosas, se quedará en el bar.

—¿Para hacer qué?

—Eso ya lo veremos, ¿no te parece? —la incluyó a propósito en la toma de la decisión.

Y, tal como esperaba, Avery volvió a relajarse.

—¿A ti qué se te ocurre? —le preguntó.

Era agradable estar allí en la cama, por la mañana, hablando con Avery. Sería mucho mejor que ella se quitara la camiseta y las bragas y él supiera que aquello era el preludio del sexo, pero aun así estaba disfrutando.

Y, en su caso, disfrutar de una buena noche de sueño y una conversación por la mañana no era algo habitual.

—Entre otras cosas, podría permitirte descansar más a menudo.

—Tú ya me permites descansar —repuso ella.

Sin maquillaje, con el rostro bañado por el sol, continuaba siendo tan condenadamente atractiva que Rowdy tenía que reprimir las ganas de abrazarla.

—Quiero pasar más tiempo contigo cuando no tengamos que pasarnos el día trabajando.

—¡Ah! —aquella temblorosa sonrisa podría derretir a cualquier hombre—. A mí también me gustaría.

Ninguna mujer tenía derecho a estar tan atractiva a primera hora de la mañana. Incluso con el pelo revuelto estaba diabólicamente sexy.

—Y, cuando tú estuvieras trabajando, Cannon podría echarte una mano.

—Ya sabes que no quiero ningún apoyo en la barra.

Pues tendría que acostumbrarse.

—Ayer, cuando vi que ese matón te agarraba...

—No me hizo nada —se precipitó a aclarar ella.

Rowdy le alzó la muñeca y vio el ligero moratón que le había quedado. Besó la marca y continuó tomándole la mano.

—Gracias a que Ella tuvo la sensatez de avisarme.

Incluso en el caso de que no hubiera albergado ningún interés personal en ella, siendo como era su empleada, Rowdy tenía que responder por su seguridad.

—Me sentiré mejor sabiendo que tienes a un gorila cerca, alguien que pueda defenderte cuando yo no esté presente.

—No quiero convertirme en otra de tus muchas responsabilidades.

Él ya la sentía como la más importante de todas.

—Soy tu jefe, así que deja que sea yo el que ponga las normas —y, para suavizar lo que acababa de decir, añadió—: Míralo de esta manera. Si Cannon trabaja contigo, podrá encargarse de levantar las cargas pesadas, de llevarte cualquier cosa que puedas necesitar o incluso de contestar el teléfono para que tú no tengas que hacerlo.

Ante la mención del teléfono, Avery volvió a desviar la mirada.

—Supongo que eso estaría bien.

¡Ah! Así que aquellas llamadas de teléfono la ponían nerviosa.

Rowdy no era ningún estúpido. La observó mientras mantenía la cara vuelta hacia otro lado, tomó nota de aquella nueva tensión y decidió relajar las cosas.

—Anoche dijiste que habías ido en coche al trabajo.

—Sí.

—¿Y dónde lo tienes?

—En el aparcamiento —inclinó la cabeza—. ¿No quieres una aspirina? ¿Un café?

—Dentro de un momento —si lo que pretendía era distraerlo, tendría que quitarse la camiseta—. ¿Y qué coche tienes?

Avery arrugó la nariz.

—¿De verdad tenemos que hablar de esto?

—¿Hay algún motivo por el que no debamos hacerlo?

—Supongo que no —repuso, para contestar con una voz casi inaudible—: Un Infiniti.

—¿Ah, sí? —bonito coche. Rowdy la observó—. ¿De qué tipo?

En voz aún más baja, contestó:

—Un G37 descapotable —y añadió—: Ya tiene dos años.

Rowdy tuvo que disimular una carcajada.

—¿Tantos?

Para él, era un coche nuevo. Avery le había dicho que procedía de una familia de dinero. Lo que le interesaba a Rowdy en aquel momento era saber por qué parecía avergonzarse de ello.

—¿De qué color?

Avery se dejó caer sobre la espalda y suspiró.

—Rojo cereza.

—Tiene que ser bonito.

—Sí —se volvió para mirarlo—. Hace tiempo que no lo uso, pero, eh... decidí que tenías razón, que ir andando a casa desde la parada del autobús podría no ser... Bueno, supongo que era una tontería.

Pero él sabía que, de alguna manera, estaba todo relacionado.

—Puedes enseñármelo después, antes de que empecemos la jornada. Y, hablando de trabajo, quería preguntarte por esa llamada que atendiste anoche —lo dijo con naturalidad y, al mismo tiempo, pendiente de todos los matices de su expresión—. ¿Quién era? ¿Un simple cliente?

Si decía que sí, sabría que le estaba mintiendo. ¿Y después qué? Quería que confiara en él. Y también quería ser capaz de confiar en ella.

La vio prepararse para la batalla.

—No, no era nadie.

—¿Nadie importante, quieres decir?

—Quiero decir que contesté, pero que no había nadie al otro lado —se sentó, manteniendo la sábana alrededor de sus piernas desnudas—. ¿Qué tal tienes la espalda? ¿Necesitas que te ayude en el cuarto de baño?

Bajo ningún concepto iba a permitir que lo tratara como a un bebé. Creía en lo que le había dicho sobre la llamada, pero sabía que ella sospechaba quién había sido su autor. Y él quería saberlo todo.

Rowdy alargó el brazo hacia ella. Pero justo en ese momento llamaron a la puerta.

Los dos se quedaron paralizados.

—¿Esperas compañía? —susurró Avery.

—Diablos, no que yo sepa —eran muy pocos los que sabían que vivía allí—. Algunas mujeres del edificio suelen pasarse por aquí para pedirme cosas. Podría ser una de ellas.

Avery alzó los hombros.

—¿En serio?

Haciendo un gran esfuerzo, él también se sentó en la cama. ¡Dios! La piel de la espalda le tiraba y escocía, con sus músculos a punto de acalambrarse. Se frotó la mandíbula con vigor y pensó en lo agradable que sería darse una buena ducha caliente, sobre todo si Avery aceptaba ducharse con él.

Llamaron de nuevo.

—Creía que habías dicho que no había estado ninguna otra mujer en tu casa.

—Y no ha estado ninguna —la vio levantarse de la cama y lamentó que se acabara aquel momento—. Nunca permito que pasen de la puerta.

Mientras se ponía los tejanos, Avery le sugirió, como si fuera una velada amenaza:

—¿Quieres que abra por ti?

Si quería espantar a sus vecinas, por él perfecto: así tendría algo que hacer, además de cuidarlo.

—Claro, gracias. Pero dile a quien sea que se pierda.

—¿Y si es algo importante? —se levantó la camiseta para poder abrocharse el pantalón.

Aquel pequeño atisbo de su vientre lo hizo reconsiderar la idea de dejarse mimar. Podría decirle que necesitaba ayuda en la ducha, lo cual, teniendo en cuenta cómo se sentía en aquel momento, no sería del todo mentira.

—Si son Reese o Logan, déjalos pasar —pensó que era posible que tuvieran noticias de Marcus.

—¿Y si es una de tus vecinas acosadoras?

Rowdy sonrió ante aquel desafío.

—Entonces puedes decirle lo que quieras.

—Muy bien, lo haré.

Descalza y con la camiseta ocultando su menuda figura, Avery atravesó la habitación y subió los escalones hasta el vestíbulo. Abrió la puerta apenas lo suficiente para decir:

—Hola.

Rowdy se sentó en la cama y flexionó enérgicamente los hombros. Sí, necesitaba tomar algo, pero no quería analgésicos que adormecieran su mente, como los que la doctora le había prescrito. Teniendo a Avery cerca, necesitaba estar alerta y en perfectas condiciones.

No oyó la voz de la persona que acababa de llegar, pero dedujo que se trataba de una mujer cuando Avery dijo:

—Sí, vive aquí, pero ahora no puede atender a nadie.

Rowdy se levantó de la cama e intentó no moverse hasta que Avery se deshiciera de aquella visita inesperada. Colocándose la sábana alrededor de la cintura, se apartó el pelo de la cara.

—Soy su barman —oyó decir a Avery.

Rowdy sonrió al escuchar su tono autoritario. Qué encanto. Si se hubiera tratado de cualquier otra mujer, no se lo habría parecido, pero en Avery le gustaba aquella actitud posesiva.

Diablos, en ella le gustaba todo.

Bloqueando la puerta, Avery asintió y replicó a algo que él no había podido oír.

—De hecho, estoy hablando por él. Me ha dicho, específicamente...

Terminó con una exclamación cuando la puerta se abrió del todo y apareció Pepper abriéndose camino a la fuerza.

Rowdy maldijo para sus adentros.

—¡Rowdy!

Avery tuvo la sensatez de apartarse de su camino cuando la mujer bajó con paso firme los escalones y atravesó la zona de estar.

No bien vio su expresión, Rowdy empezó a caminar hacia ella, olvidado de su dolor de espalda.

—¿Qué pasa? ¿Qué ha ocurrido?

Apartándose la melena rubia y con los ojos rojos, Pepper corrió hacia él.

—¡Que estás herido, eso es lo que pasa! —abrió los brazos.

Rowdy se preparó para el impacto de su abrazo, pero Avery exclamó:

—¡Cuidado con su espalda!

Pepper se contuvo, deteniéndose en seco.

En vez de cometer la imprudencia de estrecharlo en sus brazos, lo rodeó y soltó una exclamación tan fuerte que Rowdy la sintió en la nuca.

—¡Oh, Dios mío! —sus manos amortiguaron el grito.

—No estoy tan mal.

Pepper lo detuvo para evitar que se volviera.

Posó los dedos en su hombro, sobre una antigua herida, y el gesto casi hizo que se le detuviera el corazón.

Mirando a Avery a los ojos, Rowdy se subió bruscamente la sábana por encima de los hombros para que su hermana no pudiera seguir viendo nada. Durante la mayor parte de sus vidas, había conseguido aislar a Pepper de los peores ataques de furia de

sus padres. Ella no sabía ni la mitad de lo que le habían hecho…
y él deseaba con todas sus fuerzas que continuara siendo así.

Avery entreabrió los labios como si, de repente, lo hubiera comprendido todo. Dio un paso adelante.
—Lo siento, no sabía que eras su hermana.
Ignorándola, Pepper tiró de la sábana hacia abajo.
—Estuve lejos todo el tiempo que pude, pero te juro, Rowdy, que no fue nada fácil.
—Déjalo ya —Rowdy volvió a colocarse la sábana y se giró para mirarla—. Estoy bien, peque. Deja de preocuparte por una tontería.
Avery puso los ojos en blanco con un gesto un tanto exagerado, sin duda alguna, en beneficio de Pepper.
—Se rebela contra cualquier tipo de mimos —se inclinó hacia ella como si le estuviera confiando un secreto—. Ayer por la noche, cuando veníamos hacia aquí, hasta se negó a parar para comprar las medicinas que le había recetado la doctora.
Pepper parecía desolada y, definitivamente, confundida.
—¿Quién has dicho que eras?
Justo en aquel instante, entró Logan en el apartamento.
—Ya te lo dije yo. Su barman.
Logan levantó la enorme bolsa de repostería que llevaba en una mano. En la otra llevaba un portavasos con cuatro cafés, de modo que tuvo que utilizar el pie para cerrar la puerta.
—Nos detuvimos para comprar el desayuno, pero Pepper se negó a esperarme mientras aparcaba —miró a Avery—. ¿Habéis dormido bien?
—Cierra el pico, Logan.
Rowdy necesitaba una ducha, comer algo y a Avery, y no necesariamente por ese orden. No necesitaba visitas. Pero jamás haría nada que pudiera hacer sufrir a su hermana; a propósito no, al menos.
Pepper escrutó a Avery con la mirada y los brazos en jarras.
—Nunca la he visto en el bar.

—Porque nunca pisas el bar en las horas en que está abierto.
—¡Porque tú no quieres que vaya!
—Pepper —Logan entró a grandes zancadas en la habitación—, el bar está genial, pero no es lugar para que vayas sola. Si quieres, un día podemos ir los dos juntos.
—Ya estuve en el bar cuando lo estabais reformando.
—Yo también —dijo Avery—. Estuve por allí todo lo que pude, pero supongo que no coincidimos.
—Quizá —admitió Pepper con un tono cargado de recelo.
Rowdy, que seguía sujetándose la sábana con una mano, se frotó la nuca con la otra. Aquel movimiento hizo que le tirara la piel de la espalda, recordándole lo muy complicado que había sido el día anterior.
—¿Por qué no os sentáis? Acabamos de levantarnos, así que dadnos unos segundos.
Pepper abrió la boca para decir algo, pero Logan se colocó delante de ella.
—Tomaos todo el tiempo del mundo —empujó a Pepper hacia la zona de la cocina y le dijo en voz más baja—: Dale un descanso a tu hermano, cariño.
Sí, Rowdy apreciaba cada día más a su cuñado.
—Vamos —le dio la mano a Avery y tiró de ella para que lo acompañara al cuarto de baño.
Escandalizada, Avery exclamó en voz baja:
—¿Qué estás haciendo?
—Esto —cerró la puerta del cuarto de baño, la apoyó contra ella y la besó. Y, maldijo para sus adentros: le supo deliciosa, mil veces mejor que el café o las pastas.
Con un poco de persuasión, Avery abrió la boca bajo sus labios. Cuando él presionó con delicadeza con la lengua, ella respondió y la situación se puso a cien en un abrir y cerrar de ojos.
Ella lo agarró por los hombros, se estrechó contra él y lo dejó continuar durante… treinta segundos.
Se apartó entonces y se humedeció los labios.
—Umm. Gracias.
—De nada.

Avery abrió los ojos y lo miró.

—Tu hermana y tu cuñado están muy cerca.

—Créeme, lo sé —le acarició el cuello con la nariz—. ¿Quieres ducharte conmigo de todas formas?

—Por supuesto que no.

Tomando aire, se apartó de él y se acercó al armario de las medicinas para sacar las aspirinas.

—Tómatelas —se las tendió con mano temblorosa.

Rowdy se metió un par de aspirinas en la boca y se inclinó en el lavabo para beber directamente del grifo.

—Ahora sal y dame un par de minutos —le pidió ella—. Después te quitaré las vendas y podrás darte una ducha rápida. Y «rápida» es la palabra clave.

Era una locura, pero le gustaba incluso verla así, temblando de deseo, pero negándose a ceder.

—¿Tienes miedo de que te deje sola con Pepper y con Logan?

—En absoluto. Los dos me parecen encantadores —posó la mano sobre su pecho, la deslizó por las costillas y descendió hasta los abdominales—. Pero tengo miedo de que desobedezcas las órdenes de la doctora y te quedes demasiado tiempo en la ducha.

Rowdy dejó caer la sábana.

—Te diré lo que vamos a hacer, cariño. Me ducharé a la velocidad de la luz si me prometes una cosa.

Avery ni siquiera intentó fijar la atención en su rostro.

—¿Qué?

—Que en cuanto la doctora me dé el alta, te ducharás conmigo y nos quedaremos los dos un buen rato.

Avery le dio la sorpresa de su vida cuando le agarró los testículos, se los acarició y rozó después con el dorso de los dedos la consiguiente erección.

Mientras permanecía allí, excitado y en un atónito silencio, Avery giró el pomo de la puerta y la abrió, invitándolo a salir.

Rowdy dio un paso adelante. Intentó averiguar qué decir, pero no se le ocurrió nada ingenioso.

—Dos minutos, ¿de acuerdo?

Maldijo por lo bajo. Esperaba que Logan y su hermana estuvieran en aquel momento en la maldita cocina, porque lucía una erección mayúscula.

Cuando se disponía a salir, Avery le tendió la sábana, sonrió y le dijo en un susurro:

—Prometido.

Rowdy se descubrió a sí mismo mirando fijamente la puerta de la cocina con una sonrisa sesgada. Avery le había prometido que tendrían sexo, ¡y pronto! Era alucinante. Y un potente afrodisíaco.

Empleó aquellos dos minutos en agarrar algo de ropa... e intentar bajar la erección. Acababa de plantarse en la puerta del cuarto de baño con unos boxers limpios y unos tejanos cuando Avery salió por fin.

Tras asegurarse de que estaban solos, le dijo:

—Como me dijiste que no te importaba, he utilizado tu cepillo de dientes. Gracias.

A Rowdy le divirtió que hablara entre susurros. Posó la frente sobre la suya.

—No me importa que nos oigan.

—A mí sí.

Le dio un beso fugaz, lo metió de nuevo en el cuarto de baño, le dio la vuelta y procedió a retirarle la venda. Tardó una eternidad en hacerlo, sin cesar de repetir:

—Si te hago daño, lo siento.

Y él le repetía a su vez.

—No me estás haciendo daño.

Cuando terminó, Avery le acarició la espalda con sus dedos fríos. Rowdy la oyó tragar saliva y susurrar con voz apenas audible:

—Pudieron haberte matado.

—En absoluto. Esos dos palurdos no, desde luego.

—Ser tan engreído no te hace invencible —lo rodeó para colocarse frente a él.

Tenía los ojos llenos de lágrimas.

—No llores, cariño. Has sido capaz de aguantar hasta ahora. Si te pones a llorar, Pepper se pondrá histérica y montará en su maldito corcel blanco con la intención de cobrarse venganza.

Tal y como Rowdy había esperado, Avery sonrió y se secó los ojos.

—No voy a llorar, te lo prometo. Ya me resulta suficientemente violento saber lo que están pensando sin necesidad de montar una escena.

Rowdy resopló.

—Confía en mí, no tienes la menor idea de lo que están pensando, así que por eso no te preocupes —le alzó la barbilla y la besó—. Diez minutos como mucho. Ahora, sal y pórtate bien con mi hermana. Si te gruñe, recuerda que está preocupada y de mal humor.

Avery asintió y añadió:

—Y te quiere mucho.

—Sí, eso también —la mención de los sentimientos de Pepper le recordó algo—. Preferiría que no le comentaras nada sobre... —¿cómo podía nombrar algo de lo que tampoco quería hablar con ella?

Las lágrimas volvieron a asomar a los ojos de Avery, pero asintió con gravedad.

—Las cicatrices antiguas, ya lo sé. Has estado protegiéndola hasta ahora, así que, por supuesto, no diré una sola palabra.

Se alisó el pelo con la mano y se estiró la camiseta que todavía llevaba puesta.

—¿Qué aspecto tengo?

El aspecto de ser suya. La veía como si le perteneciera. No aquel día, pero quizá... Rowdy negó con la cabeza, le resultaba perturbador seguir pensando en un compromiso permanente. Era lo bastante sincero consigo mismo como para saber que estaba fuera de su elemento. Condenadamente lejos.

Quería animar el ambiente con una broma, decir quizá «el aspecto de una mujer totalmente deseable», porque, ¡diablos!, era cierto. Pero no podía ser sarcástico. No, con ella no.

—Eres como una fantasía hecha realidad, cariño —«mi fantasía», añadió para sus adentros. Finalmente admitió la verdad diciendo—: Me alegro de que estés aquí.

Antes de que pudiera ponerse aún más sentimental, cerró la puerta del baño. Avery Mullins lo tenía todo.

Y, por primera vez en su vida, él estaba empezando a quererlo todo.

CAPÍTULO 9

—¿Entonces... —Pepper mantenía la mirada fija en Avery, como si esperara que pudieran salirle cuernos en cualquier momento—, ¿se ha quedado contigo?

Avery se atragantó con el café.

Logan puso los ojos en blanco.

—No es un perro abandonado, Pepper, ya te lo he dicho. Trabaja para él.

—¿Trabaja aquí, en el apartamento de Rowdy, se pone sus camisetas y pasa las noches en su casa?

La sonrisa de Avery empezó a volverse tensa.

—Era tarde cuando volvimos del hospital.

Pepper entrecerró los ojos.

—¿Dices que eres la barman?

—Sí —después de limpiarse la boca con una servilleta, Avery decidió sincerarse con ella—. Créeme, estar aquí me sorprende tanto como a ti. Rowdy me ha dicho que soy la única mujer que ha visto esta casa —hizo un gesto con la mano con toda la despreocupación de que fue capaz—. Por lo visto, habría hordas de mujeres acosándolo en busca de un sexo impagable si supieran dónde localizarlo.

Esa vez fue Logan quien se atragantó con el café. Pero Pepper no parecía muy divertida.

—Y es probable que no se aleje mucho de la verdad.

Avery bebió otro sorbo de café, más largo en aquella ocasión. Necesitaba una buena dosis de cafeína para sobrevivir a la naturaleza recelosa de Pepper. ¿Qué se había pensado? ¿Que se había servido de sus armas de mujer para seducir a Rowdy? Era absurdo. Estaba segura de que ni siquiera tenía armas de mujer.

—Es un hombre que llama la atención de las mujeres. Y creo que dedica hasta el último minuto libre que tiene al sexo.

Logan miró a su alrededor, probablemente deseando que Rowdy se diera prisa en acabar.

Pepper se reclinó en su silla.

—En ese caso, si de verdad conoces tan bien a mi hermano...

«¡Dios santo!», exclamó Avery para sus adentros. ¡Hasta su hermana sabía que aquello del sexo era cierto!

—... debo suponer que tú también... —continuó Pepper.

—No supongas nada. Eso siempre es lo más prudente —la interrumpió. Si Pepper era la mitad de protectora con Rowdy de lo que este lo era con ella, Avery entendía que quisiera ahuyentar a cualquiera que pretendiera aprovecharse de él—. Aunque la herida no es grave ni nada parecido, tuvieron que ponerle puntos —«como cerca de un millón», añadió para sí—. Rowdy lo negará, ya sabes cómo es, pero, de momento, el sexo está descartado.

Logan comenzó a silbar.

Las dos mujeres lo ignoraron.

—Hay que cambiarle la venda todos los días —Avery se encogió de hombros—. Y Rowdy no puede alcanzarse la espalda.

—¿Así que has venido a hacer de Florence Nightingale?

Arrugando la nariz, Avery se inclinó hacia ella y susurró:

—Estoy aquí porque me preocupa, pero, si tú se lo dices, probablemente me dará la patada. Estoy segura de que no hace falta que te diga que es un jefe increíble, pero, como hombre, lo es aún más todavía.

—Umm —arqueando una ceja, Pepper contestó—: Eres más sincera de lo que esperaba.

—A tu hermano no puedo mentirle. E imaginé que contigo tampoco sería fácil maquillar la verdad.

Logan soltó una carcajada.

—Solo para que lo sepas, los dos hermanos se parecen más de lo que jamás podrías imaginar.

—¿Quieres decir que ella también es increíble?

—Bueno... —sintiéndose acorralado, Logan decidió tomar la ruta más fácil y se mostró de acuerdo—. Sí, completamente.

Avery sonrió.

—Lo que Rowdy hizo por Marcus... —todavía seguía asombrándola que Rowdy no hubiera vacilado a la hora de meterse en una situación tan compleja para intentar hacer la vida de Marcus un poco más fácil—. Jamás he conocido a un hombre más decidido a ayudar alguien. Por si no bastara con lo increíblemente atractivo y fuerte que es.

Logan soltó un resoplido burlón. Al ver que Pepper lo fulminaba con la mirada, dio un enorme mordisco a su donut.

—Sí, es un gran tipo —se mostró de acuerdo—. Le gusta mantenerse en un terreno ambiguo y exhibir su mala fama para que todo el mundo lo sepa. Pero cualquiera que lo conozca de verdad sabe que, por dentro, es oro puro.

Rowdy dijo entonces tras ellos:

—Dios mío, ¿estás escribiendo un panegírico? ¿Es que me he muerto y no me he enterado?

Pepper se levantó de un salto.

—¿Por qué has tardado tanto? ¿Seguro que estás bien?

—Estoy bien —miró a Avery—. Es una buena enfermera.

Avery advirtió que se había puesto una camisa ancha de franela. Necesitaba volver a aplicarse la pomada y las vendas, pero no quiso mencionarlo delante de Pepper.

—Siéntate —le ordenó—. Logan ha traído café y donuts.

Tanto Logan como Pepper se la quedaron mirando con unos ojos como platos.

Rowdy se sentó.

—Gracias —probó el café y suspiró—. Es perfecto. Justo lo que necesitaba.

Se inclinó hacia delante en la silla, pero Logan no hizo ningún comentario al respecto y Pepper estaba demasiado ocupada acercando su silla a la de su hermano como para advertirlo.

—Cuéntamelo todo —exigió su hermana—. ¿Quién es el tipo que te atacó? ¿Y dónde está ahora?

Rowdy tuvo la enorme satisfacción de contestar:

—Logan los tiene encerrados, a él y a su amigo. Fuera de tu alcance.

—Traidor —farfulló Logan. Y después se volvió hacia Pepper—. No pueden ir a ninguna parte. Y, no, tú tampoco puedes acercarte a ellos, así que no se te ocurra ahora ninguna idea descabellada para defender a tu hermano. Se defiende muy bien solo.

—Tiene razón, Pepper —Rowdy apoyó los antebrazos sobre la mesa—. Necesito que te mantengas al margen de todo esto.

No estarían hablando en serio, ¿verdad? Avery miró a Pepper y comprendió que sí. ¿Qué pensaban que podría llegar a hacer aquella mujer?

Pepper se lo aclaró al preguntar:

—¿Tienen colegas que puedan querer vengarse?

¡Oh, no! Avery palideció ante aquella posibilidad.

—Ni siquiera había pensado en eso —por supuesto, era probable que lo hicieran. Aquella clase de matones siempre iban en grupo, como los animales salvajes—. ¿Y si aparecen más?

Rowdy desdeñó aquella amenaza.

—No te preocupes por eso.

Logan se mostró de acuerdo con él.

—Lo tenemos todo cubierto.

—¿Cómo? —preguntó Avery.

Ya era suficientemente malo que hubiera alguien acosándola a ella. Si volvían a herir a Rowdy, no estaba segura de que pudiera soportarlo.

—Puedo hacer correr la voz en la calle, conseguir algunos nombres, direcciones —dijo Rowdy—. Supongo que el hecho de tener un cuñado policía me servirá de algo.

—Logan sirve para muchas cosas —lo defendió Pepper.

—Gracias, cariño —pero Pepper le cortó la sonrisa con un codazo—. Una de las muchas cosas para las que sirvo es para interrogar a delincuentes —Logan agarró otro donut—. Averiguaremos todo lo que necesitamos saber.

Pepper frunció el ceño.

—No te atreverás a hacer un trato con un hijo de…

—Pepper —Logan tiró de ella para sentarla en su regazo—. Eso no dependería de mí, pero no creo que estén a un nivel tan alto como para poder conseguir un trato.

—Háblame de Marcus —le pidió Rowdy, cambiando hábilmente de tema.

—Ya sabes que anoche fue al bar un trabajador social. En seguida se dio cuenta del vínculo que había creado con Alice. De momento, ellos tienen la custodia temporal. Habrá una vista de urgencia en el juzgado de familia dentro de setenta y dos horas. A Marcus le asignarán un tutor que lo represente ante el tribunal. Es como un abogado para el niño, la voz legal que actúa en función de los intereses del menor.

Avery observó a Rowdy. Podía leer sus pensamientos con demasiada claridad: no confiaba en que nadie pudiera actuar a favor de los intereses del niño porque su propia experiencia le había enseñado todo lo contrario.

Logan continuó:

—No veo ningún motivo para que el trabajador social y el tutor que le asignen no recomienden que continúe con Reese y con Alice. Normalmente, apuestan por cualquier vínculo estable que pueda ayudar al menor a sentirse más seguro —se quedó callado y se dedicó a agitar el café en la taza, pensativo. Abrazó luego a su esposa—. Es posible que Marcus tenga alguna información. Que haya visto cosas. En ese caso, el juez querrá que esté en un lugar seguro, ¿y qué lugar más seguro que la casa de un buen policía?

Avery suponía que Logan conocía bien el pasado de Pepper y Rowdy. Y era probable que también a él le doliera en lo más hondo.

—No es fácil ganarse la confianza de un niño maltratado —Logan miró a Rowdy a los ojos—. Pero Marcus confía en Alice. Si vas a verlo hoy, entenderás lo que te digo.

—¿Y qué es lo que sucederá a largo plazo?

Rowdy cambió de postura. Avery sabía que le incomodaba

tanto pensar en el futuro de Marcus como los puntos que tenía en la espalda.

—¿Y si su padre sale de la cárcel? —preguntó—. Vosotros sois expertos en fastidiarlo todo.

—Esta vez, no. Pero incluso en el caso de que su padre saliera, ahora que hay constancia del maltrato, el juez dictará un alejamiento permanente de su familia. Para conseguir que el tribunal se ponga de su lado, ese tipo tendría que llegar a un acuerdo con los servicios sociales. Eso significa que tendría que comprometerse a mantener una casa y a conseguir y conservar un empleo. Además de que tendría que someterse a una terapia para dejar las drogas y a los consecuentes análisis que detectaran el consumo de sustancias.

—Eso es imposible.

—En la mayoría de los casos, tienes razón. ¿Y con un tipo como Darrell? Si se molesta en presentarse a los análisis, los fallará todos, y no va a someterse a ninguna terapia. Todo ello garantiza que Marcus no volverá a su casa.

Rowdy parecía prudentemente esperanzado.

—Tal y como están las cosas, con su padre en la cárcel y con las dudas que hay sobre la posible recuperación de su madre, el juez puede aceptar su situación actual, pero Reese y Alice tendrán que hacer un curso para padres de acogida —contestó Logan a la tácita pregunta de Rowdy—. Ya están en ello. Y, dentro de seis meses, estarán en condiciones de solicitar la adopción.

—¿La adopción? —Rowdy se irguió asombrado—. ¿Harían una cosa así?

Logan soltó un gruñido.

—Me gustaría ver a alguien intentando quitarle ese niño a Alice —volvió a remover el café en el vaso—. Reese no está en una mala situación. Tiene unos ahorros bastante decentes. Pero, si finalmente el proceso legal termina resultando muy costoso, Pepper y yo ya hemos hablado sobre ello. Yo tengo un maldito depósito que no estoy usando para nada, así que podríamos darle un buen uso.

A Avery la conmovió tanta generosidad, pero Rowdy parecía estupefacto. Con un hilo de voz, dijo:

—Lograrán quedarse con él.

A Avery le encantó su manera de decirlo, como si considerara que Marcus era un maravilloso regalo y no una carga.

—Tienen un difícil camino por delante —dijo Logan—. Y no hay atajos mágicos.

Finalmente, solo en aquel momento, pudo Avery contemplar la encantadora sonrisa de Rowdy.

—Me pasaré por allí esta mañana y veré si puedo ayudarlos a ponerlo todo en marcha.

No había sido fácil convencer a Avery de que volviera a su casa mientras él iba a visitar a Marcus. Ella había querido acompañarlo, pero cuando él presentó como una gran dificultad el hecho de que tuviera que esperar a que se duchara y se cambiara de ropa, había terminado cediendo.

La verdad era que ya la estaba echando de menos. Pero el estar allí, sabiendo lo que Marcus estaba pensando y sintiendo, lo tenía con los sentimientos en carne viva. Y no quería que Avery lo viera así, tan expuesto emocionalmente.

Alice... Bueno, tenía la sensación de que Alice ya lo conocía por dentro y por fuera. Desde el primer momento, no había sido capaz de esconderle nada.

Mientras le presentaba formalmente a Marcus, Alice mantuvo cerca de sí al pequeño, rodeándole los hombros con un brazo. El niño mostró la más beligerante expresión de desagrado hacia Rowdy, y a punto estuvo de tirar a Alice al apretarla más contra sí. Cash estaba sentado al otro lado del niño, aullando.

Rowdy se arrodilló y llamó al perro.

—Ven aquí.

Cash se abalanzó hacia él, le lamió la cara e intentó sentarse en su regazo. Riendo, Rowdy se sentó en el suelo para acomodar al perro.

—¿No te dolerá la espalda? —le preguntó Alice preocupada.

—No pasa nada —cuando Cash se hubo tranquilizado, Rowdy le acarició el cuello y le rascó sus largas orejas negras—. ¿Te gustan los perros, Marcus?

Al niño le tembló el labio por un momento, pero respondió:

—Supongo —continuaba mostrándose hostil.

—¿Alguna vez has tenido una mascota?

Negó con la cabeza.

—Yo tampoco. Mis padres no me dejaban y cuando murieron... —sacudió la cabeza—. Nunca tuve una casa fija, así que no pude tener una mascota.

—Pero ahora sí la tiene —le explicó Alice.

—Cada vez que vengo, Cash se pone tan contento que termina haciéndose pis en mis zapatos.

Marcus pareció horrorizado ante la idea, pero Alice se echó a reír.

—Venga, Rowdy, sabes que no ha vuelto a hacerlo desde hace... un mes.

Era cierto, el perro estaba aprendiendo y rara se producía ese tipo de accidentes.

—Por alguna razón, se altera de manera especial al verme —pensó que, a lo mejor, la adoración que Cash sentía por él servía para atenuar la hostilidad de Marcus—. Pero a mí no me importa, ¿verdad, amigo?

Hablaba con Cash como si de verdad pudiera entenderle, mientras el animal continuaba moviéndose frenético. Estuvo a punto de tirar a Rowdy.

Marcus se colocó detrás de Alice.

Rowdy lo comprendía. Los adultos eran imprevisibles. Tan pronto se mostraban abiertos y amistosos como obscenamente violentos.

Riendo, le preguntó a Marcus:

—¿Y a ti ya se te ha hecho pis encima?

Marcus negó con la cabeza.

—Pues espera y verás. Estoy seguro de que le caes muy bien. ¿Ya te ha contado Alice cómo consiguió Reese al perro?

Alice acarició el pelo del niño.

—Varias veces ya —contestó ella por él.
—Reese es así —le confirmó Rowdy—. Y Logan, mi cuñado, también. Son policías. Lo sabes, ¿verdad?
—Sí —farfulló Marcus con la mirada clavada en los pies.
Aquella palabra encerraba tanto recelo que Rowdy tuvo la sensación de que se le había sentado un hipopótamo en el pecho.
—Son buenos tipos, Marcus. Buenos amigos.
—Los mejores —afirmó Alice.
Marcus no parecía muy convencido.
—Reese salvó a Cash, ¿sabes? —hizo cosquillas al perro bajo la mandíbula—. Y Alice... Bueno, Alice salva a todo el mundo, a mí incluido.
Marcus alzó la mirada hacia ella y Alice se echó a reír.
—Eso no es verdad, Rowdy, y lo sabes. Tú te salvaste a ti mismo antes de que yo te conociera.
En el pequeño rostro de Marcus se dibujó una expresión de curiosidad.
Sentado allí en el suelo, con el perro repantigado entre sus piernas, delante de una Alice sonriente y de un Marcus aterrorizado, Rowdy no sabía muy bien cómo conducirse.
A lo mejor lo de ir a ver al niño no había sido una buena idea. ¿Qué demonios podía decirle?
¿La verdad? Dudaba que nadie hubiera sido sincero con el niño. Por supuesto, Marcus solo tenía ocho años, pero había visto más en su corta vida de lo que muchos tendrían que sufrir nunca.
Recordando su propia infancia, la inseguridad de no saber nunca lo que iba a pasar, intentó pensar en una manera de tranquilizarlo.
A lo mejor la verdad conseguía lo que no podía conseguirse con tópicos y frases hechas.
Miró a Marcus a los ojos.
—De pequeño yo me parecía mucho a ti, aunque tenía una hermana. Hacía todo lo que estaba en mi mano para evitar que mis padres le hicieran daño.
Se hizo un silencio. Nadie ni nada se movía, salvo la mano con que Alice acariciaba el pelo del niño.

—¿Y se lo hacían de todas formas?

La vocecilla del niño inundó a Rowdy de una cegadora esperanza.

—La hacían sentirse mal, herían sus sentimientos y cosas así, que es tan casi tan malo como pegarle.

—Sí.

—Pero nunca la tocaron, porque yo la protegía. Eso se me da muy bien, proteger a la gente.

No podía mirar a Alice otra vez, no previendo su mirada repentinamente tierna y compasiva. Tenía la garganta cerrada y la voz ronca.

—No me conoces lo suficiente como para fiarte de mí, pero yo te prometo que no dejaré que nadie te haga el menor daño.

De pronto Marcus comenzó a salir de detrás de Alice. Alice se secó los ojos y lo soltó.

Rowdy susurró:

—Se supone que no debería estar contando estas cosas.

Alice dijo entonces:

—Tonterías —sorbió por la nariz—. Confío en ti, Rowdy, sobre todo en una situación como esta. Estoy segura de que, si quieres hablar de algo, merecerá la pena oír lo que tengas que decir.

Marcus parecía estar ansioso porque continuara y Rowdy no quería decepcionarlo.

—Yo no confiaba mucho en la gente, hasta que conocí a Reese, a Alice y a Logan. Ahora tengo amigos, algo que nunca imaginé.

Hablar con Marcus no era difícil, pero le resultaba embarazoso hacerlo con Alice mirándolo como si fuera una madre orgullosa.

—¿Por qué no vas a buscar unas galletas y algo de beber para Marcus y para mí? —le sugirió.

—Por supuesto —le tocó a Marcus en el hombro—. ¿No quieres sentarte con Rowdy y con Cash mientras yo voy a buscarlas?

Rowdy palmeó el suelo a su lado e intentó sobornarlo.

—Te he traído algo —buscó a su espalda la bolsa que había llevado—. Primero a Cash, solo para mantenerlo ocupado.

Marcus se acercó un par de centímetros más.

Ofreciéndole al perro una golosina que había comprado en la tienda de mascotas, Rowdy consiguió que el perro abandonara su regazo. Cash atrapó su premio y se fue corriendo a buscar un lugar soleado frente a las puertas de la terraza.

Para cuando Rowdy volvió a meter la mano en la bolsa, Marcus estaba respirando aceleradamente. Rowdy sacó un cochecito.

—Espero que te guste el color verde. ¿Qué te parece?

El niño no se movió.

—Es para ti —Rowdy continuaba sentado en el suelo, a un par de metros de él—. Pero un coche no sirve de mucho sin una carretera, así que también he traído una.

El circuito de plástico estaba formado por diferentes piezas que iban enganchándose entre sí. Con el tiempo, serían capaces de montar toda una autopista.

Poco a poco, pensó Rowdy.

Como Marcus continuaba guardando las distancias, Rowdy puso la miniatura en un extremo del tramo de pista y lo empujó. El cochecito la recorrió hasta el final.

—Ahora te toca a ti.

Marcus tragó saliva y se sentó con las piernas cruzadas. Levantó el cochecito con un gesto vacilante y lo miró.

—¿Cuál es tu color favorito? —preguntó Rowdy.

—No lo sé.

—¿Por qué no piensas en ello? Así, la próxima vez que venga a verte te traeré un coche de tu color favorito.

Marcus deslizó el coche hacia él.

—¿Cuándo será la próxima vez?

Buena pregunta, pensó Rowdy.

—¿Qué te parece mañana? ¿A la misma hora? —le devolvió el coche, deslizándolo también por la pista.

—A mí me gusta el morado —dijo Alice, que entraba en aquel momento con la bandeja de la merienda.

No sugirió que se sentaran a la mesa. Se sentó en el suelo, de manera que entre los tres formaron un semicírculo.

—Mañana vamos iremos a comprar la ropa del colegio. ¿No te parece muy divertido?

Rowdy esbozó una mueca, compadeciendo al niño.

—Si tú lo dices…

Entonces Marcus le sonrió. Y, maldijo para sus adentros: aquella sonrisa estuvo a punto de romperle el corazón. Aquel niño tenía un incisivo roto, un moratón en la barbilla y parecía que no le hubieran cortado el pelo en la vida. Pero era un niño adorable.

Rowdy tuvo que esperar un minuto y respirar hondo antes de preguntarle:

—¿Cuántos años tienes, Marcus?

—Casi nueve.

—¿Sí? ¿Y cuándo es tu cumpleaños?

El chiquillo se encogió de hombros.

—Pronto.

Volvió a maldecir para sus adentros. Si aquel niño no sabía cuándo era su cumpleaños era porque sus padres no se habían tomado nunca la molestia de celebrarlo. Aunque tampoco podía decirse que eso constituyera una sorpresa.

Alice le tocó el brazo a Rowdy.

—¿Sabes que Reese y yo nos hemos comprado una casa?

—Sí, eso he oído.

—Nos mudaremos pronto. Marcus tendrá una habitación para él solo, cerca de la nuestra, y un patio trasero para jugar. Como nos vamos a ir todos juntos, estamos haciendo el papeleo para conseguir que lo matriculen en el colegio de allí.

Y de esa forma averiguaría su fecha de nacimiento. Y a lo mejor podían organizarle una fiesta.

—A mí no me gusta mucho ir de compras. ¿Y a ti, Marcus?

—No sé.

—Será divertido —le aseguró Alice—. Comeremos fuera y, si él quiere, podemos llevar a Marcus a que le corten el pelo.

—Sí, chaval —Rowdy alargó una mano y le revolvió el flequillo—. Casi no puedo verte los ojos.

Marcus se quedó muy quieto cuando lo tocó, casi petrificado, pero Rowdy fingió no notarlo.

—¿Vas a comprarle zapatos, Alice? Porque le quedarían muy bien unas botas como las mías.

Rowdy levantó un pie enorme para enseñarle una bota negra con la puntera de acero que había conocido mejores días.

Alice soltó una risita y posó la mano sobre la cabeza de Marcus cuando este se acercó más a ella.

—Vamos, dispara —le dijo Rowdy—. Parece que yo también necesito unas botas nuevas.

—Dime qué número calzas y te compraré unas cuando vaya a comprar las de Marcus.

Buscó su mirada, haciéndole saber que estaba entendiendo su estrategia para que todo le resultara más fácil a Marcus.

—Claro, gracias. Un cuarenta y cuatro —se lo pagaría después. Bajo ningún concepto iba a permitir que Alice y Reese le compraran unos zapatos. Deslizó el coche por la pista, en dirección al niño, y tomó una galleta de la bandeja—. Entonces, si mañana os vais a ir de compras, ¿cuándo os viene bien que me pase por aquí?

—Saldremos después de que hayas venido a vernos, así que di tú la hora.

Rowdy quedó con ellos a una hora. Mientras se terminaba el zumo, demasiado dulce para él, y se comía dos galletas, advirtió que Marcus se escondía una el bolsillo.

El tumulto emocional que aquel niño le generaba estaba a punto de desbordarlo.

Marcus habló un poco más, jugó con el coche y, al final, llegó la hora a la que Rowdy tenía que irse al trabajo.

—Así que, ¿cómo hemos quedado? ¿Un coche morado para Alice y para Marcus...? ¿De qué color?

Marcus pensó en ello durante largo rato antes de elevar sus ojos azul claro hacia Rowdy.

—Me gusta el verde.

Y aquello bastó para que Rowdy sintiera que había hecho una conquista monumental. Los ojos le escocieron y notó la lengua espesa.

—Bueno, como ya tienes uno de color verde, ¿qué te parece si la próxima vez te traigo uno rojo?

Marcus asintió esperanzado.

—Muy bien.

Cash corrió hacia él al ver que se marchaba. Gracias a Dios, el perro le sirvió de distracción y lo ayudó a recomponerse. Rowdy se entretuvo un buen rato con Cash porque, se daba cuenta de ello, aquel perro también era importante para él. Después se arrodilló delante de Marcus y le tendió la mano.

—Marcus, me ha gustado esta visita. Estoy deseando volver a verte mañana.

Aferrado a la pierna de Alice y desviando la cara. Marcus alargó la mano y aceptó la que Rowdy le ofrecía.

En definitiva, un gran avance.

El rinoceronte que sentía dentro del pecho echó a correr, pero, mientras abría la puerta, Rowdy pensó que lo siguiente que iba a hacer sería ver a Avery. Lo cual no pudo menos que arrancarle una sonrisa de anticipación.

CAPÍTULO 10

Incluso teniendo un par de años, el pequeño descapotable de Avery era demasiado valioso como para dejarlo en un aparcamiento al aire libre. Rowdy se frotó la nuca sin saber qué hacer al respecto. La idea de que regresara con aquel coche a su casa no le gustaba más que la de que tuviera que recorrer a pie las manzanas que la separaban de su apartamento.

Las luces de seguridad mantenían la zona bien iluminada. Pero unas luces tan brillantes siempre iban acompañadas de oscuras sombras y, mientras atravesaba el aparcamiento, sintió una mirada clavada en su espalda. Todavía quedaba algo de luz y miró a su alrededor, pero no vio a nadie observándolo. Eso significaba que había alguien intentando esconderse.

El muy idiota...

Dejó vagar la mirada por los alrededores, fijándose en todos los detalles, estudiándolo todo, mirando en todas partes... hasta que lo vio. Aparcado a un lado de la calle, a medias escondido, reconoció al maldito BMW que los había estado siguiendo. Aquel híbrido nuevo, plateado y de cuatro puertas destacaba incluso más que el pequeño descapotable color cereza de Avery.

Preparándose para un enfrentamiento, Rowdy dio un paso en su dirección, pero el coche arrancó y se alejó.

Sí, hacía bien en correr, el muy canalla...

—¿Problemas?

Rowdy se volvió y descubrió a Cannon detrás de él.

—Maldita sea. Desde luego, nadie podrá decir que no eres sigiloso —en dos ocasiones ya, Cannon había aparecido sin que él hubiera notado su presencia. Aquello le irritaba y le fastidiaba a la vez—. ¿Tienes algún motivo para andar merodeando por aquí?

—Solo venía a trabajar —Cannon sonrió de oreja a oreja—. Si no hubieras estado tan ocupado lanzando a ese coche una mirada asesina, me habrías oído.

Rowdy reparó en que Cannon no le había preguntado por qué había estado observando aquel coche.

—¿Lo habías visto antes?

—Sí, ese coche estaba aquí ayer por la noche, después de que te marcharas al hospital, y, básicamente, haciendo lo mismo que ahora —Cannon se encogió de hombros—. Merodeando por la zona y con aspecto sospechoso. Tiene los cristales ahumados, así que no es fácil ver el interior. Pero tengo la matrícula, por si la necesitas.

«Sí que es listo, el condenado...», pensó Rowdy.

—Yo también la tengo —con los brazos en jarras y el viento frío traspasando su ropa, Rowdy miró a su nuevo trabajador—. ¿Apuntaste la matrícula por alguna razón?

—Tengo la costumbre de fijarme en ese tipo de cosas —Cannon continuaba inmune a la mirada mortal de Rowdy—. Ya sabes a lo que me refiero.

—Sí, lo sé —comenzó a caminar hacia el bar, seguido por el joven—. ¿Qué tal fue la cosa anoche?

—No hubo ningún problema —volvió a sonreír—. Tu amigo, Reese, se desenvuelve bien detrás de la barra.

—¿Conociste a Alice?

Cannon asintió.

—El niño hizo buenas migas con ella.

—Eso he oído —Rowdy abrió la puerta trasera y le cedió el paso a Cannon—. Alice tiene un carisma especial...

—Es difícil no notarlo —se quitó el gorro de lana y entró con él en su despacho—. Si puedo hacer algo para ayudar al niño, solo tienes que decírmelo.

—Te lo agradezco.

De momento, Rowdy no sabía muy bien qué hacer. Comprendía a Marcus, pero tenía miedo de dar un mal paso, de hacer algo que pudiera deprimir a Marcus todavía más. Aunque compartían una historia similar, los sentimientos de cada persona eran distintos, sobre todo en cuestiones tan duras como el maltrato y la negligencia de unos padres.

—Tu bar está bastante bien —comentó Cannon.

—Mejor de lo que estaba antes —rebuscó en un cajón del escritorio y sacó un formulario para los empleados—. ¿Hay alguna hora a la que no puedas trabajar?

—No.

—¿Alguna aversión especial a pasar la fregona o fregar platos?

—Me encanta.

—Estarás por el bar, ocupándote de cualquier trabajo que pueda surgir.

—Esto se está poniendo cada vez más interesante.

Ambos sabían que utilizar a Cannon simplemente como sustituto sería un desperdicio.

—¿Crees que podrías trabajar como gorila?

Cannon contestó sin vacilar.

—Siempre y cuando lo que me estés pidiendo es que mantenga la paz, y no que me dedique a romper cabezas.

—¿Alguien ha intentado utilizarte alguna vez como puro músculo?

Cannon lo miró fijamente a los ojos.

—Lo han intentado varios.

El propio Cannon le había contado que vivía en una zona conflictiva, llena de delincuentes. En ese ambiente, o uno se unía a ellos o se iba al infierno.

Rowdy tenía la sensación de que Cannon no había hecho ninguna de las dos cosas.

—¿Encontraré algo si investigo tu pasado?

—Está limpio como el agua.

Rowdy apoyó la cadera en el escritorio y preguntó:

—¿Y por qué será que eso me sorprende?

—Porque vivo en un barrio pobre, comprendo la lógica de los matones y tú no me intimidas.

—¿Yo soy un matón?

—No. ¿Lo ves? También sé reconocer la diferencia, aunque tú preferirías que nadie se diera cuenta.

—Voy a darte un consejo. Ahórrate toda esa cháchara de psicólogo barato si quieres seguir trabajando aquí —Rowdy le tendió un formulario—. Lo de anoche puedo pagártelo en efectivo, pero rellena esto y devuélvemelo antes de que empieces a trabajar hoy.

Cannon revisó el formulario.

—¿Tienes un bolígrafo?

Veinte minutos después, tras haberle dado a Cannon un informe detallado de lo que esperaba de él, pese a que en realidad el joven ya lo sabía de sobra, Rowdy localizó a Avery en la barra.

Para ser una mujer tan pequeña que había pasado toda la noche despierta, tenía una gran energía, como si sus cincuenta kilos de peso encerraran una potencia desbordante. Hasta el momento nunca se había quejado de la carga de trabajo, pero, ahora que había contratado a Cannon, podría contar con ayuda.

Y él podría quedarse a solas con ella más a menudo.

Todavía faltaba media hora para abrir, así que la agarró de la mano, tiró de ella y se la llevó a su despacho.

—¡Rowdy! Tengo que terminar de preparar la barra.

—Ya has terminado.

Ligeramente enfadada y casi sin aliento, contestó:

—Estás dando todo un espectáculo.

—Si te refieres a que Ella está sonriendo como una imbécil y a que Jones le está dando codazos, ¿qué más te da? Ya saben que tengo algo contigo.

Algo muy grande. Algo que le resultaba tan condenadamente extraño que no sabía cómo enfrentarse a ello.

—Algo sexual —contestó Avery—. Sí, estoy segura de que todo el mundo se ha dado cuenta.

—Por el momento, simple deseo, ya que todavía no hemos disfrutado del sexo —la metió en su despacho y cerró la puerta a su espalda—. Pero estoy contando los segundos que faltan, ahora que me has prometido que lo tendremos.

Avery lo sorprendió entonces apoyándose en él y hundiendo la nariz en su cuello.

—Hueles a calle. Y estás limpio, fresco y muy sexy.

Rowdy maldijo para sus adentros. No se había esperado aquella reacción. ¿Lo habría echado tanto de menos como él a ella? ¿Y desde cuándo echaba él de menos a las mujeres, por cierto?

Bloqueando aquel inquietante pensamiento, Rowdy hundió la mano en su pelo y la obligó a levantar la cabeza para apoderarse de su boca con un beso lento y voraz. Quería estrecharla contra él, utilizarla para liberar la ansiedad que había comenzado a crecer sigilosamente en su interior en cuanto salió de la casa de Alice y se alejó de Marcus.

Las señales estaban allí. Aquella iba a ser una de aquellas noches, una en la que iba a necesitar de la liberación del sexo para ahogar el terror.

Pero Avery quería que siguiera esperando. Maldijo para sus adentros. Apartó la boca de sus labios y la abrazó con fuerza.

Consciente de su estado de ánimo, Avery le preguntó:

—¿Cómo tienes la espalda?

—Olvídate de mi espalda.

Si se olvidaba de su espalda, quizá podría convencerla de que...

—¿Puedo verla?

—No hay nada que ver.

La apartó de sí, alejándose de ella y de aquel maldito instinto maternal que le resultaba tan perturbador como, al mismo tiempo, irritantemente agradable.

—Fui a comprar los analgésicos después de ver a Marcus. Si necesito alguno esta noche, lo tomaré.

Pero preferiría tener a Avery cerca. Era una droga mucho mejor que cualquier pastilla.

Avery se llevó la mano a la boca, que tenía un poco hinchada después de aquel beso.

—¿Cómo te fue con Marcus?

Rowdy observó el movimiento de sus dedos sobre sus labios y, aunque debería haber sentido arrepentimiento, deseó saborearla otra vez con un beso más profundo, más largo, más ardiente y...

—El niño está bien.

—¿Cómo es posible que esté bien? —preguntó ella con un tono demasiado suave—. Le han puesto el mundo cabeza abajo y...

—Para empezar, su mundo nunca ha estado del derecho con unos padres como los suyos, con... —se interrumpió, odiándose a sí mismo por aquel estallido—. Olvida lo que he dicho —dijo entre dientes.

—Preferiría que hablaras conmigo.

Le lanzó una dura mirada. Besarla otra vez le pareció una idea mejor que descargar en ella toda su basura emocional.

—Yo preferiría cambiar de tema.

—Pero esto es importante...

No, era deprimente y exasperante.

—Ya te he dicho que todo va bien.

Avery resopló indignada.

—¡Si eso es lo que quieres, dime que no me meta en lo que no me importa! —avanzó hacia él con actitud furiosa—. Pero no me digas que todo va bien porque los dos sabemos que es mentira.

Rowdy retrocedió.

—¿Y ahora por qué te enfadas?

—Tu espalda no está bien. Marcus no está bien —lo agarró por la camisa y se puso de puntillas, pero aun así apenas le llegaba a la altura del hombro—. Toda esta endiablada situación no está bien.

—De acuerdo —jamás había visto a Avery enfadarse de aquella manera—. Tranquilízate.

—Toma nota, Rowdy Yates: quiero que me hables, que compartas conmigo lo que te pasa. No que me trates como si te estuviera malinterpretando.

Cada vez que se enfadaba con él, Avery utilizaba su nombre completo. Aquello lo hacía sentirse como un niño al que estuvieran regañando.

—¿Malinterpretar qué? Lo que dices no tiene ningún sentido.

Avery le dio un golpe en el pecho con la misma mano con la que le había agarrado la camisa.

—¡A ti! Sé perfectamente lo que eres y lo que quieres. No estoy malinterpretando tu interés, ni… ni estoy confundiendo una simple conversación con una propuesta de matrimonio.

—¡Matrimonio!

¡Dios! No había mejor manera de provocarle un infarto que soltar una palabra como aquella. Ninguna mujer se había atrevido antes a…

—No tienes por qué morderte la lengua, Rowdy. ¿Sabes? Es posible tener una relación que no sea demasiado seria, pero que tampoco sea exclusivamente sexual.

—¡No puede ser sexual cuando ni siquiera nos hemos acostado, maldita sea!

Cannon llamó en ese momento a la puerta.

—A pesar de lo que podáis pensar, la habitación no está insonorizada. ¿Vuelvo más tarde con el formulario?

Rowdy maldijo para sus adentros. Tres veces.

—¡Sí!

Cannon soltó una carcajada.

—Muy bien.

Avery estaba resoplando de ira y aferrada todavía a su camisa. Rowdy le tomó la mano.

—Tranquilízate, ¿quieres?

El horror se dibujó entonces en el semblante de Avery.

—¡Ay, Dios mío! ¿Te he hecho daño?

—No —¿por qué tenía que considerarlo tan frágil?—. No puedes hacerme daño. Pero tampoco quiero terminar machacado por tu mal genio.

Avery alzó las manos.

—Muy bien. No me digas nada. Pero, de todas formas, pienso ir esta noche a tu casa a cambiarte la venda.

—Me alegro de oírlo. Y, por lo que ha dicho Cannon, es probable que lo haya oído todo el mundo.

La agarró por las tiras del delantal cuando comenzó a alejarse.

Avery se resistió y estuvo a punto de caerse, pero él la sujetó por la espalda y la sentó sobre el escritorio. Antes de que pudiera escaparse, se colocó entre sus muslos, acorralándola.

Ella enmudeció y, aprovechando aquel silencio, Rowdy sugirió con suavidad:

—Empecemos de nuevo.

Podía ver el pulso latiendo en su cuello. Recelosa, asintió con la cabeza.

—Hola —comenzó a decir Rowdy.

Solo mediante un puro esfuerzo de voluntad consiguió Rowdy que su cuerpo no reaccionara a la cercanía de sus pelvis.

Después de tomar aire, Avery sonrió.

—Hola.

Sería tan increíblemente fácil tumbarla sobre aquel escritorio y hacerle el amor... Jugueteó con uno de sus largos rizos.

—Estás muy susceptible hoy.

—No he dormido lo suficiente.

Si le bajaba el pantalón, podría hacer el amor con ella sin que su espalda sufriera lo más mínimo.

—Porque te quedaste despierta como... ¿cómo dijiste? ¿Como una pervertida? —vio cómo se ruborizaba—. No dormiste viéndome dormir a mí, ¿verdad?

—Así es, pero mereció la pena.

—La verdad es que no entiendo por qué. Pero yo he descansado mucho mejor que de costumbre.

Avery agachó la cabeza y jugueteó con su camisa arrugada.

—Me alegro.

La raya de su espesa melena lo atraía. Posó allí sus labios, inhalando la dulzura de su champú, la dulzura de Avery.

—Lo siento, he perdido los estribos.

—Yo también.

—Me resulta... difícil.

Qué eufemismo. Hablar de su pasado era despertar la cólera que habitaba en su interior. Le desgarraba el corazón, le devoraba las entrañas.

Los dedos de Avery viajaron curiosos por su camisa, palparon su pecho, subieron después a la clavícula y desde allí hasta el hombro.

—Lo sé.

Tenía que besarla. La obligó a alzar la cabeza cubriéndole con delicados besos la sien y la mandíbula. Quería alcanzar su boca, darle un poco de acción a su lengua, perderse en ella...

En cambio, se oyó decir:

—Marcus es condenadamente pequeño.

Como si no fuera consciente de lo difícil que era para él pronunciar aquellas palabras, Avery le rodeó el cuello con los brazos.

—Está muy delgado, pero Alice conseguirá que en poco tiempo se ponga en su peso.

La crudeza de la realidad volvió a golpearlo. Enterró el rostro en su cabello.

—Le he visto guardarse una galleta en el bolsillo.

—¡Oh, Rowdy! —demostrando que lo comprendía, Avery comentó—: Se la habrá guardado para más tarde.

—Tiene miedo de no tener más cuando las necesite.

La tristeza la impulsó a abrazarlo.

—Me alegro mucho de que te estés acercando a él —le acunó el rostro con sus pequeñas manos—. Alice y Reese serán muy buenos para él. Pero, Rowdy, creo que es importante que tú también estés allí. Tú puedes identificarte con él y con las cosas que hace y que hará —lo besó con suavidad y Rowdy sintió su aliento en los labios cuando susurró—: Y con lo que siente.

No, Rowdy no quería comenzar a hurgar en su propio y complicado pasado. No iba a conseguir nada revisitando aquel negro vacío. Todo aquello comenzaba a resultarle insoportable.

Posó las manos en el delicioso trasero de Avery y los labios sobre los suyos, se acercó a ella todo lo posible y hundió la lengua en el dulce interior de su boca, sintiendo sus senos y su pelvis aplastándose contra su cuerpo.

El pequeño gemido de deseo de Avery lo excitó. Se abrió a él, lo besó, le acarició el pecho y, de alguna manera y de la forma más injusta, consiguió apaciguarlo tanto que, al poco tiempo, la estaba besando y acariciando con exquisita ternura.

—Quiero estar dentro de ti, Avery.

—Yo también lo deseo —contestó ella con un vibrante gemido. Volvieron a besarse—. Y mucho.

Rowdy cerró los ojos con fuerza.

—Entonces...

—Shh —le acarició la mandíbula—. Tendrás que esperar hasta tener la espalda curada.

—Olvídate de la espalda. Hay posturas en las que podemos hacerlo.

—¿Como esta? —le rodeó la cadera con las piernas y bajó la mirada a la erección que tensaba sus tejanos—. Ya lo había pensado, ¿sabes?

—Genial, porque yo llevo mucho tiempo sin ser capaz de pensar en otra cosa.

—Pero, ¿y si me olvido y te aprieto con las piernas? Si te hago daño o agravo todavía más la herida, me moriría.

Sería una pura tortura, más para él que para ella, pero de todas formas Rowdy le propuso:

—Déjame demostrártelo, ¿de acuerdo?

—¿Demostrármelo? —miró escandalizada a su alrededor—. ¿Aquí?

—No será sexo, cariño, todavía no —quería que estuviera preparada, sin reservas—. Solo es una demostración, ¿de acuerdo?

Avery se mordió el labio y asintió.

—De acuerdo.

Rowdy la agarró por los hombros y la hizo tumbarse lentamente sobre el escritorio. Una vez allí, con su gloriosa melena extendida sobre la mesa, le agarró las rodillas y, mirándola a los ojos, le abrió las piernas.

Avery soltó una exclamación.

—Rowdy...

Mirándola a los ojos, se inclinó sobre ella y empezó a frotar su pelvis contra la suya.

—Solo así, pequeña —«¡oh, Dios!», exclamó para sus adentros. Casi podía sentirlo, sentir el lubricado calor de su interior—. Sin dolor y olvidándonos de los problemas. Solo yo hundiéndome en tu interior y los dos muriéndonos de placer.

Avery se ruborizó, pero continuó mirándolo a los ojos. Rowdy contemplaba el subir y bajar de sus senos mientras continuaba meciéndose lentamente contra ella.

Solo había pretendido hacerle una demostración, pero la vio contener el aliento y cerrar los puños con fuerza, pudo sentir la tensión de sus músculos y…

—Maldita sea…

Avery entreabrió los labios para respirar más profundamente. Le brillaban los ojos y tenía las mejillas encendidas.

Como si no terminara de fiarse de las señales que delataban su creciente excitación, Rowdy estudió con atención sus reacciones. No podía estar…

—Rowdy…

Sí, a lo mejor sí. El corazón comenzó a martillearle el pecho y sintió crecer aún más su erección. Avery arqueó la espalda. Rowdy habría debido quitarle la camiseta para poder verle los senos.

La próxima vez, la camiseta sería lo primero.

Cambió de postura, le enganchó las piernas con los brazos y se inclinó para besarla. De aquella manera tenía las manos libres para acariciarle los senos.

Avery gimió estremecida, disfrutando de la caricia. Los pezones asomaban como dos pequeños puntos presionando contra la tela del sujetador y la de la camiseta.

—¡Me encantaría que estuvieras desnuda!

Embistiendo contra su entrepierna cubierta por la tela vaquera, se apoderó de su boca y le acarició los senos. Al ver que Avery se tensaba y comenzaba a jadear, estuvo a punto de llegar al límite.

Pero incluso atrapado en la pasión de aquel momento, se aseguró de amortiguar sus repentinos gritos y de sujetarla con firmeza para evitar que se moviera en exceso.

Arqueando el cuello y aferrándose a su pelo, Avery recibía ansiosa sus besos.

Era tan asombroso que hubiera cedido y hubiera terminado haciendo lo impensable... que Rowdy se sumó a ella.

Vestido, sobre un duro escritorio, en el bar... Pero con Avery. Fue condenadamente perfecto.

Con el cerebro vaciado de pensamientos turbios y los músculos cada vez más relajados, el dolor y las preocupaciones se desvanecieron. Cuando amainó la intensidad del fuego, fue más consciente del cuerpo blando de Avery presionando contra el suyo, de su natural y almizcleña fragancia, de la manera en que enterraba los dedos en su pelo.

El cerebro de Rowdy tardó unos cuantos minutos más en funcionar y, cuando lo hizo, deseó darse una patada en el trasero.

«¡Muy bien, Romeo!», exclamó para sus adentros.

Era la primera vez que lo había hecho con ella y ni siquiera había podido llevarla hasta el límite. Y, peor aún, estaban en un bar lleno de gente y su turno de trabajo estaba a punto de empezar... Miró el reloj. Diablos. Hacía tres minutos que había empezado.

Con miedo a enfrentarse a su mirada, se irguió haciendo palanca con los antebrazos.

Avery seguía con los ojos cerrados.

Por algún motivo, aquello le pareció divertido.

—Cobarde —la acusó.

—Shh —tenía el ceño fruncido, como si estuviera muy concentrada—. Todavía me estoy recuperando.

Maldijo en silencio. Pero él... ¿qué? La deseaba. Eso era todo. La deseaba y hasta que no la hiciera suya, su cerebro continuaría hecho un lío sobre un montón de cosas.

—¿Lo ves? —besó sus labios entreabiertos—. Era más que posible.

—Cállate, necesito encontrar mis neuronas —Avery frunció el ceño—. Y mis piernas. Creo que las he perdido.

Rowdy deslizó las manos a lo largo de sus muslos.

—Te sientes débil, ¿eh?

—Como si me hubiera quedado sin huesos, si quieres saber la verdad —se llevó la mano a la boca y bostezó—. Creo que podría quedarme aquí dormida.

—¿Aunque yo estuviera aplastándote con mi peso?

—Umm —se movió para poder rodearle el cuello con los brazos—. Eres como una manta cálida y pesada. Y hueles muy bien.

Acababa de dar el paso en falso más grande de su vida en el terreno sexual y, aun así, Rowdy se descubrió a sí mismo sonriendo.

—Te diré una cosa, pequeña —le acarició la mejilla y supo que, aunque viviera cien años, la imagen de Avery tumbada en su escritorio, satisfecha y tan sexy, quedaría grabada en su cerebro para siempre—. Le diré a Cannon que se ocupe de la barra. Tómate todo el tiempo que necesites.

Avery abrió un ojo.

—Espero que no me estés sustituyendo por Cannon.

Nadie podía sustituirla... maldijo de nuevo. Otra vez volvían aquellos pensamientos alarmantes. Soltándole los brazos, se apartó de ella.

Avery no se movió. Volvió a cerrar los ojos.

—Ya te dije que te sustituiría cuando tuvieras que tomarte un descanso.

—¿Y también me sustituirás cuando esté ocupada con todo tipo de perversiones en el despacho del jefe?

—Me gusta tu forma de pensar.

Rowdy rodeó el escritorio para dirigirse a la taquilla que tenía detrás y sacó unos tejanos y ropa interior limpia.

Avery se volvió, observó su rostro y desvió después la mirada hacia la ropa que llevaba en la mano.

—No puede ser.

Rowdy se sintió lo suficientemente turbado como para decir:

—Ya me conoces, cariño. ¿No sabes que estoy siempre preparado?

Guardaba en el despacho una muda de ropa porque en un bar era habitual que se derramara siempre algún líquido. Pero no tenía por qué compartir aquel detalle con ella.

Dejaría que pensara lo que quisiera. Quizá, incluso, el hecho de que Avery volviera a enfadarse lo ayudara a mantener la cabeza en su sitio.

Avery se sentó a toda velocidad, se apartó el pelo revuelto de la cara y se lo quedó mirando hasta que Rowdy se quitó los zapatos y comenzó a bajarse la cremallera del pantalón.

Entonces se giró bruscamente.

—Ya estoy recuperada.

Rowdy la miró de nuevo. Mientras se bajaba los pantalones, le preguntó:

—¿Esperabas que me quedara haciéndote mimos encima del escritorio?

—No —se sentó en el borde de la mesa, con los pies colgando, las manos junto a las caderas y la espalda rígida—. Contigo, y en lo que se refiere al sexo, la única expectativa que tengo es que seas bueno. Y lo has sido.

¿Y por qué de pronto se sentía ofendido por aquellas palabras? ¿Acaso lo consideraba incapaz de nada más?

Tenía que dejar de comportarse como un idiota.

Terminó de ponerse los tejanos limpios y se sentó para volver a calzarse las botas.

—Si te ha parecido que soy bueno... cuando lo hagamos de verdad, vas a perder la cabeza.

—¿Estás fanfarroneando? —lo miró por encima del hombro, vio que ya estaba decente y bajó de la mesa de un salto.

Se le doblaron las piernas, lo cual arrancó a Rowdy una sonrisa.

—Solo te estoy advirtiendo.

—Bueno, pues permíteme que yo te advierta a mi vez de una cosa —alzó la barbilla—. Yo también estoy preparada.

—¿Ah, sí? ¿Y de qué manera? ¿Llevas otras bragas en el bolso?

—¡No! —tomó aire para tranquilizarse, entrelazó las manos, se meció sobre los talones y finalmente dijo—: Le he pedido al médico una cita para empezar a tomar la píldora.

Rowdy, que se estaba atando las botas en aquel momento, se quedó paralizado.

Avery se encogió de hombros.

—Pedí la cita el otro día, cuando vine al bar a buscar el teléfono. Por eso lo necesitaba.

¿Así que llevaba todo aquel tiempo deseando acostarse con él y no se había tomado la molestia de decírselo? Qué rastrero... Pero también, muy satisfactorio.

—Después de conocerte, bueno, me lo pensé dos veces, pero... soy consciente de mis limitaciones. Y de las tuyas. Rowdy, me tientas demasiado como para resistirme, así que... —se encogió de hombros—. Tengo una cita la semana que viene.

¿Aquella era la razón por la que quería esperar? ¿Para asegurarse, según sus propias palabras, de que no cometieran ningún error?

—Una mujer responsable, inteligente y sexy.

—Basándome en tus relaciones anteriores, nadie diría que eso es algo que te guste.

—No te confundas, cariño. Ya te he dicho que yo no tengo relaciones —excepto en aquel momento de su vida, con Avery. Se le ocurrió entonces algo que le hizo sacudir la cabeza—. ¿Y cómo es que no estabas tomando la píldora?

—No estaba haciendo nada con nadie, así que, ¿para qué tomarme la molestia? —se echó el pelo hacia atrás e intentó peinárselo con los dedos—. También he metido un cepillo de dientes y un pijama en el coche. Solo por si, después de cambiarte la venda, bueno... —dejó de toquetearse el pelo y lo miró con el ceño fruncido—. Pero sigo pensando que deberíamos seguir las órdenes de la doctora y esperar unos días más.

—Sabes que no es necesario —se levantó de la silla—. Creo que acabo de demostrártelo.

Avery desvió la vista y no se dio por enterada de lo que Rowdy acababa de decir.

—Ahora que he traído el coche, puedo ayudarte y volver después a mi casa.

—No.

—¿No? —le sostuvo la mirada—. ¿Prefieres que no vuelva a...?

—Definitivamente, quiero que vuelvas a hacerlo —la interrumpió, y lo dijo de tal manera que resultaba imposible malinterpretar sus palabras—. Otra vez.

—Rowdy...

A Rowdy le encantaba la imagen que proyectaba: un poco tímida, muy tentadora y regañándolo al mismo tiempo.

—Sabes que a ti también te apetece.

—Es verdad —suspiró ella—. Pero tenemos que esperar. Además, no quieres que me quede a dormir en tu casa.

—Claro que quiero. De hecho, insisto en que te quedes.

Tenerla a su lado toda la noche le proporcionaría el doble placer de saberla a salvo y poder disfrutar al mismo tiempo de la dulzura de su cuerpo.

Meciéndose de nuevo sobre sus talones, Avery dirigió la mirada hacia la puerta y la desvió después hacia el pequeño cuarto de baño del despacho, donde solamente había un inodoro y un lavabo.

—Me alegro de que tengas un cuarto de baño.

—¿Necesitas refrescarte?

Rowdy deseó que pudieran disfrutar de una mayor intimidad. Le encantaría sentirla húmeda y caliente.

Y... maldijo para sus adentros. Estaba deseando abrazarla.

Avery arrugó la nariz.

—Sí, creo que sí.

Cuando por fin consiguiera tenerla desnuda en su cama, ya se encargaría de ella. Pero, de momento, no quería ponerla en una situación más embarazosa de la que estaba padeciendo ya.

—Tómate un momento —se plantó frente a ella, la agarró por los hombros y le dio un beso en la nariz—. No hay ningún motivo para que salgamos juntos y parezca que hemos estado haciendo cosas sucias.

—Cannon lo sabe.

—Olvídate de Cannon.

Como sabía que tenía a Cannon por un joven muy atractivo, le irritaba hasta oírla pronunciar su nombre. Volvió a besarla, aquella vez en los labios, pero solo fue un beso fugaz. Avery lo miró fijamente a los ojos, con la melena revuelta enmarcando su rostro y la inseguridad asomando a sus ojos a pesar del esfuerzo que estaba haciendo para ocultarla.

—Eres increíblemente guapa.

Con aquel cumplido, se ganó una dulce sonrisa.

Consciente de lo que se estaba perdiendo, Rowdy le acarició la mejilla con los nudillos y salió a toda velocidad, cerrando quedamente la puerta a su espalda.

Había mejorado su humor. Había saciado, al menos de momento, su deseo, pero su maldito corazón le martilleaba en el pecho con una extraña forma de advertencia... que también venía a ser como un grito triunfal.

¿Qué demonios le había hecho Avery Mullins?

CAPÍTULO 11

Avery se dejó caer en la silla de Rowdy y clavó la mirada en el techo. Estaba asombrada, estupefacta.

¡Guau! No podía decir otra cosa. ¿Quién iba a imaginar que fuera posible una cosa así?

Rowdy, el muy maldito, se lo había tomado todo con tanta calma como si hubiera mujeres completamente vestidas alcanzando el orgasmo sobre su escritorio un día sí y otro también.

Y, por lo que ella sabía, quizá así fuera.

Se tapó los ojos con las manos y soltó un gemido. Y después sonrió.

Era un hombre asombroso en todos los aspectos.

Lo difícil iba a ser disfrutar de todo lo que podía ofrecerle sin que él descubriera lo que sentía realmente. Era demasiado orgullosa como para dejar que la abandonara, de modo que, cuando todo aquello terminara, y estaba segura de que la relación terminaría, quería que Rowdy pensara que la decisión había sido mutua.

Ya encontraría la manera de convencerlo de que así era.

Rowdy estaba acostumbrado a tener siempre la sartén por el mango, así que probablemente esperaba que se quedara en el despacho durante un buen rato. Pero ella se negaba a convertirse en una de aquellas mujeres que se plegaban a sus órdenes, así que, ignorando su agotamiento y el temblor de sus piernas, se metió en aquel cuarto de baño diminuto para refrescarse.

Diez minutos después estaba fuera. De camino a la barra, recogió una pesada caja de licores del almacén.

Cannon la vio, pidió disculpas en la barra y corrió a quitársela.

—¿Dónde quieres que la deje?

—Detrás de la barra, cerca de la nevera del hielo —fue con él—. ¿Así que ahora estás trabajando en la barra?

Cannon asintió.

—Solo hasta que tú estés lista.

—¿Y después qué vas a hacer?

—Cualquier cosa que haga falta.

Entonces, cuando ella se hiciera cargo de la barra, ¿a qué se dedicaría él? ¿A fregar los platos? ¿A limpiar mesas?

Cannon le lanzó una radiante sonrisa.

—No te preocupes por eso. A mí me da igual.

Avery volvió a fijarse en lo atractivo que era. Las luces del bar arrancaban reflejos azulados a su pelo negro y realzaban el azul claro de aquellos ojos de expresión soñadora. Y con aquellas pestañas tan largas, su cálida sonrisa, el hoyuelo de su barbilla...

La sonrisa de Cannon se amplió.

Una sonrisa muy seductora, también. Avery sacudió la cabeza, haciendo un esfuerzo por tranquilizarse y dominar sus pensamientos.

—Yo prefiero ocuparme de la barra.

—Entonces adelante —el joven se volvió para marcharse, pero en aquel momento se acercó Ella. La saludó inclinando la cabeza—. Hola —la saludó.

Lo cual provocó en Ella un sonrojo y una risita nerviosa.

Avery se quedó sorprendida. Tuvo que mirarla más de una vez para cerciorarse.

—Jamás habría imaginado que llegaría a ver esto.

—¿Perdón? —preguntó Cannon.

—Nada —Avery sonrió a Ella—. ¿Va todo bien?

La camarera le pasó una orden de bebidas, sin apartar la mirada de Cannon.

—Solo venía a saludar al nuestro compañero.

—Gracias —Cannon tomó la nota sin vacilar y comenzó a servir copas—. Nos conocimos anoche, ¿verdad?

—Sí, fue solo un momento —dijo Ella—. Pero con todo el lío que había, no pude darte la bienvenida como es debido.

—Gracias.

La camarera hundió un dedo en su melena castaña y comenzó a coquetear con él sin ningún pudor.

—¿Entonces vas a quedarte?

—Eso parece —él le llenó la bandeja y miró después a Avery—. Rowdy me dijo que me pusiera a tu disposición. ¿Qué tengo que hacer ahora? ¿Quieres que te ayude o voy a ver si me necesita Jones?

Ella se lo quedó mirando con una expresión de absoluta adoración.

¿Así que Rowdy la había puesto al mando? Después de lo que acababa de ocurrir en su despacho, se sentía un tanto cohibida, pero la verdad era que ni Ella ni Cannon parecían estar pensando en ello.

Después de fijarse en los clientes que abarrotaban el bar y parecían ir aumentando por minutos, comentó:

—Parece que está llegando todo el mundo a la vez.

—Ha habido un partido de fútbol —le explicó Cannon—. Los tipos que están en la barra son los ganadores y los de las mesas están…

—Menos contentos —lo interrumpió Ella, y le guiñó el ojo—. Pero ahora mismo voy a animarlos.

Cannon arqueó una ceja.

—Apuesto a que los tendrás sonriendo en nada de tiempo.

Era agradable que Cannon encajara tan bien con ellas. Tendría que acordarse de comentarle a Rowdy la buena elección que había hecho.

—¿Por qué no ayudas a Ella a tomar nota y después vas a ver si Jones te necesita? Quizá podrías ayudar a uno y a otra.

—Me parece bien.

Él recogió la libreta y el bolígrafo y se dispuso a salir de detrás de la barra. En el instante en que se alejo, Ella fingió desmadejarse, haciendo reír a Avery.

—Dios mío —murmuró la camarera—, ese hombre es la bomba.

—Y muy agradable a la vista —se mostró de acuerdo Avery.

—El delantal le queda mucho mejor que a mí. Y si se pusiera solamente el delantal —se lo quedó mirando mientras atravesaba el bar—, me encantaría verlo por detrás.

Riendo, Avery le dio una palmadita.

—Compórtate.

—¡Ja! Mira quién habla —cuando la sorprendió intentando disimular su rubor, le guiñó un ojo—. Rowdy es un pedazo de hombre, eso es indudable. Pero ahora parece que tienes a ese tigre bien amarrado. Cuando lo sueltes, avísame, ¿de acuerdo?

Temiendo la respuesta, Avery le preguntó:

—¿Qué es lo que has oído?

—¿Oído? —Ella arqueó las cejas—. He visto cómo te llevaba Rowdy al despacho, cariño, y a todo el mundo le ha quedado muy claro lo que quería.

Avery tragó saliva y graznó:

—¿Y qué quería?

—A ti —Ella le apretó la mano—. Me parece precioso que no haya podido esperar a quedarse a solas contigo para robarte un beso.

¿Robarle un beso? ¿Eso era lo que Ella pensaba que había ocurrido? Mientras sentía cómo su columna vertebral se convertía en un fideo, dijo:

—Es... muy impetuoso.

—Yo diría que es un total y absoluto pecado —alzó la bandeja cargada de copas—. Todas las mujeres que estamos aquí te envidiamos. Disfrútalo mientras dure.

«Mientras dure». Qué pensamiento tan deprimente. Un pensamiento que no la abandonó mientras iban pasando las horas y ella seguía llenando copas sin parar.

Los futbolistas habían dicho que continuaría llegando gente y así fue. Avery apenas tuvo tiempo de respirar y mucho menos de descansar.

Fuera de la barra, una apuesta sobre quién podía beber más estuvo a punto de desmadrarse. Rowdy envió a dos hombres a su casa, afortunadamente con sendos conductores sobrios. Conectó la gramola y algunas parejas comenzaron a bailar. En la parte de atrás, las risas y el sonido de las bolas de billar contribuían al alboroto del bar.

En resumidas cuentas, fue una noche de lo más animada.

Justo cuando Avery estaba pensando que ya no podía más, Rowdy se acercó a la barra con Cannon.

—Tómate un descanso. Cannon te sustituirá.

—Llegas en el momento perfecto.

Más que dispuesta, se quitó el delantal y se lavó las manos. Después del caos del día anterior, de la noche sin dormir y de la afluencia de clientes de la tarde, estaba tan cansada que tenía la sensación de que podría acurrucarse en una esquina y quedarse dormida.

Sin importarle lo que los demás pudieran pensar, Rowdy la agarró de la mano.

—Si ocurre algo, estaremos en la habitación de descanso unos quince minutos.

Cannon, que estaba ya sirviendo bebidas, contestó:

—Tomaos todo el tiempo que queráis.

En cuanto estuvieron a solas, Rowdy le preguntó:

—¿Refresco o café?

—Café. Y a lo mejor un brioche.

Se acercó a su taquilla para sacar el bolso, pero Rowdy le indicó con un gesto que volviera a sentarse.

—Ya voy yo.

Metió las monedas en la máquina y sacó la bebida y el dulce. Dejó ambos frente a ella antes de agarrar la silla que tenía a la derecha y darle la vuelta. Se sentó a horcajadas.

Tras un bostezo desgarrador, Avery farfulló:

—Gracias.

—¿Necesitas comer algo más?

Avery negó con la cabeza.

—Jones me dio una sopa y un sándwich en el descanso de la cena.

—Ya sabes que si quieres puedes ir a mi casa a por comida de verdad.

Avery volvió a bostezar, disimulando su sorpresa por aquel ofrecimiento.

—No, así está bien —no quería comenzar a pasarse de la raya ni aprovecharse de la cercanía de su apartamento—. Gracias de todas formas.

Rowdy le apartó el pelo de la cara con el dedo meñique.

—Necesitarías echarte un rato.

Definitivamente necesitaba dormir.

—A diferencia de ti, soy mortal y necesito dormir —añadió un segundo sobre de azúcar a su café—. Pero tengo la sensación de que, si me durmiera, no me despertaría hasta dentro de ocho horas.

Medio sonriendo, Rowdy le acarició la mejilla.

—Tienes ojeras.

—Genial. Me alegro de saberlo —dio un mordisco al brioche y añadió—: Pero vas a tener que aguantarte porque ahora mismo no tengo muchas ganas de maquillarme.

—Aun así, sigues estando muy sexy.

Avery negó con la cabeza.

—Tienes un concepto algo retorcido sobre lo que es sexy.

Rowdy vaciló por un instante y se puso muy serio antes de proponerle:

—Si esta noche necesitas salir antes, podremos arreglárnoslas sin ti.

Avery se abrasó el labio con el café y a punto estuvo de tirar la taza.

No había dormido lo suficiente, había tenido más trabajo de lo habitual, ¿y él quería echarla antes de tiempo?

Rowdy agarró un puñado de servilletas y le preguntó:

—¿Estás bien?

El breve encuentro de su despacho solo había servido para avivar el deseo de Avery, que quería todavía más, pero temía que a él lo hubiera satisfecho lo suficiente como para querer evitarla. Sería una lástima. Todavía no estaba preparada para terminar con Rowdy. Lo miró con los ojos entrecerrados.

—¿Qué he hecho? —le preguntó él, echándose hacia atrás.

Avery se frotó la mandíbula antes de contestar:

—Si prefieres que no vaya esta noche a tu casa, solo tienes que decirlo. No hace falta que finjas preocuparte por unos cuantos bostezos.

Esa vez fue él quien apretó la mandíbula.

—No estaba sugiriendo que no fueras a mi casa.

—¿Qué estabas sugiriendo entonces? ¿Que me fuera a dormir a la mía, me despertara en medio de la noche y volviera a la tuya cuando salieras del trabajo?

¿Y creía que así iba a descansar?

—No, pensaba que podrías ir antes que yo a mi casa y recuperar así unas cuantas horas de sueño antes de que yo fuera.

¿Era una broma? No, parecía estar hablando en serio, y también parecía un poco incómodo por el hecho de que lo hubiera malinterpretado. Su conversación con Ella la había dejado algo pensativa sobre la afición de Rowdy por las aventuras de una noche, tanto que le resultaba imposible esperar que quisiera que estuviera en su apartamento cuando él ni siquiera estaba allí.

El recelo tuvo un desagradable efecto en su estado de ánimo.

—¿Así que vas a pasar de la política «nada de mujeres en mi apartamento» a permitirme que yo esté allí sin ti?

—Confío en que no te pongas a fisgonear mucho.

Parecía decirlo en serio y aquello la tranquilizó.

—Jamás llegaré a comprenderte.

—¿Qué es lo que hay que comprender? Estoy caliente y tú pareces estar durmiéndote de pie. No es un buen aliciente para esta noche.

Avery estuvo a punto de atragantarse con el café. Así que todavía no se había dado por satisfecho. Gracias a Dios. Pero odiaba admitir la inmensidad de su propio alivio, así que optó por encontrar alguna manera de censurarlo.

—Ya hemos hablado de esto. La doctora te ordenó que hicieras reposo durante tres días antes de...

¿De qué? ¿Dar el gran paso? Para Rowdy aquel no era un gran paso en absoluto.

Rowdy le tomó una mano.

—¿Antes de que nos desnudemos y volvamos a hacer lo que hemos hecho en mi despacho?

Avery no supo qué responder a aquello.

—Sería diferente y lo sabes.

—Sí —contestó con voz ronca y profunda—. Estaría dentro de ti.

Aquello hizo trastabillar su corazón.

—Y tú estarás húmeda y maravillosa —se llevó su mano a la boca y presionó sus labios húmedos contra los nudillos—. Apretándome con fuerza y...

—Rowdy... —le pidió.

Si no se detenía, terminaría suplicándole una repetición y mandando al infierno todo lo que le había ordenado la doctora.

Rowdy escrutó su rostro durante unos segundos interminables.

—¿Te doy un poco de miedo?

Le daba mucho miedo, pero probablemente no por los motivos que él imaginaba.

—Llevo más de un año sin hacerlo —le confesó. Y él la hacía sentir cada minuto de aquella espera. Dio un enorme mordisco a su brioche.

Mientras la observaba, la anticipación oscureció los ojos de Rowdy.

—Un período de abstinencia muy largo.

Y también muy doloroso, aunque no había sido consciente de ello hasta que conoció a Rowdy.

Rowdy se inclinó un poco para encontrarse con la mirada que Avery se empeñaba en desviar.

—¿Quieres contarme por qué?

Avery se encogió de hombros.

Porque no le había hecho falta, y porque todavía no había estado él allí para tentarla.

—El sexo no era una prioridad.

—¿Y ahora lo es?

El sexo en general, no. ¿Pero el sexo con Rowdy? Solamente de imaginárselo le entraban sofocos.

—Ya sabes que te deseo, Rowdy —en eso no era distinta a otras mujeres—. Mucho.

Y lo tendría.

—Pero no voy a arriesgarme a que tengas que prolongar la recuperación... y no hay nada más que hablar —añadió.

—De acuerdo entonces —Rowdy desplegó su enorme cuerpo al levantarse de la silla y plantarse ante ella—. Así que esta noche el plan consistirá en dormir.

Avery alzó su taza a modo de brindis.

—Tú intenta despertarme.

—Lo decía en serio: solo dormir.

Avery no podía creer lo que estaba oyendo.

—Eso sí que es un cambio radical.

—Sí, pero desgraciadamente las mujeres en estado de coma no me ponen —contestó él sin inmutarse.

Bueno, la verdad era que no estaba tan cansada, pero aquella era una buena excusa para darle a Rowdy el tiempo que necesitaba para recuperarse de su herida.

—Si estás seguro...

Rowdy esbozó una sonrisa de superioridad, dejándole claro que era bien consciente de su estrategia.

—Cuando estemos juntos, y lo estaremos, quiero que lo sientas todo, Avery. No quiero que estés entumecida por el cansancio.

¡Vaya! Así era como se sentía en aquel momento.

Ella se asomó entonces a la habitación de descanso, miró a uno y a otra y sonrió.

—Siento interrumpiros, chicos, pero Avery tiene una llamada.

—¿Quién es? —preguntó Rowdy.

—Un hombre —le guiñó el ojo a Avery—. No le pregunté cómo se llamaba.

—La próxima vez pregúntaselo —le dijo Rowdy. Empujó la silla de Avery—. Puedes contestar en mi despacho si quieres.

Ella soltó una risa ahogada, se despidió de ellos con la mano y se marchó.

—Está bien.

Avery se terminó el brioche, apuró su café y se dispuso a abandonar la habitación.

—De todas formas ya estaba a punto de terminar. Y no, no necesito salir antes, pero gracias por el ofrecimiento.

—¿Estás segura?

Mientras salían al encuentro de la bulliciosa multitud, contestó:

—Claro que sí —se haría cargo de su trabajo sin más—. Esta noche tienes el bar a rebosar.

—Me alegró de haber contratado a Cannon —Rowdy mantenía la mano en su espalda mientras se abrían paso entre la gente.

Avery estaba encantada con el éxito del bar, pero le habría gustado que Rowdy pudiera descansar algo más. Ella se había tomado todos los descansos que le correspondían y había parado una hora para cenar, pero Rowdy apenas había aflojado el ritmo de trabajo.

Rodearon a un grupo de gente y ambos se detuvieron en seco ante lo que vieron.

En vez de los jugadores de fútbol, había mujeres de todas las edades y atractivos sentadas en los taburetes, inclinándose sobre la barra y devorando a Cannon con la mirada.

Avery soltó una carcajada muy poco propia de una dama y se llevó la mano a la boca.

Rowdy puso los ojos en blanco y dijo:

—Va a provocar una revuelta.

—Ya te dije que estaba muy bien —se volvió hacia él—. Entre los dos estáis atrayendo a tantas mujeres que no va a quedar sitio para los hombres.

—Pero entonces Ella dejaría el trabajo —le dio un beso fugaz—. Atiende esa llamada y dile a Cannon que ayude a Ella en el bar. Así dispersaremos a la multitud de la barra.

Ante la mención de aquella llamada, Avery perdió el buen humor. Aun así, se despidió de Rowdy y corrió hacia el teléfono.

«Es solo un cliente», se dijo a sí misma, «no hay por qué darle tanta importancia».

—Bar Getting Rowdy, ¿en qué puedo ayudarlo?

El silencio que se hizo al otro lado la dejó helada.

—¿Diga?

Esperó, pero no hubo respuesta. Desde el otro extremo del bar, allí donde lo había dejado, Rowdy la observaba. Su atención era casi tangible.

Esperando que no volviera a interrogarla, Avery se encogió de hombros y se dispuso a colgar.

Pero al otro lado del teléfono, un fuerte estallido, un disparo quizá, la hizo sobresaltarse de tal manera que estuvo a punto de soltar el auricular. Se lo quedó mirando horrorizada.

¿Sería una advertencia? ¿O habrían disparado a alguien?

Se oyó una carcajada al otro lado de la línea.

Una risa masculina.

Colgó precipitadamente y recordó al instante que Rowdy estaba allí, pendiente de todo.

«¿Qué hago? ¿Qué hago?». Obligándose a borrar el pánico de su expresión, miró en dirección de Rowdy e intentó fingir una risa. Pero él no parecía en absoluto divertido. La determinación de su mirada le indicó que sabía que algo andaba mal.

Lo que a Avery le habría gustado saber era hasta qué punto.

El corazón continuaba latiéndole con fuerza mientras retomaba su puesto y sacaba a Cannon de la barra. Tal y como Rowdy había predicho, las mujeres lo siguieron y los hombres no tardaron en ocupar los taburetes vacíos.

Durante el resto de la noche estuvo tan nerviosa que tiró algunas bebidas, se dio un golpe con la nevera del hielo y se le cayó una bolsa de galletitas saladas al suelo.

Oía una y otra vez aquel terrible disparo en su cabeza.

Todavía quedaban dos horas para cerrar el bar y estaba deseando poner fin a la jornada. Lo único que la ayudaba a mantener la calma era saber que pasaría la noche con Rowdy, de manera que no tendría que quedarse sola.

A pesar del cansancio, le bastó pensar que iba a dormir con él para sentir placer. Pensar en acurrucarse contra Rowdy, en sentir el olor de su piel y su pelo, su calor... Aquello fue suficiente para revivirla.

Estaba limpiando la barra con una bayeta cuando vio que una mujer se acercaba a Rowdy. Avery tenía la sensación de que sus propios ojos lo buscaban y localizaban cada pocos minutos por voluntad propia.

Las mujeres se acercaban a él una tras otra. Él reía con ellas, bromeaba, charlaba. Pero nunca se tomaba demasiadas familiaridades.

Sin embargo, en aquella ocasión, fue diferente.

Rowdy la recibió con un abrazo.

Avery se olvidó de lo que estaba haciendo. La bayeta empapada en whisky quedó colgando entre sus manos. Aquella morena jovial puso mucho cuidado para no hacerle daño en la espalda e incluso posó la mano en su rostro y habló íntimamente con él.

Una sensación helada corrió por sus venas, seguida de una marea de calor. Sin ser consciente de ello, Avery estrujó la bayeta, volviendo a escurrir el whisky que acababa de limpiar. El tipo que estaba sentado frente a ella la llamó:

—¡Hey!

Irritada consigo misma, Avery farfulló:

—Lo siento —y volvió a limpiar la barra.

Intentó volverse. Y lo hizo. Pero no pudo evitar mirar una última vez.

Rowdy seguía sonriendo a la desconocida, bromeó e incluso le recogió un mechón de pelo detrás de la oreja con la misma ternura que Avery había cometido la estupidez de considerar especial para ella.

Especial. Lo único especial era que todavía no se había acostado con él. En cuanto lo hiciera, Rowdy seguiría adelante con su vida. Lo sabía y, quizá, solo quizá, aquella fuera una de las razones por las que insistía en que esperaran.

Le lanzó a Rowdy una mirada tan dura que este alzó de pronto la vista y se la sostuvo.

Avery alzó la barbilla y se volvió. Pero después volvió a mirar. Rowdy le estaba pasando un brazo por los hombros a la mujer, pero ya no sonreía.

No importaba. Ya había aceptado que no podría retenerlo.

Claro que estaba coqueteando. Formaba parte de su naturaleza, era una parte importante de su identidad como hombre. Y teniendo en cuenta cómo gravitaban las mujeres a su alrededor...

Aquellos pensamientos asesinos encallaron cuando vio que Rowdy estaba guiando a la mujer hacia ella.

¿Pretendía presentársela? ¡No, no y no! Aquello era mucho pedir.

¿Pero qué podía hacer ella? Miró a su alrededor, aterrada. ¿Salir del bar? ¿Debería demostrar que la molestaba?

Jamás.

Si Rowdy quería presentarle a sus admiradoras, fingiría que no le importaba en absoluto.

Antes de que hubieran llegado a la barra, Avery se plantó tal sonrisa en la cara que le dolieron las mejillas.

Rowdy llevó a la mujer hasta su lado.

—Avery, quiero presentarte a una amiga.

La mujer le lanzó una alegre sonrisa.

—¡Hola!

Una amiga, ¿eh? A duras penas pudo reprimir un bufido de sarcasmo. ¿Y qué le habría hecho Rowdy a aquella amiga para que estuviera tan contenta?

Haciendo lo imposible para ser amable, Avery contestó:

—Me alegro de conocerte.

Y después, aunque su campo de visión se había estrechado de tal manera que apenas podía ver la barra, intentó retomar su trabajo.

—Avery —sin bajar ni un ápice la voz, Rowdy le confesó—: No me estoy acostando con ella.

Avery se giró con un grito ahogado.

—¡Rowdy!

La mujer lanzó a Rowdy una mirada de indulgente afecto.

—Claro que no —le palmeó la mano—. Es toda una tentación, pero superamos esa fase muy pronto. Yo necesitaba conocer sus expectativas y él...

Rowdy la interrumpió diciendo:

—Ya basta.

La mujer se inclinó hacia él, pero se dirigió a Avery:

—Apuesto a que Rowdy te tiene perpleja, ¿verdad? —lo señaló con la cabeza y sonrió—. Ejerce ese efecto en todas las mujeres.

Se los veía tan cómodos juntos que Avery comenzó a rechinar los dientes.

—Sí, ya sé qué efecto ejerce en las mujeres.

Rowdy atrajo a su amiga hacia sí.

—¿Cómo puedes saberlo cuando todavía no...?

De repente Avery le arrojó con fuerza la bayeta empapada en whisky.

A punto estuvo de golpear con ella a la mujer, que soltó un grito y se escabulló detrás de Rowdy.

A él sí le acertó, justo en el centro de su sólido pecho, y fue resbalando después hasta el suelo.

Rowdy se la quedó mirando con expresión incrédula.

Avery le sostuvo la mirada, incapaz también de creer que hubiera hecho algo así, pero sintiendo al mismo tiempo cierto regocijo al ver su expresión de estupor. Eran muchas las expresiones que le había visto hasta entonces, casi todas ellas intimidantes, pero jamás una de sorpresa tan absoluta que resultara hasta divertida.

Se le escapó una risita nerviosa.

Rowdy la miró con los ojos entrecerrados.

A su alrededor, el barullo de aquellos bulliciosos bebedores fue enmudeciendo. Avery se llevó la mano a la boca y retrocedió un paso.

Con ello solo consiguió que Rowdy endureciera su expresión y tensara los hombros.

Sonriendo de oreja a oreja, su «amiga» agarró un puñado de servilletas de la barra y le limpió el pecho.

—¡Ha sido muy divertido! Pero me alegro de que no me haya dado a mí.

—No iba para ti —replicó Avery.

«Doña Sobona» se echó a reír.

—Estoy segura de que Rowdy se lo merecía —se inclinó hacia delante y susurró en voz baja—: es la quintaesencia de le estupidez.

Rowdy no dejó de mirar a Avery en ningún momento.

—¡Soy yo quien ha resultado atacado!

—Y también es un granuja —añadió la mujer, mientras utilizaba las servilletas para intentar aliviar el desastre de la camisa y, en el proceso, pasear las manos por todo su pecho.

Avery intentaba evitar que le importara, pero... Maldijo para sus adentros. Claro que le importaba. Y mucho.

—Encuentra un gran placer en cultivar su mala fama y parecer... un bravucón —aquella mujer insoportable volvió a inclinarse hacia él con una ternura empalagosa—. Pero también es adorable.

—Ya basta, Alice.

Un jarro de agua fría no habría tenido un impacto mayor. «¡Oh, diablos!», exclamó Avery en silencio. ¿Aquella era Alice?

Alice sonrió, comprendiendo lo que ella estaba pensando. Había hecho un ridículo colosal delante de aquella mujer modélica que tan buenas migas estaba haciendo con Marcus. Esbozó una mueca.

—Lo siento.

—No lo sientas —contestó Alice—. Lo comprendo. Rowdy es tan especial que puede tener un efecto un tanto desconcertante sobre los demás.

Demostrando que no era capaz de aceptar aquel cumplido, Rowdy dijo:

—Yo no...

Alice no le dio oportunidad de interrumpir sus halagos.

—Creo que le gusta cultivar su imagen de chico malo, pero, en el fondo, es un buen tipo.

Rowdy se puso delante de Alice.

—De verdad, solo es una amiga...

Alice se inclinó tras él.

—Más que una amiga —protestó—. Pero nunca —miró a su alrededor, subiendo y bajando expresivamente las cejas— hemos hecho nada.

Como Alice parecía estar esperando una respuesta, Avery le dijo:

—De acuerdo.

—Yo ya tengo otro cachas —presumió Alice—. Es policía.

De pronto, Reese apareció detrás de ellos.

—Si quieres apoyarte en alguien, aquí tienes mi brazo.

Rowdy cerró los ojos lentamente y soltó a Alice, que se volvió al instante hacia Reese.

—¡Y está aquí! —abrazando a su marido, que tampoco estaba nada mal, añadió—: Reese, te presento a la chica especial de Rowdy.

¿Chica especial?

—Solo soy la barman —balbuceó.

—Sí, ya nos conocemos —le dijo Reese a Alice—. ¿No te acuerdas de que estuve ayudando a Rowdy en el bar? Avery también estuvo aquí, ayudando en todo lo que podía. Y fue con Logan y Rowdy al hospital. Por eso no estaba aquí cuando viniste a ver a Marcus.

Alice interpretó aquella respuesta como una confirmación.

—¿Lo ves? Acabo de decirte que es muy especial para él.

¡Oh! ¡Cuánto le habría gustado ver el rostro de Avery cuando disparó la pistola! Aunque no había querido que lo oyera por miedo a que reconociera su voz, apenas había sido capaz de contener la risa al imaginar su estupor y su miedo.

El miedo era bueno. La hacía más receptiva a sus planes.

Si no se sentía segura en el bar, en compañía de aquellos matones, hacerla volver al lugar al que pertenecía le resultaría mucho más fácil.

Ya había perdido demasiado tiempo con todo aquello. Ya era hora de que aquella mocosa regresara a su casa, que era donde tenía que estar.

Y, una vez allí, él se aseguraría de que no volviera a escapar.

CAPÍTULO 12

Rowdy no se inmutó ante la declaración de Alice. Avery era especial. ¿Y pensaba que aquello era una novedad para él? No era ningún idiota, él ya se había dado cuenta. No sabía qué hacer al respecto, ni qué implicaría todo aquello, pero había conocido a suficientes mujeres como para saber que Avery era única.

—¿Dónde está Marcus? —preguntó, sin saber qué decir.

La sonrisa de Alice desapareció.

—Está en casa, acostado. Pepper y Logan están con él.

A Rowdy le gustó el énfasis que puso en la palabra «casa». Le suscitó una sensación de calidez, sobre todo porque él nunca había tenido una verdadera casa.

—¿Va todo bien?

Rodeando los hombros de su mujer con el brazo, Reese contestó:

—Alice necesitaba salir y no quería irse mientras Marcus estuviera despierto, así que hemos esperado a que se durmiera.

—¿Duerme toda la noche?

Imitando a Reese, Rowdy se acercó a Avery y también le pasó el brazo por los hombros. Ella se tensó de la cabeza a los pies, pero no se movió.

Seguramente porque no quería montar una escena.

Pero, por supuesto, aquello no había impedido que le arrojara una bayeta sucia.

Reese arqueó una ceja al ver el gesto posesivo de Rowdy, pero no hizo ningún comentario.

—Era algo que nos preocupaba, pero Marcus está durmiendo como un tronco.

—A lo mejor se siente por fin a salvo —aventuró Avery.

El frío alcohol mantenía la camisa de Rowdy bien pegada al pecho. Ya buscaría una manera creativa de vengarse, pero no aquella noche.

Aquella noche solo pretendía que Avery durmiera y descansara bien.

—Es posible.

Rowdy sabía lo difícil que era conciliar el sueño cuando no se podía bajar la guardia. En su caso, eso se había convertido en un hábito que lo había acompañado durante toda su vida.

Excepto cuando había dormido con Avery.

—Los niños son muy resistentes —dijo Alice con tono suave—. Se pondrá bien.

Reese le dio un cariñoso apretón.

—Nosotros nos encargaremos de ello.

Se acercaron varios clientes a la barra, así que Avery se excusó para ir a servir copas. Alice puso la mano sobre la de Rowdy y le susurró:

—¡Buena adquisición!

Se alejó luego de él y buscó un sitio en la barra que le permitiera seguir hablando con Avery.

En cuanto se quedó a solas con Reese, Rowdy inquirió:

—¿Qué ha pasado?

Sabía que hacía falta algo más que la necesidad de que Alice se tomara un descanso para que salieran a aquellas horas.

Reese se pasó una mano por el rostro cansado.

—La madre del niño ha muerto.

Rowdy pensó que si su amigo pretendía que se compadeciera, iba a llevarse una decepción.

—Un obstáculo menos.

—Sí, lo sé —Reese desvió la mirada hacia su esposa—. Nunca había visto a Alice tan desgarrada. Es incapaz de desearle ningún mal a nadie, pero estaba aliviada. Todo lo que ha tenido que pasar ese niño...

—Lo sé —a Rowdy le ardían las entrañas cada vez que pensaba en ello—. ¿Y eso qué tiene que ver con esta visita?

Reese se apoyó contra la pared. Parecía emocionalmente agotado.

—Recibimos una llamada de teléfono informándonos de que estaba a punto de morir —cerró los puños—. Alice insistió en ir al hospital a verla.

Rowdy se metió detrás de la barra para servir un refresco con hielo. Se lo tendió a Reese.

—¿Es que tiene un lado morboso?

—No tiene gracia —vació medio vaso de un trago—. Alice quería decirle que cuidaría de Marcus. Supongo que... por si acaso le quedaba algún instinto maternal.

—Por lo menos los muertos no discuten.

—Sí —Reese se terminó el refresco y se llevó el vaso helado a la frente—. Es una mujer increíble, ¿sabes?

Sí, ya lo sabía.

—Se preocupa demasiado por todos.

—Me temo que Marcus no estaría de acuerdo contigo —Reese bajó el brazo y miró a Rowdy a los ojos—. Alice dice lo mismo de ti.

Rowdy no quería hablar de la percepción que tenía Alice de su carácter.

—¿Qué ha pasado con el padre?

—Básicamente, está jodido. Las armas que encontraron en su furgoneta eran robadas y habían sido utilizadas en otros delitos. Llevaba droga suficiente como para que lo acusaran de tráfico. Y, teniendo en cuenta su historial, bueno, digamos que no va a salir pronto.

—¿Los procesarán?

—Seguro —Reese le devolvió el vaso vacío—. Gracias.

—¿Quieres más? —le ofreció Rowdy—. ¿Algo más fuerte, quizá?

Reese negó con la cabeza y miró hacia la clientela, sobre

todo para asegurase de que nadie estaba molestando a su esposa.

Era lo suficientemente grande como para ahuyentar a todo un grupo de la barra, que se alejó para evitar riesgos.

—Estás espantando a mis clientes.

Eso no pareció importarle.

—No les han puesto ninguna fianza a esos canallas, lo que significa que estarán encerrados hasta que termine el juicio.

—¿Cuánto tiempo tardarán en juzgarlos?

—Todavía tienen que pasar un par de meses, quizá más, para que tengan que presentarse en el juzgado de instrucción y los cargos sean formalmente presentados. El juicio podría tardar un año o dos en celebrarse.

—Perfecto. Ojalá se pudran en la cárcel.

A Rowdy no parecía importarle lo que pudiera ocurrirles, siempre y cuando no terminaran en la calle.

—Hay suficientes pruebas contra ellos como para que el teniente Peterson esté pensando en pasárselos a los federales. Si eso ocurriera, intentarán llegar a un acuerdo.

De ningún modo. Si terminaban llegando a algún tipo de acuerdo con ellos, Rowdy se encargaría personalmente de aquellos canallas.

Reese se irguió y dio un paso adelante.

—Quítate esa idea inmediatamente de la cabeza.

—No sé de qué estás hablando.

—Y un cuerno —Reese miró hacia al bar y después bajó la voz todavía más—. Todo va por buen camino. Cuando los agarramos, nos dijeron que nos fuéramos al infierno.

—¿Puedo decirte yo también eso?

—Si lo haces, se lo diré a Alice.

Rowdy apretó la mandíbula hasta que le palpitaron las sienes.

—Contrólate, Rowdy, y déjame que te explique lo que va a pasar.

—Suéltalo ya, maldita sea.

Por alguna extraña razón, aquello pareció divertir a Reese.

—Ahora mismo, Darrell y su amigo están empezando a darse

cuenta de la seriedad de su situación. Con tantas pruebas contra ellos, solo unos estúpidos se arriesgarían a ir a juicio.

—Y ellos lo son.

—Sí, claro. Pero, como delincuentes profesionales, saben que se pasarán el resto de su vida encerrados si siguen por ese camino. Diciéndoles que podemos entregarlos a los federales, es posible que lleguemos a un acuerdo con ellos sobre la declaración de culpabilidad. Eso simplificaría mucho las cosas y, de todas formas, les caerían entre quince o veinte años.

No eran suficientes, pero la verdad era que, para Rowdy, ni siquiera toda una vida en prisión sería suficiente.

Reese posó una mano sobre su hombro.

—Anímate, hombre. No volverán a acercarse ni a ti ni al niño, y ahora eso es lo único que importa, ¿no?

El sonido del teléfono desvió la atención de Rowdy. Se volvió y vio que Avery se quedaba mirando fijamente el auricular durante tres segundos antes de secarse las manos y descolgarlo recelosa.

Su manera de relajar la espalda y el alivio que reflejó su rostro indicaron que no era más que un cliente. Por esa vez, al menos.

—¿Qué está pasando aquí? —preguntó Reese.

—¿El qué?

Reese señaló a Avery con la cabeza.

—Se ha acercado al teléfono como si fuera una serpiente venenosa. Y tú la mirabas como si estuvieras esperando el momento de intervenir.

Rowdy pensó que a veces los policías eran como un grano en el trasero.

—Sé que le ocurre algo, pero no sé qué es.

—¿Un exnovio, quizá?

—Quizá.

Rowdy no quería traicionar la confianza de Avery, así que no le explicó que llevaba un año sin salir con nadie. Era más probable que la persona que llamaba fuera alguien a quien había conocido recientemente, alguien que no estaba dispuesto a aceptar un no como respuesta. Solo por si acaso, le confesó a Reese:

—El otro día nos siguieron.

—¿Quién?

—Si lo supiera, ¿para qué iba a contártelo?

—¿Porque yo soy policía y tú no? —preguntó Reese, ofendido.

Aquello nunca había detenido a Rowdy.

—Y vi ese mismo coche merodeando por aquí —mientras le contaba a Reese el incidente, agarró una servilleta y un bolígrafo y anotó la matrícula—. ¿Podrías investigar esto por mí?

Reese agarró la servilleta, la miró y se la guardó en el bolsillo.

—Claro. Pero, hasta entonces, vigila tu espalda.

—Siempre lo hago.

Y, durante un futuro próximo, vigilaría también la de Avery.

Veinte minutos antes de cerrar, Avery vio a su padrastro entrando en el bar. La imagen era tan incongruente que estuvo a punto de desmayarse de la impresión. ¿Cómo demonios la habría encontrado?

Rowdy acababa de anunciar que iban a servir la última copa y los clientes habían comenzado a marcharse.

Avery escrutó el bar con la mirada, pero no vio a Fisher por ninguna parte, gracias a Dios. Normalmente, cada vez que aparecía Meyer Sinclair, Fisher iba tras él. Eran amigos pero, y eso era más importante todavía, también eran socios de negocios. Meyer tenía la estabilidad que proporcionaba un largo historial como empresario y los recursos que había ido acumulando, mientras que Fisher contaba con su éxito y con un luminoso futuro por delante.

Pero lo único que a ella le importaba era que Mayer querría que regresara a su casa y... ella no quería.

El agotamiento no podía competir con el resentimiento. Cuando había necesitado que su familia la creyera, que la apoyara, ellos se habían puesto del lado de Fisher.

¿Qué estaría haciendo Meyer Sinclair en el bar cerca de las dos de la madrugada? Estaba igual que la última vez que le había visto un año atrás. Llevaba un abrigo de lana de color negro sobre unos pantalones holgados hechos a medida y un jersey de diseño, y se pasaba la mano sobre el ralo pelo castaño que el viento acababa de despeinar. El frío había enrojecido sus pálidas mejillas. Se quitó las gafas para limpiarlas.

Avery permaneció tras la barra, mirándolo sin saber qué hacer.

Cuando volvió a ponerse las gafas, la buscó en el bar. Al principio la miró sin llegar a verla, pero no tardó en reconocerla. Se la quedó contemplando como si no fuera capaz de asimilar lo que estaba viendo. La desaprobación se reflejaba en cada uno de sus rasgos mientras la observaba con el ceño fruncido.

A esas alturas ya no quedaba casi nadie en el bar, afortunadamente, de modo que Avery pudo sostenerle la mirada. Si conseguía que no se apartara de la puerta, quizá le resultara más fácil deshacerse de él. No era que tuviera nada contra Meyer. Claro que no. De hecho, en general, le caía bien. Sabía que respetaba y adoraba a su madre, y eso ya era un punto a su favor.

Pero, al igual que todos los demás, se había creído las mentiras de Fisher y eso significaba que Avery quería mantenerlo lo más lejos posible de Rowdy.

Pero, de repente, Rowdy lo interceptó.

—¿Puedo ayudarle en algo?

Avery maldijo varias veces por lo bajo.

Meyer apenas le prestó atención.

—No, gracias.

Dio un paso adelante, pero se encontró de nuevo frente a Rowdy.

Avery salió a toda velocidad de detrás de la barra y los alcanzó cinco segundos después. Deseando deshacerse de Meyer, se abrazó a Rowdy como si fuera una jovencita atolondrada que estuviera loca por él.

—Rowdy, este es mi padrastro —se inclinó hacia Meyer, como si ya no estuviera enfadada por el hecho de que la hubiera llamado mentirosa—. Meyer, te presento a Rowdy Yates.

Resultaba casi ridículo lo grande que parecía Rowdy comparado con Meyer, que era mucho más bajo y casi enclenque.

No entendía lo que había visto su madre en aquel hombre, más allá de su obvia riqueza y de la completa adoración que sentía por ella.

Pero Meyer ignoró a Rowdy diciendo:

—Si nos disculpa...

No, claro que no. Avery se aferró a Rowdy, que no hizo ningún intento de apartarse.

Lanzó a Meyer una sonrisa de suficiencia. Su padrastro era un hombre influyente allí donde fuera y la mayoría de la gente así lo reconocía simplemente por su actitud o por su prestancia... A menos, por lo visto, que se aventurara en las peores zonas de la ciudad o, más en concreto, en los dominios de Rowdy.

Con un poco de suerte, Meyer creería que eran pareja y aquello lo disuadiría a la hora de intentar empujarla a que regresara a su antigua vida. Por supuesto, necesitaba que Rowdy le siguiera el juego. En un esfuerzo por convencerlo, dejó de agarrarlo del brazo para deslizar el brazo por su cintura. Y, dado que no quería tocarle la espalda, ello la obligó a posar la mano en su musculoso trasero.

Rowdy la miró con el ceño fruncido y expresión pétrea... pero le siguió la corriente. De hecho, él también la rodeó con el brazo para atraerla hacia sí, apoyando la mano en su cadera.

Fue tal la sorpresa de Avery que estuvo a punto de tropezar.

—Meyer —dijo con una risa exagerada y falsa—. Me sorprende verte por aquí.

Meyer reparó en la intimidad de su contacto con Rowdy y se tensó, molesto.

—¿Podemos hablar en privado?

—No lo sé. ¿Estás solo?

—No pensarás que se me habría ocurrido traer aquí a tu madre, ¿verdad?

No, Avery no estaba preocupada por su madre. Pero no quería pronunciar el nombre de Fisher. Rowdy ya tenía el aspecto de un sabueso esperando a devorar un hueso. Quería utilizarlo como tapadera, pero no que se sintiera obligado a defenderla.

¿Y aquello no era maravilloso? Saber, sin ningún género de

duda, que, a diferencia de su madre, de su padrastro y de todas aquellas personas a las que había considerado amigas en su vida anterior, Rowdy la creería en un cien por cien si le contaba lo que le había pasado. Suspiró al pensar en lo muy bien que aquello la hacía sentirse.

Interpretando su silencio como terquedad, una acusación que a menudo le lanzaba, Meyer frunció los labios con evidente disgusto.

—Sí —replicó—, estoy solo.

—Entonces, podemos hablar.

Pero, cuando comenzó a alejarse, Rowdy la retuvo.

Sí, definitivamente, tenía al tigre bien agarrado por la cola.

—Rowdy, ¿te importa que utilice tu despacho? —le preguntó en tono persuasivo.

—Buena idea —alzó la mano y le hizo un gesto a Cannon—. Termina esto por mí, ¿de acuerdo?

—Claro.

Cannon no hizo preguntas. Se limitó a ponerse a trabajar.

—Vamos.

Rowdy los guio hasta la parte trasera del bar mientras Avery se esforzaba por idear una manera de evitar que descubriera demasiadas cosas.

Su padrastro los siguió.

—Ya estamos a punto de cerrar —explicó Rowdy mientras caminaban—. Dentro de unos minutos solo quedarán los empleados —abrió la puerta del despacho—. ¿Le apetece tomar algo? Creo que todavía queda café en la sala de descanso.

—No hace falta. No me quedaré mucho tiempo.

Meyer volvió a mirar a su alrededor. Por su expresión mojigata, era evidente que todo lo encontraba del todo censurable.

Aquello activó de nuevo a Avery. Había pensado en hablar con su padrastro en privado para asegurarse de que Rowdy no se enterara de sus problemas. Pero bajo ningún concepto iba a permitir que Meyer lo menospreciara.

Esbozando la más radiante de sus sonrisas, le dijo:

—Gracias, Rowdy.

Comprendiendo su intención, Meyer arqueó una ceja.
—Sí, gracias.
Rowdy señaló una silla.
—Tome asiento.
Manteniendo a Avery a su lado, se apoyó contra el escritorio.
Avery se había imaginado muchas veces volviendo a reunirse con su familia, pero jamás habría pensado que aquella reunión pudiera tener lugar en el bar. Después de todo lo que había pasado, no pudo evitar ponerse a la defensiva.
—¿Qué estás haciendo aquí, Meyer?
Meyer consideró la posibilidad de sentarse en la silla, pero decidió quedarse de pie, con las manos apoyadas en el respaldo.
—Deberías volver a casa.
—No. ¿Algo más?
—Veo que sigues siendo muy terca.
—En absoluto. He conseguido hacerme una nueva vida. No haya nada que me motive a regresar.
—¿Ni siquiera tu madre?
El sentimiento de culpa la hizo ponerse a la defensiva.
—He llamado a mi madre. Ya hemos hablado.
O, mejor dicho, habían discutido, porque su madre insistía en que debía perdonar a Fisher por cualquier falta de respeto hacia ella que se hubiera imaginado. Recordarlo la hizo enfurecerse otra vez.
Meyer frunció el ceño, no enfadado, sino con preocupación.
—Supongo que no te lo ha dicho, ¿verdad?
Su manera de decirlo frenó en seco su enfado.
—¿Decirme qué?
—No quería preocuparte, pero creo que deberías saberlo.
La sensación de alarma la hizo erguirse.
—¿Saber qué?
—Sonya tiene cáncer de mama.
Avery sintió el miedo como el impacto de un golpe físico.
—El pronóstico es bueno —se apresuró a añadir Meyer—. La operaron para quitarle un bultito y ahora está siguiendo el tratamiento. Como lo encontraron pronto, el médico confía en que la recuperación sea completa.

—Nunca me dijo nada…

Por mucho que se esforzara Avery, cuando hablaba con su madre, la conversación terminaba de manera invariable con esta suplicándole que regresara a casa y ella negándose a volver.

—Hace poco que lo descubrimos —se ajustó las gafas—: A lo mejor, si tú hubieras estado en el lugar al que verdaderamente perteneces…

Rowdy le acarició entonces la espalda, ayudándola a recordar que era una persona diferente. No iba a permitir que Meyer la amedrentara, ni siquiera en una situación como aquella.

—¿De verdad quieres que hablemos ahora de eso?

Meyer alzó una mano.

—No. No he venido a hablar del pasado. Mi única intención es invitarte a volver a casa, de visita, si no quieres otra cosa. Creo que deberías ofrecerle a tu madre el consuelo de verte antes de que empiece el siguiente tratamiento.

—¿Cuándo comienza?

—El martes que viene.

Avery se llevó una mano a la cabeza.

—Eso es dentro de muy poco.

—El tratamiento la deja muy débil, molesta. Está comenzando a perder el pelo —sonrió levemente—. Pero ya conoces a tu madre. Siempre está dispuesta a enfrentarse a cualquier desafío y ya está organizando una recogida de fondos para que las mujeres con menos recursos puedan hacerse las pruebas.

Sí, aquello era muy propio de su madre.

Rowdy permanecía en silencio, pero no se apartaba de su lado, fuerte, inalterable. Si necesitaba algún tiempo libre, se lo concedería sin pensárselo dos veces. Un millón de preguntas bombardeaban el cerebro de Avery.

—¿Qué tipo de tratamiento está recibiendo?

—Quimioterapia y radioterapia. Ahora está preocupada por encontrar una peluca que le siente bien para cuando la necesite. Pero yo ya le he dicho que está adorable de todas formas.

Avery siempre había pensado que la única cualidad que redimía a Meyer era el amor incondicional por su madre.

—Me alegro mucho de que pueda contar contigo, Meyer.

—Pero también te necesita a ti —como si fuera un disco rayado, volvió a soltar su frase favorita—: Deberías volver a casa.

¿A casa con Fisher? Negó con la cabeza.

—Solo estoy a media hora de camino. Puedo ir a verla siempre que me necesite.

Meyer se apartó de la silla.

Rowdy miró a Avery con expresión interrogante, pero, estando allí su padrastro, ella no podía explicarle nada.

Meyer se giró con brusquedad para mirar solamente a Avery.

—¡Ya está bien, Avery! Ya es hora de que dejes de comportarte como una niña egoísta.

Avery se retrajo ante aquel ataque inesperado.

—Cuidado... —intervino Rowdy en tono de advertencia.

Pero Meyer no le hizo ningún caso.

—Deberíamos tener esta conversación en privado. ¡Deberías estar hablando de esto con tu madre!

Rowdy se irguió y fue entonces cuando Avery supo que tenía que hacer algo. Y rápido.

—Trabajo hasta muy tarde por las noches.

—¿Todos los santos días? —preguntó Meyer.

—Todos los días, salvo los domingos.

—¡Eso es absurdo! —se pasó una mano por el pelo—. La única razón por la que trabajarías en un lugar como este es para hacernos daño.

—Te equivocas —no tenía ningún interés en hacerlos sufrir—. Me gusta este lugar.

Avery se puso delante de Rowdy. Odiaba admitirlo delante de él, pero, por lo menos, de aquella manera no tenía que ver su reacción.

—Disfruto ganándome la vida.

Meyer se acarició la nuca y señaló después a Rowdy:

—¿Igual que disfrutas con él?

Avery no estaba dispuesta a ignorar aquella ofensa. Dio un paso adelante y declaró:

—¡Sí! Disfruto con él.

—Entonces que él vaya también.

Oh, oh. Aquello consiguió desconcertarla. Necesitaba una táctica de retirada.

Rowdy preguntó:

—¿Cuándo?

No, no, no. Avery fulminó a Meyer con la mirada.

—No puedes meterlo en las discusiones de la familia.

—Si es tu novio, estoy seguro de que a tu madre le encantará conocerlo.

Rowdy se puso a toser. Una, dos veces.

Cada vez más tensa, Avery evitó mirarlo. No sabía si había sido la palabra «novio», una descripción demasiado mediocre para un hombre como él, o la idea de que podrían ser pareja, lo que le estaba haciendo respirar con dificultad.

—Ya basta, Meyer.

Comprendía su estrategia. Su madre compararía a Rowdy con Fisher y, aunque Avery sabía que Fisher jamás estaría a su altura, su padrastro pensaba que sería Rowdy quien no diera la talla.

El muy sinvergüenza...

—¿Por qué no quieres llevarlo a casa? —preguntó Meyer.

Las toses se interrumpieron y Avery sintió la mirada de Rowdy taladrándole la nuca.

Maldijo para sus adentros. Tendría que rezar para que Fisher no estuviera en aquel encuentro. Pero si lo estaba... Volvió a mirar a Rowdy. Fisher no era estúpido. Jamás provocaría abiertamente a un hombre como Rowdy Yates, un hombre que podría partirlo en dos a pesar de todas sus bravuconadas. Ella estaría a salvo con Rowdy y Rowdy estaría a salvo... siempre y cuando ella fuera capaz de manejar la situación correctamente.

—Me encantará llevarlo a casa, gracias.

—¿Mañana por la mañana os parece bien?

¡Uf! Era demasiado pronto. Meyer le dejaba poco tiempo para pensar, para encontrar una buena explicación que justificara su deseo de que Rowdy la acompañara.

Como no tenía otra opción, se volvió para mirarlo.

Algo, una especie de sentimiento volcánico, asomó de pronto a los ojos de color castaño claro de Rowdy.

—A mí me va bien, si Avery no tiene ningún problema.

Vaya, lo había dicho como si estuviera lanzando un desafío. ¿De verdad se había creído las tonterías de Meyer? ¿De verdad que pensaba que se avergonzaba de él?

—¿A las once os parece demasiado pronto?

—No, está bien.

Rowdy se apartó del escritorio. En aquel momento parecía más grande, más fuerte y más imponente que nunca.

—Antes necesito saber algo.

Avery se encogió por dentro. No quería que Rowdy comenzara a indagar en su pasado, a inquirir por los motivos que habían motivado su huida. No quería ser tachada de cobarde y tampoco quería aprovecharse de su tendencia natural a proteger a todo el mundo.

Pero aquellas preocupaciones cesaron en cuanto Rowdy dio voz a otras nuevas.

—¿Por qué no la avisó antes por teléfono?

—No tenía su número, para empezar —Meyer miró a Avery—. Cuando se fue, también cambió el número.

—No lo hice para evitar a mi madre —Avery desvió la mirada hacia Rowdy—. Antes tenía un teléfono que formaba parte de un paquete familiar, pero lo cambié para contratar un plan básico que solo cubría las llamadas de móvil.

—Ha estado en contacto con su madre, pero no conmigo —continuó Meyer—, y como Sonya no quería molestarla, no podía pedirle que me pasara el contacto.

Rowdy se cruzó de brazos.

—¿Y cómo fue que la encontró aquí?

¡Oh, Dios santo! Avery no había pensado en ello. La furia que se desató en ella la impulsó a enfrentarse a su padrastro.

—¿Eres tú quien ha estado llamando al teléfono del bar?

—¿Qué? —Meyer miró a uno y a otra—. ¿De qué estás hablando?

—¿Me has estado llamando al número del bar para luego, cuando yo contestaba, quedarte callado, respirando?

¿Habría sido él quien había disparado aquella maldita pistola para asustarla? Avery no pudo avanzar mucho antes de que Rowdy la sujetara. Estaba demasiado enfadada como para pensar antes de hablar y terminó preguntando en tono acusador:

—¿Me has estado vigilando?

Meyer se sintió insultado.

—No digas tonterías.

Mucho más relajado que ella, Rowdy inquirió:

—¿Qué coche tiene?

—No entiendo qué importancia puede tener eso, pero tengo un BMW.

Avery tampoco sabía qué importancia podía tener, pero le gustaba el rumbo del interrogatorio de Rowdy.

—Entonces... ¿cómo has podido localizarme?

—Por favor, Avery, ¿de verdad crees que tu madre te habría dejado irte de casa sin saber dónde estabas? Enseguida contrató los servicios de un detective privado para que te localizara.

—¿De veras? —Rowdy lo recorrió de arriba abajo con la mirada—. Eso tiene que costar mucho dinero.

—Mucho.

A Avery comenzaron a latirle las sienes.

—¿Y ese detective me ha estado llamando?

—No tengo ni idea de cómo descubrió dónde estabas, pero puedo preguntárselo si para ti es importante.

¿Lo era? Le parecía demasiada coincidencia que hubiera estado recibiendo aquellas llamadas espeluznantes y que, de pronto, apareciera su padrastro en el bar. Pero sinceramente no se imaginaba a Meyer, ni a ninguna respetable agencia de detectives, haciendo el tipo de llamadas que había recibido.

Meyer se ajustó las gafas.

—Mira, lo único que sé es que la agencia que contraté se puso en contacto conmigo y me facilitó esta dirección hace varios meses. Sabía que era un bar que había cambiado de nombre o algo así...

—Le cambié de nombre cuando lo compré —le aclaró Rowdy.

—¿El nombre lo pusiste por ti?
Rowdy se encogió de hombros.
—La idea fue de Avery.
—Bueno, el caso es que dudaba que pudiera encontrarla aquí, así que decidí venir para comprobarlo.
—Pues aquí estoy —le confirmó Avery—. Misión cumplida.
Ya harto y sin molestarse en ocultar su irritación, Meyer dijo:
—Es tarde y todavía me queda media hora para llegar a casa. ¿Por qué no terminamos esta conversación mañana, cuando estés con tu madre?
Avery pensó que, con un poco de suerte, encontraría la oportunidad de hablar con Meyer a solas sin que Rowdy estuviera presente.
—Muy bien.
Meyer lanzó a Rowdy una mirada cortante.
—Hasta mañana entonces —se volvió hacia la puerta—. No hace falta que me acompañéis.
En el instante en el que desapareció de su vista, Rowdy fulminó a Avery con la más sombría de las miradas.
Ella se dispuso a explicarse, aunque no sabía muy bien cómo hacerlo, pero Rowdy negó con la cabeza.
—Vamos a cerrar el bar. Podemos hablar en mi casa.
Y, quizá, pensó Avery, para entonces ya se le hubiera ocurrido algo que decirle.
Una hora después, mientras se preparaban para acostarse, Avery tuvo la fugaz esperanza de que, al final, Rowdy hubiera renunciado a hacerle preguntas.
No podía estar más equivocada.

Rowdy había esperado el momento del interrogatorio. No sabía lo que estaba pasando, pero podía reconocer su cansancio, de modo que priorizó su descanso ante todo.
¿Por qué lo habría forzado a visitar a sus padres con ella?
Lo único que tenía que haber hecho era decirle a su padrastro

que no era su novio, que aquello era ridículo. Pero, en cambio, se había comportado como si estuviera enamorada de él.

¿Para engañar a Meyer? ¿O porque de verdad sentía eso por él? No estaba seguro.

Nadie lo había llevado nunca a conocer a sus padres. Diablos, a las mujeres con las que se acostaba lo único que les importaba era repetirlo. Con Avery, todo era al revés.

En cualquier otra situación, se habría inventado una excusa si una mujer se hubiera atrevido a sugerirle que la acompañara a una reunión familiar. Pero, una vez más, Avery no era como las demás mujeres. Si quería que estuviera allí, debía de tener algún motivo.

Pero, por lo visto, fuera cual fuera, no pretendía decírselo.

Le había dado tiempo suficiente para sacar el tema. Pero ella se había tomado un cuenco de leche con cereales en la cocina, mirándolo como si estuviera esperando que se abalanzara en cualquier momento sobre ella.

Rowdy, sin embargo, había hecho suficientes interrogatorios en su vida como para ser algo más sutil.

Y con ella pensaba usar guante de seda.

Avery se había refrescado en el baño y se había lavado los dientes. Su pijama no estaba diseñado para encender deseo, pero daba igual. Sobre todo cuando se arrodilló encima de la cama, detrás de él, para cambiarle la venda.

—Esto ya tiene mejor aspecto —anunció.

Rowdy sintió las delicadas yemas de sus dedos rozándole la piel.

—Los puntos me pican una barbaridad.

—Lo siento —sopló con suavidad la cicatriz después de aplicarle la pomada—. ¿Eso te ayuda?

Lo que hacía era excitarlo y eso no representaba ninguna ayuda en absoluto.

—Termina para que podamos acostarnos.

Avery debió de pensar que no tenía intención de hablar, porque le cambió la venda y se la puso a toda velocidad. Avanzó después gateando sobre la cama y se metió bajo las sábanas. Se tapó hasta la barbilla, con la melena roja extendida sobre la almohada, y cuando Rowdy se volvió hacia ella descubrió sus ojos azules mirándolo esperanzado.

Maldijo en silencio. Estaba... adorable.

¿Y cuándo demonios había pensado en una mujer que estuviera en su cama en aquellos términos? Jamás.

De pie, Rowdy se quitó el pantalón.

Avery emitió un sonido, pero él no quería volver a mirarla hasta que no tuviera la cabeza fría.

—Vuelvo en cinco minutos —le dijo de camino al cuarto de baño.

Se lavó los dientes e intentó dejar de pensar en Avery de aquella manera tan melodramática. Él era un hombre con los pies bien plantados en la realidad. Y la realidad era que la deseaba. Y punto.

Cualquier otra cosa... No quería pensar en ello. Desterró aquellos pensamientos de su cerebro para poder concentrase en lo más importante

Como en el secreto que Avery se estaba tomando tantas molestias por ocultar.

CAPÍTULO 13

Rowdy apagó las luces, levantó las sábanas y se tumbó junto a ella. La agarró con un brazo para acercarla hacia sí y deslizó el otro bajo su cabeza.

Estaba tensa como una tabla, aferrada a las sábanas con las dos manos para que le cubrieran todo el cuerpo... salvo la cara.

Acariciándole la oreja con la nariz, le susurró:

—Relájate.

—¿Te has tomado el analgésico?

—No lo necesito. Hoy me encuentro mejor.

Aunque estaban a oscuras, Rowdy notó que alzaba la mirada hacia él.

—Rowdy Yates, no necesitas ser tan prudente con...

Rowdy le acarició los labios con los suyos. ¿Prudente? No era muy probable. La prudencia no formaba parte de su ADN.

Avery no se relajó, pero aquello no lo detuvo. Continuó besándola, acariciando su boca hasta que advirtió que aceleraba la respiración. Aprovechando que tenía los labios entreabiertos, deslizó la lengua por su labio inferior y la oyó contener el aliento. Él continuó mordisqueándola, besándola, tentándola, hasta que al final hundió la lengua entre sus labios en una lenta, profunda y sutil forma de absoluta posesión. Se colocó sobre ella, inmovilizándola con su ancho pecho y... Dios del cielo, la sensación fue increíble.

Avery apartó las manos de las sábanas para enredarlas en su pelo y acercarlo hacia sí.

Por instinto de supervivencia, Rowdy alzó la cabeza.

—Esto ya está mejor.

—¿Mejor que qué? —preguntó Avery sin aliento.

Deslizó los dedos por su sedoso pelo y volvió a besarla.

—Que ver que me tienes miedo.

Comenzó a besarla otra vez, pero ella apoyó ambas manos en su pecho y lo empujó.

Sonriendo, él se tumbó a su lado.

—Ya no más besos, ¿eh?

—¡No te tengo miedo!

—Pues por poco me engañas.

Avery se incorporó, poniéndose a su nivel.

—Estoy cansada, ¿recuerdas? Uno de nosotros no ha dormido nada esta noche.

—Maldita sea, cariño, deja de gruñir —le resultaba imposible ocultar la diversión de su voz. Su sonrisa lo traicionaba—. Te pones muy violenta.

—¡Que te follen, Rowdy Yates!

—Eso espero —la agarró antes de que pudiera escaparse de la cama y después tuvo que batallar con cuidado con ella para tumbarla de nuevo sin hacerle daño—. Para estar tan cansada, todavía te queda mucha energía.

Avery pateó con fuerza, y a punto estuvo de tomarlo desprevenido. Riendo, Rowdy la aprisionó cruzando una pierna sobre su cuerpo.

—¿Esta animosidad tuya tiene algo que ver con tus esfuerzos por evitar hablar conmigo?

Avery se quedó muy quieta, cada vez más nerviosa.

Abrazándola, la besó en la frente.

—Estate quieta.

—De acuerdo —resopló, tensándose todavía bajo su cuerpo—. Pero solo porque no quiero hacerte daño en la espalda.

—Siempre pensando en mí, ¿eh? Me alegro, porque yo también estoy cansado y, si mañana por la mañana tenemos que ir a ver a tus padres, los dos necesitaremos descansar.

Avery volvió la cabeza hacia el otro lado, y él le acarició el cuello con la nariz.

—¿Qué sucede, Avery?

—Hace un año que no piso mi casa.

¿El mismo tiempo que llevaba sin salir con nadie? Umm.

—¿Por motivos personales?

No estaba seguro de cómo eran las dinámicas familiares. Lo único que sabía Rowdy de las familias era que la mayoría eran horribles y que pocas entendían el verdadero significado de la lealtad. Una lealtad como la suya con Pepper.

—Muy personales —susurró.

Acunándole el rostro entre las manos, le acarició las mejillas con los pulgares mientras intentaba adentrarse en aquel territorio que le resultaba tan ajeno.

—¿No te cae bien tu padrastro?

—¿De dónde has sacado eso?

Veamos, ¿quizá porque lo había acusado de estar acosándola por teléfono?

—No pareciste muy contenta de verlo.

—Me ha pillado por sorpresa, eso es todo —jugueteó con el vello que le cubría el pecho, volviéndolo loco—. Al verlo allí, lo primero que pensé fue que había ocurrido algo malo.

Como por ejemplo... ¿que la había encontrado?, se preguntó Rowdy, irónico.

—Y supongo que, si lo que te ha contado de tu madre es cierto, tenías razón.

—Tiene que ser verdad. Meyer jamás se inventaría algo así. La quiere demasiado.

Por lo que decía, parecía un gran tipo.

—Pero entonces... ¿por qué le preguntaste si te había estado llamando por teléfono?

—Ni siquiera lo sé —presionó la cabeza contra la almohada y gimió—. Fue una estupidez. Debería haberme dado cuenta de que Meyer Sinclair jamás haría algo tan poco digno.

—¿Te refieres a llamarte para luego quedarse callado?

—Sí. Jamás se rebajaría a hacer algo tan ridículo. No es su estilo.

—Entonces, la pregunta del millón es quién ha estado haciendo esas llamadas. Y no, no empieces a retraerte de nuevo —sosteniéndole el rostro, le dio un beso fuerte y rápido—. Me fijo en ti, Avery. Recuerdo la primera llamada que recibiste, cuando un tipo preguntó por ti. Te observé hoy cuando estuviste contestando al teléfono y oí lo que le dijiste a tu padrastro. Alguien te ha estado acosando, ¿verdad?

Avery asintió.

—Han sido muy pocas veces —y se precipitó a añadir—: A lo mejor solo es una broma. Algún cliente que vio mi nombre cuando estaba en el bar y decidió empezar a molestarme.

—A lo mejor —pero el hecho de que ella hubiera pensado que podía ser algo más le llevaba a él a pensar lo mismo—. ¿Conoces a alguien que tenga algún interés en acosarte?

Avery tardó un buen rato en contestar.

—Realmente, no.

—Avery…

—No, nada de Avery. No, no conozco a nadie que sea tan tonto como para ponerse a gastar bromas por teléfono. Es solo que… No sé. Esas llamadas me ponen nerviosa —y añadió en tono acusador—: ¡Seguramente porque tú has conseguido que vea acosadores por todas partes!

—¿Y ahora la culpa es mía?

—Fuiste tú el que insistió en que mi casa no era un lugar seguro.

Rowdy maldijo para sus adentros. Se le daba muy bien girar las tornas…

—No es un lugar adecuado para una mujer sola. Eso es un hecho, no una sugerencia.

—¿Rowdy?

Pronunció su nombre de una manera que hizo que le resultara imposible ignorar que tenía aquel cuerpo pequeño y flexible debajo del suyo.

—¿Umm?

Avery le echó los brazos al cuello.

—Te acuerdas de lo que dijo la doctora, ¿verdad?

Alguna tontería sobre que él iba a intentar seducirla…

—Sí, dijo que me cuidaras.

Avery soltó una carcajada. Incluso eso, el ronco sonido de su risa, estuvo a punto de hacer que explotara de deseo.

—Dijo que había que esperar tres días y lo sabes. Pero está resultando muy duro...

—Ese es mi problema contigo, pequeña —presionó su erección contra su cadera.

Avery volvió a soltar aquella divertida risita, que era medio gemido y medio carcajada.

—Mañana será el día, ¿verdad?

Siempre y cuando ella tuviera intención de obligarle a cumplir la promesa que le había hecho de dejarla dormir aquella noche. Horas antes, el plan le había parecido mucho mejor que en aquel momento.

Esa vez fue él quien gimió, y no se molestó en reprimirse.

—Rowdy, deja de quejarte, ya sabes que es lo mejor para ti.

Lo sabía, pero aun así replicó:

—Lo mejor para mí sería desabrocharte los botones del pijama y...

Avery le puso una mano en la boca.

—Te prometo que mañana no llevaré pijama.

Y terminó con un bostezo que le hizo recordar que apenas había dormido durante las últimas veinticuatro horas, y todo por culpa suya.

—Duérmete, cariño.

Se acomodó a su lado, teniendo buen cuidado de no apoyarse demasiado sobre la espalda porque, a pesar de lo que le había dicho a Avery, todavía tenía la herida muy sensible. La estrechó contra sí y, después de darle un beso en la nuca, susurró:

—Mañana es sábado, ¿sabes?

—¿Y?

—Y el domingo el bar está cerrado. Así que mañana, en cuanto cierre el bar, te tendré para mí la noche entera... y el día siguiente.

Avery se estremeció.

—Dios mío, Rowdy, apenas puedo esperar.

Todavía estaba sonriendo cuando sintió que Avery se rendía al sueño.

Casi sin pretenderlo, hundió la nariz en su pelo y aspiró aquella esencia que le resultaba ya tan familiar.

Era todo de lo más extraño, sobre todo teniendo en cuenta que seguía muy excitado, pero le gustaba estar así. Abrazándola. Le gustaba... estar con ella. Encontraba cierto consuelo en tener a su pequeña barman tan cerca.

Todavía no sabía quién podría haberla estado llamando, ni el motivo de que se pusiera tan a la defensiva con su padrastro. Pero lo averiguaría y, hasta entonces, ella estaría a salvo con él, a salvo de cualquier daño.

No tenía nada de que preocuparse.

Nada, salvo de aquel sobrecogedor sentimiento de posesión que experimentaba hacia ella. Apoyando la barbilla en su cabeza, cerró los ojos, la sostuvo muy cerca de su corazón y se dejó vencer por el sueño.

Rowdy se mostró muy enigmático durante el trayecto hasta casa de sus padres. Avery lo había visto de muchas maneras, pero nunca tan hermético con ella. Había intentado entablar alguna conversación intrascendente, pero solo había conseguido respuestas breves y sucintas que no animaban a la réplica.

—¿Estás bien?

Rowdy le dirigió una mirada fugaz.

—¿Por qué no iba a estarlo?

—No sé, estás muy callado.

Avery admiró su fuerte perfil. Se habían quedado dormidos, algo extraño en el caso de ambos, y habían tenido que salir a toda velocidad del apartamento para poder llegar a la hora. Rowdy se había dado una ducha rápida, pero no había podido afeitarse. Tenía un aspecto maravilloso, de hombre duro, con aquella sombra de barba en la mandíbula y el pelo rubio peinado con los dedos.

—¿Te está molestando la espalda?

—No.

—No puedes estar cómodo sentado en el coche de esa forma.

Avery se había ofrecido a conducir, pero él no solo se había negado a utilizar su coche, sino que había mantenido las llaves del suyo lejos de su alcance.

—Me gustaría que me hubieras dejado conducir a mí.

—No estaba seguro de que fueran a seguirnos otra vez y, como sé despistar a un perseguidor, he pensado que lo mejor era que condujera yo.

¡Ah! Así que no tenía nada que ver con el hecho de que ella fuera una mujer y él un hombre.

—Podías habérmelo dicho.

—Acabo de decírtelo.

La exasperación comenzaba a amenazar su apacible y bien descansado humor.

—¿Entonces nos están siguiendo?

—No me has visto hacer ninguna cosa rara con el coche, ¿verdad?

Teniendo en cuenta su estado de ánimo, Avery imaginó que no iba a recibir una mejor respuesta.

—Creo que va a haber tormenta.

Rowdy se inclinó para mirar hacia las nubes oscuras cubrían el cielo.

—Es probable —la miró y preguntó—. ¿Tienes algo que te abrigue más que eso?

Se habían vestido de manera informal, Rowdy con unos tejanos y una camiseta negra que subrayaba cada uno de los sorprendentes músculos de su torso, y ella con vaqueros y un jersey beige. Rowdy se había llevado además una camisa de franela y Avery una cazadora fina.

—Tengo un abrigo de invierno, pero pensé que no lo necesitaría todavía.

Para ser octubre, estaba haciendo un tiempo demasiado frío y tormentoso.

—¿Qué tal funciona la calefacción en tu apartamento? ¿Es buena?

Al ver la línea que estaban siguiendo sus pensamientos, Avery se inclinó hacia él y posó la mano sobre su sólido bíceps. Como siempre, su fuerza la hizo estremecerse.

—No tienes que preocuparte por mí, Rowdy. Puedo cuidar de mí misma —disfrutó con el tacto de su piel caliente y tensa sobre el voluminoso músculo.

Aquella noche, después del trabajo, se acostaría con él. Iba a ser un día muy largo, sobre todo si empezaba con aquella reunión familiar.

Rowdy flexionó el brazo bajo su mano.

—No estoy preocupado.

—Pues lo pareces. Y no es necesario. Te aseguro que tengo suficiente ropa y comida y que voy a estar bien protegida del frío.

Rowdy la miró con aquel ceño inescrutable.

—Ya casi hemos llegado.

Avery recordó entonces lo que le había dicho Alice acerca de que Rowdy recibía mejor un golpe que un cumplido. Al parecer, todos los sentimientos humanos le parecían una debilidad y el colmo debían de serlo los cumplidos.

Ella comprendía bien por qué, y eso la conmovía. Agarrándose a su brazo, apoyó la cabeza en su hombro.

—Gracias por preguntarlo.

Rowdy cambió de postura, posó la mano sobre su muslo y dijo:

—Si necesitas cualquier cosa, dímelo, ¿de acuerdo?

No, no podía hacerle eso a Rowdy. Sus padres lo habían maltratado, su hermana había necesitado su protección y la sociedad lo había abandonado. Y las mujeres solo lo utilizaban para disfrutar del sexo.

Por lo menos, aunque fuera a su modesta manera, ella intentaría ser diferente. En vez de dejar que Rowdy la cuidara de ella, ella lo cuidaría a él, siempre y cuando se lo permitiera.

—Gracias por venir conmigo. Siento ponerte en esta situación.

Le acarició la pierna.

—No es ningún problema, cariño. Pero antes de que lleguemos, ¿quieres contarme por qué?

—¿Por qué qué?

—Por qué querías que te acompañase.

—Lo sugirió Meyer.

—Y tú podías haberle dicho que no soy tu novio.

Era verdad, pero no podía decirle a Rowdy que quería defenderlo. Si no le gustaban los cumplidos, menos le gustaría aún que ella lo defendiera.

—¿Para disfrutar de una compañía agradable? —le ofreció como excusa. La mirada que le lanzó Rowdy le indicó que no había colado—. Es verdad. No te asustes, Rowdy, pero me gusta estar contigo. Y no, eso no significa que espere que siempre...

—¿Te preocupa volver a ver a tu madre?

Así que tampoco quería que lo tranquilizara, ¿eh? Estupendo. No le diría nada. Se limitaría a demostrárselo.

—No. Bueno, en realidad me resulta un poco violento. Hace mucho tiempo que no la veo y no me fui de casa en las mejores circunstancias.

—¿Cuáles fueron esas circunstancias?

Avery había tenido tiempo de pensar en la manera de explicárselo sin entrar en detalles.

—Discutimos. ¿Recuerdas que te conté que mis padres querían que sentara cabeza? Pues también lo quería mi padrastro. Y Meyer pensó que podría emparejarme con el hombre ideal. El problema era que a mí no me lo parecía tanto.

No era mentira, aunque no se lo estaba contando todo. No le habló de la agresividad con la que Meyer se había comportado, ni de lo violento que había sido Fisher.

No le contó que nadie la había creído. Que todo el mundo había creído las mentiras de Fisher.

—Mi madre quiere que yo tenga una vida cómoda y Meyer quiere hacerla feliz así que... los dos tienen la sensación de que debo seguir un determinado modelo.

—¿El modelo es casarte, tener un hogar feliz y todo eso?

—Más o menos. Pensaban que un matrimonio con el hombre adecuado era la manera de asegurarme el futuro, lo que para ellos equivale a la felicidad.

Deslizó un dedo bajo la manga de la camiseta para poder acariciar aquel hombro sólido como una roca. Le encantaba tocar a Rowdy, el aroma de su piel, el increíble calor que despedía.

—Yo quería conocer mundo.

—¿Trabajando en un tugurio de los barrios bajos?

Avery protestó:

—¡No es ningún tugurio desde que tú te hiciste cargo de él!

—Sigue estando en una de las peores zonas de la ciudad —mientras doblaba la esquina, gruñó—: Tu padrastro seguro que lo notó.

Avery se encogió de hombros.

—Me gusta mi trabajo —y le encantaba... No, ni siquiera debía pensar en ello—. Tú eres un jefe genial y Ella y Jones son para mí como parte de la familia.

—¿Y Cannon?

—Tengo la sensación de que encajará bien en el bar —al desviar la mirada hacia la calle flanqueada de casas impresionantes y fincas enormes, el corazón se le encogió de la emoción—. Es esa casa del final de la calle. El edificio gris de dos plantas.

—¡Dios! —Rowdy aminoró la velocidad—. ¿Estás de broma?

Avery no esperaba aquella reacción.

—¿Qué pasa?

—¡Es un maldito castillo!

Avery volvió a mirar aquella casa estilo Tudor. Suponía que las torretas de piedra y los arcos podían recordar a un castillo, pero su casa disponía de todas las comodidades modernas e incluso más.

—Ya te dije que Meyer era un hombre de buena posición —pero la verdad era que no había pensado en ello.

Todo aquello formaba parte de su pasado de modo que, para ella, solo se trataba de una casa bonita. Una vez más, las diferencias entre sus respectivas vidas la llenaron de remordimientos por todo aquello que Rowdy nunca había conocido.

—No tiene ninguna importancia.

Rowdy aparcó el coche en la acera y se quedó inmóvil, con la mirada fija en la casa.

—Puedes aparcar en el camino de la entrada.

—No, creo que no. No con este trasto.

—Rowdy, eso no tiene ninguna importancia.

Para ella, un coche solo era un coche. Por supuesto, el que Rowdy conducía había conocido mejores días, pero era capaz de transportarlo allí donde quería y eso era lo único que importaba.

—Pierde aceite. Y lo único que hay en ese camino son hojas secas.

—Bueno —intentando mostrarse optimista, Avery propuso—: Daremos entonces un saludable paseo hasta la casa. La subida nos sentará bien —se puso la chaqueta—. Vamos.

Ahora que ya habían llegado, estaba deseosa de ver a su madre.

Con expresión pétrea, Rowdy echó el freno de mano y apagó el motor. Se guardó las llaves en el bolsillo y abrió la puerta para salir. Mientras permanecía junto al coche mirando hacia la casa de los Meyer, un golpe de viento le pegó la camiseta negra a la espalda.

Bajo la fina tela de algodón, Avery pudo distinguir el dibujo de la venda. Inclinándose sobre el asiento del conductor, le preguntó:

—¿Sigues teniendo mejor la espalda?

Haciendo un esfuerzo para desviar la mirada de la casa, Rowdy contestó:

—¿Qué? ¡Ah, sí, estoy bien! No te preocupes por eso.

Parecía irritado. Avery tendría que evitar mostrar tanta preocupación.

Rowdy se puso entonces la camisa de franela y dijo:

—¿Por qué tengo la repentina sospecha de que no voy bien vestido?

—No son tan estirados, te lo prometo —bajó del coche y se puso la cazadora—. ¡Uf, qué viento tan frío!

Rowdy rodeó el coche y le pasó el brazo por los hombros. Contempló la extensión de la propiedad con taciturno disgusto.

—Estoy deseando acabar con todo esto.

¿De verdad le daba tanto miedo? Porque para ella no significaba nada, ni siquiera se había parado a pensar en cómo se sentiría Rowdy cuando le arrojaran toda aquella riqueza a la cara. La propia reacción de Rowdy demostraba lo insensible que había sido.

Ella no sería mejor que las otras mujeres, no si lo forzaba a participar de una situación que le hacía sentirse tan incómodo.

Obligándolo a detenerse, alzó la mirada hacia él.

—No tenemos por qué entrar.

Rowdy arqueó una ceja.

—¿Quieres quedarte fuera con este frío?

—No, me refiero a que podemos dar media vuelta y marcharnos.

Posó las manos a cada lado de su camisa abierta y se apoyó en él. Las manos de Rowdy descendieron de manera automática hasta su cintura.

—Si le digo que necesito cambiar la cita, Meyer lo comprenderá. Puedo volver más tarde, o mañana quizá.

—No creo —Rowdy se inclinó para mordisquearle el labio y lamérselo con suavidad—. Mañana estarás desnuda y debajo de mi cuerpo….

Avery sintió que el corazón le daba un vuelco ante aquella descripción tan sugerente.

—Eso me parece perfecto, pero me podría venir…

—Varias veces —cerró la boca sobre la suya, sacó apenas la punta de la lengua y volvió a retirarla—. Te lo aseguro.

Cuando Rowdy le hacía ese tipo de cosas, Avery tenía serios problemas para pensar.

—Me refería a venir aquí mañana por la mañana o a primera hora de la tarde, y seguiríamos pasando la mayor parte del día juntos…

—No me estás escuchando, preciosa. Mañana, durante todo el día, serías mía —deslizó la mano por su espalda y su trasero—. Van a hacer falta todas las horas del día para conseguir que pueda darme por satisfecho.

¿De verdad era tan fácil para él? Una vez se hubiera acostado con ella la cantidad de veces que fuera en un día, ¿se daría por satisfecho y la abandonaría?

Probablemente, sí. Aquello la entristeció, pero no quería agobiarlo con sentimientos demasiado efusivos. Él había sido sincero con ella durante todo el tiempo; había sabido que su relación tendría una corta vida y que lo que Rowdy quería de ella no era más que... sexo.

Cuando las cosas terminaran, y sabía que iban a terminar, ya encontraría la manera de lidiar con ello.

—Muy bien entonces. Si quieres quedarte, será mejor que entremos en vez de dar el espectáculo delante de los vecinos.

Rowdy inspeccionó la zona con los ojos entrecerrados

—Las casas están tan separadas que dudo de que nadie pueda vernos.

Pero, de todas formas, la soltó y comenzó a caminar.

Sonriendo, Avery se dejó llevar. Le gustaba la manera en la que su enorme mano envolvía la suya, y la facilidad con la que avanzaba con aquellas piernas largas y fuertes.

Y la forma en la que los tejanos se ceñían a su atractivo trasero.

Aquel hombre lo tenía todo y aquella noche podría explorar su cuerpo desnudo desde la cabeza hasta la punta de los pies. A pesar de lo que Rowdy había dicho, tendría cuidado con su espalda. Pero podrían utilizar otras muchas posturas.

Ella quería probarlas todas.

Cuando llegaron al final del camino, rodearon una zona de césped muy cuidado y Rowdy se detuvo al ver un BMW plateado aparcado en la puerta. Avery se quedó helada. Conocía aquel maldito coche y...

—Hola a los dos.

Con los ojos centelleantes, se volvió hacia la entrada y vio a Fisher Holloway. El miedo del pasado intentó aflorar, pero lo reprimió. Aquel día no tenía nada que temer.

Rowdy Yates estaba con ella.

Y eso significaba que estaba en una posición ventajosa.

Había pasado mucho tiempo intentando recuperar la independencia, poniendo vallas al dolor y dejando el pasado atrás.

Bajo ningún concepto iba a mostrar sus inseguridades en aquel momento. No delante de aquel hombre.

Entornó los ojos y dijo con venenoso sarcasmo:
—Fisher, qué sorpresa verte por aquí....

Rowdy ya no tenía ganas de marcharse. Ninguna. Quería quedarse y quería respuestas.

Quería saber, para empezar, por qué el mismo coche que los había estado siguiendo se hallaba aparcado delante de la casa del padrastro de Avery. ¿Habría mentido Meyer? ¿Los habría estado siguiendo? Y si así era, ¿por qué?

Cuando Rowdy se volvió hacia la persona que había salido a recibirlos, agradeció a la madre naturaleza el regalo de su altura y su complexión. Aquel payaso que estaba sonriendo a Avery como si fuera un antiguo amante no era poca cosa. De hecho, parecía un maldito jugador de rugby y debía de medir un metro ochenta.

Pero Rowdy era todavía más grande y más alto, y aquello le dio ventaja a la hora de mirarlo sonriente desde su altura.

Aquel idiota no llevaba vaqueros. No, llevaba unos pantalones de color gris oscuro, zapatos de cuero y un polo de diseño. Rowdy se fijó en el grueso anillo de oro que lucía en un dedo y en la cadena dorada del cuello.

Y tuvo que reprimir una sonrisa.

Avery se acercó todavía más a él, y fue aquel pequeño y elocuente gesto, más que ninguna otra cosa, lo que puso en alerta sus sentidos.

El otro idiota dejó de sonreír a Avery el tiempo suficiente como para bajar los escalones de la entrada y tenderle la mano.

—Hola. Tú debes de ser el... el amigo de Avery del que nos ha hablado Meyer.

Rowdy le estrechó la mano, y le divirtió ver cómo el tipo intentaba apretársela con fuerza.

—Rowdy Yates. Avery trabaja para mí —le devolvió el apretón y Fisher dejó de sonreír.

—Fisher Holloway —se presentó con una expresión cercana a una mueca—. Soy un buen amigo de la familia y también socio de negocios.

Rowdy le soltó la mano y señaló con la cabeza el BMW.

—¿Ese es tu coche?

Fisher hundió las manos en los bolsillos.

—Uno de ellos, sí. Aunque estoy pensando en venderlo. ¿Por qué? ¿Estás buscando un coche nuevo?

—No. De todas formas, tampoco podría permitirme un coche como ese. Es muy bonito.

Fisher soltó una carcajada.

—¿Qué pasa? ¿No puedes permitirte un coche bonito?

—No de esa clase.

Avery se colocó de pronto delante de él. Fue un movimiento tan absurdo, con una postura tan obviamente protectora, que Rowdy se inquietó.

—No es eso lo que quería decir, Fisher, y lo sabes.

Aquel tono tan hosco de Avery, ¿sería por él? ¿Se habría equivocado al interpretar su nerviosismo?

—No pretendía ofenderlo, cariño —Fisher sonrió a Rowdy con un gesto de complicidad masculina—. Era solo una broma.

Rowdy apretó la mandíbula y agarró a Avery de los hombros, la levantó ligeramente en vilo y la situó a su lado.

—De todas formas, es cierto. No puedo permitirme un coche como ese.

¿Por qué demonios llamaba a Avery «cariño»? ¿Tendrían un pasado en común?

¿Y habría quedado aquella relación en el pasado... o no?

Todavía furiosa, Avery replicó:

—Rowdy tiene un negocio propio y está invirtiendo en él todo su dinero.

¿Dinero? ¿Qué dinero? Ni siquiera vendiendo todo lo que tenía podría permitirse comprar un coche como aquel.

—Un bar, ¿verdad? —Fisher esbozó una sonrisa de suficiencia—. Meyer me ha dicho que es muy... pintoresco.

—Eso es porque estaba intentando ser educado —Rowdy tomó a Avery de la mano, en un intento por controlar aquella absurda tendencia suya a defenderlo—. Estoy seguro de que nunca has estado por allí, ¿verdad Fisher?

—Me temo que no he tenido ese placer.

Tonterías. Había estado vigilando el bar. Pero entonces, ¿por qué mentía?

—¿Estás seguro? Juraría que vi un coche idéntico por allí hace muy poco.

Avery no percibió el tono acusador, pero Fisher lo recibió alto y claro.

—No creo que el mío sea el único BMW plateado en circulación.

No, pero era el único con aquella matrícula. Rowdy se encogió de hombros.

—En mi barrio, un coche como ese llama la atención.

—Umm. En mi barrio destaca tan poco como cualquier otro coche.

Un punto para aquella basura de hombre. Rowdy decidió ignorarlo antes de que Avery captara lo que allí estaba ocurriendo. Lo último que quería era arruinarle el reencuentro con su madre.

—¿No deberíamos entrar? Sé que Avery está ansiosa por ver a su madre.

—Y viceversa —contestó Fisher. Hizo un gesto para que lo precediera—. Le he dicho a Meyer que yo os acompañaría. Están disfrutando de una comida ligera en la galería.

¿Qué demonios era eso de la galería? Cuando Rowdy pasó por delante de Fisher, se le erizó la piel, a modo de advertencia. No le gustaba tener a aquel tipo detrás. Su intuición rara vez se equivocaba, pero sabía que, en aquella ocasión, su desasosiego podía deberse a...

Los celos.

Unos celos terribles, sombríos y mezquinos.

Desde el instante en el que Fisher sonrió a Avery con aquella cariñosa familiaridad, a Rowdy le habían entrado ganas de machacarlo.

Y, o bien Fisher no se daba cuenta del peligro, o confiaba lo suficiente en sí mismo como para despreciarlo, porque colocándose al lado de Avery, se acercó a ella y dijo en un tono muy íntimo:

—Me alegro de volver a verte, Ave.

«¿Ave?». ¿Qué clase de apodo era aquel?

Avery tensó la mano dentro de la de Rowdy y preguntó con una voz un tanto estridente:

—¿Qué estás haciendo aquí, Fisher?

—Me invitó Meyer. Y, por supuesto, acepté venir. Te he echado de menos.

¿Se habría vuelto invisible? A Rowdy no le importaba que lo ignorasen, pero no hasta el punto de que Fisher intentara entrometerse en su relación.

—¿Eso es lo que vas contando ahora?

—Por lo que se refiere a ti, Ave, yo siempre digo la verdad.

Avery gruñó algo incoherente.

Rowdy no tenía la menor idea de lo que pretendía insinuar con aquellos comentarios que iba lanzando con tanta soltura, pero lo cierto era que, a él, lo estaban destrozando. Estaba claro que Avery y Fisher habían tenido una historia.

¿Aquella historia habría incluido sexo?

O, peor aún, ¿amor?

Quizá fuera esa la razón por la que Fisher la había estado siguiendo, intentando asegurarse de que se encontraba bien. Si Rowdy hubiera estado en su lugar, habría hecho lo mismo. Si Avery había abandonado aquella zona de la ciudad para irse a vivir como una persona sin recursos a la suya, solo un idiota no se habría preocupado. Fisher podría ser una basura de hombre, pero no era ningún estúpido. Había comprendido los problemas con los que podría tropezar Avery en su camino.

Problemas como... Rowdy Yates.

—Ya que estás aquí —musitó Fisher—, me gustaría hablar contigo en privado.

«Y un infierno», contestó Rowdy para sus adentros. Estaba a punto de hablar cuando Avery dijo:

—No.

Genial. Así que ella tampoco tenía ganas de conversaciones en privado. Por él, estupendo.

Antes de que llegaran a trasponer la puerta principal, Rowdy colocó a Avery delante de él, de manera que Fisher quedó de nuevo tras su espalda. Pero, si tenía que separarlos haciendo uso de su cuerpo, no dudaría en hacerlo.

El papel de novio celoso le resultaba tan confortable como un cactus en una silla, pero le importó un comino.

—Me he mantenido muy cerca de Meyer y de Sonya —dijo Fisher—. Les he apoyado mientras tú estabas fuera.

Avery estaba temblando. ¿De enfado? ¿De emoción?

Cuando entraron en el enorme vestíbulo, Rowdy miró a su alrededor y sintió unas ganas locas de marcharse. Con Avery encima de su hombro, en caso necesario.

CAPÍTULO 14

Era como si la opulencia hubiera pasado por allí arrojando objetos lujosos por todas partes.

—Bonito lugar.

Rowdy intentó disimular su asombro, pero... ¿qué demonios? Solo la entrada era tan grande como la de un hotel.

—La galería está por allí —dijo Avery.

Tomó a Rowdy de la mano y cruzó la casa casi trotando, sin mostrar la menor consideración por aquellos objetos que parecían propios de un museo.

¿Estaría deseosa de escapar de Fisher o de ver a su madre?

Estar con Avery en un lugar como aquel había acabado con su capacidad de percepción. Le resultaba difícil distinguir cuál era el sentimiento predominante, pero apostaba por lo primero.

Como su madre se había vuelto a casar, sabía que Avery tenía que haber crecido en otra casa. Pero aquel hogar... ¿sería muy distinto de aquel al que había estado acostumbrada? Desde luego, allí parecía sentirse muy cómoda, pasando por delante de la escalera de caracol, de las columnas y de las lámparas, en medio de aquel despliegue de mármoles, cristales y todo tipo de fanfarrias de lujo.

Entraron al final en una habitación octogonal situada en la parte trasera de la casa. Ventanales de resplandeciente cristal se elevaban hasta el techo abovedado, a una altura de unos seis metros. La vista de un jardín que parecía un parque, lleno de árboles enormes, atrajo su mirada; una elegante piscina parecía perfectamente integrada en el paisaje.

Rowdy estaba tan fascinado por lo que estaba viendo que a punto estuvo de ignorar a la mujer que se levantó a toda velocidad de su asiento. La madre de Avery.

Una ligera desazón y un inmenso anhelo le retorcieron las entrañas cuando vio a la mujer correr hacia Avery para abrazarla con fuerza. Era tan pequeña como su hija, muy femenina, y lucía un vestido de lana suelto y zapatos de tacón bajo. Sus facciones eran parecidas a las de Avery, pero en lugar de la exuberante cabellera rojiza, tenía el pelo muy rubio y medio escondido debajo de un pañuelo de seda. A sus sesenta años, era una mujer elegante, fina y delicada.

Era fácil ver de quién había heredado Avery su belleza y aquel cuerpo pequeño pero insinuante.

Rowdy se sentía como un zoquete allí de pie. Como un intruso sin derecho a sonreír, como lo estaban haciendo Meyer y Fisher.

Retrocedió, intentando apartarse de aquella escena tan familiar.

Las lágrimas pendían de las pestañas de la madre de Avery. Acunando entre las manos el rostro de su hija, sonrió.

Avery volvió a abrazarla. Con los brazos entrelazados y las cabezas juntas, ambas se mecieron de lado a lado con delicadeza.

Era algo digno de ver. Realmente hermoso.

Como debería serlo la relación de una madre y una hija, pensó. Aunque no podía decir que él hubiera tenido precisamente una experiencia muy directa...

Hundiendo las manos en los bolsillos traseros de los tejanos, se obligó a desviar la vista.

No fue capaz.

Las dos mujeres se estaban abrazando con fuerza. Había tanto sentimiento en el ambiente que Rowdy estuvo a punto de atragantarse. No podía tragar, y apenas podía respirar.

Pero entonces, de repente, Avery se apartó para regresar a su lado, se apoyó en su hombro de aquella manera que comenzaba a resultarle tan familiar y se agarró a su brazo. Sonriendo con los ojos enrojecidos, aspiró con fuerza y dijo:

—Rowdy, esta es Sonya, mi madre. Mamá, este es Rowdy, mi jefe.

La sonrisa de Sonya se borró de golpe.

—No estoy segura de que esa sea la manera más adecuada de tratar a un jefe, querida....

Rowdy se sentía como si fuera un maldito espectáculo. Miró por encima de Sonya y vio a Meyer y a Fisher el uno al lado del otro, exudando animosidad y recelo.

Sonya le tendió su mano pequeña y delicada.

—Rowdy, gracias por haber traído a mi hija a casa.

Aquello era una casa, comprendió Rowdy, un hogar. Un hogar con amor, protección y todas aquellas cosas maravillosas que estaban contenidas en la palabra. Todas las cosas que Avery se merecía.

¿Por qué se habría marchado?

¿Y qué demonios estaba haciendo él allí?

La mano de Sonya era muy pequeña. Se la estrechó con delicadeza.

—Ha venido por sí misma, señora. Yo solo la he acompañado.

—¿Te quedarás a comer con nosotros? —señaló una mesa con más platos de los que Rowdy había visto en su vida.

—Gracias.

Había fruta, unos sándwiches diminutos, encurtidos y todo tipo de elaborados aperitivos sobre la mesa.

Fisher sacó una silla.

—Ave, siéntate aquí.

Avery le lanzó una mirada de desprecio y permaneció al lado de Rowdy. Rodeándola con el brazo, este la instó a avanzar y sacó una silla para ella, pero Sonya se le adelantó.

—Gracias, Rowdy —y se sentó justo allí. Palmeó luego la silla que tenía a su lado—. Por favor, me gustaría hablar contigo —se volvió hacia él—. Y, Avery, siéntate tú también a mi vera, al otro lado. Tenemos que ponernos al día de muchas cosas.

Rowdy maldijo para sus adentros. La mujer acababa de ganarle la partida, pensó mientras veía cómo Fisher se sentaba al lado de Avery, dejándolo a él entre Sonya y Meyer.

Eso sí que era sentirse incómodo. Se pellizcó una oreja, pero no dijo nada mientras se sentaba.

Les sirvieron una comida frugal, un ligero almuerzo, y después Sonya y Avery comenzaron una queda conversación entre las dos. Por lo que Rowdy podía oír, estaban en desacuerdo en algo. No era una verdadera discusión, ciertamente, pero estaban disgustadas.

Un segundo después, Sonya dijo:

—Por favor, no nos esperéis.

Y Avery y ella se levantaron de la mesa.

Rowdy las vio alejarse hasta los ventanales del otro extremo de la galería, donde ambas permanecieron gesticulando, susurrándose cosas y abrazándose también de cuando en cuando.

—¿Y bien, Rowdy? —Fisher cortó una maldita fresa como si estuviera cortando un filete.

Con gesto desafiante, Rowdy se comió medio sándwich de una vez.

—¿Sí?

—¿Te ha contado Avery por qué se marchó?

Como si fuera aquella la señal indicada, Meyer también se excusó y se levantó de la mesa.

Lo habían dejado a solas con Fisher. Interesante. Rowdy experimentó la inconfundible sensación de que había caído en una trampa.

—No ha entrado nunca en detalles —contestó Rowdy.

—¿Qué te ha contado de mí?

—Nada —«chúpate esa, imbécil presuntuoso», añadió para sí—. De hecho, ni siquiera te ha mencionado nunca.

Algo que excitaba su curiosidad, teniendo en cuenta que Fisher parecía perfectamente integrado en su familia.

Fisher desvió la mirada hacia Avery y su expresión se llenó de ternura.

—Discutimos. Cuando quise casarme con ella y sentar cabeza, me dijo que era demasiado controlador.

Rowdy miró también a Avery. Con la aflicción reflejada en el rostro, sostenía con una mano la mano de su madre y con la otra le alisaba el pañuelo de la cabeza. Su madre parecía estar tranquilizándola.

La recordó entonces hablando de arrepentimientos, diciéndole que su madre y su padrastro habían querido que se casara. Era evidente que ambos aprobaban que Fisher se convirtiera en su marido. En caso contrario, no estaría allí en aquel momento.

—Unos ganan y otros pierden, Fish —le dijo Rowdy.

—Todavía la quiero —replicó Fisher, olvidándose de los buenos modales—. Quiero que vuelva conmigo.

Por mucho que lo enfureciera, Rowdy no sabía si Fisher tendría suerte con eso o no. Pero había algo que sí sabía.

—De todas formas, eso no va a suceder hoy, así que te sugiero que des marcha atrás.

Fingiendo diversión, Fisher sonrió con expresión lisonjera.

—Crees que tienes alguna posibilidad, ¿eh?

Una oportunidad de satisfacer su deseo, sí. Pero... ¿más allá de eso? Era lo suficiente honesto consigo mismo como para reconocer que no tenía demasiadas posibilidades. Eso no significaba que Avery pudiera enamorarse de un imbécil como Fisher. Era demasiado auténtica, demasiado sincera y demasiado real para enamorarse de un tipo que se adornaba con una cadena de oro.

—Sé que ha venido conmigo y que se va a ir conmigo. De momento, con eso me basta.

No era cierto. No le bastaba en absoluto.

—No lo tengo tan claro. Como le he dicho a Avery, he estado muy cerca de su familia. Los he consolado por todo lo que han sufrido por culpa de su conducta, de su... abandono. Avery ahora está aquí, y si su madre le pide que se quede...

Dejó las palabras en el aire, sin explicitar todas las posibilidades.

Rowdy maldijo para sus adentros. Ni siquiera había pensado en ello. Miró de nuevo a Avery y vio que las dos mujeres estaban sonriendo. Era posible que estuvieran a punto de poner fin a aquella conversación, así que quizá hubiera llegado el momento de decirlo.

—He reconocido la matrícula, Fish. La has estado siguiendo. Espiando.

Tras la sorpresa inicial, Fisher se encogió de hombros.

—En realidad, estaba cuidando de ella.

Rowdy no discutió aquella posibilidad, porque, por mucho que le pesara, tenía sentido.

—Ave no está hecha para el lado más sórdido de la vida. Ahora está en un momento de rebeldía, intentado... demostrar algo a su familia —Fisher intentó ensartar otra fresa con el tenedor, con demasiada fuerza como para hacerlo con precisión—. Cuando su padre murió, quedó destrozada. Y después Sonya volvió a casarse, lo que supuso un nuevo cambio en su vida. Avery no ha vuelto a ser la misma desde entonces.

—¿Y eso?

Fisher sonrió de oreja a oreja.

—Se marchó de casa. Se puso a trabajar en un bar de mala muerte —apuntó a Rowdy con el tenedor con el que había pinchado la fresa—, y ahora te ha traído a casa para restregarles su rebelión a sus padres.

¿Por eso le había pedido que la acompañara? Desde luego, a él no se le ocurría ninguna otra razón.

—Lo siento —se disculpó Sonya cuando volvió a reunirse con ellos.

Tanto Rowdy como Fisher se levantaron, pero fue Meyer quien se adelantó a tiempo de sacarle la silla.

Sonya dijo entonces, mirando a Rowdy:

—Avery y yo llevamos mucho tiempo sin vernos y teníamos que ponernos al día. Espero que me perdones esta falta de educación.

Rowdy miró hacia Avery por encima de Sonya. La encontró excesivamente seria.

—Lo comprendo —repuso, y aunque la frase estuvo a punto de matarlo, le dijo a Avery—: Si necesitas el día libre, podemos arreglarlo.

—No —Avery cortó su diminuto sándwich en dos pedazos todavía más pequeños—. No te preocupes. Mi madre y yo ya hemos hablado de ello y le he prometido que volvería pronto a verla.

—Pero si cambias de opinión... —le ofreció Sonya, vacilante.

—Lo siento, mamá, pero no puedo. Vendré a menudo, pero Rowdy me necesita durante las horas de trabajo. Desde que compró el bar, la clientela se ha cuadruplicado.

—¿A qué hora abres hoy? —le preguntó Meyer.

Rowdy tenía la boca llena y maldijo en silencio. Tragó el bocado y utilizó una servilleta de lino blanca como la nieve para limpiarse la boca.

—Abrimos a las tres y media. La cocina cierra a las once. La última copa se sirve a la una y cerramos a las dos. Y abrimos seis días a la semana. Los domingos cerramos.

Fisher se reclinó en su silla.

—Tengo entendido que el establecimiento solía ser un punto de encuentro de traficantes de drogas y mujeres de la vida.

—¿Ah, sí? —Rowdy no tenía muchos deseos de suministrar demasiada información ni a su madre ni a su padrastro—. ¿Dónde has oído eso?

Entonces intervino Meyer:

—Tranquilízate, Rowdy, nadie está intentando acusarte de nada.

Así que trabajaban en equipo... Inclinó la cabeza y miró a Fisher durante el tiempo suficiente como para darle a entender lo que pensaba de él.

—Estoy muy tranquilo.

Sonya posó la mano sobre su antebrazo.

—Pero estás sentado tan tieso como una monja en una iglesia...

Rowdy no podía apoyar la espalda en la silla por culpa de los puntos y sabía lo suficiente sobre buenos modales como para no apoyar los codos en la mesa.

—Rowdy siempre está relajado, se siente cómodo y seguro en todas partes —Avery se inclinó para mirarlo por detrás de su madre—. Pero lo hirieron en una pelea y por eso no puede apoyar la espalda —fulminó a Fisher con la mirada antes de añadir—: Y nadie tiene ningún motivo para acusarlo de nada.

Fisher alzó las manos, sonriendo.

—¿No es eso lo que acabamos de decir?

—¿Cómo te hirieron? —quiso saber Sonya.

Como si ya no quisiera comer nada más, Rowdy empujó el plato a un lado.

—No es nada.

—Fue una cuchillada.

Maldijo para sus adentros. Rowdy se preguntó qué pensaría Sonya si le metía una de esas elegantes servilletas de lino a su hija en la boca.

Sonya se llevó la mano al cuello y se lo quedó mirando fijamente.

—¿Una pelea con cuchillos?

—No fue tan dramático y tampoco sé si puede decirse que fuera una pelea.

—¿Ocurrió en el bar? —quiso saber Meyer.

Rowdy negó con la cabeza.

—Fue fuera del bar...

—Porque Rowdy evitó que pelearan dentro —dijo Avery—. E, incluso después de recibir la cuchillada, fue capaz de darles una paliza.

—¡Dios mío! —exclamó Sonya.

—¡Estaba defendiendo a un niño!

—¿Dejas que entren niños en el bar? —preguntó Fisher.

Atrapado entre las miradas acusadoras y el relato entusiasta que estaba haciendo Avery de los hechos, Rowdy podía sentir cómo iba creciendo la tensión.

—No —si Avery quería contarlo todo, así sería—. Como tú has dicho, antes el bar lo habían utilizado traficantes de drogas y, sí, también tuvo relación con el tráfico sexual. Pero eso ya se acabó.

Sonya parecía a punto de desmayarse.

Avery dijo entonces con un tono de alivio:

—La verdad es que estaba bastante mal antes de que Rowdy hiciera una buena limpieza.

Su madre se volvió bruscamente hacia ella.

—¿Trabajabas allí cuando pasaba todo eso?

Avery se encogió de hombros.

—Sí, era camarera.

¿Estaba intentando provocarlos? Rowdy no tenía la menor idea de lo que se proponía Avery, pero no le gustaba nada.

—Compré el bar, Avery decidió quedarse y nos deshicimos de la mayor parte de esos… delincuentes.

—Pero esos tipos se presentaron allí con intención de cerrar un trato que habían hecho con el anterior propietario —explicó Avery—. Uno de esos canallas llevó allí a su hijo.

Sonya y Meyer se miraron horrorizados. Fisher apenas podía contener su satisfacción.

—Gracias a Rowdy —continuó Avery, con regocijo—, ese hombre está ahora en la cárcel y el niño con uno de los amigos de Rowdy que, además, es policía.

Sonya tragó saliva de manera audible.

—¿Has dicho que fue una pelea a cuchillo?

Rowdy abrió la boca, pero Avery se le adelantó:

—El tipo con el que Rowdy acabó venía con un colega. Ese tipo llevaba un cuchillo. Pero incluso después de recibir la cuchillada, Rowdy consiguió acabar con él.

«Genial. No podías haber sido más discreta, Avery». Rowdy se rascó la barbilla, esperando la inevitable pregunta.

Y fue Fisher el que la formuló.

—¿Sueles meterte en muchas peleas?

—Las evito todo lo posible —no era del todo cierto, puesto que en muchas ocasiones disfrutaba machacando a determinados individuos—. Pero a veces no puedo.

—¿Por el lugar donde vives y trabajas?

Rowdy se encogió de hombros.

—Es probable.

Avery ahogó una exclamación.

—Eso no es cierto. Es porque defiende a la gente que lo necesita —en ese momento fulminó a Fisher con la mirada—. Y, muchas veces, cuando nadie más está dispuesto a dar un paso adelante para hacerlo.

Sonya se removió incómoda en su asiento, Fisher entrecerró los ojos y Meyer soltó un sonido de disgusto.

—Y cuando eso ocurre, ¿vas equipado para manejar la situación? —quiso saber Meyer.

—Me las arreglo con las manos desnudas.

—Es increíble —insistió Avery—. Muy rápido y muy fuerte. A mí me dejó asombrada.

Meyer arrojó su servilleta.

—¿Estabas tú allí?

—Mirando por la ventana, sí, porque Rowdy insistió en que no saliera del bar.

—Y todavía habrá que agradecérselo... —musitó Fisher.

—¡Ay, Avery! —musitó Sonya—. No quiero que vuelvas allí.

«Genial», pensó Rowdy. Si Avery continuaba así, terminarían atándola antes de dejar que se fuera con él.

—La verdad es que fue un poco aterrador... —admitió Avery—, sobre todo cuando ese tipo le rajó la espalda a Rowdy.

«¿Rajarme la espalda?», se preguntó Rowdy. Solo fue una herida superficial. Levantó su taza de té.

—No creo que haga falta exagerar las cosas, cariño.

—¡No estoy exagerando! Acabaste fácilmente con ellos. Esos tipos no tuvieron ninguna oportunidad.

—Sí, pero por lo visto no lo bastante rápido como para evitar la cuchillada, ¿no? —se burló Fisher, mirando a Avery con los ojos entrecerrados.

Avery palideció y comenzó a protestar, pero no tuvo oportunidad.

—¿Y si le hubieran matado? —inquirió Meyer—. ¿Qué habría pasado si esos matones hubieran ido a por ti?

Sonya soltó una exclamación ante aquella posibilidad.

Avery hizo un gesto con la mano, desdeñando su preocupación.

—Meyer, de verdad, confía un poco más en mí. Había cerrado el local con llave. Además, ya había llamado a la policía. Llegaron justo cuando Rowdy acababa de resolverlo todo.

Rowdy podía sentir a Fisher, a Meyer y a Sonya mirándolo

fijamente con el mismo horror con el que habrían contemplado un choque de trenes.

Se estaban preguntando cómo era posible que alguien como él estuviera con una mujer como Avery. Lo estaban culpando de las nuevas inclinaciones sanguinarias de Avery.

Querían que se alejara de ella cuanto antes. Y, para ser sincero, tampoco podía culparlos por ello. Si Pepper hubiera estado en una situación como aquella, él habría sentido lo mismo.

Era imposible que Avery lo estuviera pasando por alto. Era demasiado astuta para hacer algo así.

Pero entonces... ¿qué era lo que se proponía? ¿Quería que supieran de lo que él era capaz? ¿Pero por qué?

¿Para restregárselo por la cara, como había dicho Fisher? ¿Para demostrar hasta dónde había sido capaz de llegar en su intento de rebelión? Odiaba pensar que pudiera tratarse de eso, pero no se le ocurría nada más.

Como si no hubiera contado ya bastante, Avery añadió:

—He visto a Rowdy pelearse en dos ocasiones. Puede ser letal.

Muy bien, si aquello era lo que quería, él también participaría en el juego.

—Aprender a defenderme formó parte de mi educación.

—¿Y eso qué significa? —quiso saber Meyer.

—Mi hermana y yo vivíamos en una desvencijada caravana a la orilla de un río. A los cinco años ya tenía que pelearme con ratas hambrientas y, desde entonces, no he dejado de hacerlo —evitando la mirada de Avery, alzó su taza de té como si estuviera haciendo un brindis—. Si no aprendes a pelear, terminas recibiendo tú. De modo que sí, sé muy bien enfrentarme a un idiota armado con un cuchillo.

Todo el mundo se quedó en silencio.

Que se fueran todos al infierno, decidió Rowdy. Alargó la mano sobre la mesa para agarrar otro de aquellos sándwiches diminutos, se lo metió entero en la boca y echó la silla hacia atrás.

—Ya es hora de que nos vayamos.

Se levantó de la mesa con todos los ojos fijos en él, volvió a alzar su taza de té y la apuró de un trago.

Sin esperar a Avery, comenzó a salir de la habitación. Oyó la risita de Fisher y, aunque pensó en regresar para darle una paliza, jamás habría dejado que su mal genio lo llevara a golpear a alguien que no se lo merecía.

Fisher podía llegar a ser irritante, pero eso no significaba que se mereciera acabar cubierto de moratones.

En aquel momento, él era el único que se había ganado una buena patada en el trasero. Había sido un imbécil, un completo estúpido.

Oyó que Meyer y Sonya elevaban la voz mientras intentaban convencer a Avery de que se quedara. «Déjala», pensó.

Pero, en el fondo, sabía que no iba a ir a ninguna parte sin ella.

Furioso, sobre todo consigo mismo, abandonó la galería con los brazos en jarras y esperó.

Un segundo después salía Avery apurada, con Fisher a su lado. Se apartó de Fisher, vio a Rowdy y aminoró el paso... con un gesto de alivio.

¡Tonterías! No iba permitir que lo arrastrara allí dentro otra vez.

—Lo siento —le dijo animada, como si su visita no hubiera sido un desastre total—. Tenía que despedirme.

Sonya y Meyer, que estaban detrás de ella, continuaban lanzando argumentos para que se quedara. En cuanto vieron a Rowdy, cerraron la boca.

La buena educación podía llegar a ser un engorro, pensó Rowdy. A punto estuvo de soltar una carcajada.

—Si queréis hablar un momento con ella para organizar otra visita, puedo esperar fuera —les ofreció.

—No, eso es... —comenzó a decir Avery.

Fisher la interrumpió:

—Meyer y yo podemos esperar con él, Ave. Tómate todo el tiempo que quieras.

—¡No! —dio un paso hacia delante—. Yo...

—Sí, Ave —insistió Rowdy, haciendo que se detuviera—. Tómate todo el tiempo que quieras. No puedo presumir de ser un caballero, pero tampoco soy tan maleducado como para dejarte aquí.

Su mal humor lo impulsó a toda la velocidad de que fue capaz hasta la puerta principal y, desde allí, al sendero de entrada. Tener a Fisher tras él no le resultaba más tranquilizador que antes, pero en aquella ocasión estaba deseando que aquel imbécil hiciera algo, cualquier cosa, que justificara una paliza.

En cambio, con las manos en los bolsillos y en un tono en absoluto amenazador, Fisher le dijo:

—Lo siento. Sé que no ha debido de resultarte fácil venir aquí.

—¿Ah, no? —con los brazos cruzados sobre el pecho, Rowdy se reclinó contra el guardabarros del coche de aquel maldito canalla—. ¿Y por qué?

Meyer sacudió la cabeza.

—Ahora ya has visto que Avery está... confusa sobre algunas cosas. Pero necesita volver a casa. Su madre la necesita.

—Eso no tiene nada que ver conmigo.

—Podrías despedirla.

No haría eso por nada del mundo. Rowdy esbozó una sonrisa burlona, mostrando los dientes.

—Le contaré lo que acabas de sugerirme, Fish.

Fisher suspiró.

—Si quieres ponerle las cosas más difíciles, no puedo impedírtelo. Pero espero que lo reconsideres por su bien.

Por su bien. Sí, por el bien de Avery, Rowdy haría cualquier cosa. Y le fastidiaba no haberse dado cuenta hasta entonces.

Avery asomó entonces la cabeza por la puerta y, al verlo, sus ojos azules volvieron a llenarse de alivio. Salió junto a su madre. Sonya parecía muy triste, pero su hija la tranquilizó:

—Volveré pronto, mamá. Si me necesitas, solo estoy a una llamada de distancia.

—No quiero convertirme en una carga.

Avery sonrió.

—Tú nunca serás una carga.

Sonya se estremeció por el frío viento, así que Meyer se acercó a ella y le pasó un brazo por los hombros.

—Volved a casa —les recomendó Avery, cerrándose la cazadora—. Aquí hace mucho frío.

Rowdy también quería abrazar a Avery, compartir con ella su calor, pero no lo hizo. Ignoró a Fisher y se dirigió a los padres de Avery:
—Gracias por el almuerzo.
—Conduce con cuidado —respondió Meyer.
Sonya se mostró indecisa durante un instante antes de dar un paso adelante.
—Gracias, Rowdy. Espero volver a verte.
No era muy probable. Rowdy consiguió esbozar una media sonrisa y se volvió para marcharse. Avery corrió para alcanzarlo.
Cargado de confianza en sí mismo, Fisher gritó:
—Te veremos pronto, Avery.
Avery apretó los labios, lo ignoró y continuó alejándose sin volverse. A Rowdy le resultó un poco más difícil. Estaba deseando destrozar a aquel imbécil.
Cuando llegaron al final del sendero de entrada, Avery se le acercó y le dio en el brazo con el hombro. Rowdy se apartó de ella con la excusa de rodear el coche.
Avery se detuvo y permaneció mirándolo fijamente antes de abrir la puerta.
Si creía que era un caballero, ya iba siendo hora de que aceptara la verdad, pensó Rowdy. Ella lo había exagerado todo por sus padres. Él lo haría por ella.
Era una rata de las calles, ni más ni menos. Inmoral cuando le convenía, se guiaba por sus propias normas y le importaba un comino lo que pensaran los demás. Lo único que tenía en común con su barman era la química sexual que había entre ellos.
Y por mucho que deseara que las cosas fueran distintas, sabía que eso nunca sería suficiente.

Avery soportó aquel silencio durante todo el tiempo que pudo, pero la tensión iba creciendo a cada minuto. Al final, estaba tan histérica que iba a explotar como no dijera algo.
—Mi madre dice que está animada. Han conseguido acabar con el cáncer y el pronóstico es bueno. Se está recuperando muy rápido.

Nada. Ninguna reacción.

—El cáncer siempre es una enfermedad grave, por supuesto. Pero mi madre me ha asegurado que se pondrá bien y que el tratamiento es, sobre todo, preventivo. Dice que Meyer ha exagerado.

—Quería que volvieras a tu hogar. Al lugar al que perteneces.

Pero aquel no era su hogar. Ya no. Y necesitaba que Rowdy lo comprendiera.

—Mi madre se ha disculpado por la presencia de Fisher. Supongo que lo invitó Meyer. Apareció en el último momento.

Todavía le dolía que su madre no se diera cuenta de lo miserable que era Fisher. Ella decía que los había ayudado y que Fisher había sufrido mucho durante su larga ausencia.

Si su madre no hubiera estado enferma, Avery se habría marchado nada más verlo.

—Quería que me llevara mi ropa de antes. No le gustan estos tejanos, pero a mí me encanta poder ir tan cómoda.

Rowdy tensó el gesto, pero no contestó.

—Creo que está empezando a aceptar que quiera vivir a mi manera. Sobre todo ahora que parece que nos estamos reconciliando. Le he dicho que volvería de visita. Siempre y cuando Fisher no venga —era la única condición que le había puesto y su madre había estado de acuerdo—. Me llamará para hablar y para tenerme al tanto de cómo va todo.

Rowdy seguía sin reaccionar.

—También me ha dicho que le gustaría conocerte mejor.

Aparte de entrecerrar los ojos todavía más, Rowdy no dio ninguna muestra de estar escuchándola.

Avery sabía que no le había gustado que hubiera presumido de sus hazañas. Él no podía comprender por qué lo había hecho y ella tampoco podía contárselo.

Sabía mejor que nadie lo despreciable que era Fisher. A pesar de las apariencias, no era un hombre de principios y no jugaba limpio. Siempre y cuando Fisher creyera que Rowdy era un tipo bien bragado y decidido a todo, lo cual no estaba nada lejos de la realidad, lo dejaría en paz.

Pero, si Rowdy llegaba a saber la verdad, le daría su merecido a Fisher. Se creía invencible y, en algunas circunstancias, podía serlo. En una pelea justa, frente a frente, Rowdy sería perfectamente capaz de destrozarlo.

Por desgracia, Fisher no era ningún estúpido, pero también era un cobarde de la peor especie. Si alguna vez llegaba a atacar, no lo haría abiertamente, negando a Rowdy cualquier posibilidad de defenderse.

Si al menos hubiera sabido que Fisher iba a estar allí...

Maldijo a Meyer por aquella intromisión.

A medida que Rowdy continuaba ignorándola, iba sintiendo una opresión cada vez mayor en el pecho.

—¿Rowdy?

—¿Qué pasa, Ave?

Avery esbozó una mueca ante aquel sarcasmo.

—Por favor, no me llames así. Es un nombre ridículo que eligió Fisher. No me gusta.

Rowdy giró para tomar la calle que conducía hasta el bar.

Ya solo les quedaban unos minutos.

—Si te has sentido incómodo, lo siento.

Rowdy se echó a reír sin humor.

—Es curioso, es lo mismo que me ha dicho Fisher.

—Fisher es un estúpido —se preguntó qué otras cosas le habría dicho.

El corazón le martilleó con fuerza al pensar en todas las posibilidades.

—Odio señalar algo tan evidente, cariño, pero habéis compartido los mismos sentimientos.

—No. Fisher y yo no compartimos nada —alargó la mano para acariciarlo, pero, sin necesidad de moverse, Rowdy se las arregló para dejar claro que no quería ningún contacto. Abatida, Avery retiró la mano—. Lamento que Fisher se haya mostrado tan hostil... No sabía que iba a estar presente.

—No ha sido hostil en absoluto —negó Rowdy—. Te quiere.

«¡No, no me quiere!», deseó gritarle. En lugar de ello, aspiró profundo.

—Nunca estuvimos juntos. Pero a Fisher le gusta recordar las cosas de otra manera —y también le gustaba mentir—. Yo nunca lo he querido de esa manera —no como lo quería a él—. Supongo que podrías decirme que a Meyer y a mi madre les gustaría que las cosas fueran de otra manera. Les cae bien y lo aprueban como...

Rowdy soltó otra sombría carcajada.

—¡Deja de hacer eso!

Ni siquiera la miró.

La estaba apartando de su lado y aquello le dolió. Mucho.

—Deja de ser tan condescendiente y tan... frío conmigo.

Rowdy tomó la calle que conducía a su apartamento.

—Me has utilizado, Ave.

Dios, cómo odiaba que acortara de aquella manera su nombre. Pero no podía negar lo que acababa de decirle. Lo había utilizado.

Para demostrarle a Fisher que podía contar con alguien para que la defendiera.

Que no estaba sola y en una situación de vulnerabilidad.

Para demostrarle a Fisher que Rowdy no era cualquier cosa, que no era un objetivo fácil. Que no era una persona inclinada a huir de cualquier peligro.

Porque aquello era precisamente lo que más temía. Fisher no quería perder. Si no podía ahuyentar a Rowdy de la manera más fácil, podría intentar deshacerse de él para siempre.

Rowdy entró en el aparcamiento del bar y detuvo el coche junto al de Avery.

Avery se lo quedó mirando confundida.

—¿Qué estás haciendo? No abrimos hasta dentro de dos horas.

—Pensé que te gustaría ir a tu casa a cambiarte, a ducharte o lo que sea...

—Pero...

Ella quería hablar con él, llegar hasta su corazón, reparar el daño que había hecho.

—Tengo que ir a ver a Marcus —estiró la mano por delante de ella para abrirle la puerta, ordenándole de forma inequívoca que saliera—. Tengo que darme prisa si quiero volver a tiempo.

Vaya, esa sí que era una manera clara de rechazarla. En aquel momento, el dolor le constreñía el corazón con una fuerza mortal.

—Rowdy, si me dejaras explicarme...

Rowdy la miró a los ojos y el volcán emocional que reconoció Avery en los suyos la dejó estupefacta.

—Adelante, pequeña. Miénteme. Dime que no me has utilizado.

Las palabras no acudieron a sus labios. Sacudió la cabeza, sintiéndose condenadamente indefensa.

—Yo no miento.

Necesitaba, más que nada en el mundo, que Rowdy la creyera. Porque nadie más creía en ella. Ni siquiera su madre.

Rowdy rio para sí.

—Plantándome delante de tu madre y de tu padrastro pretendiste demostrarles algo, ¿verdad? Es una pena que no me avisaras antes. Podría haber desenterrado algunas de mis mejores historias. Como aquella vez que metí a un traficante sexual en mi furgoneta, lo llevé a un almacén abandonado y le enseñé con los puños el error que había cometido.

Avery sentía una opresión en los pulmones que le impedía respirar.

—O la vez que desafié a un jefe de la mafia haciendo que me disparara para que Logan pudiera escapar detrás de mí.

—Déjalo ya —susurró Avery.

—¿Por qué? Querías que tus padres oyeran algo sustancioso. Pues tengo algunas historias muy buenas que podríamos haber compartido mientras comíamos todas esas cosas tan finas. Por supuesto, es posible que no te hubiera quedado tiempo para hablar del cáncer con tu madre —apoyó el brazo en el asiento y jugueteó con su pelo—. ¿Conseguiste encontrar un momento para preocuparte por su enfermedad? ¿O estabas demasiado ocupada preocupándolos a ellos?

Abrumaba por el dolor, el enfado y la ira, Avery salió del coche. Le dolía saber que Rowdy tenía una opinión tan baja de ella. Las manos le temblaban mientras trasteaba en el bolso intentando encontrar las malditas llaves del coche y desbloquear luego con dedos torpes la puerta de su coche, utilizando el mando a distancia. Sentía en los ojos el escozor de las lágrimas que le nublaban la vista.

Una vez en el interior de su coche, puso el motor en marcha y, finalmente, incapaz de contenerse, miró de nuevo hacia Rowdy. Seguía sentado en el suyo, con el motor encendido y el teléfono en la oreja.

Y entonces lo supo. Estaba llamando a alguien para que la vigilara. Para asegurarse de que llegaría a casa segura a salva.

Ese conocimiento hizo desaparecer su enfado. Él también estaba dolido. Por eso había sido tan cruel.

Pero aquello no hacía que la situación fuera más fácil. Tenía que encontrar la manera de hacerle comprender sus motivos sin revelarle demasiado. Por muy cruel que hubiera sido Rowdy al obligarla a abandonar su coche, no tenía la menor duda de lo que haría si se enterara de la verdad sobre Fisher. En aquel momento estaba disgustado, como un oso herido, pero en el fondo seguía siendo un hombre esencialmente protector. Había nacido para ello y no había un solo día en el que no cumpliera con aquel deber.

Ella podría ser una completa desconocida para él y, aun así, sabía que la defendería. Formaba parte de su naturaleza, era la parte más importante de su personalidad. Y ella amaba a ese hombre: era un héroe, por desagradable que estuviera siendo en aquel momento.

Continuó con la mirada fija en él hasta que terminó la llamada y guardó el teléfono. Rowdy metió entonces una marcha y ella, con repentina determinación, le sonrió.

Aquello lo desconcertó. Deteniéndose, la miró con los ojos entrecerrados.

Avery se secó los ojos, alzó la barbilla y se echó el pelo hacia atrás. Después, para que supiera que no había conseguido en absoluto alejarla para siempre de su lado, le saludó. Se despidió con la mano.

La expresión de Rowdy se tornó pétrea. Avery no esperó para

ver lo que hacía. Salió del aparcamiento con la cabeza hecha un lío. Se iría a su apartamento, sí, pero no pensaba renunciar a Rowdy.

No le permitiría que olvidara lo que le había prometido para aquella noche y todo el día siguiente. Y haría todo lo posible para obligarlo a cumplir aquella promesa.

Antes de abandonarla para siempre, Rowdy le dejaría aquel recuerdo. Un recuerdo que perduraría durante el resto de su vida.

CAPÍTULO 15

Las cosas no habían salido tan bien como había planeado. Nadie se había comportado como esperaba y, menos que nadie, Avery. Se había convertido en una mujer distinta, más abierta, más confiada y más independiente.
Estar sola durante un año no la había debilitado. No, más bien parecía haberla fortalecido.
Sonrió de oreja a oreja. Aquello no duraría, pensó. La próxima vez que reuniera a todo el mundo, a todos salvo a Sonya porque, por lo que a su plan concernía, sería más un obstáculo que una ayuda, se aseguraría de que todas las piezas estuvieran en su lugar. Y así Avery no podría darse tantos humos.
Apenas podía esperar.

Rowdy estaba sentado otra vez en el suelo, perdiendo unos minutos preciosos en saludar al perro mientras Marcus permanecía retraído, mirándolo con aprensión. Alice, que el cielo la bendijera, se fue directamente a la cocina a por más galletas y un zumo. A lo mejor aquello se convertía en su rutina: pícnics improvisados en el apartamento y él esforzándose para que Marcus se sintiera cómodo.
—Te he traído un coche rojo —dijo Rowdy mientras sacaba un cochecito y otro tramo de pista—. ¿Qué te parece si los probamos?

Marcus retrocedió y miró hacia la cocina, donde Alice canturreaba mientras preparaba la merienda. Cuando se volvió de nuevo hacia Rowdy, se mordió el labio y preguntó:

—¿Estás enfadado?

Maldijo para sus adentros. ¿Aquel niño era capaz de adivinar su estado de ánimo? Creía haberlo disimulado bastante bien, pero sabía demasiado sobre supervivencia. Y sabía que uno aprendía a discernir ese tipo de cosas incluso a tan tierna edad.

Ya había decidido que jamás le mentiría a Marcus sobre nada, así que contestó:

—No contigo.

Frotándose la nariz con el antebrazo, Marcus cambió nervioso de postura.

Rowdy se descubrió a sí mismo dando explicaciones, intentando tranquilizar al niño.

—En realidad, no ha sido nada. Solo un desacuerdo con una... amiga —no, Avery era mucho más que una amiga. O, al menos, eso había creído él. Pero ya no estaba tan seguro.

—¿Quién te ha hecho enfadar? —preguntó Marcus.

Rowdy comprendió entonces que el niño temía que descargara su mal humor en él. Era probable que en el pasado hubiera tenido que pagar los platos rotos cada vez que había ocurrido algo malo.

Por dentro se entristeció todavía más, pero al final consiguió que Cash se tranquilizara. Acarició el lomo del perro.

—¿Sabes, Marcus? Ante todo, creo que estoy decepcionado —agarró la cabeza peluda de Cash y le rascó detrás de las orejas. Después, por estúpido que pudiera sonar, le confesó—: Tengo la sensación de que han herido mis sentimientos y estoy muy triste por eso. Pero creo que si jugamos a los coches me sentiré mucho mejor. ¿Quieres que juguemos?

Llegó entonces Alice con la bandeja. Pero Rowdy no se dejó engañar por su disimulo. Sabía que lo había oído todo, aunque fingiera lo contrario.

—¡Vamos a comer!

Se sentó en el suelo al estilo yoga, en perpendicular a Rowdy, de manera que Marcus tuviera que sentarse frente a él. Después colocó los zumos y las galletas sobre las servilletas.

—Las galletas están recién hechas de esta mañana. Marcus me ayudó a hacerlas.

—¿Estás de broma? —Rowdy le dio un enorme mordisco y gimió—. ¡Qué ricas!

Sabiendo a Alice cerca, Marcus se aproximó y se sentó. Al hacerlo, golpeó con su huesuda rodilla el vaso y el zumo se derramó en el suelo.

El niño se quedó petrificado. Su rostro iba paleciendo y sus ojos abriéndose cada vez más.

—¡Huy! —exclamó Alice, y se apartó para evitar que el zumo le manchara los pantalones—. Menos mal que he traído servilletas.

Rowdy se inclinó hacia delante.

—¿Marcus?

Con los labios apretados y los hombros hundidos, el niño mantenía clavada la mirada en el suelo.

Rowdy quería sentarlo en su regazo, abrazarlo como había abrazado a Cash, jurarle que jamás volvería a ocurrirle nada malo porque él no lo permitiría. Pero sabía que ni siquiera debía intentarlo.

—Solo es un poco de zumo, colega. Yo me paso la vida tirando cosas y no es para tanto. Lo único que hay que hacer es limpiarlo.

—Ya está —contestó Alice, esforzándose por no mirarlos—. No ha pasado nada —se levantó—. Voy a llenarte otra vez el vaso, cariño.

Marcus no alzó la mirada. Rowdy oyó que tragaba saliva.

Maldijo para sus adentros.

—¿Sabes lo que me gustaría hacer, Marcus? Me gustaría abrazarte y decirte que no te preocuparas. Pero sé que necesitas tiempo para convencerte realmente de que no pasa nada. Y me duele, me duele mucho, tío. Justo aquí... —se llevó la mano al pecho—. Me duele saber que estás tan preocupado por lo que acaba de pasar, así que, por favor, no le des importancia.

—Puedes quedarte el coche —le dijo Marcus con un hilo de voz.

«¡Dios!», exclamó Rowdy para sus adentros, Si tuviera que hacerlo, se enfrentaría hasta con un dragón por aquel niño. Pero lo único que podía hacer era permanecer allí sentado con un juguete barato y asegurarle que lo que había hecho no tenía ninguna importancia.

—Quiero que te lo quedes tú. Quiero que seamos amigos y juguemos juntos, y no quiero que ninguno de los dos tenga que preocuparse de que pueda ocurrir nada malo —Rowdy le tendió el juguete—. Por favor, quédatelo.

Con aspecto de estar tristemente confuso, Marcus aceptó el coche. Más por miedo a no hacerlo, pensó Rowdy, que porque confiara realmente en él.

Vaya. Aquel día estaba siendo un desastre. Se frotó la nuca y forzó una sonrisa.

—Gracias.

Con exquisita delicadeza alargó una mano para posarla sobre la cabeza de Marcus y volvió a decir:

—Gracias, Marcus. Te lo agradezco.

El niño se quedó nuevamente quieto hasta que Rowdy apartó la mano.

Alice llegó con más zumo de naranja y un rollo de papel de cocina.

—He traído esto por si ocurre otro accidente. Yo soy igual que tú, Marcus, a la hora de tirar las cosas —se sentó y se inclinó hacia él—. Y cuando Cash tuvo que acostumbrarse a vivir en casa, siempre tenía que andar con un rollo de papel en la mano. Creo que no hay un solo rincón de este apartamento que no haya mojado —sonrió como si fuera divertido tener a un perro dejando esa clase de huella por todas partes.

Marcus la observaba fascinado, como en muchas ocasiones había hecho el propio Rowdy.

Comieron las galletas y se bebieron el zumo. Al final, el niño se tranquilizó lo suficiente como para montar las pistas. Rowdy le entregó a Alice un coche morado, un pequeño descapotable con una capota que se abría y se cerraba. Marcus tenía los cochecitos rojo y verde y Rowdy un camión de color blanco.

Estuvieron jugando durante media hora, hasta que Alice anunció:

—Odio interrumpir la diversión, pero Rowdy tiene que irse a trabajar.

Rowdy gimió.

—Me gustaría poder quedarme y comer más de esas deliciosas galletas. Sois unos cocineros magníficos.

Marcus sonrió de oreja a oreja y Rowdy se quedó tan estupefacto que estuvo a punto de derrumbarse por dentro. Maldijo en silencio. Los ojos le ardían.

—Me lo he pasado muy bien, Marcus.

—Yo también.

—¿De qué color quieres el siguiente coche?

Al ver que vacilaba, se mordía el labio y volvía a frotarse la nariz con el antebrazo, comprendió que no confiaba del todo en su ofrecimiento.

—Puedes elegir el color que quieras —le prometió Rowdy—. ¿Qué te parece un deportivo negro? O a lo mejor un descapotable como el de Alice.

—Mi coche es muy bonito —dijo Alice, y volvió a dar una vuelta por los dos tramos de pista.

Al final, mirando a Rowdy con una expresión devastadora de esperanza, el niño contestó:

—Tu camión es muy chulo.

El optimismo empezó a bombear por la sangre de Rowdy.

—¡Es increíble, tío! ¡Tenemos los mismos gustos! —alzó el camión—. Te compraré otro igual, pero, hasta entonces, ¿qué te parece si me guardas tú el mío?

Para asegurarse de que no pudiera rechazar el ofrecimiento, dejó el camión en el suelo y lo empujó hacia Marcus. Después se levantó.

Como siempre, le llevó cerca de un minuto despedirse de Cash y, después, se acercó con mucho tacto a Marcus.

—Volveré, ¿de acuerdo?

El crío continuaba mirando al suelo, pero asintió con la cabeza.

Rowdy se arrodilló frente a él.

—Me he divertido mucho, gracias.

—¿Ya no estás enfadado?

—Yo nunca me enfado mucho, ¿recuerdas? Pero, incluso en el caso de que ocurriera algo que me hiciera enfadar de verdad, aunque me pusiera furioso, jamás haría nada malo. No como lo que estás pensando. Y menos a ti, ¿de acuerdo?

—¿Entonces ya no estás enfadado? —volvió a preguntar el niño.

Consciente de que Alice estaba junto a ellos, Rowdy se rio de sí mismo. Le revolvió el pelo a Marcus y ni siquiera le importó que el niño se quedara, como siempre, paralizado.

—No, ya no estoy enfadado —se levantó.

Alice le rodeó el cuello con los brazos y se puso de puntillas para darle un abrazo.

—Por favor, no hagas ninguna tontería —le dijo en voz baja.

¿Qué demonios? Rowdy la agarró por los hombros para apartarla.

—No, no voy a hacer ninguna tontería.

—No me vengas con cuentos —soltándolo, le puso una mano en el hombro—. Sé que ha pasado algo entre Avery y tú, pero ella es una buena persona —acto seguido, le informó a Marcus en un aparte—: Avery es su novia.

Novio, novia, ¿cuándo iba a dejar de utilizar la gente unas palabras tan sensibleras para hablar de lo que no era más que un tórrido deseo?

—Y... —continuó Alice, mirando de nuevo a Rowdy—, tanto si estás dispuesto a admitirlo como si no, la quieres. Lo veo. Lo sé. Así que te lo vuelvo a decir: no hagas ninguna tontería. No quiero que tengas que arrepentirte después.

—Sí, cariño.

Le dio un beso en la frente y después, sin pensar mucho en ello, se agachó y besó también a Marcus en la cabeza. Como Cash empezó a mover la cola, soltó una carcajada y besó al perro, haciendo reír a Marcus.

Con el tiempo, pensó Rowdy, Marcus se recuperaría. Pero, si eso era cierto, ¿por qué no lo había hecho él?

A Avery no la sorprendió que Rowdy la ignorara cuando empezó a trabajar. Pero, siendo su jefe, imaginaba que en algún momento tendría que hablar con ella y eso le permitiría romper el hielo.

Sin embargo, a medida que iba avanzando la jornada, él continuó evitándola. Delegó muchas de sus habituales obligaciones, incluida la de sustituirla, en Cannon. No se acercó a ella ni una sola vez.

Y, para empeorar las cosas, estuvo flirteando todo el tiempo. Y con descaro.

Cuando una rubia se aproximó a hablar con él, acercándose de forma exagerada, Rowdy clavó la mirada en sus senos hasta hacerle soltar una risita.

Cuando más tarde una morena lo sacó a bailar, dedicó unos minutos a abrazarla en la pista de baile, meciéndose al ritmo de una canción lenta, pelvis contra pelvis.

Aquello provocó que se formara toda una fila de mujeres pidiendo la vez. Pero Rowdy las rechazó con una carcajada y volvió al trabajo.

El muy estúpido...

Avery ya estaba histérica por culpa de la rabia y de los celos cuando apareció una conocida pelirroja.

El recuerdo de Rowdy en su despacho con aquella joven, y de lo que le había visto hacer, le robó el aire de los pulmones hasta el punto de que le resultó imposible respirar.

—Otra cerveza, cariño —le pidió un cliente, pero Avery lo ignoró.

La mujer se acercó a Rowdy y lo abrazó por detrás, deslizando una mano por el cuello de la camiseta y la otra muy cerca de la cremallera de sus tejanos. Rowdy pareció sobresaltarse y esbozó una mueca de disgusto por la vehemencia con que lo agarró.

Pero, cuando se volvió y la vio, ya no se apartó de ella.

Alzó entonces la mirada para encontrarse con la de Avery.

Permanecieron mirándose el uno al otro durante lo que a ella le pareció una eternidad hasta que, al final, Rowdy desvió la mirada para dirigirse a la mujer.

—¡Eh, otra cerveza!

Casi como un autómata, Avery llenó la jarra helada de cerveza, pero, cuando Rowdy le sonrió a la mujer, ya no fue capaz de hacer otra cosa que mirarlos fijamente.

Los celos la devoraban y ni siquiera podía respirar.

Cannon le dio un codazo.

—Eh, ¿estás bien?

—Lo mataré.

—A Rowdy, ¿verdad? Me refiero a que ese es el tipo al que piensas matar con esa mirada asesina, ¿verdad?

Avery asintió con brusquedad.

—Mira, ¿por qué no te tomas un descanso? —Cannon le quitó la jarra de las manos y se la tendió al malhumorado cliente—. Yo me ocupo de la barra.

—No.

Cannon soltó un exagerado suspiro y sacudió la cabeza con un gesto de compasión.

—Lo único que estás haciendo es demostrarle lo mucho que te importa. Aunque no te conozco bien, tengo la sensación de que eres una mujer con mucho orgullo.

Sí, ¿dónde estaba su orgullo? Necesitaba encontrarlo, y rápido. Le costó un gran esfuerzo, pero, finalmente, consiguió desviar la mirada de Avery y de la otra mujer. Se llevó una mano a la frente y se concentró en tranquilizarse.

—Eh —Cannon la tomó por la barbilla—, creo que Rowdy está luchando contra sus propios demonios esta noche. No te tomes nada de esto demasiado en serio, ¿de acuerdo?

—¿Entonces no quieres que lo mate?

Sin soltarle la barbilla, Cannon sonrió de oreja a oreja.

—Tengo la sensación de que ya está sufriendo bastante, ¿sabes?

Sí, lo sabía. Pero si se marchaba con aquella mujer…

De repente, Rowdy apareció entre los dos.

—Avery, tómate un descanso. Cannon, puedes ir a ayudar a Jones en la cocina.

Más divertido que nunca, Cannon contestó:

—Claro, jefe —y se marchó.

Rowdy no la miró siquiera, pero su presencia era tan imponente que bastaba con que estuviera cerca para que cada poro de la piel de Avery fuera consciente de su presencia. Quería preguntarle por su espalda. Quería abrazarlo. Y quería destrozarlo.

Avery escrutó el bar con la mirada y vio que la pelirroja continuaba allí. ¿Esperando a Rowdy?

Por encima de su cadáver.

—Vamos —le ordenó Rowdy.

Pero en vez de marcharse a disfrutar de su descanso, Avery lo fulminó con la mirada.

—¿Qué está haciendo ella aquí?

—Estamos en un país libre, Ave. Puede ir adonde le apetezca.

«Ave» una vez más. Bajando la voz, le espetó:

—¿Vas a llevártela a tu despacho?

—¿Por qué lo preguntas? ¿Te apetece volver a mirar?

Fue un golpe tan bajo que Avery retrocedió un paso. Con los labios entreabiertos y respirando apenas, se preguntó a qué velocidad podría alejarse de allí.

Pero en aquella ocasión no quería huir. Aquello no era como lo que había pasado con Fisher. Aquello le dolía mucho más.

Rowdy la miró entonces y maldijo en voz baja.

—No.

Avery no lo entendió.

Rowdy estiró una mano hacia un vaso. Al ver que ella no se movía, apretó la mandíbula. El tiempo pareció alargarse interminablemente mientras la miraba a los ojos. Luego se inclinó y dijo con una voz tan quebrada como un cristal roto:

—No, no voy a llevarla a mi despacho. No voy a acostarme con ella. Ni siquiera me apetece tocarla.

Parecía enfadado... consigo mismo.

La tensión se desvaneció de golpe, dejándola exhausta.

—De acuerdo.

El salvaje latido de su corazón había cesado. El puño invisible que le apretaba la garganta también había aflojado la presión. Estuvo a punto de darle las gracias, pero comprendió que era absurdo.

Le tocó el brazo, acariciándole la gruesa muñeca, y se apartó. Necesitaban hablar, pero antes tenía que controlarse. Si intentaba hacerlo en aquel momento, terminaría haciendo declaraciones que Rowdy no querría escuchar y aquello empeoraría las cosas.

Estaba en la sala de descanso, tomando un café a toda prisa, cuando estalló la tormenta. La lluvia empezó a caer con fuerza, lanzando cortinas de agua contra la ventana. Las luces parpadearon y un trueno hizo temblar el suelo.

«¡Caramba!», exclamó para sus adentros. Terminó el descanso y regresó a la barra. Algunos clientes se habían acercado a la ventana para mirar hacia la calle, pero la tormenta había hecho marchar a la mayoría de ellos, incluyendo la pelirroja, la rubia y la morena. Con tan poca gente, el resto de la noche transcurrió tranquilo, pero tan lúgubre como sus pensamientos.

Las luces parpadearon varias veces más, pero continuaron encendidas. Rowdy tenía luces de advertencia cerca de la barra y, por supuesto, había luces de emergencia. Aun así, Avery se alegró mucho cuando llegó el momento de poner fin a la jornada.

En el momento en el que se fue el último cliente y Rowdy cerró la puerta, supo que tendría que enfrentarse con él. O lo hacía entonces o no lo haría nunca.

Con la cazadora puesta y los nervios devorándola por dentro, fue a buscarlo a su despacho. Con una formalidad ridícula, llamó a la puerta antes de entrar.

Como Cannon se hallaba de pie a un lado, no se dio cuenta de su presencia hasta que hubo entrado del todo.

Rowdy la miró y se puso después la cazadora.

—Hazme un favor, Cannon, acompáñala hasta su coche, ¿de acuerdo?

Avery se quedó helada.

Incómodo, el joven se caló el gorro de lana y se encogió de hombros.

—Sí, claro.

«Sé valiente, Avery», se dijo a sí misma. Dio un paso adelante.

—Rowdy...

Rowdy tendió las llaves a Cannon.

—Cierra al salir.

Cuando pasó por delante de ella y salió por la puerta de atrás, Avery no se lo podía creer. Permaneció donde estaba, con la mirada clavada en la puerta, esperando que Rowdy cambiara de opinión, que volviera y se disculpara. Que le dijera que tenían que hablar.

Incluso que discutiera con ella.

Pero no lo hizo.

Se volvió muy despacio hacia Cannon.

El joven tenía la mirada fija en el suelo. Alzó después la mirada al techo. Se aclaró la garganta. Dos veces.

—¿Estás preparada, cariño?

Una nueva oleada de enfado bullía en su interior. Durante mucho tiempo, Rowdy la había estado persiguiendo, demostrando un gran interés en acostarse con ella. Había insistido en que la deseaba. Y mucho. ¿Y por culpa de un enorme malentendido quería echarlo todo a perder?

Diablos, no.

Ella no se acostaba con cualquiera. Después de lo que había pasado con Fisher, bueno, no sabía si iba a poder confiar alguna otra vez en un hombre lo suficiente como para quererlo. Pero deseaba a Rowdy y, por supuesto, lo tendría.

Quería estar con él aquella noche, tal y como le había prometido.

—Ya estoy preparada. Claro que estoy preparada. Mucho más que preparada.

Se dirigió hacia la puerta de atrás, la cerró de un portazo y echó los cerrojos.

—Vamos.

Cannon se pasó una mano por la boca.

—¿Estamos hablando de lo mismo?

—No, no estamos hablando de lo mismo —lo agarró del brazo y lo arrastró hacia la parte delantera del bar.

—Vámonos, Cannon. Si esperamos, es posible que pierda el valor, pero quiero hacer esto.
—¿Esto?
Avery asintió.
—Ya llevo demasiado tiempo célibe. Necesito hacer esto...
—Eh, Avery... —chocó contra una silla, la rodeó e intentó liberar su brazo.
Avery lo retuvo. Teniendo en cuenta lo que había planeado, necesitaba contar con él.
—Tengo que salir por la puerta principal.
—A lo mejor deberíamos hablar un poco.
—Ahora no.
—¿Sabes? A Rowdy no va a hacerle mucha gracia. En serio, acaba de contratarme y a mí me da que no es la clase de persona que esté dispuesta a compartir...
Al darse cuenta de lo que estaba pensando, Avery miró a Cannon de reojo.
—Vamos, Cannon. Ya sabes que estoy loca por Rowdy.
El joven no parecía del todo incomodado con la conversación.
—Sí, me lo había imaginado. Pero, en general, si una mujer comienza a cerrar puertas y me agarra del brazo, pienso que...
—Esta vez no —deseaba a Rowdy Yates y punto. Y, de una u otra forma, iba a estar con él.
Cannon sonrió de oreja a oreja.
—¿Sabes? Me siento decepcionado y aliviado al mismo tiempo.
Si aquella era la idea que tenía Cannon de coquetear, estaba perdiendo el tiempo.
—Nunca serías capaz de hacer una cosa así.
—Me sentiría tentado —dijo, pero al ver que lo miraba ceñuda, sonrió con ternura—. Aunque no. No lo haría.
Avery sacudió la cabeza y abrió la puerta del bar. La lluvia continuaba cayendo con fuerza, inundando la calle y azotando los escasos árboles desnudos que rompían la continuidad de aquel paisaje de ladrillo y cemento.
Cannon no se alejó más de un paso de la puerta.

—Supongo que no tendrás un paraguas.

—No.

Miró fijamente el apartamento de Rowdy y vio que se encendían las luces. Casi podía distinguir unas sombras moviéndose tras las enormes ventanas.

—¿Quieres que te traiga tu coche?

Incluso refugiado bajo el alero del bar, Cannon estaba empapado. El viento soplaba en todas direcciones.

—No necesito mi coche.

—¿No?

—Voy a ir al apartamento de Rowdy.

—¿Y no piensas ir en coche?

—Está ahí enfrente —señaló la casa—. Justo ahí.

Estaba muy cerca, pero, después de haber sido ignorada por Rowdy durante toda la jornada, lo sentía a una gran distancia.

Cannon siguió la dirección de su mirada y asintió.

—¡Ah! Supongo que tiene sentido.

—¿Qué quieres decir?

Mientras cerraba con llave la puerta, Cannon le explicó:

—Le he visto entrar en ese edificio. Pensaba que quizá… no importa.

—¿Que tenía una mujer allí? Teniendo en cuenta su propensión a irse a la cama con cualquiera, es una suposición lógica.

Aceptó las llaves que Cannon le tendió, se las guardó en el bolsillo y se subió el cuello de la cazadora. Un esfuerzo inútil, porque sabía que no iba a servirle de nada.

Cannon la miró y después comenzó a quitarse su chaquetón.

—¿Por qué no te pones esto en la cabeza para…?

Avery alzó una mano para detenerle.

—No pasa nada si me mojo un poco.

Mientras lo decía, la lluvia aflojó un poco, como regalándoles una pequeña tregua en medio de la tormenta.

—Ahora o nunca.

Agarrándola del brazo y acercándose a ella, Cannon le dijo:

—Creo que deberías tener bien en cuenta que, más que contra ti, Rowdy hoy ha estado luchando contra sus propios demonios.

—¿Tú crees?

—Me apostaría cualquier cosa.

Avery lo miró asombrada.

—Vaya, así que no solo sabes llevar un bar, sino que también eres un luchador casi profesional y un experto en relaciones sentimentales.

Cannon la miró con expresión filosófica.

—Soy un hombre y sé cómo piensan los hombres. En eso, soy tan experto como el que más.

—¿Tienes alguna relación seria?

Cannon pareció reflexionar sobre su pregunta.

—Como tú misma acabas de decir, ahora mismo ya estoy bastante ocupado. No tengo tiempo para una verdadera relación.

Pero Avery apostaba a que no le faltaría compañía femenina. «Hombres», pronunció para sus adentros. En muchos aspectos, eran todos iguales. Afortunadamente, si pensaba bien sobre ello, por lo que se refería al trabajo duro y a su carácter protector, Cannon y Rowdy también tenían muchas similitudes.

—Gracias por todo, Cannon —le dijo, y salió de debajo del alero.

Cannon comenzó a caminar a su lado.

—Puedes irte a casa —iba salpicando con los pies en los charcos de la carretera.

—Antes me aseguraré de que entres allí.

Sí, Cannon también era un hombre muy protector. La zona estaba tan oscura que ella no pudo menos que agradecer la vigilancia.

—De acuerdo, gracias.

Aunque la lluvia había amainado algo, para cuando llegaron al edificio estaban los dos empapados. Avery tomó aire, abrió la puerta y se volvió hacia Cannon.

—Ojalá Rowdy me dejara entrar...

El viento volvió a arreciar, azotando su cazadora abierta.

Cannon bajó la mirada a su pecho y la desvió en seguida.

—Te dejará entrar, confía en mí —le sostuvo la puerta para evitar que la cerrara el viento—. Adelante, entonces.

Avery también bajó la mirada hacia su pecho. Vaya. La lluvia le había empapado la cazadora y la camiseta, que se le pegaba a la piel marcándolo... todo. A eso había que añadir que tenía los tejanos empapados hasta medio muslo y el pelo chorreando.

Sonrió lentamente. Estar hecha una sopa podría servirle de ventaja...

—Deséame suerte, ¿vale?

—Creo que es Rowdy quien la va a necesitar. Pero, claro, buena suerte —le dio un golpecito con el dedo en la punta de la nariz—. Sé buena con él.

Algo más confiada, Avery se giró y subió corriendo la escalera. El corazón le latía de manera salvaje. De preocupación, de esperanza, pero sobre todo de anticipación.

Aquella noche tendría a Rowdy Yates. En aquel momento, nada más importaba.

Hirviendo de irritación, Rowdy se quitó la ropa empapada y se puso unos tejanos secos. No podía mirar hacia la cama. Cuando lo hacía, veía la hermosa melena roja de Avery derramada alrededor de su rostro, su sonrisa, su forma de coquetear, su delicado aroma y lo reconfortante que había sido abrazarla mientras dormían...

Por mucho que su mente hubiera decidido no tocarla, su cuerpo seguía anhelando una satisfacción sexual.

Pero solo con Avery. En aquel momento, ninguna otra mujer le serviría.

Diablos, había tenido toda clase de ofertas aquella noche, incluso la de dos mujeres dispuestas a hacer un trío. Habría podido aliviar su tensión al viejo estilo.

Decidió, en cambio, ponerse a leer. Desde que había comprado el bar, había estado estudiando algo sobre soluciones empresariales. No había recibido una gran formación, pero había aprendido lo suficiente en la calle como para saber que, para que un negocio saliera adelante, además de trabajar duro, hacían falta conocimientos.

Y, por encima de cualquier otra cosa, él era un superviviente.

Se acercó descalzo a la cocina, se abrió una cerveza y fue a buscar el libro. Cuando tenía que leer durante un rato largo, necesitaba gafas. No de las prescritas por un oculista, sino unas simples gafas de leer que se había comprado en la farmacia. Se acercó con la cerveza y las gafas al sofá y se dejó caer en él.

Con aquellas gruesas vendas bien colocadas, no le dolía ya tanto apoyar la espalda. Había que cambiarlas, pero no podía hacerlo solo. Al día siguiente le pediría a Pepper que se las quitara y no volvería ya a ponérselas.

Bebió un largo trago de cerveza, abrió el libro y... pensó en Avery. Por mucho que lo intentara, no era capaz de quitársela de la cabeza.

Ni del corazón.

La había dejado con Cannon.

Los demonios acecharon su cerebro, impulsándolo a imaginársela en todo tipo de escenarios que amenazaron con mantenerlo despierto durante toda la noche.

Cerrando los ojos, echó la cabeza hacia atrás mientras se esforzaba por evitar que le importara.

Imposible.

Cuando llamaron a la puerta, alzó la cabeza con el ceño fruncido. Lo último que le apetecía era tener que lidiar con otra mujer insistente. Sus vecinas eran encantadoras, pero estaban pendientes del momento en que llegaba a casa y siempre encontraban algún motivo para molestar.

Y aquella noche no estaba de humor para ser amable con nadie.

Subiéndose las gafas a la frente y dejando el libro a un lado, se levantó del sofá, subió los escalones de la entrada y abrió la puerta.

La visión de Avery allí de pie, empapada hasta los huesos, temblando y alzando la barbilla con gesto desafiante, fue como un puñetazo en las entrañas. Se quedó sin respiración.

—¿Puedo pasar?

Rowdy la recorrió con la mirada, desde el cabello empapado hasta la cazadora abierta y la camiseta pegada a sus senos, hasta los tejanos chorreantes. Se había formado un charco a sus pies.

Intentando protegerse del impacto que la presencia de Avery estaba teniendo en él, le espetó:

—Deberías haberte ido a casa.

Avery levantó la barbilla un par de centímetros más.

—Me prometiste sexo.

Dios, aquello era lo último que había esperado. Jamás había pensado que Avery pudiera ser tan atrevida, tan descarada y tan... sexy. Comenzó a respirar con dificultad mientras sentía cómo su miembro iba cobrando vida.

Avery dio un paso adelante.

—He venido a buscarlo.

¿En qué demonios estaba pensando? ¿Que podía manipularlo ofreciéndole sexo? Rowdy retrocedió y contestó:

—No.

Acto seguido le dio la espalda y bajó los escalones, intentando alejarse de la tentación.

Volvió al sofá, se sentó y, fingiendo no estar con todo el cuerpo en tensión y a punto de pedirle que se quedara, se caló las gafas y volvió a agarrar el libro.

Los segundos fueron pasando mientras él fingía leer y Avery esperaba en silencio. No volvió a mirarla.

—Me estoy helando, Rowdy.

Rowdy oyó que le castañeteaban los dientes y apretó todos los músculos de su cuerpo para luchar contra la imperiosa necesidad de consolarla. Miró por encima de las gafas, pero no dijo nada.

—Tengo los pantalones empapados.

Aunque era lo último que quería decirle, pero se lo soltó de todas formas:

—Quítatelos.

De inmediato el corazón le dio un vuelco en el pecho y su respiración se hizo más profunda mientras esperaba el siguiente movimiento de Avery.

Tuvo la sensación de que transcurría toda una eternidad mientras continuaban mirándose el uno al otro, hasta que Avery se giró, cerró la puerta y corrió el cerrojo.

CAPÍTULO 16

Con una erección en toda regla presionando contra sus pantalones, Rowdy la observó mientras se quitaba aquella insustancial cazadora. Maldijo para sus adentros. Necesitaba un abrigo, algo más caliente, que la protegiera de la lluvia... Pero aquello no era asunto suyo.

Avery se aferró a la barandilla de la entrada y se inclinó para quitarse los zapatos y los calcetines. Los dejó debajo de la cazadora. Descalza y mordiéndose el labio inferior, se volvió hacia él.

Rowdy no pudo evitarlo. Seducido por aquella promesa silenciosa y fascinado por las posibilidades que se abrían ante él, se inclinó hacia delante. Cuando vio las pequeñas y temblorosas manos de Avery acercarse a la cintura de los tejanos, tomó aire y ya no lo soltó.

Avery se desabrochó el botón, bajó la cremallera y tuvo que esforzarse para conseguir que la tela mojada fuera descendiendo por sus esbeltas piernas. Salió de los pantalones por fin y se enderezó, luciendo únicamente la camiseta pegada al pecho y unas diminutas bragas de color beige.

Rowdy dejó las gafas a un lado, pero no se levantó del sofá.

Alzando los tejanos con una mano, Avery le preguntó:

—¿Puedo utilizar tu secadora?

Rowdy quería verla cruzar la habitación, quería ver su trasero con aquel pedazo de tela al que Avery se refería como ropa interior. Se frotó la mandíbula y susurró:

—Tú misma.

Avery se apoyó en la barandilla y comenzó a bajar con cuidado, tiritando de los pies a la cabeza. Por su estrecha espalda corrían pequeños hilos de agua helada que delineaban la curva de su trasero y le empapaban las bragas; sus pies descalzos no hacían ruido alguno en el frío suelo. Una vez en la cocina, abrió la secadora y se inclinó para meter los vaqueros.

Ahogando un gemido, Rowdy te tensó… también de los pies a la cabeza. Al parecer, era fácil manipularlo con el sexo.

—¿Rowdy?

Rowdy se levantó, pero permaneció al lado del sofá, a una distancia segura de su peligroso atractivo.

Avery separó la camiseta de su cuerpo.

—Esto también está mojado.

Aquello acabó con su imaginado control. El deseo enronqueció su voz cuando susurró:

—Quítatela.

Tras una breve vacilación, Avery asintió, agarró el dobladillo de la camiseta y se la quitó por encima de la cabeza.

Rowdy se había abierto camino a través de una vida miserable utilizando el sexo para contrarrestar los estragos de la pobreza y de los malos tratos. Y continuaba utilizándolo para alejar los malos recuerdos que lo acosaban. Pero, en aquel momento, con Avery, el deseo que lo consumía no tenía nada que ver con nada de eso, y todo con ella.

Avery se volvió a medias hacia él, con sus enormes ojos llenos de inseguridad y resolución al mismo tiempo, con su esbelto cuerpo totalmente desnudo, a excepción de las bragas y del sujetador, que dejaban muy poco a la imaginación.

Los tejanos de Rowdy le oprimían demasiado, y, sin apartar la mirada de ella, se los recolocó.

Como no él no hacía ningún intento de acercarse, Avery tomó aire con una trémula inspiración, parpadeó para contener las lágrimas y se giró para meter la camiseta junto a los tejanos, en la secadora. Con los brazos alrededor de su cuerpo, los hombros hundidos y las rodillas muy juntas, lanzó a Rowdy una mirada desafiante.

Sí, estaba perdido.

Solo Avery podía mostrar aquella actitud estando medio desnuda y vulnerable, empapada y muerta de frío.

Con aspecto casi depredador, Rowdy avanzó hacia ella, tenso de la cabeza a los pies. Se detuvo frente a ella, lo suficientemente cerca como para poder aspirar la fragancia de su piel y de su pelo húmedos, mezclada con el dulcísimo perfume de su excitación.

La melena se le pegaba a los hombros, ocultando en parte sus senos. Con una exagerada falta de precipitación, con movimientos metódicos, Rowdy le apartó el pelo para poder ver sus pezones.

El sujetador estaba tan mojado como la camiseta y estaba hecho de la misma tela que la minúscula braga. Avery seguía temblando, tenía la carne de gallina y los pezones duros.

Rowdy le acarició el seno derecho.

Avery contuvo la respiración.

—¿Rowdy?

—Está mojado. Quítatelo —dejó caer la mano y buscó su mirada.

Cuando Avery se llevó las manos a la espalda para desabrocharse el sujetador, él le tomó los senos y le acarició los pezones con los pulgares. Avery se detuvo.

—Sigue —le pidió Rowdy.

Con dedos torpes y la respiración acelerada, Avery intentó apresurarse y, finalmente, consiguió desabrochar el sujetador. Rowdy terminó de quitárselo, lo metió en la secadora y volvió a juguetear con sus pezones.

—Ahora que estoy aquí, debería... cambiarte las vendas.

—A lo mejor más tarde.

Le gustó aquel quiebro en su voz, y lo sensibilizados que estaban sus pezones, así como la rapidez con la que ella reaccionaba a sus caricias. Acarició la cintura de su braga.

—Veamos si esto también se puede humedecer.

Avery posó entonces las manos sobre su pecho.

—Rowdy, espera.

Maldijo para sus adentros. Volvió a retroceder, se cruzó de brazos e intentó prepararse para lo que Avery pensaba decirle. Sabía, por supuesto, que ella no había ido a su casa simplemente en busca de sexo. Avery no era así. Tenía suficiente orgullo como para enfrentarse a tres hombres y suficientes agallas como para soportar un ataque de mal genio.

Pero esperaba que quizá, solo quizá, hubiera ido a buscarlo porque... porque él le importaba.

Intentando endurecer su corazón, esperó sin hacer ningún comentario.

Temblando de nuevo, Avery se lo quedó mirando fijamente con expresión suplicante.

—Yo... necesito decirte dos cosas.

Estaba todo lo preparado que podía estar. Mirando sus senos, le dijo:

—Cuentas con toda mi atención.

Avery negó con la cabeza.

—No, todavía no —se humedeció el labio inferior y le acarició el pecho con una insinuante caricia—. Después.

Rowdy se tensó. A lo mejor había subestimado sus intenciones. Dio un paso hacia ella y deslizó una mano por su cintura. Tenía la piel helada, empapada, y quería ayudarla a entrar en calor. Quería protegerla. Hacerle el amor.

Cuidarla.

Pero no podía. Todavía no.

Con los ojos entrecerrados, le preguntó:

—¿Quieres sexo?

—Dios mío, Rowdy, ya sabes que quiero sexo —intentó acercarse a él—. Pero me gustaría poner algunas condiciones.

El deseo de Rowdy no se enfrió, pero su corazón sí que se convirtió en hielo.

—Me temo que no, pequeña. Tú no vas a poner condiciones —la miró, tan menuda pero con aquel cuerpo tan perfecto y tan condenadamente sexy. Y se obligó a decir—: O todo o nada.

Avery asintió.

—Es solo que yo... —se le quebró la voz.

—¿Solo qué? ¿Pretendes manipularme? —jamás lo permitiría. Ni siquiera por ella—. ¿Tienes intenciones ocultas, Avery? ¿Es eso?

La tristeza hundió sus hombros, pero continuaba demostrando tener una gran determinación.

—Es que quiero protegerte.

—¿De quién? ¿De ti? —inquirió él, riendo.

Hasta el momento, Avery era el mayor peligro al que se había enfrentado en su vida.

—No —volvió a humedecerse los labios, avivando las ganas que tenía Rowdy de sentir aquella boca sobre su cuerpo—. No lo sabes todo sobre mí.

—No me digas.

Su forma de utilizarlo lo había tomado por sorpresa, porque la había creído por encima de aquel tipo de bajezas. La creía sincera, cariñosa y honesta.

—Yo... te lo contaré, pero tienes que prometerme que no cambiarás de opinión.

¿Más exigencias?, se preguntó Rowdy.

—¿Sobre qué?

—Sobre que me deseas —hizo un gesto de impotencia—. Sobre que quieres acostarte conmigo.

Aquello sí que parecía una broma.

—No voy a renunciar al sexo —no podía. La deseaba demasiado—. Si te quedas —le dijo a modo de respuesta—, te aseguro que terminarás acostándome conmigo.

Avery aspiró aire muy despacio para luego soltarle algo totalmente inesperado:

—Dejé mi antigua vida porque... porque alguien intentó hacerme daño.

La sangre se le heló en las venas. Con una voz tan débil que él mismo apenas se oyó, le preguntó en un susurro:

—¿De qué manera?

Avery se precipitó a proporcionarle una explicación, posando las manos sobre su pecho como si quisiera aferrarse a él.

—Estuvieron a punto de violarme.

Rowdy asimiló aquella información, sacudido por la rabia que explotó en su interior. Mataría a cualquiera que…

—Estuvieron a punto, Rowdy, pero no ocurrió —lo acarició con gesto preocupado, intentando tranquilizarlo—. Pero tuve que marcharme. Nadie me creyó cuando lo conté.

Rowdy buscó su rostro y supo, sin ninguna duda, que estaba diciendo la verdad. Todo lo que había estado pensando hasta entonces se disolvió detrás de una roja nube de furia.

—Te creo.

Por mucho que Avery pudiera sorprenderlo, sabía que jamás se inventaría algo así.

Ella se derrumbó por fin contra él. Lágrimas de gratitud humedecían sus pestañas.

—Gracias.

Rowdy le frotó los brazos.

—Dime quién fue.

—No quiero que hagas nada.

Rowdy abrió la boca, pero ella insistió:

—¡No, Rowdy! Lo digo en serio. No es tu problema.

—Y un cuerno.

Avery continuó como si no hubiera dicho nada.

—Por eso quería que me acompañaras a mi casa. Por eso he presumido esta mañana de tus hazañas.

—¿Tu familia no te creyó? —preguntó, estupefacto—. ¿Es eso lo que quieres decir?

Era increíble. Y él que había pensado que eran unas personas encantadoras. Él sabía que podría decirle a su hermana que lo había atacado un extraterrestre y ella lo creería y lo apoyaría sin cuestionarlo. En eso consistía la familia.

Y él que había envidiado a Avery…

Ella le acarició el cuello y después el hombro.

—Lo conocen, es un hombre respetable y, en apariencia, una buena persona. Pensaron que yo estaba exagerando. Y él se inventó una historia sobre que habíamos discutido y yo había reaccionado de forma exagerada.

Percibir el dolor que todavía arrostraba aumentó su furia. Entre dientes y con los músculos agarrotados, le preguntó:

—¿Fue Fisher?

Aquellas malditas lágrimas volvieron a anegar sus ojos.

—No quiero que hagas nada, Rowdy. Eso es lo que estoy intentando decirte.

—Tendrás que volver a verlo.

La situación médica de su madre la obligaría a ver a ese canalla. Tenía la sensación de que Fisher aprovecharía todas las oportunidades que tuviera para estar cerca de ella.

—Sí, pero ahora sé cómo cuidarme. Ahora sé que tengo que evitar quedarme a solas con él.

Rowdy le enjugó una lágrima de la mejilla con el pulgar.

—Ese hombre es una amenaza, cariño, y la mejor manera de lidiar con una amenaza es enfrentarse a ella.

—¡No quiero convertirme en otra carga para ti!

Qué locura. Por lo menos podría demostrar tener algo de fe en él...

—Confía en mí, pequeña, enfrentarme a Fisher no me resultará difícil —ya lo estaba deseando.

—No es como tú crees. No es un matón estúpido como Darrell. Es un hombre poderoso y con recursos.

—Es escoria. He conocido a muchos como él.

Pensó que aquello la tranquilizaría, pero Avery le rodeó el cuello con los brazos y estrechó su pequeño cuerpo contra el suyo. Todavía estaba helada. Necesitaba abrazarla y hacerla entrar en calor.

—Avery...

Ella enterró el rostro en su pecho.

—Quería decirte algo más...

¿Había algo más? Rowdy suspiró mientras le acariciaba la espalda.

—Adelante.

A Avery se le aceleró la respiración. Los segundos fueron pasando mientras Rowdy resistía las ganas de acariciarla, de besarla.

Ella se desasió lentamente de su abrazo. Mantuvo las dos manos sobre sus hombros, pero echó la cabeza hacia atrás para poder mirarlo a los ojos. Parecía desolada, llena de preocupación y remordimientos, y aquello le preocupó.

Mataría a Fisher, decidió. Lo destrozaría. Lo…

Avery alzó una mano hasta su rostro.

—Te quiero.

Para asegurarse de que no pasaba nada, Cannon decidió quedarse un rato más por allí. Si Rowdy demostraba ser más testarudo de lo que había imaginado, no quería que Avery tuviera que encontrarse sola en medio de la tormenta.

Él ya estaba empapado de modo que, ¿qué importancia podía tener soportar un poco más de lluvia?

Sin embargo, al cabo de unos veinte minutos, decidió que podía marcharse tranquilo. Se descubrió sonriendo, pero, ¿qué demonios? Era divertido ver a un tipo como Rowdy Yates enfrentándose a una mujer tan pequeña como Avery Mullins. Hacían una pareja más que divertida.

También agradecía no estar metido él en aquella condenada trampa sentimental.

No tenía nada en contra de las mujeres. Diablos, le encantaban. Y también las respetaba. Pero tenía muchos planes que no tenían nada que ver con mantener una relación sentimental.

Se pasaba las mañanas trabajando y entrenando. Antes de que lo contrataran en el bar, solía dedicar su tiempo libre a hacer labores de vigilancia y a echar a la escoria del barrio. Le fastidiaba que muchas zonas se hubieran deteriorado por culpa de aquellos miserables que culpaban a todo el mundo salvo a sí mismos de no haber sido capaces de salir adelante.

Después de haber conocido a Rowdy y haberlo analizado a fondo, había decidido que un bar como el suyo sería un buen lugar para estar a la última sobre la actividad delictiva. Y, hasta el momento, no se había equivocado.

Lo que no esperaba era que el propio bar de Rowdy encerrara también algún misterio, como aquellos desconocidos que merodeaban por la zona, las inquietantes llamadas de teléfono que había recibido Avery y la buena dosis de dramatismo que había acompañado a todos aquellos enigmáticos acontecimientos.

Él ayudaría en lo que hiciera falta, por supuesto. Con un poco de suerte, Rowdy arreglaría las cosas con Avery aquella noche. Pero, aun así, él seguía con la idea de permanecer cerca, de estar alerta y disponible... por si lo necesitaban.

Avery contuvo la respiración mientras Rowdy permanecía frente a ella, mirándola con el más absoluto estupor.

Con los ojos oscurecidos, se la quedó contemplando durante tanto tiempo y tan fijamente que consideró la posibilidad de salir corriendo.

Contenía la respiración con tanta esperanza que hasta le dolía.

Hasta que, de pronto, él la levantó en brazos, la besó y caminó a grandes zancadas hacia la cama. Avery continuaba emocionada porque no la había echado de su lado, pero temerosa de hacerle daño en la espalda.

Cuando él la tumbó en la cama y se colocó encima, ella liberó su boca para decir:

—Rowdy...

Él volvió a besarla sin piedad, sujetándole la cabeza con las manos, explorando su boca con la lengua y separando sus piernas con la rodilla.

Avery cedió por fin. Le devolvió el beso y le rodeó los muslos con las piernas.

Rowdy abandonó su boca para cubrirle de besos ardientes el cuello y un hombro. La mordisqueó ligeramente, haciendo temblar su cuerpo entero y le lamió después la piel, descendiendo hasta el pezón.

Cuando lo succionó, Avery arqueó la espalda en medio de una oleada de puro placer.

Rowdy gruñó, se apoderó del otro seno y lo tanteó, lo lamió, tiró con delicadeza de la punta con los dientes y la succionó con suavidad.

Avery se retorció bajo aquel asalto sensual.

—Rowdy, quítate los pantalones.

Sin responder, Rowdy fue deslizándose hacia abajo y trazando un camino de húmedos besos a lo largo de sus costillas, su vientre, sus caderas. La acarició al mismo tiempo con la nariz, respiró hondo y volvió a gemir.

Avery permanecía muy quieta, dejando que le hiciera cuanto quisiera, adorando todo cuanto hacía. Adorándolo a él.

Rowdy se sentó, posó las manos en sus bragas y se las bajó. Su pecho se movía trabajosamente mientras le acariciaba el sexo con los dedos.

—Eres tan bonita...

Contempló sus senos, alargó una mano y la posó sobre ellos al tiempo que continuaba acariciándola con la otra entre las piernas.

Era una caricia tan íntima, tan personal, que Avery volvió el rostro hacia otro lado. Pero eso era absurdo cuando disfrutaba tanto mirando a Rowdy. Él parecía estar esperando a que lo hiciera y, en cuanto posó la mirada en sus ojos, separó los pliegues de su sexo, explorándola con los dedos.

—Ya estás húmeda y caliente —hundió dos dedos en su interior. Su mirada se oscureció y se volvió más intensa cuando la oyó jadear—. Y agradablemente tensa, también.

Con el placer arremolinándose en su interior, Avery echó la cabeza hacia atrás y volvió a arquearse contra él.

De rodillas frente a ella, Rowdy le acarició los senos mientras continuaba explorándola con los dedos y observándola en todo momento con absorta fascinación.

—Quiero que te corras para mí, Avery, así... —posó el pulgar sobre su clítoris y comenzó a tocarla a un ritmo de lo más excitante—. Una vez que esté dentro de ti, no podré aguantar mucho.

Tanto lo que dijo como su manera de decirlo la excitaba tanto como lo que le estaba haciendo.

Abrió los ojos y lo miró fijamente.

—Por favor, bésame.

Rowdy miró la mano que tenía entre sus piernas.

—¿Aquí?

«¡Ay, Dios!», exclamó Avery para sus adentros. Tragó saliva y le tendió los brazos.

Con una media sonrisa, Rowdy se inclinó hacia delante y le acarició los labios con los suyos.

—¿Sabes? —le dijo, y selló después su boca con un beso con lengua que la dejó sin respiración. Cuando volvió a alzar la cabeza, susurró contra sus labios—: Esto sí que es un beso.

Avery ya sentía el temblor de los músculos anunciando la llegada del clímax. Lo miró expectante, pendiente de su siguiente movimiento.

Rowdy posó la boca sobre su cuello.

—Y esto...

A continuación, su cálido aliento rozó su seno justo antes de que le succionara con lenta delicadeza el pezón y terminara por lamérselo.

—Y esto...

Emprendió de nuevo un camino descendente y, con cada beso, el placer se fue haciendo más agudo, hasta que Avery acabó jadeando.

—Y ahora... aquí.

Lo susurró mientras posaba los labios en el rincón más sensible, preparándola antes de cerrar la boca sobre ella y hacerla enloquecer con la caricia de su lengua.

No hubo ya contención alguna, ni ningún pensamiento consciente sobre el cuidado que debería haber tenido con la dolorida espalda de Rowdy. Lo único que pudo hacer Avery fue gritar mientras el clímax iba creciendo en su interior. Posando una mano sobre su vientre para mantenerla quieta, Rowdy presionó, moviendo los dedos y la lengua dentro de ella.

Avery se aferró a las sábanas hasta que, al cabo de un rato, el orgasmo comenzó a desvanecerse.

Rowdy gimió abrazado a ella, antes de levantarse a toda velocidad y quitarse los tejanos.

Respirando con fuerza y con el corazón latiéndole furiosamente, Avery lo observó a través de la bruma de la satisfacción mientras se ponía un preservativo en un tiempo récord.

Rowdy se apartó luego de la cama, enganchó los brazos bajo sus piernas y tiró de ella hasta colocarla en el borde del colchón.

—Lo siento —musitó con expresión sombría. Acto seguido se colocó en posición y se sirvió de la propia humedad de Avery para deslizarse en su interior.

Con todas las terminales nerviosas todavía hormigueando de placer, la sensación fue tan aguda que intentó retraerse. Pero Rowdy la abrazaba de tal forma que le resultó imposible.

Mirándola con intensidad, se inclinó hacia ella y embistió lentamente. Ella gimió al tiempo que apretaba los músculos sobre su sexo.

—Qué maravilla —musitó Rowdy, tensándose contra ella mientras se enterraba en su interior y hacía un obvio esfuerzo para contenerse.

—Rowdy... —susurró Avery, adorándolo.

Posó las manos sobre sus hombros y fue descendiendo por su pecho. Rowdy era como una roca sólida, y más incluso en aquel estado de excitación. Le encantaba sentir el contraste de sus fuertes músculos con la suavidad de su vello.

—No tienes por qué esperar —le aseguró—. Ya estoy preparada y quiero sentir esto. Te necesito.

Con la mandíbula apretada, los hombros tensos y mirada ardiente, Rowdy gritó:

—Diablos...—y se hundió en ella todavía con mayor fuerza y rapidez, manteniendo sus piernas bien alto y presionándolas contra su cuerpo hasta que estuvo tan dentro que comenzó a provocarle otro orgasmo.

Avery seguía con la mirada fija en su rostro, contemplando todo lo que él estaba sintiendo, que era la manera de poder sentirlo ella también. Rowdy se apretó todavía más contra su cuerpo para poder besarla, y también aquello fue algo increíblemente erótico. En aquella ocasión el orgasmo llegó por sorpresa. En vez de ir creciendo poco a poco, la golpeó como un tsunami que arrastró su cuerpo y vació su mente de todo lo que no fuera aquel placer.

Tener a Rowdy dentro de ella, llenándola, meciéndose con

ella con aquella lubricada fricción era algo casi imposible de soportar. Rowdy apoyó la frente contra la suya y gimió mientras se unía a ella con su propia y potente liberación.

Avery se abrazó a él mientras su enorme cuerpo se relajaba lentamente sobre el suyo. La besó esa vez con una inmensa delicadeza y retiró los brazos de sus piernas, dejándolas caer. Pero no se relajó del todo, sino que comenzó a explorarla de nuevo, acariciándola, mimándola.

—¿Rowdy? —dijo Avery, algo sorprendida.

—Necesito unos veinte minutos.

Alzó la cabeza para mirarla. Recorrió su pelo con la mirada y, aunque no sonrió, Avery vio algo en sus ojos, algo más ligero que la habitual emoción que solía reflejar.

—¿Veinte minutos?

—Sí, para recuperarme —resopló y se colocó a su lado, apoyándose sobre un codo para poder contemplarla con más detalle—. Ese cuerpecito es incluso más sexy de lo que había imaginado.

Avery no supo qué decir, pero comenzó a sentirse... Bueno, quizá no halagada, pero sí menos inhibida.

Rowdy era tan abierto, tan franco por lo que se refería a la sexualidad... La apreciación con que la miraba indicaba a las claras lo mucho que le gustaba lo que estaba viendo.

Bajó la mano a su vientre, deslizando el pulgar por su ombligo. Como si estuviera hablando del tiempo, dijo:

—Quiero que te pongas boca abajo para hacerlo por detrás y poder disfrutar de una mejor vista de tu dulce trasero.

Avery abrió la boca, pero no fue capaz de emitir sonido alguno.

—Es una postura buena para mi espalda, así que por eso no te preocupes, ¿de acuerdo? De hecho, ahora mismo ni siquiera siento la espalda, así que, ¿por qué no te olvidas de ella tú también?

—Yo...

—Yo solo quiero sentirte, Avery —hundió la mano entre sus piernas—. Por cierto, esto me gusta.

Avery arqueó las cejas.

—¿Esto?

Rowdy sonrió.

—Que seas una pelirroja auténtica —se inclinó sobre ella y le besó los senos—. Estos pezones rosados... todo junto te convierte en una bomba sexual.

A Avery jamás le habían dirigido cumplido alguno sobre algo tan absurdo. No sabía qué decir, pero probó con un lamentable:

—Gracias.

Rowdy esbozó una perezosa sonrisa.

—De nada.

Avery no quería sacar el tema de Fisher, pero tampoco sabía si aquel cambio de humor significaba que la había perdonado. Intentó hacerle la pregunta de manera indirecta.

—¿Puedo quedarme a pasar la noche contigo?

—Como pienso pasarme horas follando contigo, la respuesta es sí: deberías quedarte.

Avery frunció el ceño ante aquella manera de decirlo, lo cual solo sirvió para hacer reír a Rowdy.

—¡Oh, no, señorita! Ahora no me vengas con remilgos —la tomó de la barbilla, divertido y sin molestarse en disimularlo—. Estuviste a punto de provocarme un infarto cuando te quedaste con esa braguita que lo enseñaba todo y te dedicaste a pasear por mi casa como si nada.

—Yo no me he estado paseando...

De hecho, había estado tan nerviosa y con tanto frío que había necesitado una buena dosis de concentración para poder poner un pie delante de otro.

—Todo ese... —dijo Rowdy, acariciándole la melena todavía mojada— jueguecito que te has traído conmigo, escondiendo las partes más suculentas de tu cuerpo... —soltó un gruñido de apreciación—. Tienes el cuerpo más sexy que he visto en mi vida.

—Qué cosas dices.

Parecía sincero y aquello le suscitó una cálida sensación de placer. Nadie le había dedicado nunca cumplidos tan exagerados y, menos todavía, sobre algo tan íntimo.

Había salido con otros hombres, por supuesto, pero tampoco

podía decirse que los hombres hubieran estado haciendo cola en su puerta. Si lo comparaba con la forma en la que las mujeres acosaban a Rowdy, ella jugaba en una liga menor.

—Es verdad. Tienes un cuerpo de pecado. Un cuerpo que parece hecho para el placer.

—Eres el único hombre que me lo ha dicho.

No bien hubo pronunciado aquellas palabras, se dio cuenta de que no debería haberlo hecho, porque le recordaron a Fisher y el secreto que habían compartido.

Como si nunca hubiera desaparecido, Rowdy recuperó su anterior comportamiento, tan frío como duro. Una sombra se abatió sobre sus ojos y la furia tensó sus músculos.

No se apartó de ella, no dejó de acariciarla con delicadeza, pero todo pareció cambiar de repente.

—Supongo que eso nos lleva de nuevo a Fisher, ¿verdad?

Avery negó con la cabeza, pero él se incorporó.

—Primero una ducha, supongo —se quitó el preservativo como si no hubiera una mujer fascinada contemplándolo—. Voy a buscarte otra camiseta mientras tú pones la secadora.

Agradeciendo aquel momento de intimidad, por breve que fuera, Avery se sentó y se apartó el pelo de la cara.

—¿Puedo lavarlo todo?

—Haz lo que te apetezca —volvió a recorrerla con la mirada y sacudió la cabeza—. Como si estuvieras en tu casa —se acercó a la cómoda, sacó una camiseta, blanca en aquella ocasión, y se la tendió.

Mientras ella se la ponía, Rowdy le preguntó:

—¿Tienes hambre?

Ahora que lo decía...

—Un poco.

Fijó entonces la atención en sus piernas.

—¿Podrás esperar una hora?

En realidad, Avery pretendía estar durmiendo al cabo de una hora, pero se encogió de hombros.

—Supongo que sí, ¿por qué?

Rowdy la agarró de la mano y tiró de ella.

—Porque he cambiado de opinión. Fisher puede esperar —bajó las manos a su trasero, para acariciárselo bajo la camiseta—. Ahora mismo, esto es más importante.

—¿Qué...?

La levantó de repente en brazos y la besó para acallar sus protestas.

Desde luego, aquel hombre sabía cómo utilizar la boca... en muchos sentidos.

Y parecía encontrar una gran fuente de placer en su pelo. Enredó las manos en su melena y se la colocó de manera que descansara sobre sus senos. Finalmente, le quitó la camiseta.

Avery pensó que iba a apremiarla y, después de haber tenido dos orgasmos, no estaba segura de que pudiera seguirle el ritmo. Pero si aquello era lo que Rowdy quería y necesitaba, ella estaría más que encantada de complacerlo.

Qué eufemismo...

Para cuando Rowdy la tumbó de nuevo sobre la cama y se hundió lentamente en ella, ya estaba loca por él y pidiéndole que se diera prisa.

Aferrándose a sus caderas, Rowdy él pidió:

—Apóyate bien, cariño.

Avery se apoyó en los antebrazos.

—Muy bien —le acarició la cintura—. Arquea un poco la espalda... así —gimió contra su nuca, haciéndole un chupetón. Y le susurró después al oído, con voz ronca de excitación—: Así me gusta mucho. Puedo alcanzarte con más facilidad.

Avery descubrió lo que quería decir cuando él deslizó una mano entre sus piernas y alzó la otra hasta su seno.

Comenzó a mover los dedos de tal manera que, en cuestión de minutos, Avery estaba al límite.

—Rowdy...

—Todavía no, pequeña.

Avery gimió y se apretó contra él. Rowdy se tensó haciéndola tensarse a ella también, de manera que terminó meciéndose contra su cuerpo y apretando los músculos interiores alrededor de su miembro.

—Avery... —gruñó Rowdy a modo de advertencia.
—En cuanto puedas tumbarte de espaldas, me va a tocar a mí... —le prometió ella.
—¡Maldita sea! —se quedó quieto un instante, intentando prolongar el encuentro.
Deseándolo cada vez más, Avery lo alentaba, apretándolo y moviéndose sin cesar. Rowdy se tensó entonces con fuerza, la agarró por la cintura y soltó un gruñido ronco.
Aquel orgasmo fue, sencillamente, increíble. Duró más que los anteriores y tardó más en apagarse. Avery disfrutó cada segundo, estaba agotada después de haber derrochado tanta energía, entumecida de la cabeza a los pies. Se derrumbó en la cama con un gemido y Rowdy se tumbó sobre ella.
Si hubiera dependido de su voluntad, se habría quedado dormida allí mismo, abrigada y protegida por el calor natural del enorme cuerpo de Rowdy. Pero él permaneció en aquella postura apenas unos cinco minutos cuando volvió a gruñir y se apartó con decisión.
—Ahora necesito esa ducha más que nunca.
Avery emitió un sonido mostrando su acuerdo, pero ni siquiera se molestó en abrir los ojos o en apartarse.
Sintió que Rowdy se alejaba y oyó el sonido de la ducha. Al cabo de un momento, él estaba de vuelta y levantándola en brazos. La besó en la frente con ternura y dijo:
—Si eres capaz de mantenerte de pie, puedo ducharte yo.
Ella esbozó entonces una soñolienta sonrisa.
—No —hundiendo la nariz en su cuello, susurró—: Te quitaré yo las vendas y te lavaré la espalda.
—Te lo agradecería.
—Pero tendrá que ser rápido —le advirtió.
—Por supuesto. Supongo que tendremos que comer y dormir un poco antes de poder hacerlo otra vez.
El gemido de Avery terminó en una carcajada. Aquel hombre era insaciable.
¿Cómo podía ser más afortunada una mujer?

CAPÍTULO 17

Rowdy hizo todo lo posible por comportarse con la naturalidad habitual, pero Avery lo había dejado noqueado con sus revelaciones. Comenzaba a encontrarle sentido a muchas cosas. A lo nerviosa que estaba la noche que había perdido el autobús, a aquellas misteriosas llamadas telefónicas que había recibido.
 A Fisher siguiéndolos en el coche.
 Avery creía que no era cosa de Meyer. Aquel tipo de llamadas, aunque constituyeran una forma enfermiza y efectiva de atormentarla, eran un tanto ridículas para un violador. Rowdy quería saberlo todo, pero podría esperar hasta que Avery terminara su sándwich de mermelada y mantequilla de cacahuete.
 Le gustaba verla sentada en su mesa luciendo únicamente una camiseta. Él solo llevaba los boxers. Era algo... cómodo.
 Si Avery continuaba yendo por su casa, cosa que haría, tendría que hacer una compra de verdad. En tanto que hombre soltero que, además, había estado cambiando continuamente de domicilio hasta hacía muy poco, jamás había tenido la costumbre de acumular comida. Poco a poco, iría comprando unas cuantas cosas, pero tendría que pedirle una lista a Avery y... ¿después qué? ¿Jugar a las casitas?
 Disgustado consigo mismo, dio un mordisco a su sándwich.
 Avery lo miró.
 —¿Estás seguro de que no quieres que te ponga las vendas?
 Rowdy negó con la cabeza.

—Estoy mejor sin ellas —se reclinó en la silla para demostrárselo—. Es posible que necesite una noche más antes de poder tenerte saltando encima de mi cuerpo, pero ya puedo dormir de espaldas sin problema.

Avery le arrojó su servilleta.

Rowdy sonrió de oreja a oreja.

—Ahora ya puedo imaginármelos —arqueó una ceja mientras contemplaba sus senos—. Y la imagen me inspira.

Avery, a su vez, clavó la mirada en su pecho, bajó hasta sus abdominales y sonrió.

—Sí, a mí también.

Aquello era jugar sucio.

—Sigue así y estaremos de nuevo en la cama antes de que te hayas terminado la leche —la advirtió, y no estaba de broma.

—De ningún modo —lo apuntó con su sándwich—. Necesito dormir, Rowdy, y tú también. Tendrás que aguantar hasta mañana.

—Ya veremos.

Frunciendo el ceño, Avery tomó aire dispuesta a insistir, pero él se le adelantó:

—Así que —contestó Rowdy— todas esas fanfarronerías sobre mí y lo fuerte que era tenían como objetivo ahuyentar a Fish, ¿eh? ¿Me utilizaste para advertirle?

Avery pareció desinflarse bajo el peso de la culpa y desvió la mirada.

—¿Puedo ser sincera contigo, Rowdy?

—Es lo que me gustaría.

¿Qué se había pensado? ¿Que prefería que le mintiera?

—Yo preferiría que no fueras detrás de Fisher.

—De eso ya hablaremos.

Ella le contaría las razones por las que no debería hacerlo y él le explicaría por qué tenía que hacerlo. Así de fácil.

Avery no estaba del todo convencida, pero cedió de todas formas.

—Eres un hombre muy capaz y lo sabes. Tenía la esperanza de que Fisher se diera cuenta de que no le iba a resultar fácil acosarme otra vez. De que al final terminara decidiendo que no merecía la pena.

Rowdy conocía a los hombres como Fisher. Los hombres como él no querían perder, nunca. Y el propio Fisher había manifestado que continuaba interesado en ella.

—¿Crees que es él quien está detrás de esas llamadas de teléfono?

—Es lo único que tiene sentido —Avery terminó su sándwich—. En una de esas llamadas, creo que disparó una pistola.

Rowdy perdió las ganas de bromear.

—¿Una pistola?

—Eso me pareció. Al principio no se oía a nadie y de pronto sonó un disparo —se removió nerviosa—. Después, se escuchó la risa de un hombre. No puedo asegurar que fuera la risa de Fisher, porque sonaba amortiguada y yo estaba temblando.

Diablos, si se lo hubiera dicho antes, habría aniquilado a Fisher al instante, habría sido pan comido... Al fin y al cabo, ya le habían entrado ganas de pisotear a aquel canalla cuando acompañó a Avery a casa de sus padres.

Por lo menos ahora ya tenía una buena excusa para hacerlo.

—Fue él el que nos siguió aquella noche —Rowdy se terminó la leche y le dio tiempo para asimilar aquella información.

Avery se lo quedó mirando con unos ojos como platos.

—Pero... ¿me estás diciendo que él ya me tenía localizada?

—Exacto. Reconocí el coche y la matrícula cuando fuimos a casa de Meyer.

—Por eso le preguntaste por el coche.

Rowdy se encogió de hombros.

—Fisher no lo negó. Me dijo que lo había hecho para asegurarse de que estabas a salvo.

—¡Él es la razón por la que no estoy a salvo!

Rowdy apartó su plato, apoyó los antebrazos sobre la mesa y la miró con su habitual expresión sincera y directa.

—Necesito saberlo todo, pequeña. No quiero más secretos, no quiero que te guardes nada más. ¿Qué ocurrió entre vosotros?

Avery se replegó sobre sí misma, tanto emocional como físicamente.

Decidido a acabar con aquello de una vez por todas, Rowdy se levantó, la tomó en brazos y se dirigió con ella a la cama.

—¡Rowdy!

Realmente, le encantaba abrazarla.

—¿Umm?

Era imposible que pudiera tener ganas de sexo otra vez, pero Avery parecía capaz de tocar todas sus teclas, incluso cuando estaba malhumorado. Necesitaba tomárselo con calma o ella terminaría abandonándolo simplemente para poder descansar.

—No puedes tenerme toda la noche como una...

Rowdy la tumbó sobre la cama, se tendió junto a ella y la atrajo luego hacia sí.

Avery se removió entonces, empujándolo para liberarse, pero sin poder conseguirlo en absoluto.

—Esto sería mucho más divertido... —le dijo Rowdy, tirando del dobladillo de su camiseta— si estuvieras desnuda.

Avery renunció finalmente a toda resistencia, y él le dio un beso en la frente.

—¿Estás cómoda?

Con un suspiro, Avery se acurrucó contra él y asintió.

—Sí —posando la mano sobre su torso desnudo, le preguntó—: ¿Cómo tienes la espalda?

Era su miembro el que lo tenía preocupado. Si aquella maldita cosa no bajaba, ¿cómo demonios iban a terminar de hablar?

—Muy bien. Ahora, háblame de Fisher.

Avery hundió el rostro en su pecho.

—Mi madre y Meyer querían que me casara con él. Me presionaban a más no poder, pero yo nunca sentí nada por Fisher.

—¿Salíais juntos?

—A veces. Casi siempre para actos sociales de la empresa y ese tipo de cosas.

—¿Te acostaste alguna vez con él?

Avery se estremeció.

—No.

Una oleada de satisfacción lo anegó por dentro.

—¿Entonces qué hiciste con él?

—Solo intercambiamos unos cuantos besos y con eso ya tuve más que suficiente.

—No necesito detalles.

Lo último que le apetecía oír era que Fisher la había tocado, aunque solo hubieran sido un sencillo beso.

—No hay nada más que merezca la pena contar. No me gustaba. No es el hombre modélico que Meyer y mi madre creen, ni el filántropo solidario que todos los demás piensan. Hace todo lo que se espera de él para mantener su buen nombre, desgravar impuestos o establecer relación con alguna otra empresa, no porque realmente le importe. Conmigo era condescendiente, crítico y autoritario.

—¿Crítico en qué sentido?

—Me pusiera lo que me pusiera, siempre le parecía que no era lo bastante bueno.

«Qué imbécil», pensó Rowdy. Le acarició el brazo con las yemas de los dedos y continuó luego por la cintura y la cadera.

—A mí me gustas más cuando estás desnuda, pero con los tejanos también estás preciosa.

La sintió sonreír y notó después un beso en las costillas.

—Gracias.

—Y tu pelo —hundió los dedos en su cabello—, tengo que reconocer que es muy excitante.

—Fisher insistía en que me lo cortara y me lo arreglara. Incluso me concertó una cita en su peluquería.

—¿Fisher tiene una peluquería?

—Una peluquería muy cara y elegante en la que siempre se corta el pelo. Me pidió una cita porque decía que parecía una niña salvaje.

Rowdy se incorporó y se la quedó mirando fijamente.

—¿Estás de broma?

Avery parpadeó.

—Eh... no.

—¡Dios mío, qué imbécil! —se recostó de nuevo—. Tú siempre serás una mujer refinada. No tienes nada de salvaje —la abrazó con fuerza, brevemente—. Excepto en la cama, y de eso Fisher no sabe nada.

—No, no tiene ni idea.
—Así que lo mandaste a paseo. ¿Y qué pasó después?
—Bueno, intenté ser un poco más amable que eso. Le dije que no encajábamos, que no quería continuar robándole su valioso tiempo y que sería mejor que continuáramos viéndonos simplemente como amigos. Él me presionó, me dijo que mis padres no estarían de acuerdo y que, en cuanto yo sentara la cabeza, encontraría la manera...
—¿La manera de qué?
—De ser una buena esposa para él —cerró un puño sobre su abdomen—. No renunció. Durante semanas me estuvo persiguiendo allá a donde iba, aparecía en cualquier tipo de acto al que yo acudía y se comportaba como si fuera mi pareja.

Ocultando su creciente torbellino interior, Rowdy esperó en silencio. Simplemente la animaba a continuar con leves caricias a lo largo de su brazo, de su sedoso cabello, de su mejilla.

—Un día coincidimos en una recogida de fondos benéficos —tragó saliva con fuerza—. Yo intenté esquivarlo, pero no me dejaba sola en ningún momento. Fue de lo más ofensivo conmigo, deliberadamente grosero. Me estaba poniendo en una situación tan embarazosa que comprendí que tenía que irme. Creí haber escapado a su vigilancia escabulléndome por la puerta trasera del pabellón. Imaginé que, si conseguía llegar hasta mi coche, me marcharía de una vez y no volvería a aparecer ya por actos de esa clase, a pesar de la relación que tenían con los negocios de Meyer y de la insistencia de mi madre en que no me perdiese ninguno.

Pero Rowdy sabía demasiado bien lo difícil que era escapar de los problemas.

—¿Te encontró?

Avery asintió.

—No sé cómo se enteró de que me había marchado, pero estaba furioso. Me dijo que estaba huyendo de él. No importaba que yo no hubiera ido allí con él, que hubiéramos llegado cada uno por separado y que ni siquiera hubiéramos quedado en marcharnos juntos. Para Fisher, éramos una pareja y se suponía que yo tenía que aceptarlo —se acurrucó contra él y tensó la voz—.

Me agarró. Ya había sido rudo conmigo en otras ocasiones. Pero no así...

—¿Te hizo daño?

Avery permaneció en silencio durante un buen rato.

—Cuando hace unos minutos me levantaste en brazos para traerme a la cama, no me hiciste ningún daño. Ninguno en absoluto. Y supe en todo momento que, si te hubiera pedido que te detuvieras, lo habrías hecho.

—Me alegro de que te dieras cuenta.

—Ha sido como un juego y yo lo he disfrutado —le dio un beso en la barbilla—. Pero cada vez que Fisher me tocaba... No sé. Me agarraba los brazos con demasiada fuerza, me empujaba con demasiada violencia —su respiración se volvía más acelerada, sus palabras más tensas—. Con él siempre estaba en el límite del dolor. Era casi como si disfrutara viendo las marcas rojizas que me dejaba. Un día me agarró de la muñeca con tanta fuerza que yo terminé por hacer un gesto de dolor, después lo miré y... no sé. Vi algo extraño en sus ojos —tragó saliva, desvió la mirada y susurró—: Era como si yo lo estuviera excitando.

Dios, cómo le gustaría tener a Fisher cerca en aquel momento...

—¿Y aquella noche fue peor?

Avery se apartó el pelo de la cara con mano temblorosa.

—Me agarró del brazo y, literalmente, me arrastró hasta el natatorio. Yo estaba muy asustada. Le grité que me soltara, pero no lo hizo.

No era fácil seguir haciendo preguntas cuando lo que de verdad quería era agarrar a Fisher y enseñarle el error que había cometido.

—¿El natatorio? —Rowdy jamás había oído aquella palabra.

—Es el edificio que aloja la piscina cubierta. A aquella hora de la noche y estando celebrándose la fiesta para la recogida de fondos, debería haber estado cerrado con llave. Pero, de alguna manera, él consiguió que se lo abrieran —le acarició la mandíbula—. Es típico de Fisher, ¿sabes? Es un hombre muy bien integrado en la comunidad, se le considera un hombre leal, un defensor de numerosas causas, un hombre accesible en quien se puede confiar.

—Pero ahora ya no estás sola —Rowdy quería que lo comprendiera. Fisher no le había gustado y en aquel momento tenía buenas razones para justificar aquel sentimiento—. Yo confío en ti, no en él.

A Avery se le llenaron los ojos de lágrimas.

—Eso significa mucho para mí —apretó los labios, luchando estoicamente contra las lágrimas—. Nadie me cree, pero sé que Fisher pretendía violarme. Me desgarró el vestido y me besó de una manera... —tomó aire con dificultad—. Me dolió mucho, intenté alejarme de él, pero no fui capaz de hacer nada.

—Shh... —la acarició y la besó, deseando por dentro matar a Fisher con sus propias manos.

—Tuve las marcas en el brazo durante una semana —lo miró—.Y, durante más de un mes, apenas pude dormir.

Rowdy sabía perfectamente lo que significaba que la realidad lo persiguiera a uno en sueños. Ocultando su rabia, continuó tranquilizándola.

—¿Cómo conseguiste huir?

Avery sacudió la cabeza como si estuviera recordándolo y ordenando los acontecimientos en su cabeza.

—Me acorraló contra una pared y estuvo intentando... pegarme.Yo no estaba dispuesta a quedarme quieta, así que me agarró del vestido y me lo rompió.

Sí, Fisher era hombre muerto.

—Cuando intentó tirarme al suelo, me alejé de la pared y los dos nos tambaleamos. Fisher pisó la tela del vestido y se cayó hacia atrás. Había un empleado de mantenimiento y.... no sé, solo sé que se tropezó, que de pronto vi sus pies en el aire y oí un chapuzón.

Rowdy le acarició el brazo con la yema de los dedos.

—¿Te escapaste?

Avery asintió.

—Estaba oscuro y no podía ver bien, pero supe que se había caído. Oí un golpe antes del chapuzón, pero no me enteré hasta tiempo después de que se había golpeado la cabeza al caer. Terminó con un ojo morado, la nariz rota y unos cuantos puntos.

—Se merecía mucho más.

Avery no lo contradijo.

—Antes de que yo pudiera llamar a casa para contarle a mi madre lo ocurrido, Fisher ya se me había adelantado, de camino al hospital. Se inventó toda una enrevesada mentira según la cual yo, supuestamente, le había acusado de haberme engañado y me había puesto furiosa, violenta con él.

—Tonterías. Tú te pusiste furiosa conmigo y lo único que hiciste fue tirarme una bayeta mojada al pecho.

Avery esbozó una llorosa sonrisa y se inclinó para besarlo.

—Lo siento.

—Hace mucho que te perdoné.

Se alegró de haber conseguido animarla, pero aquellas bromas no sirvieron para aliviar la tormenta que se estaba formando en su interior. Odiaba el abuso y el maltrato en todo tiempo y lugar. Pero, ¿contra una mujer? ¿Contra Avery? Le resultaba algo casi imposible de soportar.

—Supongo que tus padres creyeron que habías provocado tú el problema.

—Dijeron que había malinterpretado a Fisher y que había reaccionado de forma exagerada. Él les había contado que estaba muy afectado, hablándoles de lo mal que lo había tratado yo. Les dijo que el vestido se me había roto de manera accidental, cuando yo me negué a hablar con él. Que él había alargado una mano hacia mí, que yo lo había empujado y que, por supuesto, había sido por mi culpa que se había caído a la piscina y había terminado herido. Pero Rowdy... yo te juro que sé lo que pretendía hacer conmigo. Fisher se comportó conmigo de una forma... horrible. Estaba histérico y fuera de control.

—Shh, te creo —al verla estremecerse, la envolvió en sus brazos—. ¿Fue entonces cuando te fuiste de casa?

—Unos días después. Fisher ya había hecho correr aquella mentira por todas partes. Yo estaba furiosa porque tanto mis amigos como mi familia pensaban que era una chiflada que había tenido un ataque de celos y había cargado contra el pobre Fisher. Me sentí humillada y herida, y lo único que quería era alejarme de todo aquello.

—¿Piensas regresar alguna vez?

—No —contestó de inmediato. Alzándose para mirarlo, añadió—: No para siempre. Cuando les dije que me gustaba la vida que llevo ahora era cierto. Soy... libre.

—Y pobre.

—Y libre —lo besó con ternura—. Tengo todo lo que necesito.

¿Él era una de las cosas que necesitaba? Le había dicho que lo quería, pero aquel sentimiento podía haber nacido de la desesperación, de la necesidad de encontrar un refugio. Una forma de conseguir protección.

Rowdy estaba más que encantado de poder proporcionársela. Y, quizá, después de que él hubiera arreglado el asunto de Fish, Avery continuara sintiendo lo mismo...

—Quédate.

—De acuerdo —dijo ella con un bostezo.

Era un gran paso para Rowdy. Gigantesco. Alucinante. Pero era lo que quería. Le echó el pelo hacia atrás y le acunó el rostro entre las manos.

—No solo esta noche, Avery —le acarició las aterciopeladas mejillas con los pulgares y volvió a decir—: Quédate conmigo, aquí estarás a salvo.

Avery entreabrió los labios, mirándolo con ojos desorbitados de sorpresa. Escrutó su rostro.

—¿No irás a por Fisher?

Claro que iría a por él, pero se limitó a contestar:

—De eso hablaremos mañana. Ahora necesitas dormir. Vuelves a tener ojeras.

Ella torció la sonrisa mientras farfullaba:

—Canalla.

Después, alargó la mano por delante de él y apagó la luz. Al cabo de unos segundos, le dijo:

—Me quedaré, gracias.

Rowdy la atrajo de nuevo hacia sí. Tenía muchas cosas en las que pensar. Como por ejemplo en sus sentimientos hacia aquella mujer en particular. En su vida.

En lo que haría para conseguir que Fisher se mantuviera lejos de Avery.

Pero, con la espalda ya mejor, con aquel apremiante deseo satisfecho y con Avery a su lado, tierna, a salvo y oliendo tan condenadamente bien, consiguió dormir. Otra vez.

Aquella mujer era como una droga de la mejor clase. Había puesto su mundo del revés, pero, por primera vez en su vida, tenía la sensación de que las cosas eran como deberían ser.

Avery se despertó por culpa del sol que entraba a raudales por las enormes ventanas. Había pasado la tormenta. Entrecerró los ojos para protegerse de la luz, se estiró y se chocó con Rowdy.

Este se movió también, volviéndose hacia el otro lado.

Muy lentamente, Avery se sentó para contemplar su enorme espalda. Los puntos de la herida todavía parecían inflamados y seguramente le dolían, pero el enrojecimiento casi había desaparecido. La cicatriz estaba cerrando muy rápido.

Aquello la hizo prestar atención a otras cicatrices más antiguas. Dios, cómo amaba a aquel hombre... Y aquellas cicatrices eran tan terribles que deseó ser capaz de borrar el dolor de su infancia. La necesidad de tocarlo, de besar su hombro herido, le abrasaba el corazón.

No quería molestarlo, así que intentó levantarse sigilosamente de la cama.

Alerta, Rowdy se volvió hacia ella con el pelo revuelto y la mandíbula oscurecida por una sombra de barba.

—Avery.

—Sigo siendo yo —sonrió.

Rowdy bajó la mirada hacia los senos que se dibujaban bajo su camiseta y terminó tumbándose de espaldas, alargando el brazo hacia ella y atrayéndola hacia sí.

—¿A dónde ibas? —le preguntó.

—Al cuarto de baño.

—¡Ah! —la besó en el cuello, haciéndole cosquillas con la barba—. Vuelve rápido.

Cuando se levantó gateando de la cama, Rowdy le acarició la espalda. Aquel hombre era increíble. Y todavía no estaba del todo despierto.

Avery se lavó los dientes a toda velocidad e incluso se peinó. Tenía rozaduras provocadas por la barba de Rowdy en interesantes lugares de su cuerpo. Músculos que rara vez utilizaba le dolían. Y en lo más profundo de su ser, todavía sentía un hormigueo.

—Date prisa, pequeña.

Avery se giró y descubrió a Rowdy de pie en el marco de la puerta, con un destacado abultamiento bajo sus boxers y una expresión apreciativa en su soñolienta mirada.

—Todo tuyo —le dijo y, al salir, vio que la recorría con la mirada de la cabeza a los pies.

—No hace falta que te arregles tanto, ¿sabes? Ya estoy todo lo interesado que puede llegar a estar un hombre.

—Pero si ni siquiera tienes los ojos abiertos del todo...

—Te veo perfectamente, y, como siempre, me encanta lo que veo —le dio una palmadita y se acercó al inodoro.

Sonriendo, Avery se dirigió a la cocina para preparar un café. El apartamento estaba helado y el suelo particularmente frío, así que, en cuanto conectó la cafetera, se acercó al armario de Rowdy, sacó una camisa de franela y se sentó después en la cama para ponerse unos calcetines gruesos.

Acababa de volver a la cocina para servir el café cuando Rowdy salió del baño. Fue directo hacia ella, la abrazó por detrás, cruzó las manos sobre su vientre y le besó el cuello. Tenía el rostro húmedo, el aliento mentolado y las manos grandes, calientes y atrevidas.

—Me gusta despertarme contigo, Avery, y verte con esa ropa tan encantadora en mi cocina —le mordisqueó el lóbulo de una oreja—. Este podría ser el comienzo de mi nueva fantasía favorita.

—¿Una mujer con una indumentaria ridícula preparándote

el café? —chasqueó la lengua—. Seguro que se te ocurren cosas mejores.

—Sí —la acorraló contra el mostrador y alzó las manos para apoderarse de sus senos—. Se me ocurren cosas mejores.

Avery notó su sólida erección presionándole la espalda. Rowdy buscó con los pulgares los pezones y, con una naturalidad pasmosa, comenzó una lenta, relajada y tórrida seducción.

Pero Avery necesitaba hablar con él y, si no lo detenía en aquel momento, no tendrían ya oportunidad de hacerlo.

—¿Rowdy?

—¿Umm? —abrió la boca sobre su cuello.

Ya le había hecho dos chupetones y Avery se estremeció cuando le dio un tercero. Echando las manos hacia atrás, las posó sobre sus muslos.

—Necesito un momento.

—Tómate todo el tiempo que quieras —una de las manos de Rowdy abandonó un seno, cubrió su vientre, descendió hasta sus piernas y la exploró con delicadeza a través de las bragas—. No tengo ninguna prisa.

Aquella forma de tocarla...

—Yo también necesito un café.

—En ese caso, lo haremos rápido —se apoderó de las manos de Avery, se las colocó sobre el mostrador y, acto seguido, le bajó las bragas hasta las rodillas—. Más tarde podrás tumbarme de espaldas, como me prometiste.

Sí, claro que lo haría. Pero por el momento...

—¿Cuánto de rápido es «rápido»?

—Creo que podré conseguir que te corras en diez minutos.

—¿Conseguir que me corra? —lo miró por encima del hombro en el momento en el que él se estaba poniendo el preservativo.

¿Se lo habría llevado al salir del cuarto de baño? Cuánta confianza en sí mismo...

Y bien merecida.

—Sí.

Se bajó los boxers lo suficiente como para liberar su miembro y volvió a acercarse a ella. Le separó ligeramente las piernas.

—Ábrelas todo lo que puedas —le pidió.

La braga limitaba sus movimientos y, de alguna manera, aquello la hizo sentirse todavía más sensual y lasciva que el hecho de que estuviera practicando sexo allí, en la cocina, contra el mostrador.

Rowdy le subió la camiseta con una mano por encima de los senos y, con la otra, la acarició entre las piernas, provocándola, preparándola y haciéndola retorcerse de placer.

—Esto me gusta —dijo—, tenerte aquí inclinada y el olor a café recién hecho en la cocina... Dos de mis cosas favoritas.

Era increíblemente atrevido y habilidoso. Húmeda y caliente, Avery se apretó contra él.

—A este paso, el café terminará enfriándose.

Rowdy se echó a reír y, muy despacio, enterró dos dedos en su interior.

—¿Así está mejor?

—Te deseo, Rowdy —«solo a ti, y siempre», añadió para sus adentros—. Por favor...

—Y yo que pensaba que esto no podía ponerse más caliente —jugueteó con el pezón, pellizcándoselo ligeramente—. Me gusta oírte pedírmelo de esa forma tan bonita...

Avery cerró los ojos, echó la cabeza hacia atrás y susurró:

—Te juro que me vengaré.

—Maldita sea, barman —por un momento, se quedó paralizado y aspiró hondo. Después sacó los dedos y empezó a empujar con su erección hasta que logró hundirse del todo en ella, mientras gruñía en tono acusador—: Vas a hacerme perder el control.

Como aquella había sido precisamente su intención, Avery soltó un gemido de triunfo y musitó:

—¿Y ahora por qué no haces que lo pierda yo?

Rowdy empujó con mayor fuerza.

—Eso está hecho.

Fiel a su palabra, en menos de diez minutos, Rowdy consiguió hacerla gritar en medio de un potente orgasmo. Para protegerla de sus fuertes embestidas, la rodeó con un brazo, creando una barrera entre su cuerpo y el borde del mostrador.

Poco después de que el placer de Avery decayera, Rowdy tensó el brazo con que la mantenía agarrada, soltó un gruñido y cedió a su propia liberación.

Continuaron jadeando durante unos minutos, todavía desplomados frente a la cafetera.

Rowdy la abrazó entonces, riendo.

—Ahora ya estoy despierto, solo para que lo sepas...

Avery apenas lo escuchó. Realmente tenía la sensación de que podría quedarse dormida allí mismo, siempre y cuando no le fallaran las piernas.

Rowdy se apartó de ella, se arregló y le subió las bragas. Alejándola del mostrador, la guio hasta una silla.

—Yo te serviré el café.

Derrumbada en la silla, Avery lo contempló fascinada mientras lo veía servir el azúcar y sacar después la jarrita de la leche.

—Eres insaciable.

—Fuiste tú quien se puso a pasear sus encantos en la cocina.

—Llevaba calcetines, Rowdy, y una camisa de franela —se llevó la mano a la cabeza—. Y aunque me he peinado un poco, tengo el pelo hecho un desastre. Necesito lavármelo, secármelo y...

—Creo que me estás excitando otra vez —sonriendo, le puso el café delante y se sentó a la mesa—. ¿Te das cuenta de que son casi las once? Hemos dormido hasta muy tarde.

Avery probó el café, le gustó y, después de beber otro trago, estiró las piernas.

—Tenemos derecho. Es nuestro día libre.

Rowdy parecía pendiente de cada uno de sus movimientos.

—Había pensado en hacer una visita a Marcus después del supermercado. Puedo comprar lo que quieras.

Avery dejó caer los brazos y se lo quedó mirando fijamente.

—¿Hablabas en serio cuando me dijiste que podía quedarme?

—Yo siempre hablo en serio.

Avery quería preguntarle que si la quería. Si la quería a ella, concretamente. Ella le había dicho que lo amaba y él se la había llevado a la cama sin contestar.

Por lo menos, no la había echado de casa.

Todavía. Sabía, por supuesto, que a la larga tendría que buscarse otro trabajo. No podría soportar la idea de ver a Rowdy con otra mujer y, si se quedaba en el bar, ¿cómo podría evitarlo? Cuando se separara de ella, no continuaría viviendo como un monje. No, volvería a los viejos tiempos, a disfrutar de la atención de todas las mujeres que se cruzaran en su camino.

¿Y qué haría ella?

Ella lo amaba, y mucho.

No podía fingir lo contrario.

Rowdy le dio un golpecito por debajo de la mesa.

—¿En qué estás pensando?

Dios, qué hombre más perspicaz...

—¿Estás preocupada por Fisher? Porque no tienes ningún motivo. Yo puedo...

—¿Piensas estar con otras mujeres?

En el instante en el que lo dijo, deseó abofetearse. Se lo había soltado sin ninguna introducción previa. De golpe y porrazo.

Por supuesto, tenía que hacer alguna aclaración.

—Mientras estés conmigo, quiero decir. ¿Somos...? —no se le ocurría ninguna palabra apropiada para la visión que tenía Rowdy de las cosas—. La nuestra... ¿es una relación excluyente? Ahora mismo, quiero decir. No estoy pidiendo un compromiso a largo plazo ni nada de eso. Pero si me quedo aquí...

Al ver cómo la estaba mirando Rowdy, renunció y cerró la boca.

Sin dejarse impresionar por aquella repentina declaración, al menos en apariencia, Rowdy contestó a su vez con una pregunta:

—Entre el trabajo y tú, ¿cuándo iba a tener tiempo?

¿Pretendía estar en su compañía las veinticuatro horas del día? Por lo que a ella se refería, estupendo.

—Hablando de tiempo —Rowdy cambió hábilmente de tema—, ¿cuánto tiempo crees que podrás tardar en prepararte?

—¿Para qué?

Si quería más sexo, tendría que renunciar, por lo menos durante un rato.

—Ya te lo he dicho, me gustaría ir a ver a Marcus. ¿Te parece bien?

Demasiado tarde, Avery se dio cuenta de que lo que quería él era que lo acompañara. Marcus vivía con Alice y con Reese. Imaginaba que no les apetecería que ella se presentara allí sin haber sido invitada.

—No me gustaría entrometerme.

Rowdy dejó la taza a un lado y la miró con el ceño fruncido.

—Pero tampoco quieres que acabe con Fisher, así que, mientras ese canalla ande suelto, irás a donde yo vaya.

Avery también apartó su taza, preparándose para un enfrentamiento.

—¿Se supone que eso es una orden? Para que lo sepas, no acepto bien las órdenes.

Rowdy sonrió ante la violencia de su tono.

—Es una petición, cariño, y muy necesaria para mi tranquilidad mental.

—Eso está mejor —se reclinó en la silla—. ¿Pero crees que a Alice le parecerá bien?

—Le encantará disfrutar de tu compañía. De todas formas, para estar seguros, la llamaré para decírselo.

Alice y él parecían tener una relación muy especial, así que, naturalmente, Avery quería conocerla mejor.

—¿Piensas ir a ver a Marcus todos los días?

—Estaba pensando en ello —se puso a girar la taza entre los dedos, con la mirada perdida en el vacío—. Pero no puedo dejarme caer por casa de Alice cada día. Va a matricular a Marcus en un colegio del barrio al que piensan mudarse la semana que viene. Eso significa que el niño no volverá a casa hasta la hora en la que comienzo a trabajar, y supongo que los fines de semana los tendrán ocupados con todas esas cosas que querrán hacer como familia.

—Tengo la sensación de que a ti también te consideran parte de la familia.

Rowdy ignoró aquella respuesta.

—Necesito que ese muchachito sepa que quiero estar cerca de él, pero no voy a poder ir a verlo cada día. Y tampoco quiero que piense que le he fallado si deja de verme durante una temporada.

—Quieres que confíe en ti —Avery lo sabía todo sobre aquel deseo en particular—. Pero eso podría llevarte algún tiempo.

Rowdy soltó un resoplido burlón.

—Me llevará una eternidad. Pero lo conseguiré.

¿Lo decía porque él nunca había aprendido a confiar? Avery temía que así fuera.

Pues bien, ella quería su confianza. De una u otra manera, mientras su relación continuara, quería que Rowdy supiera que podía confiar en ella.

—Has vuelto a quedarte pensativa.

—No, es solo que…

Avery reparó en la dulce satisfacción que reflejaban aquellos ojos de un castaño dorado, en su pelo revuelto y en aquel musculoso cuerpo de infarto. Con cicatrices y todo, Rowdy Yates era más hombre que cualquier otro que hubiera conocido, o imaginado incluso. Pero no era un superhombre. No tenía por qué arrostrar solo tantas cargas. No cuando ella estaba dispuesta a compartirlas con él.

—¿Puedo preguntarte algo?

—Claro —dio un sorbo a su café—. Eso no significa que vaya a contestar, pero puedes intentarlo.

El muy…

—Si no vas a contestar, ¿para qué molestarme en preguntártelo?

Rowdy dejó la taza.

—Es sobre Fisher, ¿verdad?

Avery soltó un suspiro. Rowdy no parecía muy contento. Y, sí, necesitaba hablar con él sobre Fisher, pero antes…

—Ya sabes lo que me pasó con Fisher. Después de que todo el mundo me llamara mentirosa, decidí que no volvería a contárselo a nadie. Pero confío en ti, Rowdy.

—Me alegro de que lo hagas.

Porque se creía capaz de manejarlo todo y a todos sin quebrarse nunca bajo la presión de la responsabilidad. Pero no tenía por qué hacerlo nunca más. No si contaba con ella.

—Me gustaría que tú también confiaras un poco en mí.

—¿Crees que no lo hago?

—Creo que confías hasta cierto punto.

Si no hubiera sido así, no le habría permitido quedarse en su casa. Pero necesitaba algo más. Esperando poder encontrar las palabras adecuadas, se dio a sí misma unos segundos más mientras se terminaba el café. No podía decir «quiero más» porque no sabía lo que quería Rowdy. Excepto más sexo. Eso lo había dejado muy claro.

—¿Me confiarías algo... algo íntimo?

—¿De qué clase de intimidad estamos hablando? —arqueó una ceja—. No irás a hacerme un interrogatorio sobre mis ligues, ¿verdad?

—¡Dios mío, no! —era lo último de lo que le apetecía oírle hablar. Le bastaba recordar lo que había visto en su despacho para sonrojarse—. Qué tonto eres.

Rowdy se sonrió.

—Entonces deja de andarte con rodeos y suéltalo.

—De acuerdo, allá va —se mordió el labio, preparándose para su reacción, y le preguntó—: ¿Por qué no me hablas de tus cicatrices? No de las que te has hecho de adulto, peleando, sino de las que supongo que te hicieron tus padres.

La repentina expresión pétrea de Rowdy no presagió nada bueno.

Aun así, Avery se inclinó hacia delante y continuó presionando.

—¿Confiarás en mí del mismo modo que yo he confiado en ti? ¿Confiarás en mí lo suficiente como para compartir conmigo tu pasado?

CAPÍTULO 18

Rowdy se levantó de la mesa y fue al dormitorio. Oyó los apresurados pasos de Avery detrás y, un segundo después, sintió su cuerpo contra el suyo. Sintió sus brazos rodeándole la cintura y el rostro apoyado en su espalda, al lado de los puntos de la herida.
—Rowdy, por favor, no huyas de mí.
Rowdy soltó un resoplido burlón. Él no huía de nadie y menos aún de una mujer que no debía de pesar ni cincuenta kilos. Le agarró las manos e intentó apartarla, pero Avery se aferraba a él como una enredadera, abrazándolo cada vez con mayor fuerza.
Su cabeza apenas le llegaba al hombro, Avery era tan delicada como la flor de un diente de león al viento, pero lo agarraba como si no estuviera dispuesta a dejarlo marchar por nada del mundo. Y, maldijo para sus adentros, eso le gustaba.
Para no arriesgarse a hacerle daño, Rowdy le cubrió las manos con las suyas.
—No es una historia bonita, cariño. No es algo que necesites oír.
Quería decirse que no tenía ninguna importancia. Pero él sabía muy bien que la tenía. El problema era que nunca se lo había contado a nadie.
—Te equivocas —sin soltarlo, Avery se colocó frente a él y alzó la mirada—. Si me hubiera pasado a mí, ¿habrías querido saberlo?

Negándose incluso a imaginarse que a ella pudieran llegar a hacerle tanto daño como a él, sacudió la cabeza.

—No digas eso, cariño —le acunó el rostro entre las manos—. No es lo mismo.

—No, es muy distinto —se le aceleró la respiración—. Porque yo te quiero.

Dios santo, había vuelto a decirlo. Con los ojos resplandecientes y el corazón palpitante, Rowdy intentó decidir qué hacer. Estaba... aterrado. Se volvió, se frotó la nuca e intentó sobreponerse a la tensión que se apoderaba de él.

Avery no se movió. La sentía condenadamente quieta a su espalda. No quería que se sintiera mal, pero, fuera cual fuera el rumbo que tomara aquello, eso era lo que iba a ocurrir. Todavía de espaldas a ella, le dijo:

—Es tu última oportunidad, pequeña. Podemos vestirnos y salir de aquí.

Avery continuó callada.

—O puedo contarte unas cuantas historias terribles —se volvió hacia ella—. Tú eliges.

Una trémula inspiración elevó el pecho de Avery. Acercándose a la cama, se sentó y esperó.

Rowdy maldijo en silencio.

No podía sentarse. Y tampoco era capaz de hablar. Acompasando el ritmo de sus pasos al de sus frenéticos pensamientos, intentó decidir por dónde empezar.

—Nunca he hablado de esto con nadie.

Pero Avery tampoco era comparable con nadie y él lo sabía bien, tanto si quería admitirlo como si no.

—Puedes hablarme de lo que sea. Te lo prometo.

Sí, ella quería realmente que lo hiciera. Se sentiría rechazada en caso de que él se negara. Sin mirarla, empezó:

—Tenía unos doce años cuando me hicieron la quemadura.

—¿Fue con un cigarrillo?

La ternura de su voz pareció envolverlo.

—Sí —moviéndose de un lado a otro delante de ella, Rowdy intentó resumirlo sin darle demasiada importancia.

—Mis padres querían salir —se le tensaron los músculos. Le dolían—. Querían llevarse a Pepper y yo les dije que no.

—¿Les desafiabas siendo tan pequeño?

Cuando era por algún asunto relacionado con Pepper, sí. Luchaba con uñas y dientes. Los recuerdos le oprimieron de tal forma el pecho que hasta le costó respirar. No recordaba el dolor, porque cualquier dolor físico había muerto bajo el insoportable peso de la impotencia. En aquel entonces, había estado convencido de que tendría que luchar contra sus padres durante toda una vida.

Por suerte, no había sido así.

—Hice lo que pude. Era un niño grande y mi padre estaba borracho, así que bloqueé la puerta. No sé, creo que tenía un bate o algo parecido —había sido algo tan estúpido, tan... absurdo.

—¿Le habrías golpeado con él?

—Sí. Lo hice en más de una ocasión —le había devuelto los golpes y había luchado por Pepper—. Pero no solía servirme de mucho. Aquel día, mientras gritaba diciéndoles que la soltaran, mi hermana lloraba y se retorcía intentando liberarse —al final lo había conseguido—. Pepper salió por la puerta, pasando por delante de mí. Sabía cómo llegar hasta el río. Era allí donde nos quedábamos hasta que mis padres se iban. Pero yo estaba tan concentrado en conseguir que escapara que no vi que mi madre alargaba la mano por delante de mi padre. Era como una chimenea, se pasaba la vida fumando.

Avery se tapó la boca con una mano trémula.

—Te quemó a propósito.

—Estaba enfadada. Me dijo que siempre estaba armando líos.

Él había conseguido zafarse para salir detrás de Pepper, pero no le había contado nada a su hermana. Maldijo para sus adentros: tampoco habría querido contárselo a Avery. Había escondido la quemadura debajo de la camisa y casi se había sentido agradecido de que sus padres se hubieran marchado sin crear más problemas.

—¿Quieres sentarte conmigo?

Parecía tan frágil, tan afectada, que Rowdy se descubrió sentado a su lado antes de acordarse de que necesitaba moverse. Necesitaba alejarse del mordisco incesante de la memoria.

Le alzó la barbilla e intentó bromear con ella.

—No te atrevas a llorar —le dio en los labios un beso fugaz. Tanto le gustó que le dio otro—. Ni siquiera me dolió mucho. Estuvimos bañándonos en el río y el agua estaba fría... la quemadura se curó bastante rápido.

Avery se sentó en su regazo y hundió el rostro en su cuello.

—¿Pasaron fuera la mayor parte de la noche?

—Toda la noche y la mitad del día siguiente —apoyó la barbilla en su cabeza y le acarició la espalda—. De todas formas, siempre era todo más fácil cuando ellos no andaban cerca. Recuerdo que Pepper durmió en mi habitación aquella noche, acurrucada a los pies de mi cama. Era gracioso porque ya en esa época los dos éramos altos. Bloqueé la puerta por si volvían mis padres y actuamos como si aquella fuera una ocasión especial —sacudió la cabeza e incluso consiguió sonreír—. Pepper siempre ha sido increíble a la hora de convertir una desgracia en una aventura, en lugar de...

—Algo horrible.

«E irremediable», añadió él en silencio.

—Sí.

Avery alargó los brazos y le acarició otra cicatriz.

—¿Esta es de la hebilla de un cinturón?

Rowdy se encogió de hombros.

—Tuve un forcejeo con mi padre cuando tenía unos diez años. Era muy pequeño. Apenas recuerdo por qué se enfadaba mi padre, pero el caso es que yo siempre recibía. Mi padre me había dicho que estaba harto de que no le hiciera caso. No creo que tuviera intención de pegarme con la hebilla, pero estaba muy colocado y apenas podía mantenerse en pie cuando comenzó a pegarme.

—Me gustaría tenerlo aquí delante para poder pegarle con el cinturón.

Rowdy hundió el rostro en su pelo y aspiró hondo. Dios, le encantaba su olor, le encantaba tenerla en sus brazos, sentirla y lo que ella le hacía sentir.

—No fue la única vez, pero sí una de las pocas que me hizo

tanto daño. Mi madre le increpó. Le dijo que, si no paraba, conseguiría que volvieran a presentarse los de servicios sociales. Y mi padre se detuvo.

Avery subió una mano hasta su mejilla.

—¿Tu madre no te defendió?

—Apenas podía defenderse a sí misma.

—¿Y siempre eran así, Rowdy? ¿Nunca fueron unos buenos padres?

Maldijo por lo bajo. No quería que se pusiera tan triste

—No siempre era tan horrible. En realidad, nunca fueron unos buenos padres, eso desde luego. Pero pasaban semanas sin pegarme. Había temporadas en las que nos ignoraban —pensó en el pasado mientras acariciaba a Avery, deslizaba la mano por su espalda y la hundía en su pelo—. Recuerdo a mi madre haciendo tortitas cuando yo era muy pequeño, antes de que naciera Pepper. No era una mujer muy maternal, pero a veces era buena conmigo.

—¿Y tu padre?

—Tenía algún que otro trabajo aquí y allá. Nada importante. Cuando estaba en casa, yo procuraba no cruzarme con él.

—Hacías bien.

Avery le acarició con delicadeza la frente y la barbilla. Su sonrisa era la cosa más dulce y más tierna que Rowdy había visto en su vida.

—Es una historia terrible —continuó ella—. Y lo que más me sorprende es que hayas podido convertirte en un hombre tan maravilloso.

Maravilloso. ¿Eso era lo que pensaba de él?

—¿No me oíste cuando les dije a Fisher y a Meyer hasta qué punto era un inadaptado?

—Solo te oí hablar de que habías hecho lo más adecuado, por muy duro que hubiera sido.

Riendo, Rowdy se pasó una mano por la cara.

—Sí, bueno, no voy a discutir que darle una paliza a un traficante de drogas no estuviera bien. Esa escoria se llevó una buena paliza y yo lo disfruté.

—Y conseguiste una información importante —insistió ella.

Quizá porque no quería reconocer su falta de moral, el placer primario que encontraba en impartir justicia a su manera, Avery necesitaba aquella clarificación.

—Sí, desde luego.

—Eres el ser humano más maravilloso que conozco, Rowdy. Y no puedes decirme nada que me haga cambiar de opinión.

¿Y si le decía que se marchara? ¿Y si le decía que él no sabía jugar a las casitas ni... ni querer lo suficiente a una mujer como para comprometerse con ella?

¿Cambiaría entonces su opinión sobre él?

Avery sacudió la cabeza como si le hubiera leído el pensamiento.

—Gracias por confiar en mí, Rowdy. Y por dejar que me quede en tu casa durante algún tiempo —posó la mano sobre su hombro y la bajó a continuación hasta su pecho—. Pero quiero que te quede clara una cosa: tú no me debes nada. No tienes que ocuparte de mis problemas —cuando él comenzó a protestar, lo interrumpió—: Te agradezco la intención y sé que puedes ayudarme. Si algún día necesito que hagas algo por mí, te prometo que te lo haré saber. Pero, por favor, no intentes hacerte cargo de esto. Te pido que no me hagas sentirme como una carga.

—No lo eres —y como si quisiera enfatizarlo, la agarró por el trasero—. ¿No te he demostrado ya lo muy bien que me viene tenerte cerca? —la besó en la nuca—. Ya ni siquiera tengo que esforzarme para seducirte.

Avery le dio un cachete y se apartó.

—Así que solo soy una buena oportunidad para ti, ¿eh?

—Y de las más sexys.

En vez de sentirse ofendida, Avery sonrió.

—Yo también estoy muy satisfecha con los beneficios que estoy obteniendo.

—Provocadora...

Satisfecho de poder dejar atrás los oscuros recuerdos de su infancia, la estaba tumbando de nuevo en la cama cuando sonó su móvil, avisándolo de que había recibido un mensaje.

—¿Y ahora qué pasa? —dijo, gruñendo.

Alargó el brazo hacia la mesilla para recoger el móvil y leyó el mensaje. Volvió a gruñir.

—¿Qué pasa? ¿Ha ocurrido algo malo?

—Mi hermana estará aquí dentro de diez minutos. Quiere ir a ver a Marcus conmigo.

—¡Ah, de acuerdo! Bueno, supongo que yo puedo...

—Vendrás con nosotros —quería que Pepper conociera mejor a Avery.

Con un poco de suerte, a su hermana le caería bien, pero la verdad era que no había salido con ninguna mujer de forma estable, así que no sabía cómo podía salir aquello. Por supuesto, él también había tenido que acostumbrarse a Logan, así que era justo que...

«¡Un momento!», se dijo. Pepper se había casado con Logan, mientras que él no estaba pensando en hacer ninguna locura de ese tipo con Avery...

Avery se inclinó y le dio un beso.

—Supongo que tengo que ducharme y vestirme antes de que aparezca. Y tú deberías decirle a Alice que va a recibir a todo un grupo, no solo a ti. Esa es la manera educada de hacer las cosas.

Le acarició el pecho, le agarró luego los testículos con suavidad y finalmente se levantó de la cama para dirigirse al cuarto de baño.

Vaya. Mientras la observaba, con el cuerpo todavía sublevado por un deseo que no era únicamente físico, Rowdy tuvo que replanteárselo todo. Él no sabía nada sobre lo que significaba ser tan importante para otra persona.

Pero, probablemente, debería comenzar a aprenderlo. Sería infinitamente más fácil que dejar que Avery se marchara.

Avery se quedó sorprendida de lo amistosa que se mostró Pepper en aquella ocasión. Era una mujer con una personalidad despreocupada y dinámica que pareció invadir la casa nada más entrar.

Lo primero que había hecho fue insistir en ver la espalda de

Rowdy. Su hermano le permitió que echara un vistazo, levantándose la camiseta lo justo. Lejos de mostrar ningún remilgo, Pepper había aprobado su recuperación al tiempo que le daba un abrazo y maldecía de la forma más explícita a los hombres con los que se había enfrentado.

—La próxima vez ten más cuidado.

«La próxima vez». Avery todavía estaba dándole vueltas a aquello. Rowdy y Pepper eran unos supervivientes increíbles que parecían contemplar la vida a través de unas gafas de color de rosa de lo más especiales.

Pepper había ido a casa de Alice en su propio coche, porque tenía planes propios para el resto del día. Pero, en cuanto dejaron sus respectivos coches en el aparcamiento, Pepper empezó a hablar con Avery como si se conocieran desde hacía años. Parecía que, en muy poco tiempo, todo había cambiado de golpe.

El sol brillaba sobre sus cabezas, contrarrestando el frío viento de octubre.

—Entonces —le preguntó Pepper, sin un ápice de delicadeza—, ¿estáis juntos?

—Ocúpate de tus asuntos —le ordenó Rowdy.

—Ya sé que ha vuelto a quedarse en tu casa —se volvió después hacia Avery—. Es increíble. ¡Mi hermano saliendo dos veces con la misma mujer! —chasqueó la lengua—. Debe de estar pasando algo raro.

Rowdy sacudió la cabeza.

—Tú no sabes tanto como te crees, mocosa.

—Lo único que sé es que nunca has sido capaz de tener una relación lo bastante larga con una mujer como para llegar a conocerla de verdad —cuando comenzaron a andar, se colocó al lado de Avery—. En una ocasión, cuando estábamos huyendo... Rowdy ya te ha hablado de eso, ¿verdad? Bueno, el caso es que tuve que ir a buscar sus cosas al motel en el que nos alojábamos y... —añadió con gran dramatismo—: ¡mi hermano se había dejado a la Barbie con la que se había acostado en la cama! Tuve que echarla de allí, y te aseguro que no tenía muchas ganas de irse.

—Pepper...

Avery escuchaba fascinada.

Pepper, por su parte, ignoró a su hermano.

—Y, cuando trabajábamos en el club, Rowdy no se negaba a salir con clientes y aquello dejó un largo rastro de corazones rotos —la recorrió después con la mirada—. Tampoco le había visto nunca salir con una auténtica dama...

Rowdy estiró una mano para agarrar a su hermana por la muñeca y tirar de ella hacia sí, decidido a separarla de Avery.

—Ya está bien —la advirtió.

«Demasiado tarde», pensó Avery. Animada por las revelaciones de Pepper, no pudo evitar acercarse a Rowdy, agarrarlo a su vez de la mano y apoyarse en su hombro mientras recorrían el sendero que llevaba al apartamento. Rowdy cerró su mano enorme alrededor de la suya y ella se sintió rebosar de felicidad.

Rowdy se había abierto a ella, le había confesado cosas que jamás le había contado a nadie.

Seguro que aquello significaba algo.

No se hacía ninguna ilusión pensando en que podría construir una vida perfecta a su lado. Era mucho lo que Rowdy había pasado y, aunque él le quitara importancia, ella sabía que su vida había sido un infierno. En vez de utilizar su pasado como excusa para convertirse él mismo en un canalla, había tomado la dirección contraria y se había convertido en un auténtico héroe, en un hombre extraordinario y protector.

Para ello hacía falta una gran fuerza de carácter y unos principios que muy pocos poseían.

Amarlo, incluso sin que mediara entre ellos forma alguna de compromiso, era lo más fácil que había hecho en su vida.

Con su larga melena ondeando bajo aquel frío viento, Pepper se inclinó por detrás de Rowdy para mirar a Avery.

—Si seguís sonriendo y resplandeciendo de esa forma, voy a terminar pensando que estáis ya a punto de casaros.

Avery tropezó con su propio pie, horrorizada al pensar en lo incómodo que debía de sentirse Rowdy.

Pero Rowdy se limitó a darle a su hermana un empujón juguetón, haciéndola trastabillar un par de pasos.

—La vida de casada te ha fundido el cerebro —le dijo de buen humor.

Pepper soltó una carcajada y se volvió para chocar el hombro con el de su hermano.

—La vida de casada es orgásmica.

Rowdy soltó un dramático gruñido mientras abría las puertas para cederles el paso.

—Un poco nauseabunda también. Por lo menos para mí, que tengo que oírte hablar de ella.

Compartían una camaradería tan relajada que Avery estuvo a punto de suspirar otra vez.

Reese estaba trabajando, pero Alice los recibió como si los hubiera invitado formalmente. Cash estaba eufórico de ver a tanta gente.

—No os preocupéis —les dijo Alice—. Marcus lo ha sacado, así que ya ha vaciado la vejiga. No os va mojar los zapatos.

—Bueno —advirtió Pepper al perro mientras le acariciaba la cabeza y las largas orejas—, si necesitas hacer algo, busca los pies de Rowdy. Son más grandes que los míos.

A Avery le resultó curioso que Alice y Pepper fueran tan diferentes en todos los aspectos y, al mismo tiempo, parecieran ser tan amigas.

Cuando a Rowdy le tocó el turno de saludar a Cash, Pepper se acercó a Marcus y lo trató como habría tratado a cualquier otro niño. Marcus se la quedó mirando embelesado y Avery no pudo menos que comprender su reacción.

Alta, rubia y despampanante, Pepper tenía una presencia tan dominante como la de su hermano. Estando los dos en la misma habitación, casi resultaba asombroso que los demás pudieran encontrar suficiente oxígeno para respirar.

—Me alegro de verte, pequeñajo —saludó Pepper al niño—. ¿Tienes muchas ganas de mudarte a tu nueva casa?

Marcus lanzó una mirada insegura y fugaz a Rowdy.

—Supongo.

Después de darle una última palmadita al perro, Rowdy invitó a Avery a avanzar. Cash los siguió, moviendo la cola de alegría.

—¿Te acuerdas de Avery?

Esperando que su visita no le despertara los malos recuerdos de la noche en el bar, Avery saludó al crío.

—Hola, Marcus. Me alegro de volver a verte.

Marcus, avergonzado, bajó la mirada y asintió.

Avery se acercó más a él.

—No he visto las fotografías de la casa nueva. ¿Las has visto tú?

Marcus volvió a asentir.

—Hemos ido a ver la casa.

—¿De verdad? ¿Y cómo es?

—Grande —el niño volvió a mirar a Rowdy de reojo—. Y tiene jardín.

—Tiene un jardín enorme y precioso —Rowdy se agachó para poder prestar atención a Cash, lo cual le permitió ponerse al mismo nivel que Marcus—. Estaba pensando en que, a lo mejor, Marcus podría ayudarnos a construir unos columpios en el jardín. Podríamos colgar un neumático de ese viejo roble.

—¡Eso sería maravilloso! —exclamó Alice—. ¡Qué buena idea!

Cash ladró como si quisiera mostrar también su acuerdo.

—Te va a gustar ese jardín, ¿eh, Cash? Tendrás un montón de espacio para correr, y también montones de lugares donde elegir cuando tengas que hacer tus necesidades...

Pepper intervino entonces:

—Cuando éramos pequeños, Rowdy colgó un viejo neumático de un árbol que había en la orilla del río. Nos columpiábamos y saltábamos al río desde allí. Era algo fantástico, divertidísimo, hasta que un día se rompió una rama.

Rowdy soltó un gruñido.

—Aterricé con el trasero en el barro, en vez de en el agua. Te juro que, aunque el barro estaba blando, todavía me castañetean los dientes.

—Deberíais haberlo visto —dijo Pepper con una enorme sonrisa—. Tenía barro por todas partes. En la cara, en el pelo... Hasta le encontraron un cangrejo de río en un bolsillo. ¡Fue graciosísimo!

Sonriendo, Marcus preguntó:

—¿Qué es un cangrejo de río?

—¿No lo sabes? Eh, bueno, Marcus, es como una langosta diminuta con unas pinzas muy pequeñas. Son una monada.

—Eso es algo que no ha dicho ninguna mujer jamás en ninguna parte, excepto Pepper.

Pepper ignoró a su hermano.

—Solíamos pescarlos para jugar con ellos y luego los soltábamos. Corren hacia atrás.

Avery jamás había oído nada parecido. Y tenía que admitir que también ella estaba un poco intrigada.

—Cuando llegue el verano —prometió Pepper—, tendremos que hacer una excursión al río. O podemos ir a la casa que tiene Dash en el lago. Dash es el hermano de mi marido, mi cuñado ahora, y es un buen tipo. No le importará.

Rowdy rio por lo bajo.

—Si mal no recuerdo, Dash la utiliza como escondite.

—Tal vez, pero ahora nos deja usarla siempre que queremos. Logan está pensando en comprar una casa para pasar las vacaciones. Sería maravilloso. Podríamos ir un fin de semana todos juntos.

Como miraba a Avery mientras lo decía, esta se sintió incluida en la invitación. Lo cual le resultó más que reconfortante.

—Los chicos podríais ir a pescar y yo daría un paseo con Alice, Avery y Marcus por la orilla. Les enseñaría a pescar cangrejos y percas. O podríamos ir a nadar, o remar...

Sonriendo a Pepper con entusiasmo, Alice comentó:

—Parece que echas de menos el agua.

—Es tan divertido —Pepper se abrazó con una resplandeciente expresión de nostalgia—. El sol caliente y el agua fría... Te lo pasarías genial, Marcus. Te lo aseguro.

Marcus miró a Alice, que asintió.

—Nos encantaría. Y, a lo mejor, antes de que llegue el verano, podemos organizar un pícnic en el río. Hay muchos lugares preciosos —posó una mano sobre el hombro de Marcus—. Y un parque enorme. La semana que viene nos mudaremos y Marcus comenzará a ir otra vez al colegio. Pero, siempre y cuando no haga demasiado frío, todavía podremos salir los fines de semana.

Marcus permanecía en silencio y Avery se preocupó. Supo que Rowdy también lo había notado, porque se levantó y le dijo a Pepper:

—¿Por qué no dejas que Alice te enseñe las fotos de la casa nueva? Marcus y yo vamos a jugar a los coches, si es que Marcus los tiene a mano.

Marcus sacó dos cochecitos de metal de los bolsillos.

Avery se dispuso a seguir a Pepper, pero Rowdy la agarró de la mano y tiró de ella para que se sentara en el suelo, a su lado.

—No he tenido oportunidad de traer más coches, pero lo haré —prometió a Marcus—. Creo que Avery también necesitará un par de ellos.

Marcus dudó un momento antes de sentarse. Cash se sentó a su lado y el niño lo acarició con aire ausente.

—¿En qué estás pensando, Marcus? —Rowdy apoyó las muñecas en las rodillas y se limitó a esperar—. Puedes contármelo, ¿sabes?

Marcus apretó los labios, analizó a Rowdy con la mirada y le preguntó:

—¿Irás a verme cuando nos mudemos?

—Claro que sí. Estoy deseando conocer vuestra casa en cuanto os instaléis. Creo que Alice y Reese están pensando en comprar muebles nuevos. Es probable que os ayude cuando se muden. Vamos a tener que cargar un montón de muebles y de cajas.

—Yo también ayudaré —se ofreció Avery—. Si a nadie le importa, claro.

Rowdy fijó la mirada en Marcus.

—¿Qué dices tú, Marcus? Cuantos más mejor, ¿no?

Marcus se encogió de hombros.

—¿Yo también podré ayudar?

—Por supuesto. A mí me parece que eres lo bastante fuerte como para cargar algunas cajas. Y necesitaremos que alguien vigile a Cash mientras nosotros andamos entrando y saliendo.

Marcus colocó un cochecito en el suelo y comenzó a hacerlo rodar mientras se lo pensaba.

—Vale —ya había colocado algún tramo de pista, así que situó su cochecito encima y después, sorprendiendo a Avery, le ofreció otro—. Puedes jugar con este.

¡Caramba! Emocionada, Avery sintió el escozor de las lágrimas detrás de los párpados, humedeciéndole los ojos. Se llevó una mano al corazón, profundamente conmovida.

—Gracias, Marcus.

Rowdy le dio un codazo, quizá con la intención de que se recompusiera. Y Avery se esforzó por hacerlo.

Mientras Pepper se sentaba en una mullida butaca y comenzaba a mirar las fotografías, Alice les llevó zumo y galletas.

—Lo de siempre —le dijo Rowdy, y le dio las gracias.

Ofreció una galleta a Avery y otra a Marcus.

—Pase lo que pase, Marcus, ahora somos amigos, ¿de acuerdo?

Marcus dio un mordisco a su galleta.

—De acuerdo.

—A veces, las cosas cambian. Cambiamos de casa, de colegio…

Marcus asintió con la cabeza.

—Mi mamá… se murió.

Avery se quedó helada, horrorizada por aquel hilo de voz.

Pero Rowdy asintió.

—Sí, lo sé, y lo siento.

Marcus se rascó la nariz.

—Creo que ya no voy a ver a Darrell nunca más.

—¿Y te parece bien?

—Sí —hizo rodar el coche a lo largo de la pista—. Casi me alegro.

Avery sabía que, aunque fingían lo contrario, tanto Alice como Pepper estaban escuchando. Tragó saliva con fuerza, deseando poder tener una fórmula mágica para borrar tanto dolor.

Rowdy alargó una mano y la posó sobre la huesuda rodilla del niño.

—Nosotros siempre seremos amigos.

Marcus no dijo nada.

—Podré ir a verte algunos días y otros no. Pero siempre estaré cerca cuando me necesites. Te lo prometo.

Sin alzar la mirada de las fotografías, Pepper le aseguró:

—Es un hombre de palabra, Marcus. Yo, que soy su hermana, lo sé mejor que nadie.

Una vez más, Marcus la contempló admirado.

Rowdy se inclinó hacia él con expresión cómplice.

—Pepper es muy gritona y una entrometida, pero no está mal. Te caerá bien.

—A mí me cae muy bien —dijo Avery.

Marcus los miró a todos y, de repente, como si la tormenta hubiera pasado, agarró una galleta.

Rowdy se relajó, su mirada se oscureció y adoptó una expresión escrutadora. Alargó una mano, tomó la de Avery y se la apretó.

¿Lo hacía por él o por ella? Tampoco le importó demasiado. Cualquiera de las dos cosas le valía.

CAPÍTULO 19

Unas cuantas horas después, mientras descargaban las bolsas de la compra y la nueva olla de cocción lenta que Avery había comprado, Rowdy pensó en lo doméstico que le parecía todo aquello.

Él siempre había sido un obseso de la limpieza, quizá por contraste con la suciedad con la que había crecido, aunque aquella teoría no se le podía aplicar a Pepper. Antes de irse a vivir con Logan, había sido un completo desorden. Desde que se casaron, Logan y ella mantenían su casa más que limpia.

Además de la comida, Avery había comprado champú y gel, una planta y un móvil de cristales para una de las ventanas. Verla moverse alrededor de su casa, y en su casa, tuvo un profundo efecto en Rowdy. Se sentía como si hubiera estado siempre en su compañía.

Avery se acercó al fregadero y comenzó a preparar un guiso para la olla. Mientras preparaba la carne, dijo:

—Con lo cerca que vives del bar, a lo mejor podríamos hacer unas comidas de verdad.

Rowdy la agarró por las caderas, se acercó a ella y respiró su fragancia, absorbiendo su cercanía.

—¿Es que no te gusta cómo cocina Jones?

—¡Claro que sí! Hiciste un gran fichaje al contratarlo. Pero el menú acaba cansando.

—A lo mejor, si nos venimos a comer aquí, podríamos darnos también un revolcón luego —la besó en el cuello y después en el hombro—. Eso me ayudará a soportar mejor la noche.

—Como si necesitaras ayuda... Tu nivel de energía me sorprende.

Ella echó la carne en la cazuela, la sazonó y conectó la olla de cocción lenta. Tras lavarse las manos, se giró en sus brazos.

—¿Sabes cocinar?

—¿Tengo pinta de pasar hambre?

—No —posó las manos sobre sus hombros—. Pero podrías estar alimentándote a base de comida rápida y fiambres.

—Sé cocinar las cosas más sencillas. Filetes, costillas, el desayuno... Y, a veces, me preparo un chile mezclando latas con carne picada.

—Eres un hombre de muchos talentos.

—Hablando de talentos —le tocó la barbilla—. Hoy has sido muy buena con Marcus.

—Ese niño me parte el corazón —dejándose llevar por comparaciones quizá absurdas, lo abrazó—. Me alegro de que pueda contar contigo.

—Y yo de que esté con Alice y con Reese.

Alice y Reese hacían una pareja perfecta. Había amor entre ellos: era algo tan evidente que ni siquiera un cínico como él podía pasarlo por alto. Reese era justo lo que Alice necesitaba y viceversa. Al igual que Logan y su hermana.

Y en aquel momento tenían a Marcus, un niño magnífico que, con toda probabilidad, jamás se había atrevido a imaginar que un día tendría una familia como aquella. Seguro que aquello estaba significando un gran cambio para el crío.

Rowdy no quería que Marcus fuera como él. Esperaba mucho más para aquel niño.

Si él tenía alguna posibilidad de ayudar desde la periferia, estaría encantado de hacerlo. Aunque no fuera el tipo de influencia más recomendable para Marcus, se aseguraría de apoyarlo si en algún momento llegaba a necesitarlo.

La idea de tener un hijo con Avery lo asaltó de pronto, inquietándolo, desasosegándolo de una manera que no conseguía explicarse porque no tenía nada que ver con el deseo ni con el enfado, ni con ninguno de aquellos intensos sentimientos que solían dominarlo.

Deslizó las manos por la espalda de Avery y las posó en su trasero, estrechándola contra sí y meciéndola suavemente. La deseaba, pero también disfrutaba estando con ella simplemente así: abrazándola, hablando. Aprendiendo a conocerla mejor cada día, aunque ya se sentía como si la conociera de toda la vida.

—Me gustaría llevarte a la casa que tiene Dash en el lago. Te imagino tomando el sol en verano, tumbada en bikini...

Riendo, Avery se inclinó contra él.

—Lo siento, pero yo soy más de bañador.

Discreta, sexy, inteligente y dulce. Una mujer que había encontrado un punto de apoyo en su corazón, cuando la mayoría de las mujeres habrían negado que tuviera alguno.

—A lo mejor podría convencerte de que prescindieras del bañador y nos fundiéramos con la naturaleza.

—¿Bañándonos desnudos?

Parecía tan escandalizada que Rowdy sonrió.

—No nos vería nadie.

—¡Estarías tú! —soltó una carcajada y se liberó de su abrazo, pero en seguida lo agarró de la mano y tiró de él.

—¿A dónde vamos?

—A la cama —lo miró por encima del hombro—. Tengo algo que devolverte, ¿recuerdas? Y no hay mejor momento para ello que este.

Bastó aquella mirada cargada de promesas para que Rowdy empezara a sentir una fuerte opresión en sus tejanos.

Para él, el sexo siempre había sido una manera de salir adelante, de superar los malos momentos, de llenar el tiempo con una liberación física que anulaba su mente. Pero, en aquel momento, con Avery, el sexo era mucho más.

No tenía nada que ver con su necesidad de olvidar el pasado o de enfrentarse al presente.

Era puro disfrute, en todos y cada uno de los instantes.

Estar tumbado en la cama con Avery sobre su pecho y sus piernas entrelazadas con las suyas era el colmo de la felicidad.

Tenía el cuerpo empapado en sudor y relajado mientras le acariciaba el cabello con las yemas de los dedos. Podía sentir cada uno de los lentos y fuertes latidos de su corazón hasta que tuvo la sensación de que empezaban a acompasarse, como si se hubieran puesto de acuerdo.

Con languidez, Avery presionó sus labios suaves contra sus costillas en un cálido beso. Frotó después su naricita contra él. Suspirando, susurró:

—Podría quedarme así... —se le quebró la voz, pero Rowdy oyó el resto de la frase en su cabeza.

«Toda la vida».

Al parecer, Avery no tenía más ganas que él de decirlo en voz alta.

Alzándole la mano, le acarició las leves callosidades que una mujer de su clase no debería haber tenido. Aquello lo impulsó a pensar en otra cosa.

—¿Qué piensas hacer con tu madre?

Avery deslizó su esbelto muslo sobre el suyo.

—La llamaré más tarde. Quiero buscar un buen momento para volver a ir a verla —entrelazó los dedos con los suyos y se incorporó, alzándose sobre él—. ¿Así te va bien?

Era difícil pensar con Avery moviéndose sobre su cuerpo.

—¿Te refieres a si me parece bien que hables con tu madre? Claro.

Un brillo provocador iluminó los ojos de Avery.

—Eres un auténtico semental, Rowdy. Todavía me cosquillea todo el cuerpo. Pero no eres tan bueno como para hacer que deje de funcionarme el cerebro.

Rowdy no sabía a qué se refería, así que se limitó a arquear una ceja y esperó.

—No te estoy pidiendo permiso para dirigir mi propia vida —le besó en el pecho para suavizar aquel reproche—. Te estoy preguntado que si te va bien esta postura. No quiero que, al tener que soportar mi peso, tu espalda...

—Te propongo una cosa, cariño —le dijo, dispuesto también él a provocarla, mientras la colocaba encima de su cuerpo—, si no vuelves a preguntarme por mi espalda, yo no volveré a hacer esto... —y le dio un leve azote en el trasero, haciéndola sobresaltarse.

—¡Ay! —medio riendo, medio protestando, intentó echar una mano hacia atrás para frotarse la zona, pero él le inmovilizó las dos a la espalda.

—¡Rowdy!

Con la otra mano, Rowdy enmarcó su cachete, caliente en aquel momento.

—¿Umm?

Besó aquella barbilla de gesto obstinado y una comisura de sus labios. Estaba comenzando a excitarse otra vez. La capacidad que tenía aquella mujer para estimularlo era una locura.

—¿Quieres que te bese en ese punto para aliviarte?

—Dame una hora más y... ¡a lo mejor entonces sí!

Antes de que el deseo lo distrajera, Rowdy colocó las manos de Avery sobre sus hombros y la abrazó.

—Aun a riesgo de ofender tu espíritu independiente, ¿me prometes que no volverás a visitar a tu madre sin mí?

—¿Te preocupa que Fisher y Meyer puedan estar presentes?

—No me gusta correr riesgos —y menos con una persona a la que quería—. Si deseas estar a solas con tu madre, yo te acompañaré y me mantendré al margen. Hasta puedo quedarme en el coche, así si lo prefieres. Pero quiero estar cerca —«por si me necesitas», añadió para sus adentros.

Avery le acunó el rostro entre las manos y se dedicó a besarlo para enfatizar cada uno de los cumplidos que le dedicó.

—Eres el hombre más increíble... —un beso—, generoso... —otro beso—, maravilloso...

—¿Quieres que te dé otro azote?

Avery soltó una risita.

—Como estás herido, no puedo devolverte el golpe.

Con un rápido movimiento, Rowdy la colocó debajo de su cuerpo.

—Prométeme que no volverás allí sola.

La risa se desvaneció y dijo muy seria:

—Te lo prometo.

Cuando Avery lo miraba de aquella forma, con tanta admiración, Rowdy se desesperaba. Quería estar dentro de ella otra vez, perderse en ella y aclarar su conflicto interior...

—¿Rowdy?

Avery lo abrazó con fuerza y permaneció así durante medio minuto antes de susurrarle, con voz cargada de emoción:

—Gracias por cuidarme.

Le resultaba de lo más extraño ser el receptor de la gratitud de Avery. Y, si tenía que creer en sus palabras, también de su amor.

Por primera vez desde que podía recordar, el futuro se le presentaba como algo condenadamente brillante.

A la mañana siguiente, mientras se dirigía con Avery al bar, Rowdy seguía de buen humor. Avery había pasado el domingo exprimiéndolo tanto emocional como físicamente. Él había llegado a conocer cada centímetro de su cuerpo y ella se había mostrado igualmente decidida a explorar el suyo.

Habían hablado de todo, excepto de la posibilidad de un futuro en común. Rowdy no sabía qué decir al respecto. Cuando estaba cerca de Avery se sentía como si fuera una persona distinta. Una persona a la que apenas conocía.

Durante mucho tiempo había creído que, en cuanto se hubiera acostado con ella, las cosas volverían a la normalidad. Que se olvidaría de ella para poder volver a centrarse en su vida.

Y, sin embargo, continuaba pensando en todo lo que no había hecho con ella todavía.

Quería enseñarle a jugar a las cartas.

Quería que Avery lo llevara al zoológico.

Quería nadar con ella.

Quería acurrucarse con ella en el sofá para ver una película de miedo.

Quería que hablaran durante una eternidad y no se agotaran nunca las cosas que tenían que decirse.

¿Cómo demonios se suponía que podía comprender aquella locura?

Estaba abriendo la puerta del bar cuando sonó el móvil de Avery. Rowdy esperó hasta que se dio cuenta de que tenía que ser su madre. Avery la había llamado el día anterior, pero aquella mujer parecía estar siempre ocupada.

Si lo estaba pasando mal con el tratamiento, lo disimulaba muy bien.

Cuando vio sonreír a Avery, Rowdy sonrió también. Su madre y ella estaban muy unidas y, por alguna razón, aquello lo hacía sentirse realmente bien. Era obvio que Sonya no era perfecta, pero, teniendo en cuenta su propia experiencia con sus padres, las imperfecciones no importaban siempre y cuando hubiera cariño y apoyo.

Estaba a punto de seguirla al interior del bar cuando apareció el coche de Reese, así que esperó en la puerta.

Reese aparcó frente a la entrada, bajó y se acercó a él.

—Esperaba encontrarte aquí. No ha pasado nada malo, pero quería hablar un momento contigo.

—Siempre llego unas horas antes. Prefiero tenerlo todo preparado antes de que lleguen los clientes, para luego no tener que ir a toda prisa —lo hizo pasar—. ¿Quieres tomar algo?

—No, gracias. Preferiría echar un vistazo al bar mientras hablamos.

Había pocos hombres más altos que Rowdy, pero Reese era tan alto que le hacía sombra a cualquiera.

—Adelante.

Reese estuvo dando una vuelta por la zona de la barra y las mesas de billar. Hizo rodar la bola blanca sobre el tapete, dejando que impactara con todas las demás, haciéndolas chocar con los laterales y caer en las troneras.

—Este bar está mejor cada vez que lo veo.

—Las mesas de billar ya llevan ahí algún tiempo —quizá, pensó Rowdy, podría enseñarle a Avery a jugar—. Los clientes más jóvenes las utilizaban más que los habituales.

—La noche que te estuve sustituyendo, había tanta gente que

no pude salir de la barra el tiempo suficiente para echar un vistazo al local.

—Estamos teniendo mucha suerte.

Preguntándose por los motivos de la visita de Reese, se cruzó de brazos y se apoyó contra la pared, esperando.

—Y estás llevando muy bien el negocio —revisó la gramola—. Alice quiere volver alguna noche. A lo mejor podemos venir antes de instalarnos en la casa nueva.

—Alice no encaja para nada en un lugar como este.

Reese se volvió hacia él.

—¿Y Avery sí?

Allí acabó el buen humor.

—Si tienes algo que decir, dilo.

—Muy bien —Reese apoyó la cadera en la mesa de billar—. Deberías acordarte del antro que era. Ahora está mejor. Mucho más bonito. Si no estuvieras todo el día aquí, tú mismo te darías cuenta.

—¿Has venido aquí para meterte conmigo o para hacerme la pelota?

—Para ninguna de las dos cosas —tomó la tiza del billar y la hizo girar entre los dedos—. Lo que quería decirte es que estás siendo muy bueno con Marcus.

Rowdy se alejó de la pared.

—¿Qué está pasando aquí?

—Nada.

—Tonterías.

Gruñendo, Reese dejó la tiza a un lado y se irguió.

—A Alice y a mí nos gustaría que fueras uno de los tutores de Marcus. Ya sabes, por si surge alguna emergencia o alguna cosa de ese tipo. Si ocurriera algo…

Un escalofrío de alarma recorrió la espalda de Rowdy.

—¿Qué podría ocurrir?

—Diablos, Rowdy, no sé. Tus propios padres murieron en un accidente de coche.

—Iban borrachos.

—Bueno, yo soy policía. Sé lo muy frágil que puede ser la vida. No espero que pase nada, pero si ocurriera…

Rowdy notó el pánico palpitándole en las sienes.

—Tenéis a Logan y a Pepper.

—Sí, ya lo sé. Y son geniales. Pero Marcus... —Reese se apretó el puente de la nariz, para luego bajar la mano y taladrar a Rowdy con la mirada—. El niño te admira. En muy poco tiempo te has convertido en un héroe, en una especie de tío y en un amigo para él. Quiero que Marcus y los tribunales sepan que tú también formas parte de su familia en todos los aspectos. Y eso incluye ponerte en un documento.

El enfado comenzaba a imponerse a otros sentimientos más inquietantes.

—¿Pero qué es lo que te pasa, Reese? ¿Es que tienes la regla?

Reese frunció el ceño.

—¿A qué viene todas esas historias tan macabras? —insistió Rowdy.

—La realidad es macabra, maldita sea.

Para Rowdy siempre lo había sido. Hasta que conoció a Avery. Y en aquel momento...

—Amo a Alice —dijo Reese, elevando la voz—, y estoy decidido a encarrilar la vida de Marcus. Eso significa que pienso hacer todo lo que esté en mi mano para conseguirlo, y eso incluye vincularte a ti con ellos.

—Eso no tiene ningún sentido.

Cada vez más irritado, Reese se cernió sobre él.

—No quiero que un buen día tengas otra de tus ideas de bombero, hagas las maletas y vuelvas a marcharte. Aquí has echado raíces. Y lo harás todavía más si te haces, en parte, responsable de Marcus. ¿Es demasiado pedir?

Rowdy podía sentir la tensión desde las orejas hasta las suelas de sus zapatos. Quería quedarse, instalarse y planificar... cosas.

Vio a Cannon entrar cargado con una caja para dirigirse al salón de billar. Si escuchaba con atención, podía oír a Jones trajinando con sartenes y cazuelas en la cocina. Ella, la camarera, no tardaría en aparecer.

Y Avery... A esas alturas ya estaría detrás de la barra, organizando su trabajo y, por alguna absurda razón, encantada de hacerlo.

Miró a Reese y negó con la cabeza.

—No.

—¿No qué, maldita sea?

—No es demasiado pedir.

Diablos, tenía una vida en aquel lugar. Una buena vida. Pensó otra vez en Avery y estuvo a punto de sonreírse.

—Y es un honor que hayas pensado en mí.

—Bueno —Reese pareció más que sorprendido por aquel cambio tan repentino, pero no lo cuestionó—. Genial. Tendrás que firmar algunos documentos.

—Sin problema —lo miró a los ojos—. Pero procura tener cuidado para que no tenga que hacer nunca nada más que estar cerca del niño, ¿entendido?

—Ese es el plan —se llevó una mano al bolsillo y sacó un pedazo de papel—. Hablando de otras cosas, he conseguido el nombre de la persona a la que pertenecía aquella matrícula —desdobló el papel y lo miró—. Fisher Holloway, ¿lo conoces?

—Sí, lo siento. Ya lo sabía —se había olvidado por completo de que Reese estaba investigando aquella matrícula—. Sé quién es ese miserable. Ya me haré yo cargo de él —Rowdy se dispuso a salir de la habitación.

Reese lo agarró del brazo.

—No.

Rowdy bajó la mirada a su mano y arqueó las cejas.

—Me temo que sí.

Liberando su brazo, se alejó de allí.

—¡Maldita sea, Rowdy! —Reese lo alcanzó—. No siempre puedes hacer las cosas a tu manera. Para eso están las leyes.

Rowdy soltó una carcajada. ¿Qué era lo que temía Reese que hiciera? ¿Mutilarlo o cometer un asesinato?

Furioso, Reese le preguntó:

—¿Quién es?

—El ex de Avery —aunque eso no era del todo cierto puesto que, según ella, en realidad, nunca habían estado juntos—. No tienes por qué preocuparte de nada.

—Fuiste tú quien me metió en esto —insistió Reese—. Estoy

aquí. Si Avery está teniendo problemas con algún tarado, dímelo. Yo puedo…

—No está pasando nada —le aseguró, y sacó la pizarra para empezar a apuntar los platos del día.

—Estupendo. Tú sigue haciendo las cosas a tu manera —Reese sacó su móvil—. Voy a llamar a Pepper. Y a Logan.

Rowdy lo miró con el ceño fruncido.

—También podrías contárselo a Alice.

De todas las tonterías…

—Supongo que Avery sabrá lo que tienes planeado.

Estallando por fin, Rowdy dejó la pizarra a un lado.

—No sé qué demonios crees que estás haciendo, pero…

—Rowdy —Avery se cercó de pronto, mirando a uno y a otro—, ¿va todo bien?

—Sí, todo va bien.

Reese soltó un resoplido burlón.

Avery le sonrió.

—No he podido evitar oíros discutir…

Aquello enfureció aún más a Rowdy.

—No estábamos discutiendo.

—En realidad —le dijo Reese—, estaba intentando convencer a Rowdy de que no sea tan terco.

—Pues te deseo suerte —Avery soltó una carcajada al ver la expresión de Rowdy, y se dirigió a él—. Era una broma. Estoy segura de que eres absolutamente prudente y cauteloso en todo lo que haces.

—Avery… —le advirtió.

Sonriendo, ella le tomó una mano.

—Mi madre va a estar ocupada toda la semana, pero me ha dicho que le encantaría que fuéramos a verla el domingo que viene. ¿Te parece bien?

—Como tú quieras, cariño.

—De acuerdo, se lo diré —se puso de puntillas para darle un beso—. Gracias.

Una vez que Avery regresó detrás de la barra, Reese se apoyó contra la pared y se quedó mirando fijamente a Rowdy.

—¿Qué problema tienes ahora? —le espetó.
—Estoy alucinado —pestañeó dos veces—. ¿De verdad le has dicho que piensas acompañarla a ver a su madre?
—Ya la conozco, de hecho —Rowdy comenzó a bajar sillas de las mesas—. Es muy amable. Aunque todavía no tengo una opinión formada sobre su padrastro.
—Estás de broma —Reese se puso a ayudarlo con las sillas—. ¿Y a su ex? ¿También has conocido a su ex?
—Es un imbécil de primera —la siguiente silla aterrizó en el suelo con más fuerza de lo que había pretendido—. Pero a su madre y a su padrastro les cae bien.
Reese desdeñó aquel comentario.
—Me fío mil veces más de ti.
Rowdy odiaba admitir lo mucho que aquello significaba para él.
—Dice que nos siguió porque estaba preocupado por Avery. Ya sabes, solo para asegurarse de que se encontraba bien.
—Sí, claro. Estoy seguro de que lo hizo por motivos altruistas —comentó Reese con ironía.
Sin pensar siquiera en ello, Rowdy compartió con él otra de sus preocupaciones.
—Ha sido una época difícil para ella. Está teniendo que enfrentarse a muchas cosas.
Reese le puso una mano en el hombro.
—Creo que tú también estás teniendo que enfrentarte a unas cuantas.
—Vete a molestar a otro, ¿quieres? —replicó Rowdy, dispuesto a machacarlo.
Sonriendo, Reese lo señaló con el dedo.
—No le hagas nada a su ex. Si sigue molestando a Avery, avísame. Si se te ocurre matarlo, terminarás en la cárcel y Avery tendrá que quedarse sola. ¿Cómo crees que se sentirá entonces?
Sí, a lo mejor tenía que pensar en ello...
—En eso tienes razón.
—En realidad, tengo razón en muchas cosas —se despidió—. Si necesitas algo, avísame.

—Lo mismo digo.

Rowdy lo acompañó hasta la puerta.

Siempre y cuando Fisher dejara en paz a Avery, no tendría que enfrentarse a él.

Pero como a aquel canalla se le ocurriera pensar siquiera en hacerle el menor daño, podría suceder cualquier cosa.

A Cannon le gustaba caminar. Era un buen ejercicio y le proporcionaba una excusa para echar un vistazo por la zona, comprobar algunas cosas y despejar su mente.

Incluso en un día tan nublado como aquel, podía llenarse los pulmones de aire fresco, admirar el vuelo de un pájaro y escuchar el runrún del vecindario.

Con las manos en los bolsillos y el gorro cubriéndole las orejas, estudiaba cada edificio, aquellos que estaban deshabitados y los que seguían intentando sobrevivir.

Al llegar a una pequeña casa de empeños regentada por una familia, se fijó en el hombre entrado en años que estaba barriendo la entrada. Conocía a todo el mundo, lo suficiente al menos como para intercambiar un saludo, así que también sabía de la existencia de la nieta de dieciocho años del propietario, Yvette.

Nada más verlo, la joven se había puesto a coquetear con él. Aunque apenas era mayor de edad, tenía los suficientes años como para saber cómo había que mirar a un hombre para hacerlo reaccionar.

Aunque secretamente divertido, Cannon se limitaba a saludarla con una reservada inclinación de cabeza y nada más. Yvette estaba en una edad en la que le gustaba en exceso recibir atenciones, flirteando siempre con el peligro. Estando tan bien dotada y siendo tan guapa como era, podía encontrar ese peligro siempre que quisiera… pero no lo encontraría con él.

Vio a unos jóvenes larguiruchos merodeando por aquella esquina, probablemente por la chica. No habían causado todavía ningún problema, pero era un grupo que corría el riesgo de ser reclutado por auténticos matones. Si conseguía abrir pronto su gimnasio, quizá pudiera ayudarlos. Necesitaría unos seis meses más o menos. Quizá más. Todo dependía de cómo fuera la próxima pelea.

Cuando los chicos repararon en él, lo saludaron. Sonriendo, Cannon alzó la mano... y su mirada se vio atraída por un lujoso coche que se acercaba muy despacio hacia el bar. No era el híbrido plateado de la otra vez, sino un nuevo modelo de Audi.

Era como estar viendo un montón de dinero sobre ruedas.

Se le erizó el vello de la nuca. Los cristales tintados le impedían ver el interior.

Los chicos también se fijaron en el coche y comenzaron a organizar un gran alboroto. Cannon no quería que llamaran la atención, así que recorrió a trote el resto del camino hasta el bar. Faltaban tres cuartos de hora para abrir. ¿Qué podía estar haciendo un coche como aquel merodeando por allí?

En vez de ir a la entrada principal, Cannon avanzó hasta el siguiente edificio, se metió por el callejón y se dirigió hacia la puerta de atrás. Siempre había sido precavido y no quería que el conductor de aquel coche supiera que alguien se había fijado en él.

Llamó una vez y esperó a que Jones le dejara entrar por la cocina.

Cannon se quitó el gorro y preguntó:

—¿Dónde está Rowdy?

Siempre ocupado, Jones volvió a los fogones y a la enorme cazuela de sopa que estaba cocinando.

—La última vez que lo vi estaba en su despacho, revisando facturas.

—Gracias.

Rodeó a Jones, ansioso por que el Audi se largara.

Justo cuando llegó al despacho, Rowdy estaba saliendo.

—Tenemos problemas. Vamos.

Rowdy lo siguió sin preguntar.

—Otro coche —le explicó Cannon—. Un Audi. Debe de costar unos setenta y cinco mil...

—¿Aquí? —preguntó Rowdy, receloso.

—Merodeando por la zona, sí. Vigilando el bar —Cannon lo miró—. ¿Ya te deshiciste del BMW plateado?

—Es posible —el rostro de Rowdy se crispó—. Me enfrenté con ese canalla.

—¿Entonces sabes quién era?

—Sí, lo sé —gruñó Rowdy, cargado de malas intenciones.

—Me gustaría haber estado allí para verlo.

Cannon tenía la sensación de que había algo más en aquella historia, pero lo de fisgonear no formaba parte de su naturaleza.

—Así que ahora ha aparecido un coche nuevo. Qué casualidad, ¿eh?

—O una completa provocación.

—Podría ser —se mostró de acuerdo Cannon mientras se acercaban a los ventanales del bar—. Si alguien quisiera pasar inadvertido, no se presentaría en un coche como ese.

Rowdy frunció el ceño con gesto indeciso y se apartó para que no lo vieran desde la calle.

—¿Por dónde ha aparecido?

—Yo venía caminando por South Street cuando me lo encontré detrás —como sabía que allí estaba pasando algo, inquirió—: ¿Qué quieres que haga?

—Quedarte aquí con Avery mientras yo voy a echar un vistazo.

—Claro.

Rowdy acababa de volverse para dirigirse hacia la puerta de atrás cuando Avery salió de detrás de la barra.

—¡Rowdy!

Su tono los dejó paralizados a los dos.

Con el teléfono del bar en la mano y el semblante pálido, Avery dijo:

—Acaba de llamar la policía.

Cannon fue testigo de cómo cambiaban las prioridades de Rowdy en un abrir y cerrar de ojos. Aquella era una de las cosas que más respetaba de él. La rapidez con la que se adaptaba a un cambio de situación. Rowdy contaba con la experiencia y el frío distanciamiento necesarios para enfrentarse a cualquier crisis.

Unos rasgos admirables, al menos por lo que a Cannon se refería, y que podrían venirle muy bien a la hora de trabajar en aquel barrio.

Rowdy alcanzó a Avery en un par de zancadas.

—¿Logan o Reese?

—Ninguno de los dos.

—¿Entonces quién ha sido?

Avery negó con la cabeza.

—No se identificaron.

—¿Qué querían? —le preguntó Rowdy.

Avery sacudió la cabeza, incrédula.

—No estoy segura de haberlo entendido, pero creo que dijeron que habían entrado en mi apartamento —y añadió, cuando él le arrebató el teléfono—: Ya han colgado, pero, Rowdy, querían que me reuniera con ellos lo antes posible.

Vaya. Cannon, que era capaz de reconocer una trampa a primera vista, silbó por lo bajo. Rowdy se tensó como un boxeador profesional. Sus ganas de matar se evidenciaron tanto en su postura como en la mirada sombría que lanzó al Audi que seguía esperando en la calle.

Alguien estaba acosando a Avery y, si Rowdy conseguía salirse con la suya, pronto estaría pagando el precio de su error.

Cannon no era un hombre dado a apostar. Si lo hubiera sido, sin embargo, habría apostado todo su dinero por Rowdy.

CAPÍTULO 20

Como había sido testigo de otras ocasiones en las que Rowdy había adoptado una actitud defensiva, Avery reconoció las señales. Y supo que estaba a punto de desatarse un infierno.

—Y un cuerno. Es una trampa —dijo Rowdy.

—Yo también estaba pensando lo mismo —dijo ella. Rowdy parecía tan enfadado que Avery tuvo que agarrarlo de la cintura del pantalón, decidida a impedir que se marchara—. ¿Llamamos a Logan o a Reese para comprobarlo?

Cannon se había adelantado.

—No hace falta. Ya estoy en ello —tenía el teléfono en la oreja y un segundo después ya estaba hablando con alguien—: ¿Podéis echar un vistazo a la casa? Mirad a ver si hay policías por la zona, o si parece que alguien se haya metido dentro —dando por terminada la llamada, les informó—. Lo sabré dentro de diez minutos.

—Hasta entonces —le pidió Rowdy—, quédate aquí con Avery.

Avery lo agarró con la otra mano.

—¿Adónde vas? —le preguntó. Ni siquiera Rowdy podía ser tan impulsivo como para caer en aquella trampa.

—Aquí al lado —cruzó una mirada de masculina complicidad con Cannon—. Ahora vuelvo.

—Oh, no, claro que no —si insistía en defenderla, ella también insistiría en conocer los detalles—. Tengo derecho a saber qué es lo que te propones.

—Solo necesito comprobar una cosa. No tardaré mucho.

Cuando comenzó a alejarse, Avery lo siguió, sujetándolo todavía por el cinturón.

—Llama a Reese o a Logan.

—¿Por qué no los llamas tú?

¿Para que tuviera algo que hacer además de seguirlo? Avery le contestó con sus propias palabras, más o menos, diciendo:

—Y un cuerno.

—Puedo encargarme yo, jefe —se ofreció Cannon—. ¿Por qué no te quedas con Avery y yo…?

—No —Rowdy la agarró por las muñecas y le alzó las manos—. Hay un coche allí delante. Un Audi. ¿Fisher tiene un Audi?

¿Por eso quería salir? ¿Para enfrentarse con Fisher? Avery negó con la cabeza.

—No lo sé.

—Tiene un BMW. ¿Puede permitirse tener dos coches de esa clase?

Muy consciente de que Cannon estaba allí, oyéndolo todo, Avery asintió con la cabeza.

—Sí —intentó tranquilizarse—. Pero nos dijo que estaba intentando vender el BMW, ¿te acuerdas?

—Sí, me acuerdo —alzó la barbilla con expresión decidida—. Voy a ver si es él quien anda merodeando por aquí.

—¡Tonterías! ¿Y si fuera él? ¿Entonces qué? Tendrías que enfrentarte con él y… —miró a Cannon, deseando que la ayudara—. Es peligroso.

—Lo sé, pequeña. Tendré cuidado —le dijo, y ordenó a Cannon—: Retenla aquí.

Avery se sintió humillada.

—No necesito una condenada niñera. Y, para que lo sepas, ahora mismo voy a llamar a Logan.

O bien Rowdy no la creyó, o no le importó. Se dirigió hacia la puerta de atrás y Avery se enfrentó a su propia indecisión. ¿Qué debería hacer?

Cannon la ayudó a decidirse al preguntarle:

—¿No te moverás de aquí?

Avery le dio un empujón a modo de respuesta.

—Ve. Estaré bien.

Tras despedirse de ella, Cannon salió detrás de Rowdy. No era un gran apoyo, pero por lo menos era algo.

Avery corrió entonces hacia la parte delantera del bar, sacó el móvil del bolso y buscó con dedos torpes entre sus contactos hasta encontrar el número de Logan. Mientras sonaba el teléfono, se acercó al ventanal. Vio el coche en la calle, pero no estaban ni Rowdy ni Cannon.

Logan contestó con tono formal:

—Aquí Riske.

—Logan, soy Avery —las palabras salieron de su boca con más precipitación de lo que había pretendido.

—¿Qué ocurre? —contestó Logan, cambiando de actitud.

Por supuesto, como policía que era, había detectado su preocupación.

—Rowdy ha ido salido a enfrentarse con un tipo que se ha presentado en un coche. Podría ser una trampa, porque la policía ha llamado justo antes para informarme de que alguien había entrado en mi apartamento, pero no estoy segura de creérmelo. Están sucediendo demasiadas cosas a la vez —tomó aire— y creo que Rowdy podría estar en peligro.

Aquella enrevesada explicación podría haber confundido a la mente más aguda, pero Logan se limitó a preguntar:

—¿Estás dentro? ¿Estás segura?

—Sí, estoy en el bar.

—Comprueba que las puertas están cerradas con llave y no te muevas de allí. No estoy lejos —colgó, dejando a Avery en la misma situación en la que estaba, pero cada vez más preocupada.

Ella apareció entonces por detrás y le puso una mano en el hombro. Avery estuvo a punto de sufrir un infarto.

—¿Qué te pasa, cariño? ¿Estás bien? —inquirió, mirándola extrañada.

Avery tenía ganas de gritar. Aquella misma mañana todo le había parecido tan prometedor, tan feliz y seguro, tan... maravilloso. Se volvió hacia el ventanal. ¿Cómo podía explicarle a su compañera algo que ni siquiera ella misma era capaz de comprender?

Jones se reunió con ellas.

Consciente de que tenía que darles una respuesta, Avery señaló hacia la calle.

—¿Veis ese coche?

Ella se inclinó para acercarse.

—¡Oh! ¡Qué elegante!

Jones arqueó una ceja.

—¿Qué hace un coche como ese por aquí? —llegó a una conclusión equivocada—: Rowdy no estará pensando en vender el bar, ¿verdad?

—No, no es eso —contestó. Pero... ¿dónde se había metido Rowdy?

—¿Entonces qué es lo que pasa? —quiso saber Ella—. Estás temblando.

Avery juntó las manos en un intento por dominar el temblor.

—Ese coche podría ser de... —«un hombre que intentó violarme». No, no podía decirles eso—. Un tipo quería casarse conmigo, pero yo... —«yo abandoné toda mi vida anterior para escapar de él». Escrutó los alrededores con la mirada, buscando a Rowdy, pero todavía no conseguía verlo—. La cuestión es...

—¡Ahí está Rowdy! —exclamó Ella.

El estómago le dio un vuelco. Con los ojos abiertos como platos, lo vio aparecer a espaldas del coche por el lado del asiento del pasajero, por el que podía pasar más desapercibido. No había vacilación alguna en su paso mientras se aproximaba. No se agachó ni intentó esconderse.

Avery esperó, con una mano en el corazón.

Ella se unió a ella.

Jones retorcía el trapo de cocina entre las manos.

Permanecían los tres juntos, conteniendo la respiración. ¿Estaría Cannon cerca? Si ocurría algo, ¿qué haría ella...?

Rowdy rodeó el coche, se acercó al asiento del conductor y bajó la cabeza para mirar por la ventanilla tintada. Alargó la mano hacia el picaporte de la puerta y...

El coche arrancó con un chirrido de neumáticos. Rowdy se tambaleó hacia atrás y a punto estuvo de ser atropellado. Permaneció allí, observando, con las manos en las caderas, mientras el vehículo doblaba la esquina.

Avery pensó que iba a desmayarse. Pero, al menos de momento, Rowdy estaba a salvo.

Jones sacó una silla y dijo:

—Vamos, ahora siéntate.

—Gracias, pero estoy bien.

—No lo pareces —repuso Ella—. ¿Qué es todo esto?

—Se trata de un tipo que conocía —resumió Avery—. Digamos que no es una buena persona.

—¿Te está molestando? —preguntó Jones.

—No estoy segura. A lo mejor —permaneció pegada a la ventana hasta que Rowdy regresó.

En vez de dejar que rodeara el bar para entrar por la puerta de atrás, Avery corrió a la puerta principal y la abrió. Quería arrojarse a sus brazos, estrecharlo con fuerza. Y quería también abofetearlo por haberle dado aquel susto, por haber corrido un riesgo tan innecesario.

Pero como Cannon había salido del callejón y se había reunido con Rowdy, Avery no hizo ninguna de las dos cosas. Ya encontraría la manera de convencer a Rowdy de que no era ninguna damisela en apuros. De que no tenía que arriesgarse por ella.

En cuanto Rowdy se acercó lo suficiente como para oírla, le informó:

—Logan está de camino.

—Gracias.

Pasó por delante de ella, cerró la puerta, tomó la libreta de Ella y apuntó allí un número.

—¿Es la matrícula? —aventuró Avery.

—Sí —dobló la libreta.

El móvil de Cannon sonó en aquel instante. Todo el mundo esperó mientras contestaba.

Él asintió, dio las gracias y volvió a guardárselo otra vez.

—El apartamento está tan bien como siempre. No hay señales

de que haya entrado la policía ni de que hayan intentado forzar la puerta.

Ella y Jones permanecían junto a ellos mirándolos con expresión perpleja, esperando una explicación. Avery no quería que todo el mundo se enterara de su pasado, pero, una vez había invadido el presente, también aquellas personas podían estar en peligro.

Rowdy no sufrió de la misma indecisión.

—Escuchad. Hay un tipo merodeando por el bar, haciendo llamadas anónimas por teléfono y lanzando amenazas veladas que podrían ser reales. Si veis a alguien o algo que os resulte inquietante, quiero saberlo, ¿de acuerdo?

Jones se llevó una mano a su canosa coleta.

—Desde la cocina no veo gran cosa, pero te avisaré.

Rowdy se volvió hacia Ella.

—Tú también, cariño. Si ves a cualquier que despierte sospechas, dímelo.

Ella palmeó el brazo de Avery.

—Por supuesto, cielo —la miró con expresión compasiva—. La cosa es que hay muchos hombres que preguntan por ella.

—¿Ah, sí?

Aquello era una novedad para Avery. Por supuesto, había hombres que hablaban con ella. Al fin y al cabo era la barman, y hablar con los clientes formaba parte de su trabajo. Pero rara vez había notado un verdadero interés.

—Tú no te das cuenta porque estás demasiado ocupada vigilando a Rowdy —añadió Ella.

«¡Santo Dios!», exclamó para sus adentros. Sintió un intenso calor en las mejillas, sobre todo cuando Cannon tosió y Jones sonrió de oreja a oreja.

—Pero es una mujer que llama la atención —continuó Ella—. Y como nadie sabe cuál es su situación... —se encogió de hombros.

Rowdy pareció cobrar un nuevo impulso.

—¿De qué estás hablando? ¿A qué situación te refieres?

—A lo que hay entre vosotros —Ella abrazó a Avery—. Os

pasáis el día coqueteando y todo eso, pero Avery tiene esa actitud de «manos fuera» y tú llevas el sello de soltero estampado en la frente, así que el gran misterio de si ella está disponible despierta el interés de los hombres.

—¿El gran misterio? —preguntó Avery con voz medio ahogada.

—Eso hace que resultes todavía más interesante —se mostró de acuerdo Cannon, y alzó las manos cuando Rowdy se volvió hacia él—. No para mí. Yo ya estoy al tanto de la situación.

¡Ay, Dios!, pensó Avery. ¿Había una situación?

Rowdy los miró con gesto enfadado sin ninguna razón aparente antes de decir con una voz fría como el hielo:

—De ahora en adelante, si alguien pregunta, ella tiene pareja —y, sin más, se internó con paso firme en el bar.

Cannon lo observó marcharse.

—Me encanta trabajar aquí. No hay un solo momento de aburrimiento.

Jones sonrió a Avery como si hubiera sido capaz de llevar a cabo una difícil tarea. Ella se encogió de hombros.

Para complicar más la situación, Logan apareció en aquel momento.

Después de saludarlo como si no hubiera pasado nada extraordinario, Rowdy envió a Ella y a Jones de nuevo al trabajo.

E intentó hacer lo mismo con Avery.

—Abrimos dentro de veinte minutos.

Pero Avery, que no estaba dispuesta a permitir que la mantuviera al margen, no se movió de su sitio.

—Ya lo tengo todo preparado.

Cannon, al contrario que Avery, se despidió.

—Tengo que ponerme a trabajar, pero si necesitas cualquier cosa, avísame.

—Mantén los ojos bien abiertos —le pidió Rowdy.

—¿Para controlar a sus admiradores...? —quiso saber Cannon—. ¿O para prevenir posibles amenazas?

Pero Rowdy no cayó en la trampa.

—Para las dos cosas —se volvió hacia Logan—. Gracias por haber venido.

En mangas de camisa, con el nudo de la corbata suelto y expresión recelosa, Logan miró a su alrededor.

—Supongo que me he perdido toda la emoción.

—Tampoco ha habido mucha.

Rowdy lo guio hasta su despacho y tardó varios minutos en explicarle lo que había pasado.

—No debiste haberte acercado al coche. Si ese tipo está lo bastante loco como para continuar presionando, es que lo está también para constituir una amenaza.

En eso Avery estaba de acuerdo.

—¿Hay algo que puedas hacer? —le preguntó.

—Puedo comprobar la matrícula —respondió Logan mientras caminaba por el despacho—. Supongo que pronto tendremos noticias. Tardan menos de diez minutos en comprobarlo.

Parecía tan tenso y cansado que Avery se arrepintió de haberlo metido en todo aquello.

—¿Quieres tomar un café mientras esperamos?

Logan se acercó a una silla y se dejó caer en ella.

—Te lo agradecería, gracias.

—De nada. Ahora te lo traigo.

Mió a Rowdy con un elocuente ceño para dejarle claro que no quería que se aprovechara de su ausencia. Él le devolvió la mirada como diciéndole que no le prometía nada. El muy testarudo…

—¿Logan? —se dirigió Avery al policía—. Esto me incumbe a mí más que a nadie.

Confundido, Logan miró a uno y a otra.

—De acuerdo.

—No dejes que Rowdy haga planes sin mí.

En vez de esperar a que mostrara su acuerdo, corrió a la sala de descanso a por tres tazas de café. Cuando regresó, estuvo a punto de tirar una en su precipitación, pero consiguió llegar en el momento en el que Logan estaba recibiendo una llamada.

Cuando colgó, el policía les explicó:

—Ese número de matrícula no pertenece a ese coche —aceptó el café, agradecido—. Quienquiera que esté merodeando por el bar, no quiere ser identificado.

Rowdy pareció tomárselo con calma, como si ya se lo hubiera esperado.

—¿Es una matrícula antigua?

—Sí. Y es posible que robada.

Todo aquello parecía demasiado planificado. No era que alguien se hubiera limitado a curiosear por allí, o a seguirla quizá hasta su casa: se trataba de un plan deliberado y encubierto. Se sintió enferma. Y aterrada.

—¿Cómo está mi apartamento?

—He enviado a un coche patrulla a comprobarlo —Logan bebió un sorbo de café—. No fue la policía quien te llamó.

—Pareces cansado —comentó Rowdy.

—He tenido un día muy ajetreado, eso es todo —lanzó a Avery una mirada fugaz—. De todas formas, andaba por esta zona.

—Supongo que no deberíamos preguntar por qué...

—Todavía no —bebió otro sorbo de café y en ese momento sonó su móvil.

Avery se acercó a Rowdy mientras Logan atendía la llamada.

¿Querría alguien encontrarla a solas? ¿Sería Fisher tan estúpido como para intentar acosarla fuera del bar? ¿O habría planeado hacerla volver a su apartamento, donde tendría más posibilidades de llevar a cabo su plan?

Le volvieron de golpe todos los recuerdos. El recuerdo de cómo la había agarrado Fisher aquella noche, de lo desagradable que se había mostrado en medio de su enfado. Y el miedo asfixiante que había sentido ella cuando comprendió cuáles eran sus intenciones.

Sin duda alguna para tranquilizarla, Rowdy le rodeó los hombros con el brazo.

¿Qué habría pasado si se hubiera marchado a su apartamento y hubiera dejado solo a Rowdy?

Quizá hubiera sido eso lo que había pretendido Fisher. Se le daba tan bien mentir, cubrir sus huellas, que podría haber encontrado la manera de deshacerse de Rowdy y culpar a otros.

Pero ella no permitiría que le ocurriera nada malo.

—Estás bien y vas a seguir estándolo —le susurró Rowdy, casi al oído—. No pienso consentir que nadie te haga daño.

Pero aquello era lo que más temía. ¿Hasta dónde sería capaz de llegar Rowdy con tal de protegerla?

—Lo siento —dijo Logan—. La policía ha estado echando un vistazo y no ha encontrado nada en tu apartamento. La puerta estaba cerrada con llave y todo estaba tranquilo.

Lo mismo que habían dicho los amigos de Cannon. Frustrada, Avery se pasó una mano por la frente.

—¿Y ahora qué?

—A no ser que puedas contarme algo más sobre esa relación, no podemos hacer mucho más —Logan esperó, arqueando las cejas, pero ni Avery ni Rowdy tenían nada más que ofrecerle.

Había pasado un año desde que Fisher la había atacado. No tenían ninguna prueba de que hubiera vuelto a rondar el bar, pero Avery no conseguía ahuyentar los recuerdos, el miedo.

¿Qué haría falta para desanimar a Fisher? ¿Podría limitarse a evitarlo hasta que se cansara? ¿Y qué iba a hacer con Rowdy? Él no era un hombre que se quedara de brazos cruzados mientras las amenazas no desaparecieran.

Necesitaba encontrar la manera de protegerlo, de evitar que se pusiera en peligro.

—Me gustaría poder hacer algo más —Logan apuró su café y aplastó el vaso de cartón—. Pero merodear alrededor de un bar no es ningún delito.

—Sí lo es llevar unas matrículas falsas —señaló Rowdy.

—Por supuesto, ¿pero cómo vamos a desenredar todo este lío sin disponer de recursos? Y, sin una buena motivación, el teniente nunca iría a por él.

Rowdy se cruzó de brazos.

—En el caso de que fuera Fisher…

—Puedo tener una conversación con él —se ofreció Logan, sonriendo con expresión expectante—. Eso no supondría ningún problema.

Avery no tenía la menor idea de cuál era sería el movimiento más inteligente, pero odiaba saberse la fuente de tantos problemas.

—Si simplemente nos limitamos a mantenernos a distancia…

—Ese tipo cuenta con la aprobación de Meyer, cariño —

Rowdy le frotó el hombro—. ¿Y si te lo encuentras en casa cada vez que vas a visitar a tu madre?

—Hablaré con mi madre. Intentaré hacerle comprender lo que está ocurriendo.

—Sí, puedes intentarlo —se mostró de acuerdo Rowdy—. Pero, mientras tanto, yo iré a hablar con Fisher sobre ese coche.

La miró como si le estuviera pidiendo que confiara en él. Y Avery confiaba en él. Sabía que, a pesar de lo que pudiera parecer, jamás haría daño a gente inocente ni tomaría represalias letales si había otras formas de resolver aquel asunto.

A diferencia de Fisher, él no era un matón.

Y, desde luego, no un asesino.

Rowdy Yates era un protector, y más honesto que cualquier otro hombre que hubiera conocido.

—De acuerdo.

—Espera —le pidió Logan—. ¿Cómo y dónde piensas hablar con él?

—Eso depende de su agenda —contestó Rowdy—. Y espero que Avery pueda ayudarme con eso.

A Avery se le cayó el alma a los pies.

—¡Hace un año que no lo veo! —detestó el matiz de desesperación de su voz—. Y tú lo sabes, Rowdy.

—Sí, pero hay cosas que nunca cambian. A mí me da que Fisher es un hombre de costumbres.

¿Un hombre de costumbres? ¡Era un loco!

—No quiero que te acerques a él.

Como si no hubiera dicho nada, Rowdy continuó:

—Puedes intentar averiguar si tiene alguna rutina. Es obvio que va al gimnasio de forma habitual.

Logan asintió.

—Podrías intentar encontrarte con él en un espacio público —propuso.

—Exacto. Si está tan preocupado por las apariencias como Avery dice, no querrá montar una escena.

Avery negó con la cabeza, pero ninguno de los dos hombres pareció notarlo.

—¿Por qué no lo llamas por teléfono?

—Quiero mirarlo a los ojos cuando le pregunte por el coche —respondió Rowdy.

A Avery le latía con tanta fuerza el corazón que casi no podía respirar.

—Él siempre miente.

—A mí no será capaz de mentirme —le acarició la mejilla con los nudillos—. En cualquier caso, así sabrá que estamos detrás de él.

—Es posible que eso lo lleve a replegarse —comentó Logan—. O que lo lleve al límite y lo impulse a cometer una estupidez.

Sabiendo que Rowdy tenía ya algo en mente, Avery le apretó la mano.

—Iré contigo.

Rowdy soltó una breve carcajada.

—No, de ninguna manera.

¿Cómo se atrevía a despreciarla de aquella forma? Avery se irguió frente a él.

—Si estamos en un lugar seguro, en un espacio público, como tú has dicho, ¿qué más da que esté yo allí?

—No quiero que te acerques a él.

—¡Ja! —le clavó un dedo en el pecho—. Yo tampoco quiero que te acerques a él.

A su espalda, Logan carraspeó.

Con el semblante cada vez más sombrío, Rowdy se apartó del escritorio.

—Yo no soy tú, pequeña.

—¡Qué novedad! —exclamó Avery con una buena dosis de sarcasmo—. Pero resulta que este es mi problema, no el tuyo.

—Lo estoy asumiendo como mío.

—¿Quieres ayudarme, Rowdy? Genial, te estoy muy agradecida.

Rowdy se sintió como si lo hubiera abofeteado.

—¡No quiero tu maldita gratitud!

No, solo quería arriesgarse, como siempre, por los demás. Pero

Avery estaba decidida a que, al menos con ella, las cosas fueran diferentes.

—¡Pues mala suerte, porque vas a recibirla de todas formas!

—Quizá debería… —comenzó a decir Logan.

Avery se aferró a la camiseta de Rowdy.

—Te dije que te quería, ¿sabes lo que significa eso?

Logan soltó un largo silbido.

Rowdy resopló como un toro embravecido.

—De lo que estoy seguro es que no significa que tengas que darme órdenes.

Aquella respuesta estuvo a punto a hacerla reír.

—¡Como si fuera a intentarlo siquiera! No soy ninguna estúpida —se puso de puntillas—. Significa que me quedaría destrozada si te ocurriera algo malo. Y sobre todo si estuvieras intentando defenderme.

Rowdy empezó a respirar aceleradamente.

—¿Quieres destrozarme entonces? —insistió Avery.

—Estás exagerando, cariño —cerró la mano sobre la suya, pero no le apartó la mano de la camiseta.

—No, por supuesto que no —Avery se suavizó, pero solo un poco. Aquello era demasiado importante como para ablandarse—. Quieres protegerme porque eso forma parte de tu naturaleza. Y yo te quiero por eso y por otras muchas razones. Pero, si de verdad no es peligroso, déjame ir contigo. El problema es mío, tanto si te gusta como si no. Tengo derecho a estar presente.

Se miraron el uno al otro. La tensión vibraba entre ellos sin que ninguno de los dos pareciera dispuesto a ceder.

En medio de aquel silencio, intervino Logan:

—Avery tiene razón y lo sabes.

Rowdy entrecerró un ojo.

—Vete al diablo, Logan.

—Es probable que sea una buena idea que Avery te acompañe como testigo y para ayudarte a mantener la cabeza fría. Y para que Fisher vea que no se ha dejado intimidar por lo que ha pasado.

Rowdy no dijo nada.

—Si Avery te acompaña, Fisher se sentirá menos inclinado a descontrolarse y tú menos inclinado a amenazarlo.

—Yo no amenazo.

No, pensó Avery. Rowdy hacía promesas y las cumplía.

—Podrías acompañarme la próxima vez que vaya a ver a mi madre —escrutó su rostro, suplicándole que lo comprendiera—. Puedo organizar la visita cuando quieras. Si Fisher está allí, podremos hablar los dos con él. Y, si no, podríamos averiguar su horario a través de mi madre o de Meyer.

—¿Tan importante es para ti acompañarme?

—Eres tú el que es importante para mí.

Se enfrentaría a Fisher de una vez por todas. Le haría saber que no era una persona que se dejara intimidar fácilmente.

Si se le ocurría ir de nuevo a por ella, él iba a tener que librar una dura pelea, una pelea a la que Avery se enfrentaría con todos los recursos a su alcance.

Rowdy se tomó su tiempo para pensar sobre ello. Estuvo meditando durante tanto rato que Avery estuvo a punto de darle un cachete.

Al final, asintió.

—De acuerdo.

Aquella respuesta la dejó sonriente y sin fuerzas.

—Genial.

—Fija una cita. Cuanto antes, mejor —y murmuró—: Quiero acabar con esto de una vez por todas.

—Me alegro de que hayáis llegado a un acuerdo —después de mirar el reloj, Logan se inclinó hacia delante—. Si ocurre algo, cualquier cosa, avisadme. Y, hasta entonces os sugiero que toméis precauciones extra.

Rowdy se acercó a la puerta.

—Avery se quedará conmigo.

—¿Esta noche?

—Indefinidamente.

Aunque Logan se recuperó con rapidez, Avery advirtió su sorpresa.

—Lo sé —dijo ella sin inmutarse—. Yo todavía estoy alucinada.

Pero Rowdy no le encontró la gracia.

—Iré a su casa a buscar todo lo que Avery pueda necesitar, pero no pienso permitir que vuelva sola allí.

Logan volvió a mirar a uno y a otra.

—Creo que eso será lo mejor, por lo menos hasta que todo esto se arregle —se reunió con Rowdy en la puerta—. Tú también tienes que tener cuidado.

—Lo tendrá —le prometió Avery.

Ella se aseguraría de que lo tuviera. A toda costa.

Con una media sonrisa, Rowdy le dijo a Logan:

—Si, después de hablar con Fisher, descubro algo que merezca la pena repetir, te lo haré saber.

—Te lo agradezco.

Avery le tendió la mano.

—Logan, de verdad, muchas gracias por venir.

Logan ignoró su mano y le dio un abrazo.

—Puedes llamarme siempre que lo necesites, ¿de acuerdo?

Estaban a punto de abandonar el despacho cuando apareció Cannon.

—Siento interrumpir, pero me dijiste que querías saber cualquier cosa —intentó sin éxito disimular una enorme sonrisa—. Acaban de entrar unos tipos, un grupo de bomberos recién salidos del trabajo. No creo que sea nada amenazador, pero están preguntando por Avery.

Genial. Avery se dispuso a salir de la habitación.

—Ahora mismo voy.

Pero Rowdy la retuvo, manteniéndola a su lado y, juntos, seguidos por Cannon y por un divertido Logan, entraron en el abarrotado bar.

Rowdy incluso la tomó de la barbilla para besarla con más ardor del necesario. Avergonzada, Avery lo miró con el ceño fruncido, pero aquello solo sirvió para que, tras besarla de nuevo, él se pusiera a trabajar con un gesto exageradamente sombrío.

Si lo que pretendía era aclarar las cosas ante todo el mundo, desde luego que lo había conseguido. Avery continuaba sintiendo un cosquilleo en los labios. Tenía el corazón disparado.

Tal vez Rowdy no se lo hubiera dicho con palabras, pero sus actos eran lo suficientemente elocuentes para cualquiera.

No hubo más llamadas ni coches rondando por los alrededores y el resto de la noche transcurrió sin ningún incidente. Hasta que, a las diez, apareció una morena de aspecto muy sexy que puso a Rowdy en su punto de mira.

CAPÍTULO 21

Para tratarse de un lunes por la noche, el bar estaba más lleno de lo habitual. Rowdy hizo todo lo posible por no perder a Avery de vista. Tenía la sensación de que cada maldito tipo que se acercaba a la barra encontraba algún motivo para charlar con ella.

Él ya sabía que era una mujer muy popular, una parte importante del éxito del bar. Pero hasta entonces no se había dado cuenta de la frecuencia con que flirteaban con ella. No podía negar que estaba un poco celoso. Aunque también se sentía orgulloso.

Porque Avery no respondía a aquellas insinuaciones.

Se mostraba amable y simpática, pero siempre muy profesional. Servía copas, se reía y regalaba algún consejo ocasional, todo ello sin tomarse a ninguno de aquellos tipos demasiado en serio.

Sus sonrisas eran amables, pero no provocativas.

Llamaba la atención sin esforzarse, siendo sencillamente ella misma. Con su forma de colocarse un mechón rizado detrás de la oreja, o de mover aquel cuerpo ágil y flexible en sus recorridos a lo largo de la barra.

Era una fanática del orden y de la limpieza en el trabajo, y organizaba la barra como una bibliotecaria.

Y lo mejor era que, cuando surgía alguna situación que podía representar algún peligro, demostraba tener un saludable sentido común.

En resumidas cuentas, no había un solo rasgo de Avery que

no adorara. Desde el primer momento, no había tenido ninguna posibilidad de resistirse a ella.

Se hallaba perdido en sus reflexiones, con la mirada fija en Avery e intentando decidir cuál iba a ser su siguiente movimiento, cuando vio que desviaba la mirada hacia la puerta.

Siguió el curso de su mirada... y ya no fue capaz de apartarla.

Maldijo para sus adentros. Aquello era lo último que necesitaba para rematar la noche.

Incapaz de contenerse, Rowdy recorrió a aquella mujer con la mirada. Llevaba unos tejanos negros muy estrechos, tacones y un jersey con escote de pico que exponía una buena porción de carne.

A Reese y a Logan les gustaba negar que su teniente fuera una mujer, pero ningún hombre que la viera en aquel momento cometería ese error. Y eran muchos los hombres que la estaban mirando.

¿Qué demonios estaba haciendo allí?

Solo en alguna que otra ocasión la había visto Rowdy vestida de otra manera que no fuera con un traje formal o su uniforme de policía, y siempre coincidiendo con algún operativo de paisano.

Como mujer autoritaria que era, a la teniente Peterson le gustaba lucir un atuendo severo y viril. Probablemente porque de esa forma podía mantener a raya a tipos como Reese y Logan. Pero con él no había funcionado.

Ni con Dash, el hermano de Logan.

La teniente Peterson recorrió la multitud con la mirada y Rowdy tuvo la terrible sospecha de que lo estaba buscando a él.

—Diablos.

No había imaginado que Peterson fuera el tipo de mujer aficionada a explorar el lado salvaje de la vida, pero no podía haber ningún otro motivo por el cual se hubiera presentado en su bar vestida de aquella guisa y buscándolo a él.

Solo tuvo que lanzar a Avery una mirada fugaz para saber que aquella noche no iba a terminar bien, a no ser que tomara inmediatamente algún tipo de medida preventiva.

De modo que dio la espalda a la policía para dirigirse a su despacho a grandes zancadas. Se dejó caer en la silla que había detrás del escritorio, revisó los contactos que tenía guardados en el teléfono, localizó un número y presionó la tecla de llamada.

¿Qué demonios podía estar haciendo la teniente Margaret Peterson en el bar a aquella hora de la noche?». El teléfono sonó cinco veces antes de que Dashiel Riske contestara.

—¿Qué pasa?

—¿Te he despertado?

—¿Rowdy? —bostezando, Dash le preguntó—: ¿Qué te pasa, tío? ¿Va todo bien?

Pensó que quizá lo mejor fuera soltarlo cuanto antes.

—Sé que a lo mejor no te viene bien, pero necesito que vengas al bar.

—¿Ah, sí? ¿Y eso?

—Confía en mí, me lo agradecerás.

—¿Quieres decir que hay mujeres desnudas bailando encima de las mesas o algo así? Porque, en serio, estaba a punto de acostarme.

Logan podía negar cuanto quisiera la atracción que sentía Dash por la teniente, pero Rowdy no tenía tantos escrúpulos.

—Hay una mujer, y no, no está desnuda. Aunque está bastante bien con los tejanos ajustados y el suéter escotado que luce en este momento.

—Te escucho.

Rowdy estaba a punto de continuar su explicación cuando alguien llamó a la puerta.

—Espera un momento, Dash —cubrió el auricular del teléfono y preguntó—: ¿Qué pasa?

Ella asomó la cabeza.

—Avery quiere que vayas a la barra. Dice que tienes visita.

Maldijo por lo bajo ¿Se habría acercado Peterson a Avery para preguntar por él? Ya había sufrido bastante aquel día como para que encima volviera a alguien a molestarla.

—Dile que ahora mismo voy —cuando se puso de nuevo al teléfono, le preguntó a Dash—: ¿Vas a venir o no?

Por suerte, Dash no estaba a más de un cuarto de hora de allí. En el caso de que saliera inmediatamente. El hermano pequeño de Logan, que trabajaba en su propia constructora, madrugaba tanto como los pájaros. Se pasaba de vez en cuando por el bar, pero solo los fines de semana.

Rowdy encontró a Avery hablando con Margaret mientras le servía una copa de vino. Aunque su sonrisa parecía un poco tensa, se estaba mostrando con ella tan agradable como siempre.

La teniente había asentado su bien formado trasero en uno de los taburetes de la barra, tenía las piernas cruzadas y los codos apoyados sobre la barra. Lucía en las orejas dos aros de plata que reflejaban la luz del bar. Cuando la mujer se volvió hacia él, la mirada de Rowdy tropezó con una bonita porción de su escote. Sí, definitivamente, Dash le daría las gracias.

Rowdy se detuvo a su lado y comenzó a decir:

—Tenien...

—Shh —se inclinó hacia él y le puso un dedo en el labio inferior. Con un ronco susurro y mirándolo a los ojos, dijo—: Esta noche no. Esta noche soy simplemente Margaret.

«¡Oh, diablos!», exclamó Rowdy para sus adentros.

—Claro —se sentó a su lado—. ¿Has estado bebiendo?

—No mucho —sonriendo, lo recorrió con la mirada de pies a cabeza—. ¿Cómo estás, Rowdy?

—Voy tirando —apoyó el brazo en la mesa y sonrió a Avery—. ¿Ya conoces a Margaret?

—Acabo de servirle una copa.

¿Y durante aquella corta conversación la teniente no se había presentado?, se preguntó.

—Margaret Peterson, te presento a Avery Mullins. Avery, Margaret es...

—Rowdy —la teniente se deslizó del taburete, se apoyó contra él y preguntó con una mirada sensual—: ¿Podemos hablar en privado?

Rowdy intentó echarse hacia atrás, pero la mujer se inclinó de nuevo hacia él.

—Eh...

Avery dijo entonces con tono cortante, abandonándolo:

—Si me disculpáis... —y se dirigió hacia el otro extremo de la barra, alejándose de ellos.

Rowdy podía sentir los muslos de la teniente contra los suyos. Sus senos le rozaban el pecho. La mujer alzaba la mirada hacia él con un tácito mensaje que él no quería en absoluto oír.

Se humedeció los labios con la lengua.

—Di que sí, maldita sea —le pidió Margaret con una sonrisa que contradecía la dureza de sus palabras.

«¡Date prisa, Dash!», rezó Rowdy para sus adentros.

—De acuerdo —cedió. Pero bajo ningún concepto pensaba llevarla a su despacho. Sabía lo que pensaría Avery si lo hacía—. Vamos a sentarnos.

Rowdy recogió la copa de vino, la tomó del brazo y comenzó a dirigirse hacia la parte de atrás, cerca de las mesas de billar.

—Gracias.

No había una verdadera privacidad en el bar que permitiera nada... íntimo. Pero allí sentados, con el ruido de las bolas de billar a su espalda y la gramola delante, podían hablar con libertad sin que nadie los oyera.

Rowdy esperó a que Peterson tomara asiento y se sentó después frente a ella. Peterson se hallaba de espaldas al bar, pero él podía verlo todo desde allí, que era lo que quería.

Margaret se inclinó hacia él y, como hombre que era, Rowdy no pudo evitar que su mirada descendiera hasta sus senos.

—¿Rowdy?

—¿Umm?

Procuró concentrar su atención en su rostro y advirtió en él una actitud de alerta, antes de que se apresurara a disimularla. Su recelo se activó al instante.

Peterson lo miró a los ojos:

—Esperaba que estuvieras dispuesto a hacerme un gran favor.

Y Rowdy esperaba que aquel favor no tuviera nada que ver con estar desnudo y en posición horizontal.

—Si está en mis manos...

—Es... algo personal.

Lo dijo de una manera que le inquietó. Maldijo en silencio. Odiaba aquella clase de juegos.

Por suerte, vio que Dash entraba en aquel momento en el bar. Debía de haber corrido mucho para llegar tan rápido.

—Espera un momento. Déjame que me ocupe de un asunto que tengo pendiente y vuelvo ahora mismo —Ella pasó en aquel momento por allí y Rowdy la detuvo para decirle—: Lo que consuma la teniente corre a cuenta de la casa, ¿de acuerdo?

La camarera miró a Margaret y se volvió hacia Rowdy con el ceño fruncido.

—Claro, cariño. Lo que tú quieras...

Genial. Después de aquello, Ella pensaría que ya estaba engañando a Avery. Una semana atrás no le habría importado, pero después de todo lo que había vivido durante aquellos días con Avery... sí, empezaba a importarle.

Y mucho.

—Solo es una amiga —le aclaró Rowdy, volviendo a maldecir para sus adentros. Se sentía ridículo por tener que disculparse de aquella manera—. Olvídalo. Limítate a servirle todo lo que quiera hasta que yo vuelva.

Con un poco de suerte, Peterson se dedicaría a flirtear con Dash y a él lo dejaría en paz.

Esperando que Margaret no hubiera reparado todavía en la llegada de Dash, por si acaso tenía planeado mantenerse en sus trece, Rowdy cruzó el abarrotado bar para salir al encuentro de su amigo. Fuera como fuera, tendría que encontrar la manera de esquivar sus atenciones.

Tenía una relación sólida con Avery y no iba a permitir que una policía estirada, quisquillosa e irritante la echara a perder.

Fueron muchas las mujeres que se fijaron en Dash cuando entró. Rowdy supuso que se debía a la perspectiva de poder contar con carne fresca por parte de la habitual clientela femenina de entre semana. La mayoría no había visto nunca a Dash.

Tras haberse conocido en las peores circunstancias, en un momento en que Pepper había estado recibiendo serias amenazas, Dash y él habían conectado bien. Dash solo tenía un año más que él y ambos medían más de uno noventa. Pero mientras Rowdy veía siempre lo peor en la mayoría de la gente y en la mayoría de las cosas, Dash veía lo mejor.

Era un tipo divertido, mucho más que su hermano Logan. Por supuesto, la opinión de Rowdy al respecto podía estar condicionada por el hecho de que Logan fuera policía y estuviera casado con Pepper.

Al igual que Logan, Dash era un tipo de dinero al que sus padres habían proporcionado una seguridad económica. Rowdy respetaba el hecho de que, aun así, continuara trabajando condenadamente duro en su constructora.

Los efectos de tanto trabajo físico se evidenciaban en la atención que despertó en toda la clientela femenina desde el momento en que se quitó el abrigo.

Y, pensando precisamente en todas aquellas mujeres que lo miraban babeantes, Rowdy se volvió hacia Avery.

Pero ella lo estaba mirando a él, no a Dash. Ni a ningún otro hombre.

Aquello lo llenó de una inmensa satisfacción.

Dash le dio una palmada en el hombro, haciéndolo volver a la realidad.

—Tienes el bar muy lleno para ser un lunes por la noche. Me gusta —miró a su alrededor—. La distribución es diferente.

—Hemos hecho algunos cambios. Quitamos las barras de striptease e instalamos un salón de billar.

—Está muy bien. Parece un lugar más respetable.

—Era lo que pretendía.

Sonriendo, Dash desvió la mirada a una mesa ocupada por un grupo de mujeres.

—Apuesto a que los fines de semana son una locura.

—No nos va mal. Los domingos no abrimos, pero acabo de contratar a otro empleado que está funcionando bien, así que eso también podría cambiar.

Cannon podría ocuparse del bar cuando él no estuviera. Y

necesitaba contratar a alguien más, sobre todo para que ayudara a Jones en la cocina. Pero ya se encargaría de ello.

—Sí, ya lo entiendo —dijo Dash—. La gente irá primero a misa y después quedará en el Getting Rowdy.

Rowdy se recordó que no debería haber dejado nunca que Avery decidiera el nombre del bar.

—Los clientes más pendencieros se reservan para el fin de semana. Los de los días de diario son más tranquilos.

—Es evidente que llevo demasiado tiempo sin pasar por aquí —saludó con la cabeza a dos mujeres que estaban coqueteando con él—. Lo siento. Pero últimamente he tenido mucho trabajo.

—Tú tienes tu propia vida —le dijo. Y tampoco tenía ninguna obligación de pasar por el bar.

—Así que no me has echado de menos, ¿eh?

Rowdy miró su reloj.

—Y yo que creía que después de las diez perdías parte de tu buen humor...

Dash esbozó una sonrisa radiante.

—De acuerdo, oigamos lo que tienes que decirme. ¿Cuál es mi sorpresa?

—Más que sorpresa, es un problema. Un problema con forma de mujer.

Dash miró primero hacia Avery, que estaba detrás de la barra y, acto seguido, y a pesar de toda la gente que había en el bar, su mirada viajó directamente al lugar donde se hallaba la teniente Margaret Peterson.

—Más de uno, por lo que parece —comentó Dash sin desviar la vista.

—Sí, bueno, está un poco pesada —Rowdy se frotó la nuca. No estaba acostumbrado a esquivar a una mujer sirviéndose de otro hombre, de manera que se sentía incómodo—. Sé que para ti es tarde, pero... ¿crees que podrías hacerme un favor y quitármela de encima?

—Claro —contestó Dash sin vacilar, pero en seguida añadió—: ¿De cuál de las dos estamos hablando?

¿Qué demonios...? ¿Dash habría estado dispuesto a ligar con Avery? A Rowdy le entraron ganas de machacarlo.

—De Peterson.

Sin dejar de mirar a la teniente, Dash sonrió

—Claro que sí. Eso puedo manejarlo.

Como si hubiera sentido los ojos de Dash clavados en ella, Margaret se removió en su asiento y escrutó el bar con la mirada.

Y la fijó en Dash.

Durante unos largos e incómodos segundos, permanecieron ambos mirándose fijamente a los ojos. Hasta que Rowdy dio a Dash un golpe en el hombro.

—Deja de devorarla con la mirada. Resulta violento.

De repente Margaret desvió la vista y les dio la espalda. Siempre estaba muy rígida, pero nunca tanto como en aquel momento, con la postura de aquellos hombros cuadrados y aquella columna vertebral que parecía de acero.

Sin molestarse por el comentario de Rowdy, Dash susurró para sí mismo:

—Sorpresa, cariño...

Rowdy sacudió la cabeza mientras contemplaba la satisfacción de Dash.

—Odio tener que decírtelo, pero parece enfadada.

—Está luchando consigo misma —Dash aspiró lentamente—. Y está perdiendo.

Por supuesto, Margaret era una mujer atractiva, pero también era policía. Rowdy no conseguía entender la fascinación de Dash, pero eso era cosa suya.

De pronto Margaret se levantó, recogió su bolso y se encaminó hacia las mesas de billar. Rowdy esperaba que Dash fuera tras ella.

Pero su amigo continuaba donde estaba.

—Creo que voy a dejar que siga cociéndose en su propia salsa durante unos minutos. Cuando está enfadada, está menos a la defensiva y es mucho más divertida —Dash se acercó a la barra—. ¿Por qué no me invitas a una copa? Es lo menos que puedes hacer por mí después de haberme sacado de la cama.

Tonterías. Teniendo en cuenta las chispas que habían saltado entre Peterson y él, Rowdy estaba empezando a pensar que era Dash quien le debía un favor a él.

Por lo menos así podría tranquilizar a Avery; después de haber visto cómo la teniente miraba a Dash, no iba a tener ningún motivo para estar celosa.

Acababan de detenerse al lado de la barra y Rowdy estaba esperando a que Avery terminara de servir a un cliente cuando, a su espalda, se oyó exclamar a una mujer:

—¡Eh, sexy!

Y ambos se volvieron a la vez. Toda una mesa de mujeres los invitó seductoramente a unirse a ellas.

Dash se mostró interesado. Rowdy, no.

Cuando se volvió hacia Avery, esta comenzó a reírse por lo bajo y ya no fue capaz de parar.

Alegrándose de que no se hubiera enfadado, Rowdy le preguntó:

—¿Qué te pasa?

Pero aquello solo consiguió aumentar su hilaridad, de tal manera que terminó riendo a carcajadas.

Rowdy apoyó los brazos cruzados en la barra y esperó:

—¿Te estás riendo de mí?

—¡Los dos os volvisteis para mirar! —se tapó la boca, intentando amortiguar una carcajada—. ¡Los dos!

Dejando que Dash se ocupara de las damas, Rowdy se metió detrás de la barra. Siempre y cuando no se olvidara de Peterson, Dash podía hacer lo que le apeteciera.

Cuando se acercó a ella, Avery dejó de reír el tiempo suficiente como para decirle:

—¡Hola, sexy!

—Idiota...

Rowdy la agarró por las caderas y la acercó hacia sí para besarla. Al principio fue casi un beso de cosquillas por culpa de la risa, pero cuando continuó besándola, Avery se ablandó y comenzó a encenderse.

Maldijo para sus adentros. Sabía tan bien...

Avery se apartó con la respiración acelerada.

—Nos están mirando.

—Que miren —quería que todo el mundo supiera que Avery ya no estaba sola.

Avery miró a su alrededor, vio a Dash y volvió a sonreír de oreja a oreja.

—No tiene tanta gracia.

Pero se descubrió a sí mismo sonriendo también. No recordaba haberse sentido nunca tan ligero, tan feliz, antes de conocer a Avery.

Avery le había cambiado. Y quizá de manera irreversible.

Probablemente, para mejor.

—Esto es gracioso a más no poder —con las manos apoyadas sobre su pecho, Avery frunció de repente el ceño—. A no ser que estéis planeando alguna trastada contra esa pobre mujer...

¿Acaso nunca se le escapaba nada?

—Si te refieres a la teniente Margaret Peterson, no es ninguna pobre mujer, confía en mí. A los tipos como Dash los devora. Lo único que he hecho yo ha sido arrojarlo a los lobos. Si sobrevive, será un milagro.

Arqueando una ceja, Avery señaló el lugar donde Dash estaba conversando con aquel grupo de chicas que, en mayor o menor medida, lo estaban atosigando.

—Sí, pobre chico. Parece un corderito al que estuvieran llevando al matadero.

—Solo está calentando motores. Espera y verás.

No había transcurrido ni un minuto cuando Dash se excusó con sus admiradoras para encaminarse hacia la parte trasera del bar.

—¿Va a buscarla?

—Sí —Rowdy se aprestó a echarle una mano, ayudándola a servir las copas—. Sé que ella se propone algo, pero no tengo ni idea de qué es —lo único que sabía era que él no quería formar parte de sus planes.

—Vino a verte a ti.

—Quizá.

La verdad era que tampoco él estaba muy convencido. Peterson y él habían llegado a congeniar en muchos aspectos, pero nunca había existido química entre ellos. Por supuesto, antes de estar con Avery, no habría echado a la teniente de su cama. Pero en cualquier caso era una policía, así que tampoco la había perseguido.

La policía en general lo ponía nervioso. Las mujeres policías y con una vena autoritaria no eran lo suyo.

Y, desde que estaba con Avery, ya no tenía interés en nadie más.

Dash desapareció de su vista en la zona de los billares, que era adonde había ido Peterson, pero Rowdy no oyó fuegos artificiales, así que era posible que no estuvieran discutiendo.

—Es muy atractiva —señaló Avery.

—A su fría y dura manera, desde luego.

Tanto la teniente como Avery eran mujeres menudas, pero aquella era la única similitud entre ellas. La teniente tenía unos rizos cortos y oscuros y una pose rígida, militar. La larga melena pelirroja de Avery, incluso cuando la llevaba recogida, podía inspirar todo tipo de fantasías, y él prefería con mucho su actitud dulce y tranquila.

Justo en aquel momento salieron Peterson y Dash del salón de billar. Dash estaba intentando hacerla volver a la mesa, pero Peterson no parecía dispuesta a colaborar. La gente comenzó a mirar a la pareja cuando Peterson cerró un puño como si fuera a pegarlo, a pesar de la sonrisa de Dash.

—¡Diablos! —dijo Rowdy mientras entregaba la jarra de cerveza que acababa de llenar y se secaba las manos—. Parece que voy a tener que intervenir —reflexionó sobre ello por un instante y tomó una decisión—: Dile a Cannon que te sustituya y reúnete con nosotros.

Avery retrocedió un paso.

—Eh, no me gustaría entrometerme...

—Te necesito a mi lado, ¿de acuerdo? —¿qué mejor manera de disuadir a Peterson que demostrarle que estaba interesado por otra mujer?

Avery lo miraba como si acabara de echarle encima un cubo de agua helada. Se lo quedó mirando fijamente con los labios entreabiertos y unos ojos como platos.

¿Qué demonios...?

—Sí, por supuesto —contestó ella cuando consiguió finalmente recuperarse. Esbozó una sonrisa radiante—. Tú vete yendo. Yo iré en cuanto consiga que venga Cannon.

¿Tanto le había sorprendido que le hubiera pedido un favor?

—Gracias, pequeña.

Rowdy alcanzó a Dash y a la teniente justo cuando esta última estaba diciendo:

—No pienso hacer esto contigo, Dash.

—Bueno, Rowdy ahora mismo no está. Así que, o aceptas que lo haga yo, o tendrás que volverte a casa con las manos vacías.

¡Ah, diablos! ¿Estarían hablando de sexo? Rowdy guio a Peterson hacia una mesa mientras le decía:

—¿Qué tal si nos sentamos y arreglamos esto?

La teniente se colgó entonces de su brazo y lo obligó a sentarse a su lado. Acercándolo tanto hacia sí que Rowdy llegó a pensar que iba a besarlo, le dijo:

—Estoy en una operación de paisano, imbécil.

¡Ah!

—Necesito que me cubras —deslizó una mano por su pecho y lo acarició—, y no quiero que este otro imbécil... —miró a Dash para que no hubiera posibles malentendidos— se interponga en mi camino.

—Pero, de todas formas, yo estoy aquí —dijo Dash.

Cuando la teniente le acarició la tetilla con el pulgar, Rowdy estuvo a punto de levantarse de un salto. La agarró por la muñeca, le apartó la mano y se separó de ella todo lo que pudo.

—¿Y qué es lo que estás haciendo en mi bar si es que estás de servicio? —lo último que necesitaba aquel bar eran más problemas.

Peterson volvió a inclinarse hacia él, tan cerca que tenía los senos sobre su brazo y su húmedo aliento en la oreja.

—¿Qué sabes de vídeos BD?

¿De bondage y disciplinas porno? Rowdy se frotó la oreja, deseando que Avery se diera prisa.

—Que no necesito verlos. ¿Por qué?

—A veces... —apretó los labios—. A veces las mujeres que participan en ellos no lo hacen de una forma tan voluntaria como podría parecer.

Tras hacer una rápida conexión mental, Rowdy sintió que se le helaba la sangre en las venas.

—¿Crees que alguien las está forzando? ¿A mujeres que frecuentan mi bar?

—Creo que una de las personas que produce esos vídeos podría estar moviéndose por aquí.

—¿Y eso por qué?

Subió los dedos desde su pecho hasta su barbilla.

—Tengo pruebas.

—¿Te das cuenta del problema al que tengo que enfrentarme? —Dash se inclinó hacia delante, apoyando los brazos en la mesa—. Necesita a alguien que le sirva de tapadera. Y como siga paseándose por aquí con ese aspecto, va a tener encima a todos los tipos del bar.

—Te quiero a ti —le dijo Peterson a Rowdy, acariciándolo con gesto seductor. Luego, clavando a sus enormes ojos azules en Dash, dijo claramente—: A él, no.

No, no y no.

—Lo siento, pero no puedo ayudarte. Esta misma tarde ya me he visto obligado a hacer algo que no es nada habitual en mí para que todo el mundo se enterara de que estoy con Avery. Si ahora me ven contigo, pensarán que Avery está disponible otra vez.

Peterson arqueó las cejas.

—¿Y no lo está?

—Claro que no.

—Y yo que tenía la impresión de que no eras hombre de una sola mujer... —desvió la mirada hacia Dash—. Aun así, tú no me sirves.

—Tendrías que ponerme a prueba antes de emitir un juicio como ese.

Rowdy casi temió que Peterson le disparara un tiro a Dash. No tenía la menor duda de que iba armada.

Pero ella le sorprendió mostrándose muy razonable.

—Además, necesito a alguien que venga aquí por las noches. Tú trabajas en la construcción. Podrías tener que quedarte hasta muy tarde…

—Y lo haré —sabiendo que ya se la había ganado, Dash se reclinó en su asiento—. Recuerda que soy el dueño de la constructora. Puedo ponerme el horario que quiera.

Por fin apareció Avery. Mordiéndose el labio y con mirada vacilante, se detuvo junto a la mesa y se secó las manos en el delantal.

Dash le dejó sitio en el banco y Avery se sentó junto a él

—Esto está bien jodido.

—¡Rowdy! —lo regañó Avery, mirando a Peterson con expresión de disculpa—. Cuida esa lengua.

Peterson soltó una carcajada de sorpresa. Miró a Rowdy, después a Avery, y volvió a reír.

—¡Eh, Rowdy, me cae bien esta chica! De verdad.

Dash estiró el brazo por el respaldo del banco. Muy cerca del hombro de Avery.

—A mí también.

—Peterson ha oído cosas peores —dijo Rowdy. Pensó que si a Dash se le ocurría tocar a Avery, entonces él…

—Sea como sea —Avery le tendió la mano—, soy la barman.

Peterson parecía más que divertida con la situación.

—Encantada de conocerte.

Pese a que nadie les estaba prestando atención, Dash se inclinó hacia Avery para susurrarle al oído, con una actitud de secretismo:

—Es la teniente de Logan —le explicó Dash—. Ha venido de incógnito para pillar a alguien que está forzando a mujeres a participar en vídeos de bondage.

Avery abrió unos ojos como platos.

—¿Por eso estás aquí y por eso has estado intentando ligar con Rowdy?

—¿Por qué iba a ser si no?

—¿Por las razones habituales, quizá? —Avery alargó una mano por encima de la mesa y tomó la de Rowdy—. Esa es la razón por la que lo persigue la mayoría de las mujeres.

La policía esbozó una sonrisa.

—No, pues en mi caso, no ha sido por las razones habituales —todavía divertida, se volvió hacia Dash—. En general, no tengo ni tiempo ni paciencia para soportar a los hombres.

—Pero ahora me necesitas a mí —Dash abrió los brazos—. Y tienes la suerte de tenerme preparado, disponible y dispuesto.

—Supongo que eres preferible a un desconocido —Peterson tamborileó con los dedos sobre la mesa—. Tengo ciertas normas.

—Ya me hablarás de ellas cuando estemos a solas.

Rowdy miró a su alrededor. Todavía podían contar con una relativa intimidad.

—¿Las pruebas que mencionaste antes involucran al bar?

Peterson miró a Avery, que pareció a punto de excusarse otra vez para marcharse.

Pero Rowdy entrelazó los dedos con los suyos, reteniéndola.

—Puedes hablar delante de Avery. De hecho, es mejor que ella lo sepa. Se relaciona con los clientes más que yo.

Tras pensar un poco sobre ello, Peterson se recogió un mechón detrás de la oreja. Debió de decidir que podía confiar en Avery, porque bajó la voz y se lanzó a darles una rápida explicación.

—Reese y Logan lo saben, pero no muchos más.

Dash le dijo a Avery:

—Le cuesta mucho confiar en los demás.

—No me gusta correr riesgos.

Rowdy sabía que, en una ocasión, su comisaría se había visto envuelta en una trama de corrupción. Por lo que él sabía, había sido Peterson la que había echado a todos cuantos se habían beneficiado de la red. No podía culparla de ser una persona recelosa.

Peterson removió el vino de su copa con expresión tensa.

—Hay una joven que afirma haber sido obligada a participar en un vídeo de dominación y sumisión. No ha resultado demasiado dañada, al menos, físicamente. Y, al cabo de un tiempo, le permitieron marcharse. Pero puedes imaginar la humillación y el miedo que sufrió.

Avery se quedó paralizada de horror. Dash parecía asqueado.

Y Rowdy pensó que cualquier hombre que estuviera envuelto en un asunto como aquel se merecería pasar el resto de su vida entre rejas.

—Como le vendaron los ojos para llevársela, le ha llevado algún tiempo reconocer la zona en la que había sido detenida. Hemos registrado el edificio donde rodaron el vídeo, pero, para cuando llegamos allí, ya lo habían desalojado.

Avery se llevó una mano a la boca.

—¿La chica está bien?

—Sí —Peterson se tensó—. Todavía está asustada, y es probable que no deje de estarlo nunca, pero, aparte de algunos moratones, no sufrió ninguna lesión grave.

—¿Habéis descubierto alguna conexión con el bar?

—Unas servilletas de cóctel y una caja de cerillas con el nombre del local.

Rowdy las había encargado recientemente.

—No es mucho.

—Es todo lo que tenemos hasta el momento. Pero hay algo de lo que estoy segura, Rowdy. La mujer fue secuestrada en una calle que no está muy lejos de aquí. Tal vez deberías instalar alguna cámara de seguridad más y tomar alguna medida de precaución.

De todas formas, ya había pensado hacerlo. Tanto en el bar, como en su casa y en la de Avery.

—Me pondré a ello inmediatamente.

—Y, mientras tanto, si ves cualquier cosa que te resulte sospechosa...

—Te avisaré al momento.

Sintió de pronto la urgente necesidad de llevar a Avery a cualquier otro lugar en el que estuviera más segura, aunque eso supusiera alejarla de su lado. Ella no estaba hecha para aquella vida, para vivir en una zona como aquella, rodeada de lo peor que la sociedad podía ofrecer.

Avery le tomó la mano.

—Estaremos mucho más vigilantes —le dijo, y se la apretó, casi como si hubiera adivinado sus turbulentos pensamientos.

Mirar a Avery solo sirvió para recordarle doblemente las razones por las que no debería atarla a él y a la sórdida e incierta vida que se había construido para sí mismo.

Se levantó del banco, tirando también de ella.

—Tenemos que volver al trabajo —dijo, y añadió dirigiéndose a Peterson—: No contaré nada de esto a los empleados, pero puedes contar con Avery y conmigo para cualquier cosa que necesites.

—Gracias —la mujer lanzó a Avery una sonrisa—. Supongo que vamos a vernos mucho.

Avery se enganchó al brazo de Rowdy.

—Ahora que sé que, en realidad, no andas detrás de Rowdy, me encantará.

Mientras se metía con Avery detrás de la barra para liberar a Cannon, Rowdy miró el reloj.

—Solo unas cuantas horas más y podré tenerte para mí solo.

—Espero que estés pensando en lo mismo que yo —lo provocó ella—. Porque necesito uno de esos abrazos que terminan en una sesión de sexo.

A él aquello le sonaba estupendamente. Pensaba dedicar todos y cada uno de los minutos que tuviera disponibles a hacerle el amor.

CAPÍTULO 22

—Hola, sexy.

Rowdy sonrió antes de abrir los ojos. Avery estaba recostada contra su pecho, con una pierna sobre su regazo, en la misma postura en la que se había quedado dormida. Rowdy movió la mano, se dio cuenta de que la tenía posada sobre su trasero y dijo:

—Estás buscando otro azote, ¿eh?

Avery le besó la barbilla, la mandíbula, el pómulo y, finalmente, la boca.

—Lo más increíble de todo es que Dash pensó que aquellas mujeres se habían dirigido a él —trazó un sendero de besos desde su cuello hasta su pecho—. Porque eres el hombre más sexy que he conocido en mi vida.

Rowdy gruñó, disfrutando con la manera en que Avery se estaba restregando contra él.

—No puedo imaginar una forma mejor de empezar el día que tenerte desnuda y besándome.

—¿Y haciendo... esto con la mano? —le rodeó la erección con los dedos para apretársela con delicadeza.

—Sí —logró pronunciar Rowdy—. Eso también.

—Entonces esto te encantará.

Rowdy reconoció la sonrisa en su voz, así como su creciente deseo.

Avery se dedicó a besarlo, descendiendo todo a lo largo de

su cuerpo, con una boca tan ardiente y dulce que Rowdy dejó de pensar para limitarse a sentir. Ella lo había agotado la noche anterior, no sólo física, sino también emocionalmente.

Después de haber alcanzado el orgasmo, dos veces, había vuelto a confesarle que lo amaba.

Cada vez más, le había dicho. Y a él le gustaba cada vez más oírlo.

Necesitaba oírlo en aquel momento, de hecho.

—Dímelo otra vez.

Enterrando una mano en su pelo, permaneció inmóvil mientras ella le mordisqueaba ligeramente el abdomen y se lo lamía después.

—Te quiero, Rowdy Yates —acarició con la mejilla la punta de su miembro—. Y mucho.

Después de la noche anterior, debería estar más relajado. Y, sin embargo, Avery lo puso al límite con una facilidad pasmosa.

Jamás, ni una sola vez, le había preguntado Avery por lo que sentía por ella. No demandaba un sentimiento recíproco. No insistía en pedirle una declaración de amor.

Pero se le declaraba a él.

—Otra.

—Te amo.

Sus labios volvieron a acariciar su miembro con un beso leve como un ala de mariposa, que logró tensar todos sus músculos.

Como un adicto necesitado de una dosis, Rowdy apretó los ojos con fuerza y le suplicó:

—Otra...

Avery fue subiendo la lengua desde la base hasta la punta.

—Te amo —dijo, y cerró los labios.

Rowdy gruñó en voz alta, inmerso en aquella deliciosa sensación. Alzó las caderas mientras la apretaba contra sí.

Ella se metió su miembro aún más profundamente en la boca, acariciándoselo con la lengua. Una boca tan ardiente, tan húmeda que...

—Avery.

Adoraba pronunciar su nombre. Adoraba sentir su boca, que le diera placer. La adoraba… a ella.

«¡Oh, Dios!», exclamó para sus adentros. Estaba perdido. Completamente perdido.

Avery continuaba succionando, lamiendo… y Rowdy supo que no iba a poder aguantar ni un segundo más.

Le rodeó la nuca con una mano mientras, con la otra, la tomaba de la mejilla para buscar su labio inferior con el pulgar. Estaba tan excitado, tan condenadamente caliente…

—Avery… —volvió a pronunciar. En aquella ocasión en voz más baja, más grave, mientras sentía cómo se tensaban sus testículos y el chorro ardiente de la liberación.

Aquello era excesivo.

Y nunca sería suficiente.

La apretó contra sí mientras se liberaba, dejándose arrastrar por el placer y sintiendo cómo cedía la tensión.

No fue consciente del momento en que Avery se incorporó para tumbarse encima de él y abrazarlo con fuerza. Pero la oyó cuando ella le susurró al oído, con una inmensa dulzura:

—Te amo, Rowdy Yates, y siempre te amaré.

Respirando todavía como un fuelle, Rowdy intentó componerse y luchar contra la ardiente humedad que sentía bajo los párpados. Gracias a Dios Avery no le estaba pidiendo una respuesta. Se limitó a permanecer acurrucada junto a él, con una mano apoyada sobre su palpitante corazón.

El tiempo fue pasando y ella continuaba sin moverse. Tampoco Rowdy estaba seguro de poder hacerlo. Sabía que Avery no había vuelto a dormirse porque lo acariciaba distraídamente y, de cuando en cuando, como si fuera consciente de su torbellino interno, le daba un delicado beso en las costillas.

Rowdy podría haber permanecido así durante horas, recuperándose, regodeándose en aquel amor, luchando contra sus demonios internos e intentando tomar decisiones. Pero la intrusión de su teléfono móvil lo obligó a moverse.

Avery se tumbó de espaldas y se estiró. Aquello detuvo a Rowdy durante el minuto casi entero que dedicó a contemplar aquel menudo cuerpo que se desperezaba, la melena que enmarcaba su rostro, sus pezones rosados y su sexo húmedo de deseo.

—El teléfono —le recordó ella, sonriente.

Lo dijo en un tono tan intencionadamente seductor que Rowdy sintió que volvía a excitarse.

—Sí.

Se giró en la cama, agarró el teléfono móvil y miró la pantalla. Era su hermana. Maldijo en silencio.

—¿Qué pasa, hermanita?

—Estaré en tu casa dentro de cinco minutos. Si estás haciendo algo que no quieres que vea, déjalo ya y vístete.

Rowdy conocía a su hermana lo suficiente como para saber que no estaba ocurriendo nada malo.

—¿Cuál es la razón de la visita?

—Logan está trabajando y yo estoy preocupada y necesitada de distraerme. Alice y Marcus están ocupados con la casa, así que solo me quedas tú.

Avery ya se había sentado y se había puesto una camiseta, pero Rowdy no estaba dispuesto a dejarla insatisfecha.

—¿Pueden ser diez?

—¿Lo dices en serio, Rowdy? Apenas está amaneciendo. Pensaba que acababas de despertarte.

—Lo siento, pero no. Dame diez minutos y después te recibiremos.

Pepper soltó un suspiro dramático.

—Pararé por el camino para comprar café y donuts.

—Perfecto, gracias —cortó la llamada y agarró a Avery antes de que pudiera levantarse de la cama—. No tan rápido.

—Era tu hermana, ¿verdad? ¿Llegará pronto?

—Tengo diez minutos —la tumbó—. Y ahora me toca a mí.

Intentando alejarlo de sí, Avery se echó a reír.

—A ti ya te ha tocado...

—Y te estoy muy agradecido. Pero, por increíble que te parezca, también disfruto viéndote disfrutar a ti.

Avery le acarició el rostro.

—Puedo esperar.

—Quizá —deslizando una mano entre sus muslos, la encontró húmeda y caliente. El corazón le dio un vuelco—. Pero yo no.

Rowdy estaba en la ducha cuando su hermana llamó a la puerta. Avergonzada, Avery fue a abrir. ¡Solo a Rowdy se le habría ocurrido decirle a su hermana que le diera diez minutos más para que pudieran seguir disfrutando del sexo! Cuando estaba con Pepper, se ponía muy nerviosa; en buena parte porque sabía lo muy unida que estaba a su hermano. Compartían un amor más fuerte que ningún otro que hubiera conocido y aquello convertía a Pepper en una persona muy especial para Rowdy.

Lo cual, a su vez, la hacía también una persona muy especial para Avery.

Vestida con unos tejanos, una camiseta y una de las camisas de franela de Rowdy para protegerse del frío de la mañana, corrió a abrir. Le encantaba aquel apartamento, pero el suelo podía llegar a estar muy frío y los techos eran tan altos que resultaba difícil calentar el espacio. Si alguna vez se mudaba a aquella casa, pondría alfombras de todos los colores.

Pero su relación todavía no había llegado a aquel punto. El lugar que ella ocupaba en su vida era, como mucho, incierto, y no tenía intención de hacer nada que pudiera hacer volcar el barco.

Después de haberse dedicado aquel recordatorio, abrió la puerta y, antes de que hubiera podido pronunciar una sola palabra, Pepper entró. Llevaba café, donuts y, como siempre, estaba guapísima.

—¿Dónde está Rowdy?

Todo un saludo.

—Duchándose —Avery cerró la puerta y siguió a Pepper a la cocina—. No tardará mucho. Son órdenes de la doctora. Hasta que no le quiten los puntos, las duchas tienen que ser rápidas.

Solo entonces le sonrió Pepper.

—¡Hola!

—Buenos días.

La hermana de Rowdy lo dejó todo encima de la mesa.

—¿Sabes? Jamás imaginé que llegaría un día en que tendría que enfrentarme al hecho de que mi hermano tuviera una relación importante, significativa. ¿Aventuras de una noche? Por supuesto. ¿Admiradoras? Sin problema. ¿Pero una pareja estable? —sacudió la cabeza—. Me parece inaudito.

¿Desaprobación o mera constatación? Avery no estaba segura.

—Lo siento.

—¡Eh! No me estoy quejando —como si estuviera en su propia casa, tomó el azucarero y la jarrita para la leche y los llevó a la mesa—. Me parece maravilloso. Rowdy se merece que alguien le cuide. Y también se merece ser feliz.

—Yo no tengo nada que objetar a eso.

Pepper arqueó una ceja.

—¿Quieres decir que te importa?

No viendo ninguna razón para mentir, Avery se encogió de hombros.

—Lo quiero.

Pepper tardó unos segundos en asimilar lo que acababa de escuchar y esbozó una sonrisa.

—¡Ah! —echó azúcar en una de las tazas de café—. ¿Y se lo has dicho?

—Muchas veces —a menudo y con regularidad. Sobre todo cuando estaban haciendo el amor, que era cuando a Rowdy más parecía gustarle oírlo.

Estaba echando azúcar en otra de las tazas cuando falló la cucharada y el azúcar se desparramó por la mesa.

—¿Se lo has dicho? —repitió.

—Sí.

Avery sacó una silla y se apoderó de su taza de café. Le temblaba un poco la mano. Rowdy la había hecho enloquecer en tan poco tiempo que todavía no se había recuperado de aquel explosivo orgasmo.

—Me pareció que tenía derecho a saberlo —le aclaró.

Olvidándose del café, Pepper también sacó una silla y concentró en Avery toda su atención.

—¡Vaya! ¿Y todavía estás aquí?

—Es increíble, lo sé —tomó el azucarero y endulzó su propio café—. Pero no le he pedido nada a cambio. Sé lo que piensa de las relaciones estables.

Vaciló por un momento, pero, como Pepper continuaba mirándola expectante, se encogió de hombros y continuó:

—Conozco parte de su pasado. De vuestro pasado. Y comprendo por qué no confía en el amor y por qué... se siente inseguro a la hora de mantener una relación estable.

Pepper continuaba mirándola de hito en hito.

—Por el hecho de que se haya comprado un bar y que resulte tan obvio que le gusta trabajar allí, quizá algunos puedan pensar que ha echado raíces. Pero es una idea engañosa. Si decidiera volver a marcharse, el bar no lo retendría —sonrió a Pepper—. Creo que tú eres la única razón por la que podría continuar aquí.

—Estamos muy unidos —reconoció Pepper, y añadió—: Eso no te molesta, ¿verdad? Me refiero a saber que puede volver a marcharse.

—No lo suficiente, supongo —apoyó la cabeza en la mano—. Rowdy es un hombre tan maravilloso en tantos aspectos que resulta imposible no quererlo.

—Sí.

Obligándose a reaccionar, Pepper limpió el azúcar que se había derramado sobre la mesa y lo tiró al fregadero. Se lavó las manos sin decir nada, terminó de prepararse el café y bebió un largo trago.

El agua de la ducha dejó de correr de golpe, indicándoles a ambas que Rowdy no tardaría en reunirse con ellas.

Avery le dio tiempo a Pepper. Entendía que pudiera desconfiar de ella. Lo último que necesitaba Rowdy era que volvieran a hacerle daño.

—¿Y qué harás si te dice que quiere que te marches?

—Me iré sin montar ninguna escena —Avery sonrió con tristeza—. Sé que, con el tiempo, eso es lo que ocurrirá. Y, sin embargo, mi corazón no para de decirme que quizá no suceda —suspirando, se encogió de hombros—. Y de momento soy feliz quedándome aquí, esperándolo, queriéndolo y… conservando la esperanza.

Rowdy apareció en aquel momento vestido con unos tejanos y poniéndose una camiseta.

Pepper se levantó de un salto para acercarse a él.

—¿Cómo tienes la espalda?

—Ya estoy en condiciones de quitarme esos malditos puntos —la levantó en brazos y la abrazó antes de que pudiera verle la espalda—. No, no empieces a hacer de mamá gallina. Mi espalda está perfecta y el hecho de que tú la veas no va a cambiar nada. Las revisiones de Avery valen por las de diez mujeres.

—¡Eh! —protestó Avery—. No soy tan mala…

—Por supuesto que no —le guiñó el ojo—. Entonces, hermanita —le pasó a Pepper un brazo por los hombros mientras la guiaba de vuelta a la mesa—. Estabas preocupada y no sabías qué hacer.

—Logan está trabajando en un caso importante, así que necesitaba mantenerme ocupada —le explicó a Avery—. Lo de ponerme a limpiar o a hacer la colada no va conmigo, y menos cuando empiezo a preocuparme. Y odio estar preocupada.

—Por eso te casaste con un poli.

Pepper puso los ojos en blanco cuando oyó a Rowdy.

—«Poli» no es una palabrota, ¿sabes? La pronuncies como la pronuncies.

Aquellas discusiones tan bromistas nunca fallaban a la hora de arrancarle una sonrisa a Avery.

—Sé lo que quieres decir. Cuando necesito distraer la cabeza, lo que mejor me funciona es hacer de barman. Estoy tan ocupada que no tengo tiempo para pensar.

—Yo debería aprender a hacer algo así —apoyándose en la mesa, Pepper alzó su taza de café—. Podría ayudar en el bar y…

—No —Rowdy sacó un donut de la bolsa—. Ya te puedes ir quitando esa idea de la cabeza.

—¿Por qué?

—No quiero verte por el bar, esa es la razón —la señaló con el donut—. Y te garantizo que Logan piensa lo mismo que yo.

Una obstinada indignación le hizo enderezar la espalda.

—¿Así que te parece bien que Avery trabaje en el bar, pero yo no?

Rowdy no miró a Avery. Y ella comprendió que estaba evitando mirarla deliberadamente.

—Tampoco es un lugar para ella —gruñó.

—No sigas por ahí, Rowdy.

Aunque Rowdy no estuviera preparado para admitirlo, Avery sabía que estaba empezando a quererla. No tanto como ella a él, pero sí lo bastante como para comenzar a ver las cosas de forma diferente.

—Me gusta mi trabajo y pienso conservarlo —le advirtió.

Por lo menos hasta que rompiera con ella y tuviera que irse a cualquier otra parte a sanar su corazón roto.

Rowdy agarró una silla y la giró para sentarse a horcajadas.

—Yo continúo siendo el jefe.

—Y eres un jefe justo —no permitiría que empezara a tomar decisiones por ella—. Eso significa que no me despedirás a no ser que me lo mereciera. Y los dos sabemos que no me lo merezco.

«Por favor», le suplicó en silencio, «dime que tengo razón, que no me harías una cosa así…».

—Eres una buena trabajadora —admitió. Tomándose su tiempo, bebió un sorbo de café y dio un mordisco a su donut—. Pero estaba pensando que podrías hacer un turno más temprano y…

Avery se irguió en la silla.

—Necesito todas las horas de trabajo que pueda conseguir —además, quería estar con él en el bar—. Todas las horas que he tenido hasta ahora.

—Ahora estás viviendo conmigo —lo lanzó como si eso tuviera todo el sentido del mundo, como si existiera entre ellos alguna clase de compromiso, cuando ambos sabían que ese no era el caso—. Eso supondrá un recorte en tus gastos, ¿no?

Sí, pero… ¿durante cuánto tiempo? Avery no quería ponerlo en un brete preguntándoselo.

—Todavía conservo mi apartamento, así que tengo que pagar el alquiler y los gastos.

—Entonces cancela el alquiler.

El corazón estuvo a punto de subírsele a la garganta. ¿Qué era lo que le estaba sugiriendo? Escrutó su rostro, pero no podía estar segura. Rowdy podía ser de lo más enigmático cuando quería.

—Valoro mi independencia, Rowdy, y lo sabes —«pero si tú me dijeras que me quieres, que deseas que viva contigo, estaría dispuesta a arriesgarlo todo», añadió para sus adentros.

Sin embargo, lo que dijo Rowdy fue:

—El bar no es un lugar seguro para ti.

A Avery se le cayó el alma a los pies. Quería que Rowdy la quisiera, no que necesitara protegerla.

—A lo mejor ahora no —se mostró de acuerdo ella—. Pero en cuanto nos ocupemos de Fisher...

—En cuanto me enfrente a él, tú no tendrás ya motivo alguno para mantenerte lejos de tus padres.

La sensación de dolor la dejó sin aliento.

—¿Me estás diciendo que tengo que volver a mi casa?

—¡Vaya!

La oportuna interrupción de Pepper le ahorró a Rowdy la respuesta. Su hermana miró a uno y a otra.

—¿Qué está pasando aquí? ¿Quién es Fisher?

Rowdy le dio una breve explicación de lo ocurrido, protegiendo la privacidad de Avery y haciendo que Fisher pareciera poco más que una engorrosa molestia.

—Parece un auténtico hijo de perra.

—Un hijo de perra con mucho dinero —precisó Rowdy.

—Esos son los peores —Pepper arrugó la nariz—. Estoy de acuerdo con Rowdy. No deberías volver sola a tu apartamento.

—Y, hablando de Fisher... —Rowdy empujó su móvil hacia ella—. Llama a tu madre y pregúntale que si puede organizar una visita. Preferiría no tener que esperar a que sea él el que haga el siguiente movimiento.

Avery acababa de asegurarle a Pepper que no montaría una escena ni organizaría escándalo alguno. Había imaginado que, cuando Rowdy comenzara a distanciarse, ella lo notaría.

Sin embargo, la había pillado por sorpresa.

Pepper no parecía darse cuenta de que Rowdy estaba organizando ya el plan de salida, pero Avery vio claramente las señales. El problema era que no sabía qué hacer al respecto, excepto darle a Rowdy lo que quería.

Agarró el teléfono y se levantó de la silla.

—Quedaré con mi madre lo antes posible.

En silencio, salió de la cocina y fue al sofá, buscando un poco de intimidad para hablar.

Rowdy podía oír a Avery hablando por teléfono, pero no sabía lo que estaba diciendo. Permanecía de espaldas, con la cabeza gacha y los hombros inclinados en un gesto de derrota.

Pepper continuaba hablando con él. Tenía cientos de preguntas sobre Fisher y él las contestó tan sucintamente como pudo, sin revelar nada importante, como por ejemplo lo mucho que quería a Avery. O lo importante que había llegado a ser para él.

O el impacto que, en tan poco tiempo, había tenido en su vida.

Necesitaba urgentemente poner un poco de distancia. Porque, si no lo hacía, empezaría a quebrarse.

Avery volvió a reunirse con ellos.

—Mi madre estará ocupada hasta la semana que viene. ¿Te parece demasiado tiempo?

Rowdy se alegró de poder contar con aquella semana adicional junto a Avery. Fue como el aplazamiento de una ejecución.

—No, está bien —se levantó—. Tengo que ir a la tienda de material de seguridad a comprar algunas cosas —antes de que ninguna de las dos pudiera preguntar, detalló las medidas que quería tomar—. Me gustaría instalar más cámaras de seguridad en el bar, pero también aquí, en mi apartamento —alargó una mano para acariciarle el pelo a Avery, dejando que uno de sus largos rizos resbalara por su dedo—. Y en el tuyo.

Pepper arqueó las cejas.

—Pensaba que querías que se deshiciera de su casa...

Rowdy sabía que había confundido a su hermana y la verdad era que también él estaba confundido... en muchas cosas.

—Y es cierto. Pero, de todas formas, mientras los demás sigan pensando que está allí, quiero tomar algunas precauciones. Así que, si a alguien se le ocurre acercarse, lo sabremos.

Se aseguraría de no perder a Avery de vista.

—Puedo estar lista dentro de diez minutos.

—¿Por qué Pepper y tú no os quedáis un rato charlando? —propuso él—. Yo no tardaré mucho —agarró las llaves y se las guardó en los bolsillos de los tejanos.

Pero Avery se levantó de un salto de la silla, desconfiada.

—Me prometiste que no irías a buscar a Fisher.

—Te dije que nos enfrentaríamos a él los dos juntos —sin mirarla, se dirigió al dormitorio a buscar sus zapatos—. Yo no miento.

—Lo sé —contestó Avery con delicadeza.

Pero, casi simultáneamente, su hermana soltó un resoplido burlón.

—¿Desde cuándo?

—Jamás te he mentido a ti y jamás le he mentido a Avery. Eso era lo que pretendía decir.

Porque, en otras situaciones, cuando era necesario, no tenía ningún problema en decir lo que hiciera falta.

Una vez más acababa de decirle a Avery que debería quedarse con él, sin explicarle que quería que se deshiciera de su apartamento, y que prefería que recortara su horario de trabajo... y todo porque la quería a salvo, lejos del peligro inherente a su mundo.

Una mentira por omisión no era del todo una mentira.

Pero el significado de aquella última frase no le pasó desapercibido a su hermana. Acababa de elevar la importancia que Avery tenía para él de manera considerable.

Pepper volvió a mirarlos, a uno y a otra. Comprendía que Rowdy necesitaba un tiempo para sí mismo pero que, al mismo tiempo, no quería dejar a Avery sola. Rowdy y ella siempre habían compartido aquella conexión especial, una manera de comunicarse sin necesidad de palabras.

Fingiendo una luminosa sonrisa, Pepper dijo:

—Si te parece bien, Avery, me gustaría quedarme un rato.

Avery contestó con una sonrisa excesivamente tensa.

—Me encantaría, gracias. Pero ahora mismo me gustaría ducharme.

Rowdy le agarró la mano cuando ella pasó por delante de él.

Avery vaciló unos segundos antes de acercarse y rodearlo con los brazos.

Dios, qué bien se sentía. La estrechó con fuerza y la besó en el pelo.

—No tardaré. Como mucho, un par de horas.

—Lo sé.

Pero Rowdy podía sentir su tristeza, y aquello le molestó.

—Si estás asustada, no tienes ningún motivo para ello —la obligó a alzar el rostro para poder mirarla a los ojos—. Lo único que quiero es comprar unos dispositivos de seguridad y quizá pasarme por tu apartamento a buscar cualquier cosa que puedas necesitar, y volver luego aquí, contigo —la miró a los ojos, deseando que lo comprendiera—. ¿Me crees?

La sonrisa de Avery le llegó hasta el alma.

—Siempre te creo.

Pepper se llevó una mano al corazón y exclamó en tono dramático:

—¡Qué romántico! Creo que voy a desmayarme.

Rowdy le lanzó un almohadón.

Pepper lo agarró al vuelo y lo abrazó con fuerza.

—Si quieres instalar un nuevo equipo de seguridad en el bar, yo puedo ayudarte, ¿de acuerdo?

—Claro —manteniendo a Avery cerca de sí, preguntó—: ¿Hasta qué hora estará trabajando Logan?

—No sé decírtelo. Supongo que eso depende de lo que encuentre —lanzó el almohadón a la cama—. Pero como es un héroe y todas esas cosas, supongo que no debería quejarme.

Después de lo que Peterson les había contado, Rowdy comprendía los motivos por los cuales Logan podía estar tan ocupado. Al igual que él, Logan quería mantener a Pepper a salvo y alejada de la crueldad de la vida.

Para mantener a su hermana ocupada, le hizo una oferta, con algunas condiciones:

—No quiero que salgas sola del bar, pero, si Logan se compromete a buscarte cuando acabes, puedes quedarte con nosotros durante todo el tiempo que quieras.

Pepper se mostró de acuerdo y, mientras Rowdy terminaba de prepararse para salir, telefoneó a Logan para contárselo.

Él se alegraba de que Avery tuviera compañía y agradecía aquella oportunidad de pasar por su apartamento para tomar algunas medidas. Si a Fisher se le ocurría volver a visitar aquella zona, quería saberlo.

Él era un experto en vigilancia y sabía bien cómo ocultar sus huellas. Fisher estaba acabado... y muy pronto estaría fuera de la vida de Avery para siempre.

CAPÍTULO 23

A pesar de que sabía que Pepper estaba esperando, Avery se tomó su tiempo para ducharse, lavarse el pelo y maquillarse un poco. La hermana de Rowdy era una mujer tan guapa que a su lado se sentía muy poca cosa.

Sus tejanos, sus zapatos de suela plana y su sudadera no podían competir con el estilo agresivo de Pepper. Pepper tenía uno de aquellos cuerpos que, se pusiera lo que se pusiera, parecían sexys. Aquel día llevaba unos vaqueros estrechos, unas botas altas y una camiseta térmica negra ajustada que no solo realzaba sus curvas, sino que hacía destacar todavía más su increíble melena rubia. Iba maquillada como una profesional, pero cualquiera hubiera dicho que no llevaba ni gota de maquillaje.

Cuando salió del baño, Avery encontró a Pepper en el sofá, sentada como si estuviera en su propia casa. Se había quitado las botas y apoyaba los pies en la mesa mientras hojeaba un libro.

Avery le habría preguntado si quería tomar algo, pero vio que Pepper había pasado ya del café a un refresco.

Se sentó en una butaca que había frente a ella, recogiendo los pies, y esperó a que Pepper le prestara atención.

—Mi hermano es increíble.

—Sí.

Pepper alzó el libro, que versaba sobre la dirección de pequeñas empresas.

—Siempre ha hecho cosas de este tipo. Se ha formado a sí

mismo en todos los aspectos que ha necesitado —dejó el libro a un lado y acarició la cubierta—. Eso significa que aprendió a pelear, a robar y a engañar sin que lo sorprendieran.

—Todas ellas cosas muy necesarias, estoy segura.

Pepper sonrió al oírla.

—Utilizaba esas destrezas para mantenernos a salvo, vestidos y alimentados. De modo que, sí, eran cosas bastante necesarias —miró pensativa a su alrededor, como si hasta ese momento no se hubiera fijado en el diseño tan especial del apartamento—. Cuando podía conseguir un trabajo legal, lo hacía. Pero no le resultaba fácil.

«Menudo eufemismo», pensó Avery.

—Ha conseguido muchas más cosas con lo poco que le dio la vida que cualquier otra persona que conozca.

—Está tan acostumbrado a que seamos solo nosotros dos que todavía se está adaptando a esta nueva situación. Por si no hubiera tenido bastante con acostumbrarse a Logan, también ha tenido que acostumbrarse a Reese y a Alice.

—Y ahora también Marcus forma parte de su vida.

—Poco a poco, está echando raíces. Asumiendo compromisos, asentándose —Pepper se inclinó hacia delante—. Tiene el bar, esta casa, amigos —señaló a Avery con la cabeza—. A ti.

Avery sabía que ella solo era algo temporal, pero no era capaz de decirlo en voz alta.

—¿Eres consciente de que, en gran parte, me ha pedido que me quede con él solo para poder protegerme?

Pepper soltó una carcajada.

—Sí, tienes razón —se levantó y comenzó a caminar por el apartamento—. Mi hermano quiere proteger a todo el mundo, pero no se lleva a cualquier desconocida a su casa para hacerlo.

A Avery le habría encantado creerlo, pero no quería engañarse.

—Yo no soy una desconocida. Soy su barman.

—¡Ja! ¿Y crees que te protege por eso? ¿Para defender sus propios intereses? Entonces es que no lo conoces tan bien como crees.

—No, no era eso lo que pretendía decir —por lo que ella sabía, Rowdy jamás había actuado empujado por un egoísmo mercenario—. Lo que quería decir es que, como trabajamos juntos, nos hicimos amigos antes de llegar a intimar. No soy solo una mujer con la que se esté acostando.
—¿Hay más mujeres trabajando en el bar?
—Claro.
Ella era la más estable, pero había otras trabajando de camareras a tiempo parcial.
—¿Alguna vez se ha acostado con alguna de ellas? —Pepper no le dio oportunidad de contestar—. No, no se ha acostado con ninguna. Porque mi hermano es lo bastante inteligente como para no mezclar las cosas.
La verdad era que Avery no había pensado en ello.
—Conectamos incluso antes de que comprara el bar.
—En cuanto lo compró, te puso a ti de barman. De esa manera se aseguró de tenerte cerca. Y después, comenzó a perseguirte, ¿verdad?
Avery asintió.
—Supongo que para entonces ya estaba loco por ti. Si no, habría intentado mantenerse alejado o, en el caso de que le hubiera resultado imposible, te habría despedido —Pepper se encogió de hombros—. Así que no subestimes lo que quiere basándote solamente en lo que dice o deja de decir.
A Avery se le ocurrió entonces preguntarse de dónde salía tanta sabiduría.
—¿Eso fue lo que te pasó con Logan?
—En realidad, fue peor. Logan me utilizó para llegar hasta Rowdy. Detuvo a mi hermano, lo puso en peligro —se agarró a la columna y dio una vuelta alrededor—. Yo pensaba que no iba a perdonarle nunca. Pero me di cuenta de que dejarlo era lo más difícil del mundo. Sobre todo después de que lo hirieran.
Avery dijo entonces con amabilidad:
—Me alegro de que las cosas salieran bien al final.
—Sí, la verdad es que salieron muy bien —se apartó de la

columna para acercarse a la estantería de Rowdy, y continuó revisando otros títulos—. Ahora solo quiero que Rowdy sea tan feliz como yo.

¿Podría ella hacerlo feliz? Avery lo deseaba. Y mucho.

De repente llamaron a la puerta y ambas se miraron.

Pepper arqueó una ceja,

—¿Esperas a alguien?

—No —se levantó—. Rowdy me comentó que las mujeres que vivían en el edificio lo acosaban.

Pepper continuó revisando los libros.

—Si es una de ellas, dile que se pierda. Que ya está ocupado.

Pensando que podría tratarse de eso, Avery se acercó a la puerta.

—Pero asegúrate antes de abrir.

—Por supuesto —subió el corto tramo de escaleras que separaban el salón del vestíbulo. La puerta no tenía mirilla, así que tuvo que preguntar—: ¿Quién es?

—¿Avery? —dijo Meyer—. Tu madre insistió en que la trajera aquí para verte.

¡Oh, vaya! ¿Estaba allí su madre? Pensando que le había pasado algo, que quizá había recibido una mala noticia durante la revisión médica, Avery descorrió los cerrojos.

Y allí estaba Meyer. Pero, en vez de su madre, a su lado estaba Fisher.

Aquella trampa tuvo sobre Avery el mismo impacto que un puñetazo. Contuvo la respiración sorprendida, enfadada… y un poco asustada.

Antes de que cualquiera de aquellas emociones pudiera imponerse, Meyer dio un paso adelante, obligándola a retroceder. En medio de su nerviosismo, Avery estuvo a punto de caer por las escaleras.

Fisher alargó una mano y la agarró del brazo. Fruncía el ceño con lo que parecía una expresión de confusión.

—¿Qué demonios es todo esto, Meyer?

Cerró la puerta mientras lo decía, pero no soltó a Avery. Esta todavía fue capaz de fijarse en que no había echado el cerrojo.

Con un poco de suerte, podría zafarse y huir en el caso de que Pepper pudiera seguirla. Porque no iba dejar a la hermana de Rowdy sola. Pero a lo mejor podía pedir ayuda. Si conseguía bajar hasta la calle...

—Vamos —Meyer les indicó con un gesto que bajaran las escaleras—. Vamos a ponernos cómodos.

Agarrando a Avery todavía del brazo, Fisher reparó en la expresión de Meyer y se volvió después hacia ella con evidente desagrado.

—Ya lo has oído —la arrastró escalones abajo para adentrarse en el apartamento—. Así que es aquí donde estás viviendo...

Avery advirtió entonces que Pepper había desaparecido. Fisher y Meyer estaban mirando a su alrededor, pero no se la veía por ninguna parte. ¿Se habría escondido detrás de una estantería? ¿Debajo de la cama?

«Dios mío», rezó Avery, «no dejes que Pepper sea tan temeraria como Rowdy».

Si le ocurriera algo, jamás se lo perdonaría.

La ansiedad le secaba la garganta y le aceleraba el corazón.

—¿Qué estáis haciendo aquí?

Había albergado la esperanza de poder preguntarlo en un tono que sonara firme, confiado y decidido, pero las palabras le salieron trémulas y casi sin aliento.

—La verdad es que no tengo ni idea —contestó Fisher, desconcertado.

La sujetaba con fuerza, pero también la acariciaba con el pulgar y aquello aumentó su miedo. Prefería a un Fisher maltratador a un Fisher cariñoso.

—¿Qué quieres decir? ¿Tú no lo sabes? Eres tú quien ha venido aquí.

Fisher se encogió de hombros.

—Meyer me dijo que íbamos a reunirnos con un matón que alejaría a tu amante de tu lado.

—Te estabas replanteando la idea de seguirla —le explicó Meyer—. Yo mismo he tenido que ocuparme de eso.

—Eso no cambia nada —Fisher retuvo a Avery al ver que

intentaba alejarse y la obligó a sentarse en una silla de la cocina, sin miramiento alguno—. No me importa vengarme un poco, pero, ahora que se ha convertido en un producto usado, ya no me apetece.

—¿Un producto usado?

—Te has estado acostando con ese salvaje. ¿Tienes idea del asco que me da?

—¡Mejor!

—No, Avery, no seas así. Seguro que cambiará de opinión —Meyer se acercó a la ventana para asomarse—. En cuanto desaparezca tu guardaespaldas, Fisher volverá a darse cuenta de la buena pareja que hacéis.

—Estás loco —susurró Avery—. No pienso seguir escuchando esto —y comenzó a levantarse.

Pero Fisher la empujó de nuevo a la silla.

—¡Cállate! —se colocó tras ella y posó ambas manos sobre sus hombros, cerca de su cuello. Tensó los dedos, manteniéndola allí paralizada por el miedo—. A estas alturas, Meyer, comienzo a preguntarme si Avery no tendrá razón...

—¡Avery se equivoca! —se volvió para enfrentarse a ellos... con una pistola en la mano.

«¡Dios santo!», exclamó para sus adentros. Aunque consiguiera alejarse de Fisher, no conseguiría llegar a tiempo a la puerta sin recibir un disparo. Y saber que Pepper estaba escondida en alguna parte multiplicaba su miedo. Si era la mitad de valiente que Meyer, podría intentar enfrentarse a Meyer. Y, si eso ocurría, él podría matarla.

—Meyer —dijo Fisher con un tono extraño en la voz—, ¿qué estás haciendo?

—Estoy intentando solucionar las cosas. Sonya quiere que ella vuelva a su casa y eso es lo que va a hacer. Y ahora encárgate de tu parte, maldita sea.

Por el rabillo del ojo, Avery vio moverse una sombra. Era Pepper. ¡No, no, no!

—¿Mi parte? —preguntó Fisher, reteniendo, afortunadamente, la atención de Meyer.

—Tú eres un canalla maltratador, Fisher.

Meyer sacó una silla y se sentó frente a ellos con pasmosa naturalidad. Cruzó las piernas, apoyó una mano sobre la mesa y los apuntó con la pistola.

Avery tuvo la horrible sospecha de que si Fisher seguía detrás de ella era para utilizarla como escudo. Era un miserable cobarde.

—No sé de qué estás hablando —dijo Fisher.

Pero Avery reconoció la mentira en su voz, y también Meyer.

—Lo sé desde hace años. Sé que has pagado a muchas mujeres para que no te denunciaran. Mujeres a las que les habías hecho daño.

Sorprendido, dejó de retenerla con tanta fuerza.

—No sé dónde has oído tantas mentiras, pero te aseguro que...

—Por favor. En lo que a las mujeres se refiere, eres un sádico —Meyer se encogió de hombros como si no le importara—. Por supuesto, he convencido a Sonya de lo contrario. No solo he realzado tus cualidades, sino que he borrado meticulosamente todas las huellas de tu mala reputación.

—¿Por qué? —susurró Avery.

Aquel hombre sabía que Fisher había intentado violarla. Estaba diciendo que Fisher había hecho lo mismo con otras mujeres. La rabia se estaba abriendo paso entre el dolor y el miedo.

—¿Por qué has hecho una cosa así?

Como si aquello lo explicara todo, Meyer dijo:

—Viene de una buena familia. Cuenta con el respeto de toda la comunidad y está muy bien considerado por la prensa. Mis colegas lo adoran. Y tu madre le tiene mucho cariño.

Fisher sacudió la cabeza, pero no lo negó.

—Maldita sea, Meyer. No sé qué decir.

Meyer hizo un gesto de indiferencia, restándole importancia.

—Yo he hecho mis propias investigaciones. Me han asegurado que no has dejado ningún desastre detrás. Aquel asunto con Avery... fue un tanto delicado, sobre todo en lo que se refería a su madre. Pero yo conseguí convencer a Sonya de que eras inocente y de que Avery estaba muy afectada: por la muerte de su padre y por el hecho de que ella se hubiera casado conmigo. Fui muy convincente, me mostré muy dolido por el desprecio que para mí suponía la actitud de Avery. Interpreté el papel de padrastro adorable a la perfección —sonrió de oreja a oreja—. Le aseguré que Avery regresaría a casa, al lugar al que pertenecía, en cuanto se cansara de rebelarse contra ella. Pero ya ha pasado demasiado tiempo, Sonya ya ha sufrido demasiado, así que ahora harás lo que hay que hacer.

—Que es... ¿qué?

—Sonya quiere que su hija vuelva. Siempre y cuando consigas que Avery regrese a casa, me importan muy poco los medios que utilices para ello —miró a Avery a los ojos—. Podrías dejarla embarazada.

—¡Vete al infierno!

Avery se retorció para zafarse de Fisher, que la agarró y la hizo volverse. Colocándola de espaldas contra su pecho, la aprisionó entre sus musculosos brazos.

—¡No voy a permitir que me toques! —insistió Avery mientras se resistía.

Fisher soltó una carcajada.

—Ya te estoy tocando...

Avery podía sentir cómo se iba excitando. El asco le revolvió el estómago y le provocó una náusea.

—No —le advirtió Fisher al oído—. Como me vomites encima, te arrepentirás.

—Y si haces lo que estás pensando, te juro que tú te arrepentirás todavía más —repuso Avery entre dientes.

—Todo un desafío —dijo Meyer con tono expectante—. Adelante, vamos.

Fisher vaciló.

—¿Aquí?

—Sí —se reclinó en su silla—. Yo me dedicaré a miraros.

Fisher soltó una carcajada incrédula.

—No, me temo que no, Meyer. Lo de tener público no es lo mío.

—Pues es una lástima, porque estoy pensando que sí podría ser lo mío —volvió a apuntarlos con la pistola—. O lo haces ahora mismo, o lo pierdes todo.

Avery podía sentir el aliento de Fisher en la sien y el movimiento de su pecho en la espalda. En vez de negarse directamente, Fisher propuso:

—¿Y si vuelve ese perro?

—Yo me ocuparé de esa escoria. No te preocupes por eso —Meyer mostró sus dientes en una maliciosa sonrisa—. Lo mismo nos da vivo que muerto.

El terror logró infundir valor a Avery. Rowdy podía regresar en cualquier momento, así que sabía que tenía que hacer algo inmediatamente, incluso recibir ella misma el disparo. Así le daría a Pepper la oportunidad de escapar. Y llamaría la atención de la policía, quizá incluso de Logan y Reese.

Rowdy estaría a salvo y, en aquel momento, eso era lo único que importaba.

Cannon odiaba la indecisión. Estaba corriendo, como parte de su entrenamiento, y acababa de pasar por delante del bar cuando se fijó en dos hombres que se dirigían hacia el apartamento de Rowdy. Reconoció en uno de ellos al tipo que había ido al bar.

Y en cuanto al otro... tuvo un mal presentimiento.

Como había salido con una sudadera, una camiseta y las zapatillas de deporte, no llevaba ni el móvil ni la cartera consigo. De modo que no podía llamar a Rowdy para asegurarse de que todo iba bien.

A lo mejor debería subir al apartamento de Rowdy para comprobarlo, aunque, ¿no parecería ridículo o exagerado preocuparse por dos tipos de aspecto tan elegante? Seguro que Rowdy podría manejar el asunto él solo.

Pero aun así...

—Diablos —dijo Cannon en voz alta.

Y, como las opciones eran limitadas, corrió hacia un restaurante familiar que estaba a menos de una manzana de distancia.

Utilizaría el teléfono para llamar a Rowdy y después decidiría qué hacer.

Con varias bolsas de la compra en el asiento trasero, Rowdy condujo hacia el apartamento de Avery. Había pensado en tomarse su tiempo, en emplear unas horas en reflexionar detenidamente sobre todo.

Pero, al final, había comprado a toda velocidad todo lo que necesitaba porque echaba de menos a Avery. Y no podía dejar de pensar en su expresión estoica cuando él le mencionó la posibilidad de recortarle las horas de trabajo.

Sabía interpretarlo con tanta facilidad que había comprendido, sin necesidad de palabras, que deseaba que regresara a su segura y acomodada vida.

El problema era... que no era cierto. En realidad, no. Quería tenerla cerca.

La quería para siempre.

¿Sería aquello justo para ella? Avery le había dicho que lo amaba. ¿De verdad se daría por satisfecha trabajando como barman en un barrio como aquel, viviendo de su salario y casada con un hombre como él?

Casada.

Rowdy tragó saliva, permitiéndose, por primera vez en su vida, considerar la posibilidad del matrimonio...

Cuando sonó su móvil, se alegró realmente de poder concentrarse en otra cosa. Al ver que era Pepper, contestó con el clásico:

—¿Qué pasa, hermanita?

Pero, en vez de una respuesta, oyó un ruido de fondo, como si estuviera oyendo a través de un altavoz. Al principio, no distinguió la conversación. Hasta que de pronto reconoció la voz de Avery:

—Eso no va a ocurrir, así que ya os podéis ir olvidando de la idea.

—¿No puedes hacerle cerrar el pico? —preguntó una voz masculina.

La voz de Meyer. Y luego fue Fisher quien contestó con voz tensa:

—Puedo, pero creo que deberíamos irnos a otra parte.

—¿Puedes imaginarte el escándalo que montaría si intentáramos sacarla de aquí? Además, ¿cómo voy a pillar a su novio si no estamos aquí para cuando llegue?

Una marea de sentimientos barrió por dentro a Rowdy, pero, por encima de todos los demás, destacaba la palpitante urgencia de proteger a Avery.

Tras lanzar una rápida mirada al espejo retrovisor, dio media vuelta haciendo derrapar el coche para tomar en seguida la dirección de su apartamento. Se oyó un chirrido de frenos y un bramar de bocinas. Pisó el acelerador.

—Voy para allá —susurró por si Pepper podía oírlo.

Puso el teléfono en manos libres y lo dejó sobre el asiento para poder conducir con las dos manos.

Tenía los ojos secos, ardiendo, y la garganta tan cerrada que no podía tragar. Hasta el último de sus músculos estaba en tensión mientras maniobraba, acelerando para adelantar a una furgoneta. Una vez enfiló la carretera despejada, rebasó con mucho los límites de velocidad.

Oyó una exclamación de Avery al otro lado del teléfono. La oyó maldiciendo a Fisher y dedicándole todo tipo de insultos. Meyer la ordenó callar.

Una bofetada.

Apretó con fuerza el volante: de momento Avery estaba bien, resistiéndose y más enfadada que asustada. Tenía que decirse eso o terminaría incrustando el coche en la puerta de su propio edificio.

Tardó menos de diez minutos en llegar, aunque tuvo la sensación de que había transcurrido toda una hora. En lugar de detenerse en la entrada, se desvió algo antes por un callejón.

Aparcaría detrás del bar y cruzaría la calle a pie, por si Meyer y Fisher estaban al acecho de su llegada. Necesitaba hacer una llamada... bueno, quizá no a Logan. Era un buen policía, pero, estando Pepper de por medio, no sabía si sería capaz de mantener la cabeza fría.

A Reese entonces. Pero para llamar tendría que colgar a Pepper. Dejó el coche en el aparcamiento de la parte trasera del bar y, rezando para que no fuera demasiado tarde, agarró el teléfono.

Cannon surgió de pronto de la nada, empapado en sudor, casi como si lo hubiera estado esperando.

—¡Te he estado llamando! —gritó—. En cuanto te he visto, me he puesto a correr para alcanzarte —tomó aire—. Dos hombres...

—Tranquilo —Rowdy abrió la puerta del coche y alzó el teléfono—. Mi hermana está al otro lado —y, para que Cannon pudiera entenderlo, le explicó—: Está en mi casa, con Avery. Creo que está escondida. Me llamó para que yo pudiera oírlo todo y enterarme de lo que estaba pasando.

Cannon apretó la mandíbula.

—¿Quiénes son esos dos tipos?

—El padrastro de Avery y el canalla de su ex.

Abrió la guantera y sacó una navaja metida en una funda. Se la encajó en la cintura de sus tejanos, a la espalda.

—¿Hay alguien más? —preguntó.

—Solo he visto entrar a esos dos —Cannon observó a su jefe mientras se bajaba la camiseta para ocultar el arma—. ¿Tienes pistola?

—Sí —se apartó del coche y comenzó a avanzar hacia los callejones traseros para tomar el que llevaba a su apartamento—. Está en mi casa.

—Diablos —Cannon lo seguía de cerca—. Ahora entiendo por qué no podía localizarte.

Rowdy se llevó el teléfono al oído para escuchar un momento. Se oía una discusión, pero continuaba sin escuchar la voz de su hermana.

—Siempre y cuando pueda mantener la comunicación, podré elegir el mejor momento para actuar.

—He llamado a tu colega, al policía.

—¿A Reese?

—Sí.

Rowdy asintió.

—En cuanto llegue, le contaremos lo que está pasando.
—Pero, Rowdy... ¿no deberíamos esperar?
—Van a violar a Avery.
Cannon se pasó una mano por el pelo.
—Hijos de...
Rowdy miró hacia la ventana de su apartamento. Desde aquel ángulo, resultaría difícil que lo vieran desde dentro. Se quitó la cazadora y se la lanzó a Cannon.
—Su principal intención es acabar conmigo —fijó la mirada en los horrorizados ojos del joven—. Así que, cuando aparezca, Avery dispondrá de algún tiempo.
—Yo te acompaño.
—No. Tú quédate aquí a esperar a Reese —una vez aclarado todo, cruzó la calle corriendo y, rezando para llegar a tiempo, entró en el edificio y subió las escaleras.
La puerta no estaba cerrada con llave y la abrió lo suficiente como para poder deslizarse en el interior del apartamento cuando encontrara el momento oportuno. Pegado a la pared, escuchó los ruidos del interior y se preparó para actuar.
Conseguiría salvar a aquellas dos mujeres fuera como fuera. Si eso significaba tener que matar a Fisher y a Meyer, lo haría.
Y si eso significaba tener que morir, ese era un precio que estaba más que dispuesto a pagar.
«Dios mío, por favor, que Avery y Pepper estén bien...»

Avery se negaba a darle a Fisher la satisfacción de verla acobardada o retorciéndose de dolor, aunque estaba empezando a pensar que iba a partirle el brazo. Se limitaba a mirarlo con una expresión de odio y aquello le desesperaba.
—Crees que te has convertido en una matona, ¿eh?
—No, sigo siendo la de siempre, Fisher. Continúo siendo una mujer a la que le repugnas profundamente.
—Sí, eres una mujer —la agarró por la barbilla para alzarle la cara—. Y yo soy el hombre que te domesticará.
Avery esbozó una sonrisa desdeñosa.

—Eres patético, Fisher. He estado con un hombre de verdad y conozco la diferencia. Tú no eres nada.

Fisher volvió a abofetearla cuando de repente se oyó un ruido cerca de la cama de Rowdy.

—Espera —dijo Meyer.

Se levantó pistola en mano y se acercó a investigar.

«Escóndete, Pepper», pronunció Avery para sus adentros, conteniendo la respiración. «Por favor, escóndete».

Fisher la agarró entonces del pelo, la hizo volverse hacia él y, acercando mucho su rostro al suyo, siseó con labios tensos:

—Ese hombre está loco, zorra estúpida.

—Estáis locos los dos —replicó ella, bajando también la voz— si creéis que vais a saliros con la vuestra.

—Ya lo sé, así que deja de intentar provocarme. Necesito encontrar una manera de salir de aquí.

Genial. ¿De verdad quería que creyera que pensaba ayudarla? Avery sabía que Fisher no era ningún héroe. Sabía también que Meyer no permitiría que ella se marchara y, por otro lado, a ella no le importaba que Fisher saliera con vida. Los únicos que le importaban eran Pepper y Rowdy.

Tenía que encontrar la forma de salvarlos a los dos.

Fisher le echó la cabeza hacia atrás y miró después a Meyer. Aprovechando aquella distracción, Avery se tensó... y le propinó un rodillazo en los testículos.

Durante una décima de segundo, Fisher se limitó a mirarla estupefacto, incapaz de creer que hubiera sido capaz de hacer algo así. Después abrió unos ojos como platos y la soltó.

—Maldita sea, Avery... —resolló, y cayó de rodillas.

Avery intentó arremeter contra Meyer, pero este le espetó con fría calma:

—Acércate y la mato.

Tenía la pistola apuntando a Pepper, que permanecía agachada al otro lado de la cama. Avery se quedó paralizada.

—Sal de ahí —ordenó Meyer a Pepper, apuntándole con la pistola—. Date prisa si no quieres que pierda la paciencia.

Avery apretó los puños.

—No te atrevas a hacerle daño, canalla.

Pepper sonrió desdeñosa, se echó el pelo hacia atrás y se levantó, irguiéndose cuan alta era, como si no hubiera estado escondiéndose de un loco y de un pervertido. Pasó por delante de Meyer sin mirar siquiera la pistola con que le estaba apuntando.

Meyer soltó una carcajada sin humor y siguió a Pepper hasta la mesa.

—¿Tú quién eres? —le preguntó.

—La hermana de Rowdy.

—¿Así que ese diablo tiene familia? Interesante —sacó una silla para que Pepper se sentara—. Siéntate. Sentaos las dos.

—¿Para que puedas dispararnos? —Pepper entrecerró los ojos y se dirigió al otro lado de la mesa—. No, gracias.

Estaba de espaldas a la cocina y frente al dormitorio. La puerta de salida quedaba a su derecha.

En el suelo, bloqueando el paso, Fisher comenzó a dar señales de vida.

Meyer perdió la paciencia.

—¡Levántate, Fisher! Ya estoy harto de tus vacilaciones. Si no eres capaz de encargarte de tu parte, no me sirves para nada.

Fisher intentó levantarse, agarrándose los genitales con una mano.

—Hay demasiada gente aquí —decidió Meyer mientras acorralaba a las dos mujeres en la cocina—. Es imposible hacer las cosas como habíamos previsto. Así que ¿quién debería desaparecer?

—Tú —contestó Pepper.

Muy despacio, intentando evitar que Meyer se sintiera obligado a hacer algún movimiento, Avery se colocó delante de Pepper. Le lanzó una mirada de advertencia y, para su sorpresa, la mujer no opuso resistencia.

Avery se enfrentó entonces a Meyer con una actitud de fría autoridad.

—No voy a permitir que le hagas ningún daño —declaró.

Retrocedió lentamente para empujar a Pepper y hacerla adentrarse en la cocina. Si Meyer disparaba, quizá pudiera esconderse detrás de la nevera o del horno. O agarrar un cuchillo… Cualquier cosa, lo que fuera, era preferible a permanecer sin hacer nada.

—¿No me crees capaz?

—Si lo intentas siquiera —le prometió Avery—, tendrás que matarme a mí también. ¿Y qué le dirás después a mi madre?

—¿Que has decidido desaparecer para siempre?

Avery negó con la cabeza.

—Mi madre se ha creído muchas de las cosas que le has dicho, Meyer, pero jamás se creería algo así. Sabe que la quiero y que jamás la dejaría para siempre, y menos ahora que está recibiendo un tratamiento contra el cáncer.

—Hasta hace muy poco, eso no te importó.

—No sabía que estuviera enferma, pero ahora lo sé. Hemos estado hablando y hemos arreglado las cosas entre nosotras.

Avery se cruzó de brazos y desvió la mirada hacia Fisher, consciente de que, por extraño que pareciera, era el eslabón más débil. Si conseguía que continuaran hablando, quizá encontrara una manera de salir de aquella situación.

—¿Por qué volviste a merodear por el bar? —le preguntó.

—No he sido yo. Como le he dicho a Meyer, para mí perdiste todo el atractivo cuando empezaste a salir con un delincuente como Rowdy Yates.

Avery echó una mano hacia atrás, para evitar con un gesto que Pepper hiciera ningún movimiento.

—Rowdy sabe que fuiste tú, Fish —lo de utilizar el apodo que Rowdy le había asignado funcionó: lo demostraba la manera en que se tensó, con una rabia impotente—. Habló con sus amigos policías y ahora mismo te tienen controlado. Si nos ocurriera cualquier cosa, serías el primero al que iría a buscar la policía.

—¿Ese delincuente de baja estopa tiene amigos policías? —se burló Meyer con obvia diversión—. No puedo creerme esa estupidez.

—De todas formas, no importa —insistió Fisher—. Si hubieras vuelto conmigo, Avery, entonces sí que habría aprovechado para acostarme contigo.

—¿Quieres decir que me habrías violado?

Fisher la miró sin expresar sentimiento alguno.

—¿De verdad crees que me habría casado contigo sabiendo que te habías acostado con el dueño de un bar de mala muerte? —sacudió la cabeza—. Imposible.

Fisher podía no haber notado el enfado de Meyer ante aquella confesión, pero Avery lo vio y tuvo miedo de que se tradujera en un estallido inminente.

—¿Entonces qué hacías vigilando el bar?

—Ya te he dicho que no fui yo —dijo, y se volvió hacia Meyer con el ceño fruncido—: ¿Fuiste tú?

—Sí, pero ya no importa —Meyer hizo un gesto con la pistola, quitándole importancia a la cuestión—. Soy amigo del alcalde y del inspector de la policía. Puedo desacreditar a un par de agentes cuando quiera.

—Quizá esta vez no —Avery volvió a empujar a Pepper hacia el interior de la cocina—. Pepper está casada con uno de esos policías.

Fisher palideció.

—Es un buen policía —añadió Pepper—. El mejor.

Avery asintió.

—Si le ocurre algo a ella, jamás os dejará en paz.

—Meyer —comenzó a decir Fisher, acercándose a él—. Piensa en ello. No hay ningún motivo para empeorar las cosas —continuó avanzando poco a poco—. Estoy seguro de que Avery puede ser razonable.

—Por supuesto —contestó Avery.

Fisher estaba ya a solo unos metros de Meyer.

—Y es probable que podamos comprar a esos policías —sugirió—. Entre los dos tenemos recursos más que suficientes como para conseguir que este... incidente se olvide.

Pepper no dijo nada, afortunadamente. Ni Reese ni Logan permitirían que se comprara su silencio, pero, si Fisher convencía a Meyer de lo contrario, quizá les dejara marchar.

—Creo que será mejor que acabe con todos.

Fisher parecía al borde de un ataque.

—No puedes estar hablando en serio.

—La chica, los policías… —Meyer se encogió de hombros—. Si ya no la quieres, ¿qué más te da a ti?

Avery chasqueó la lengua.

—Estás sumando demasiadas muertes. No es fácil esconder tantos cadáveres.

—Sería imposible —dijo Fisher y, sin más, se abalanzó sobre Meyer.

Fue un gesto absurdo, puesto que, aunque Fisher era mucho más grande, joven y rápido que Meyer, este tenía la locura de su lado. Soltó un grito y consiguió disparar a Fisher en la pierna.

El ruido fue ensordecedor: tanto, que Avery sintió que casi se le paraba el corazón. Pepper aprovechó aquel momento de confusión para separarse de ella.

Fisher cayó al suelo con un grito agudo. La sangre que bombeaba de su pierna empezó a formar rápidamente un charco rojo a su alrededor.

—¡Maldita sea! —gritó Meyer, histérico, con una mirada salvaje—. ¡Mira lo que me has obligado a hacer!

Alargó el brazo y apuntó a Avery con mano temblorosa. Esta se sintió como si, en aquel mismo instante, todo se hubiera apagado dentro de ella.

—¡No! —gritó Pepper.

De repente, en medio de aquel caos, se abrió la puerta de la calle.

Rowdy bajó los escalones de un salto. Parecía enorme, confiado, con un control absoluto de la situación.

Solo miraba a Meyer, y con una expresión tan fija y letal que a Avery le flaquearon las rodillas.

CAPÍTULO 24

—¡No habías cerrado la puerta! —le gritó Meyer a Fisher, perplejo.
—Tengo llave —le recordó Rowdy con calma—. Habría conseguido entrar de todas formas.
—¿Sabías que estábamos aquí?
—Os he estado vigilando, a los dos —no era del todo cierto, pero lo de menos era mentir si al final conseguía el resultado deseado. Que, en aquel caso, no era otro que asumir el control de la situación—. Todavía estáis a tiempo de marcharos.
Meyer sacudió la cabeza.
—No, ya es demasiado tarde para eso.
—Solo será tarde si hieres a alguien más —con los brazos colgando a los lados, Rowdy empezó a avanzar hacia Meyer—. Si estás dispuesto a marcharte ahora, no te mataré, te lo juro.
Meyer soltó una carcajada. Miró a las dos mujeres, luego a Rowdy de nuevo y volvió a reír.
—¿Crees que te resultará tan fácil?
Rowdy no se atrevía a mirar ni a su hermana ni a Avery. Bastaría que lo hiciera para que lo dominara la furia y, con pistola o sin ella, se abalanzara inmediatamente sobre Meyer.
—Creo que valoras la vida. Sé que quieres a Sonya.
—Mi Sonya...
—Piensa en ella, Meyer —Rowdy contaba con que la madre de Avery fuera su punto débil—. ¿Qué sería de ella si mu-

rieras hoy? ¿O si te encerraran en la cárcel para el resto de tu vida?

—¡Ella es lo único en lo que pienso!

—Bien, eso está muy bien —la cordura era algo muy frágil. ¿Habría estado Meyer siempre loco?—. Sabes que ella también te quiere.

—Sonya quería que su estúpida hija volviera a casa —le espetó Meyer—. Pero Avery fue demasiado egoísta…

Rowdy podía sentir la adrenalina bombeando a través de su sangre.

—Mírame, Meyer —se aproximó con paso firme—. Eso ya se ha acabado. Avery comprende lo mucho que la necesita su madre. Pero Sonya también te necesita a ti.

—No —Meyer sorprendió de pronto a Pepper intentando acercarse y su rostro se contorsionó de rabia—. ¡Perra estúpida! ¡Apártate ahora mismo!

Pepper se quedó paralizada.

—Ella no va a hacer nada, Meyer. Y tú tienes una pistola. Ahora mírame.

—Lo haré en cuanto ella retroceda.

Pero, en vez de comportarse de un modo razonable, Pepper permaneció donde estaba. Y Avery, para complicarlo todo aún más, se acercó a ella.

Rowdy ya había perdido demasiado en su vida. No estaba dispuesto a perder más.

—Meyer, ¿sabe Sonya que estás aquí?

—No tiene ni idea —miró a las dos mujeres—. Está demasiado ocupada evitando quejarse, saliendo adelante con la sonrisa intacta. Es una mujer preciosa.

—Sí que lo es —Rowdy ya solo tenía que avanzar unos centímetros para estar lo suficientemente cerca de Meyer como para arremeter contra él—. Una mujer bella e inteligente. Eres un hombre afortunado.

—Al contrario que tú —Meyer desvió el cañón de la pistola de Avery a Pepper, para finalmente apuntar de nuevo a la primera—. ¿Cuál debería ser la primera en caer, Rowdy? ¿Tu hermanita o tu amante?

—Dios mío, Meyer… —con el rostro pálido por el dolor y la sangre perdida, Fisher se agarraba la pierna—. Déjalo ya.

—Eres decepcionante, Fisher.

Asustado, Fisher miró a Rowdy, que no apartaba la mirada de Meyer.

—Quiero que bajes la pistola —«bájala antes de que te la haga tragar», añadió para sus adentros.

—No hasta que elijas.

Fisher se agarró a la columna e intentó levantarse.

—Si no pones punto final a esto, no vamos a poder salir de aquí. Déjalo ya.

—No vamos a ir a ninguna parte —respondió Meyer.

—¡Necesito un hospital! —Fisher ya estaba prácticamente de pie, recostado contra la columna—. Sé razonable.

—Eres más tonto de lo que pensaba, Fisher. No hay ninguna manera de solucionar esto. Lo tengo muy claro, aunque tú no lo sepas. Así que déjame divertirme un poco, No pienso acabar con esto sin llevarme por delante a una de ellas —sonrió—. Seré generoso, Rowdy. Puedes quedarte con una. ¿Cuál quieres?

Antes de que a Rowdy se le ocurriera una respuesta, Avery dio un paso adelante.

—Deja que se salve Pepper.

A Rowdy se le paralizó el corazón en el pecho. «No», pronunció en silencio. Maldiciendo por lo bajo, renunció a seguir fingiendo y dio un paso adelante.

—No vas a hacerles nada a ninguna de ellas, rata miserable, porque te juro que te arrancaré ese corazón tan retorcido del pecho.

Solo unos pasos más, pensó Rowdy. Eso bastaría para poder saltar sobre aquel canalla.

Meyer también debió de darse cuenta. Presa del pánico, se volvió hacia Rowdy con la pistola.

—¡Quieto!

Aliviado al saberse de nuevo el foco de atención, Rowdy continuó:

—Vete al infierno.

Si Meyer no lo mataba antes, Rowdy lo desarmaría. En cualquiera de los dos casos, Pepper sabría cómo reaccionar. Estaba seguro de que Avery y ella encontrarían la manera de salvarse.

Meyer apuntó y comenzó a apretar el gatillo.

Rowdy se había preparado para abalanzarse sobre él... cuando, justo en aquel momento, una bala atravesó el pecho de Meyer. Durante una décima de segundo Rowdy se lo quedó mirando, viendo cómo la fuerza del impacto lo hacía tambalearse hacia atrás. Tropezó con una de las sillas de la cocina mientras la sangre iba empapando su camisa.

Con un movimiento instintivo, Rowdy se lanzó sobre Avery y Pepper, las empujó precipitadamente al suelo y las protegió con su cuerpo. No sabía de dónde había salido aquel disparo, como tampoco sabía si Fisher iba también armado.

Reese entró blandiendo su pistola mientras analizaba la escena.

—¿Rowdy? ¿Estás herido?

Rowdy tomó aire, todavía aferrado a Avery y a Pepper.

—No —su voz sonó ronca y se tomó un segundo para respirar. Acarició el pelo de Avery mientras, con la otra mano, frotaba con gesto consolador la espalda de su hermana—. Fish está sangrando como un cerdo, pero estamos bien.

Logan, que era el autor del disparo, entró después con su pistola preparada. Fue directamente hacia Meyer, lo desarmó e inquirió:

—¿Pepper?

Cannon permanecía en la puerta, intentando asimilar aquel desastre.

A salvo. Estaban todos a salvo.

Rowdy todavía estaba abrazando a Pepper con una mano y a Avery con la otra cuando la primera se zafó para echar a correr hacia Logan.

Logan la estrechó contra sí y, por un instante, cerró los ojos aliviado.

Lo había juzgado mal, pensó Rowdy. Logan era un policía de los pies a la cabeza y, por muy personal que pudiera ser cualquier asunto, tenía suficiente sangre fría para hacer todo cuanto fuera necesario.

Pepper hundió el rostro en el cuello de Logan y, por la manera en la que le temblaban los hombros, Rowdy sospechó que estaba llorando.

Una sofocante presión le oprimía el pecho. Jamás había sentido nada parecido, y, en aquel momento, sabiendo ya que Avery y su hermana se encontraban bien, se suponía que debería haber desaparecido.

Pero no era así. Iba empeorando por momentos. Era una sensación cada vez más dolorosa, más amenazadora.

Hasta que Avery tomó aire una, dos veces, y soltó un sollozo. De repente todo pareció ablandarse en su interior. La levantó en vilo, la sentó en su regazo y la acunó con ternura.

—¿No estás herida?

Avery sacudió la cabeza, con las manos en su rostro, mientras unas lágrimas enormes resbalaban por sus mejillas. Tenía un moratón en la izquierda.

—¿Quién te ha hecho eso? —le preguntó él, acariciándola delicadamente con el pulgar.

Ella negó con la cabeza, haciéndole saber que no le importaba.

—Me has dado un susto de muerte.

—¡Oh, pequeña! —la estrechó contra su pecho y le dio un beso en la frente—. No sabes el miedo que he pasado...

Pasando de los temblores a la furia en un solo segundo, Avery le dio un puñetazo.

—¿En qué demonios estabas pensando, Rowdy Yates, para desafiar a un loco a que te disparara?

—No lo desafié.

En realidad, no lo había hecho. Su único pensamiento había sido mantener a Pepper y a Avery a salvo.

De pronto Pepper se acercó a él con una expresión de enfado, se agachó a su lado y le dio tal empujón que estuvo a punto de tirarlo de espaldas.

—¿Qué demonios te pasa, Pepper?

—¡Idiota!

Rowdy se la quedó mirando fijamente. Su hermana jamás le había insultado.

Pepper alargó una mano por delante de Avery, que seguía sentada en su regazo, para tirar a su hermano de una oreja.

—¡Pudo haberte matado!

—¡Dios! —Rowdy la agarró por la muñeca, con delicadeza, porque la quería más que a su vida, y la obligó a soltarle la oreja—. Iba a dispararte.

—Yo jamás lo habría permitido —replicó Avery con otro sollozo.

—¡Y tú! —Rowdy tiró entonces de la muñeca para que se agachara de nuevo a su lado y así poder seguir dedicando su atención a Avery—. Lo tenía todo bajo control, cariño. Debiste haberte mantenido en un segundo plano en vez de…

—¿Hacer lo que has hecho tú? —Avery forcejeó y se alejó de él—. ¡Te quiero, maldita sea!

Rowdy se la quedó mirando fijamente. Medio barrio debía de haber oído aquel grito.

—Sobrevivirá —dijo Reese tras inspeccionar la herida de Fisher—. Pero es probable que tarde algún tiempo en volver a caminar.

Cannon se acercó a Avery.

—La ambulancia no tardará en llegar. Ya se oyen las sirenas.

Rowdy pensó en tumbarse de espaldas en el duro suelo y darse un minuto para recuperarse y llegar a comprender todo lo que había sentido. Avery permanecía junto a él, respirando con dificultad. Cannon parecía expectante. Su hermana lloraba abiertamente mientras se aferraba a su brazo y Reese y Logan se estaban haciendo cargo de todo.

Pero aquel era su apartamento, así que asumió su responsabilidad y se levantó, para sacar en seguida dos sillas de la mesa.

—Siéntate —ordenó a Pepper.

—Vamos a hablar sobre esto —insistió ella—. Sobre esa forma tan retorcida que tienes de ponerte a ti mismo en…

—Claro, hermanita —la sentó y le revolvió el pelo—. Lo que tú quieras.

—¡Y no me trates con tanto paternalismo!

—Jamás se me ocurriría.

Miró hacia su cuñado, pero el semblante de Logan parecía cincelado en piedra, seguramente porque aquella era su manera de mantener la frialdad hasta que hubiera terminado de hacer su trabajo. Rowdy se inclinó hacia su hermana y le dijo al oído:

—Creo que necesita un poco de consuelo.

—Lo que necesito es trabajar —replicó Logan—. Ya podrá consolarme más tarde.

Sí, claro. Pero él no quería saber nada de eso. Rowdy todavía no estaba mirando a Avery, pero era consciente de que seguía allí, temblando, sufriendo con cada fibra de su ser.

—¿Me necesitas para algo? —le preguntó a Logan.

Reese alzó la mirada hacia él y miró después a Avery.

—¿En este momento? —contestó—. No, pero no te vayas.

¿Y adónde demonios iba a ir?

Como Cannon parecía estar deseando ayudar, Rowdy le dijo:

—Ve a buscar algo de beber, ¿quieres? Y quédate con ella hasta que Logan termine.

—Claro —Cannon se frotó la nuca—. ¡Dios mío, qué desastre! Si quieres que esta noche te ayude con cualquier cosa en el bar, solo tienes que decírmelo.

—Gracias —Rowdy dio a Pepper un último beso en la cabeza—. Lo has hecho muy bien, hermanita.

—Mi móvil está todavía debajo de tu cama —sentada, alzó las rodillas y se rodeó las piernas con los brazos—. Era la única manera que tenía de contarte lo que estaba pasando.

—Lo has hecho perfecto.

—Ella es perfecta —dijo Logan. Y anunció después—: Este de aquí está muerto, por cierto.

Rowdy miró a Meyer y pensó al instante en Sonya. La mujer tendría a Avery a su lado para ayudarla a superar aquella pérdida y, al menos para él, aquello ya era más de lo que se merecía.

Preparándose para lo que le esperaba, porque sabía que no iba a ser fácil, se volvió hacia Avery. Estaba llorando de una forma terrible. Se le había corrido la pintura de ojos y tenía la nariz más colorada que el pelo. Tenía la piel enrojecida y los ojos hinchados.

Dios, cuánto la amaba...

Permaneció muy quieto, mirándola fijamente, embebiéndose de aquella imagen, aceptando que la amaba y que, pasara lo que pasara, la necesitaba. Con él. En su vida. Como parte de su ser.

Día tras día, fuera lo que fuera lo que les deparara la vida.

Avery se secó las lágrimas y se sorbió la nariz. Esperando.

Lo había estado esperando a él durante tanto tiempo que se sentía como un completo y total canalla. Como un cobarde.

Se plantó frente a ella en dos zancadas y la estrechó en sus brazos. Aquello la hizo sollozar de nuevo. Se aferró a él, olvidándose de sus estúpidos puntos, de su herida, como si quisiera fundirse con su cuerpo.

—La culpa no ha sido tuya —le dijo ella con la voz entrecortada—. Todo esto ha pasado por mi culpa. Por culpa de mi vida.

—Sí, lo sé.

Y él que había estado tan preocupado pensando que Avery se merecía más de lo que podía darle... No había querido ponerla en riesgo por su culpa, por el ambiente donde vivía y tenía su negocio, por las relaciones que había hecho.

—Al final ha sido mi pasado el que... el que ha puesto en peligro la vida de tu hermana y la tuya.

—Shh.

Desde la mesa de la cocina, Pepper la llamó:

—¿Avery?

Avery tragó saliva y suspiró estremecida.

—¿Sí?

—Móntale una escena.

Medio riendo a través de las lágrimas, Avery se estrechó contra él.

Rowdy no tenía la menor idea de lo que significaba aquello, pero la levantó en vilo y la llevó al sofá. De camino hacia allí, se las arregló para darle una patada a Fisher, que gimió débilmente.

El muy imbécil...

Avery volvió a soltar una risa llorosa.

—¿Lo has hecho a propósito?

Increíble, única y maravillosa Avery. No conocía a ninguna otra mujer capaz de encontrarle el humor a una situación como aquella.

—Si no fuera porque terminaría llenando de sangre toda la casa, lo destrozaría por haberte abofeteado.

—Y yo te ayudaría a hacerlo.

—A lo mejor todavía tenemos otra oportunidad.

—He pasado tanto miedo —le confesó—. Pero… pero… he intentado disimular. Quería que supiera lo débil, lo loco, lo miserable que era.

—Ya. Lo oí —Rowdy frotó el rostro contra su pelo. Sentía el corazón tan lleno de gozo que le dolía—. Pepper me llamó. Pude oírte hablando. Estuviste increíble —la abrazó con mayor fuerza—. Estoy tan orgulloso de ti…

—¿Orgulloso, has dicho? —se secó las lágrimas en su camiseta—. Genial. Ahora me siento mucho mejor.

En un momento como aquel, la ironía era algo casi tan asombroso como el humor. Rowdy no pudo soportarlo ni un segundo más.

—Y te amo.

Avery se quedó completamente inmóvil. Luego se echó para atrás bruscamente para mirarlo.

Rowdy le acarició la cara, enrojecida por el llanto.

—Te quiero con locura, maldita sea. Y, Avery, eso me asusta. Pero perderte me asusta todavía más.

Desde la mesa de la cocina, Pepper dijo:

—¿Veis? Ahí lo tenéis. Mi hermano es un hombre muy inteligente.

—Sí, ya lo sé —reconoció Cannon.

Llegaron entonces los paramédicos junto con algunos policías. Reese y Logan se encargaron de dirigir el espectáculo, así que Rowdy no tuvo otra cosa que hacer que abrazar a Avery.

Mientras Avery continuaba sentada sin apartar la mirada de él, le preguntó:

—¿Qué quería decir mi hermana cuando te dijo que me montaras una escena?

Avery tenía los ojos muy abiertos y vigilantes, como si todavía no acabara de creer en él.

—Yo le había dicho que, si tú me pedías que me marchara de tu casa, no lo haría. Que no montaría una escena, quiero decir.

—Pero a Pepper le caes tan bien que quería que la montaras, ¿no?

Pepper se metió entonces en la conversación.

—Te quiero tanto, hermano, que en aquel momento yo quería que ella hiciera lo que era mejor para ti —y, tras pensárselo, añadió—: Pero sí. Avery me cae muy bien.

Rowdy sonrió mientras le apartaba a Avery un mechón de la cara.

—¿Quieres ir al cuarto de baño? —la besó en una comisura de los labios—. Estás hecha un desastre.

Avery volvió a darle un puñetazo, aunque estaba sonriendo.

—Sí, por favor.

Rowdy volvió a levantarla en brazos y uno de los miembros del equipo de emergencias preguntó en ese momento:

—¿Se encuentra ella bien?

Rowdy esperó en silencio, pero Avery no contestó, de modo que lo hizo por ella.

—Solo está muy afectada porque la quiero.

—¡Rowdy! —hundió el rostro en su pecho, escondiéndose.

Rowdy sonrió de oreja a oreja mientras la llevaba al cuarto de baño y la sentaba en el borde de la bañera. Empapó una toalla con agua fría, se la tendió y después se lavó también él la cara.

Las manos le temblaban,

—¿De verdad me quieres?

Qué voz tan débil e insegura...

—Sí.

Se secó la cara y se sentó a su lado en la bañera. Avery no había conseguido arreglar todo el desastre, así que le quitó la toalla de las manos y la ayudó a limpiar los restos de maquillaje.

—Te quiero de verdad.

Avery aspiró profundamente.

—¿Te casarás conmigo, Avery?

Comenzaron a temblarle de nuevo los labios y Rowdy la besó. Fue un beso delicado al principio, pero se trataba de Avery, así que no tardó en hundir la mano en su pelo y abrazarla mientras le aseguraba que estaba a salvo y que siempre estaría a su lado.

Logan llamó a la puerta del baño antes de abrir.

—¿Estáis bien? —preguntó.

—Me quiere —contestó Avery—. Y vamos a casarnos.

Logan esbozó una media sonrisa.

—Felicidades.

—Gracias.

Su formalidad resultaba tan asombrosa y peculiar como todo lo demás. Rowdy no podía dejar de acariciarla, sabiendo ya que la amaría por siempre.

—Odio tener que hacer esto ahora, pero necesitamos hablar con los dos —Logan agarró el pomo de la puerta y miró a Avery con expresión compasiva—. Y, Avery, al ser la pariente más próxima, necesitamos que informes a tu madre de la muerte de Meyer.

Avery asintió.

—Podemos hacerlo juntos —le ofreció Rowdy.

Avery irguió los hombros.

—¿Puedo lavarme la cara antes?

—Claro, sin problema —respondió Logan, y salió del cuarto de baño.

Rowdy permaneció a su lado.

—Hoy nos tomaremos el día libre. Cannon podrá encargarse de todo esta noche. Y mañana...

—Mañana —lo interrumpió ella—, volveré a trabajar a tiempo completo como barman.

—He estado pensando en eso —le dijo Rowdy—. Ya lo hablaremos más adelante, pero me gustaría que fueras copropietaria del bar —alzó la mano para interrumpir sus protestas—. Como copropietaria, podrás continuar trabajando de barman si eso es lo que quieres. Pero, de hecho, ya me estás ayudando a tomar todas las decisiones que hacen falta.

—No tengo dinero para comprar mi parte del negocio...

Una sonrisa asomó a los labios de Rowdy.

—Has dedicado mucho tiempo al bar y tus aportaciones han sido muy importantes. Lo del dinero ya lo hablaremos tranquilamente.

—Juntos —soltó un suspiro de felicidad—. De acuerdo, sí.

Rowdy besó su nariz enrojecida, su barbilla obstinada y su dulce boca.

—Dios mío, te quiero, pequeña.

—La verdad es que lo nuestro ha comenzado en muy mal día.

Rowdy no pudo menos que soltar una carcajada.

—Tienes la cara amoratada, hay un hombre muerto en mi apartamento y otro que, con un poco de suerte, no solo terminará en la ruina, sino que pasará una buena cantidad de tiempo en la cárcel.

—Pero me quieres, y eso lo convierte en un día estupendo.

Marcus se abrazó a las rodillas de Rowdy y salió después al jardín, con Cash corriendo detrás. Anunciaban nieve para finales de la semana, pero, aquel día, el sol brillaba con la fuerza suficiente para caldear el corazón más frío.

Rowdy permaneció en el marco de la puerta, observando cómo el niño se subía al columpio que habían hecho con un neumático. La madre de Avery, ataviada con una sudadera blanca con capucha, empujó la rueda para que el niño comenzara a columpiarse y se echó a reír cuando Cash se puso a correr y a ladrar emocionado. Avery agarró a su madre del brazo.

Resultaba difícil de creer la rapidez con que habían ido evolucionando las cosas. Gracias a la insistencia de Sonya, Meyer había incluido a Avery en su testamento. Rowdy sacudió la cabeza. Él no quería el dinero de Meyer, pero Sonya había insistido. Para ella, significaba mucho. Era una manera de aliviar parte de la culpa que sentía por haber sido tan crédula y por haber juzgado de forma tan injusta a su hija.

De modo que, al final, habían aceptado el dinero, que habían invertido en un proyecto comunitario que Cannon había ideado para niños de alto riesgo.

Rowdy se sentía bien. Diablos, su vida entera le parecía una bendición desde que Avery formaba parte de ella.

Ya nada le parecía imposible.

A su espalda, Pepper le dijo:

—Es una monada, ¿verdad?

—¿Marcus? —Rowdy la acercó hacia sí y la besó en la cabeza—. Sí, es una monada.

Le había bastado pasar un mes junto a Alice y Reese para que se notara la diferencia. Vestía ropa de su talla y, aunque continuaba siendo un niño delgado, se le veía mucho más sano y feliz. Y seguro. Tenía pesadillas por las noches y recelaba todavía algo de su buena suerte, pero, poco a poco, las cosas iban mejorando.

—Está cambiando de verdad.

—Es el efecto que tiene el amor sobre una persona.

No había nada que discutir a eso.

—¿Logan y tú habéis pensado en tener hijos? —le gustaba la idea de ser tío.

Pepper lo dejó anonadado al contestar:

—Sí, hemos hablado sobre ello.

—No fastidies.

Bajó la mirada a la hermana a la que se había pasado toda la vida protegiendo. Siempre había pensado que era la única persona que sería el centro de su mundo. Todavía la amaba con locura y estaría dispuesto a morir por ella.

Pero el amor que sentía por ella no era ya un amor tan... desesperado.

—No fastidies —lo imitó Pepper con una sonrisa—. ¿Puedes imaginarme como una bola, llevando dentro un bebé?

—Sí que puedo —estaría maravillosa, fuera como fuera—. Serás una gran madre, hermanita —fieramente protectora, cuidadora, y educaría a su hijo para que fuera tan fuerte como ella.

—Queremos esperar un par de años —le explicó Pepper y se abrazó a él—. Pero después de eso... ya veremos.

Cuando Avery empezó a caminar hacia la casa con su larga melena rojiza ondeando por el viento, Pepper comentó:

—Es una mujer muy especial. Entiendo que te hayas enamorado de ella.

—Sí —cada día encontraba más y más razones para estar enamorado de Avery.

Sonriendo, su hermana lo abrazó con fuerza.

—La cena estará lista dentro de unos minutos.

—Gracias —abrió luego las puertas del jardín para saludar a la que pronto sería su esposa—. ¿Cómo está tu madre?

—Cada vez mejor —respondió Avery, y alzó el rostro para que la besara.

Rowdy estuvo encantado de poder hacerlo. Rozó sus labios con los suyos y susurró:

—Te quiero.

Aquellas palabras que antes le habían resultado tan difíciles de pronunciar se habían convertido en algo que, en aquel momento, le resultaba imposible de disimular.

—Yo también te quiero —Avery se sentó a su lado con un suspiro—. Marcus y mi madre se llevan muy bien. Pero mi madre lo mima demasiado —esbozó una mueca—. Espero que a Reese y a Alice no les importe.

—Hablaremos con ellos para ver qué dicen. Pero creo que es bueno que Sonya tenga algo en lo que centrarse ahora que Meyer ha desaparecido de su vida.

—Quiere organizarnos una gran boda.

Rowdy palideció, pero solo durante un segundo.

—¿Es eso lo que tú quieres?

Porque, si lo que quería era una boda como las de la alta sociedad, estaba dispuesto a vestirse de pingüino y a seguirle la corriente…

—No —alzó la mirada hacia él, sonriente—. Quiero que nos acompañen nuestra familia y nuestros amigos, y también un vestido blanco precioso, pero, sobre todo, te quiero a ti —deslizó una mano por sus abdominales, algo que solía hacer a menudo—. Y si tú quieres ir en tejanos, por mí encantada.

Rowdy soltó una carcajada.

—¿Cómo he podido tener tanta suerte?

—Has tenido suerte porque contrataste a la barman ideal para la barra del Getting Rowdy —lo abrazó con fuerza.

—He estado pensando en el nombre del bar.

—El bar ya es muy conocido, así que no puedes cambiarlo —le advirtió ella.

—Ya lo he hecho. He hecho pintar el letrero.

—¿Sin hablar antes conmigo?

Su enfado le divirtió.

—Continúa llamándose Getting Rowdy, pero he añadido debajo y en letras más pequeñas, lo siguiente: *Con Avery.* Porque, sinceramente, cariño, el bar no sería lo mismo, y yo tampoco sería el mismo, sin ti.

A los labios de Avery fue asomando lentamente una sonrisa.

—Bueno, pues como ahora y de manera oficial, yo soy la única mujer que hace travesuras contigo, creo que el nombre le va muy bien.